數位密码

Digital Fortress

丹・布朗◎著
宋瑛堂◎譯

謹獻給父母雙親——

我的精神導師與英雄

謹此感謝：

St. Martin's Press出版社的編輯Thomas Dunne與才氣過人的Melissa Jacobs；紐約的經紀人George Wieser、Olga Wieser，與Jake Elwell；以及付梓前讀過手稿並貢獻高見的所有人。特別感謝內人布萊絲（Blythe）發揮熱心與耐心。

另外……悄聲感謝兩位隱名埋面的前國安局密碼員，透過匿名轉信站提供寶貴的高見。若無兩位的合作，本書沒有付梓的這一天。

序幕

西班牙
塞維亞
西班牙廣場
上午十一時

據說人命將盡，萬象清明，丹角苑正總算體會到此言的眞諦。他緊抓住胸口，跌落地上，痛苦難耐，這才理解自己鑄下大錯，惶恐不已。

人群聚集，低頭圍觀，伸手想救他，然而丹角要的不是援手，因爲援手也已無力回天。

顫抖之餘，他抬起左手，展開手指。看看我的手！周遭的臉孔盯著他看，但他知道沒人領會他的意思。

他戴了一枚刻字的金戒指，一時之間，戒指的花紋在安達魯西亞的艷陽下閃爍。丹角苑正明白，這道光芒是他此生最後一線日光。

1

兩人來到大煙山，住進最愛的民宿。大衛低頭對她微笑。「怎樣，美女，嫁給我好不好？」

躺在穹頂床上的她向上看，心知這輩子非他莫屬。永生不渝。她直視大衛深綠色的眼珠，這時遠方響起震耳欲聾的鈴聲，將大衛越拉越遠。她伸手想抓住大衛，雙手卻只撈到空氣。

徹底喚醒蘇珊・弗萊徹的是電話鈴聲。她大口喘氣，坐在床上，摸索著聽筒。「哈囉？」

「蘇珊，是大衛啦。吵醒妳了嗎？」

她微笑著翻身。「我剛夢到你了。過來玩嘛。」

他笑了一聲。「天色還暗著呢。」

「嗯。」她呻吟著，語調撩人。「那樣的話，更要過來玩玩。我們可以賴賴床，晚一點出發。」

大衛沮喪地嘆了一口氣。「打給妳的原因正是這個。這一趟，不延後不行了。」

蘇珊霎然清醒。「什麼！」

「抱歉，我得出差一趟，隔天就回來，明天一大早就出發。還有兩天嘛。」

「可是，我已經訂了房間，」蘇珊以委屈的語氣說。「訂的是我們在石東莊園住過的那間。」

「我知道，不過——」

「今晚很特別，我們要慶祝訂婚六個月。你該不會忘記我們已經訂婚了吧？」

「蘇珊。」他嘆氣。「現在眞的不能談這個，他們派來的車在等。上了飛機再打電話跟妳解釋。」

「飛機？」她說。「怎麼一回事？學校怎麼會……？」

「跟學校無關。待會兒再打電話跟妳解釋。不走不行了，他們在叫我了。我會跟妳聯絡，保證。」

「大衛！」她大喊。「怎麼——」

可惜太遲了。大衛已經掛掉電話。

蘇珊‧弗萊徹毫無睡意，躺了數小時等電話，但電話一直不響。

當天下午，蘇珊坐在浴缸裡，意志消沉。她泡在肥皀水裡，儘量忘記石東莊園與大煙山。跑去哪裡了？她心想。怎麼電話也不打？

浴缸的熱水逐漸轉爲溫水，最後變涼。她正要起身，這時無線分機鈴鈴響起。蘇珊陡然坐直上身，伸手攫來擺在洗臉枱上的話筒，水花濺到地板上。

「大衛？」

「是史卓摩啦，」對方回應。

蘇珊洩了氣。「噢。」失望之情難掩。「午安，副局長。」

「在等年紀比我輕一點的，是吧？」對方咯咯笑。

「不是的，副局長，」蘇珊感到尷尬。「事情不是——」

「是就是嘛。」他大笑起來。「大衛‧貝克的條件不錯。別讓他跑掉了。」

「謝謝你，長官。」

副局長的嗓音忽然嚴肅起來。「蘇珊，打電話找妳是因爲我這邊需要妳。立刻過來。」

她一時會意不過來。「副局長，今天是禮拜六，我們通常不——」

「我知道，」他語氣平靜。「這裡出了緊急狀況。」

蘇珊挺起上身。緊急狀況？這句話，她從未聽過史卓摩副局長說過。密碼科？緊急狀況？她無法想像。「好—好的，副局長。」她停頓一下。「我儘快趕過去。」

「越快越好。」史卓摩掛掉電話。

蘇珊・弗萊徹裹著浴巾，水滴滴在昨晚摺得整整齊齊的衣服上：健行短褲、爲山區入夜轉涼而準備的毛衣、特別爲這幾夜新買的性感內衣。她情緒低落，到衣櫥裡找出襯衫與裙子。緊急狀況？密碼科？

蘇珊邊下樓邊想，再糟還能糟糕到什麼地步。

她很快就會知道。

2

海面一片死寂。在三萬呎的高空，大衛．貝克坐在里爾噴射60公務小飛機上，望向橢圓形的小窗外，眼神愁苦。機組人員告知，機上電話故障。因此他苦無機會打電話給蘇珊。

「我來這裡幹嘛？」他對著自己咕噥。答案很簡單：對有些人的要求拒絕不得。

「貝克先生，」擴音器沙沙響起。「我們再過半個鐘頭抵達目的地。」

貝克向有聲無影的對方鬱悶地點頭。太好了。他拉下遮陽板，儘量補眠，但腦中只有蘇珊。

3

蘇珊的富豪轎車駛來，停在十呎高帶刺鐵絲網的陰影中。年輕的警衛一手放在車頂上。

「請出示證件。」

蘇珊取出證件，一如往常靜候半分鐘，等警衛以電腦掃瞄器驗證。最後警衛抬頭。「謝謝妳，弗萊徹小姐。」他做出細微的手勢，大門隨之旋開。

過了半哩，在同樣懾人的高壓電圍牆前，蘇珊重複同一手續。*拜託？省省吧……我進出這裡恐怕有百萬次了。*

她前往最後一個檢查哨時，一名體型胖壯的哨兵牽著兩條惡犬，手持機關槍，低頭瞄了牌照一眼，揮手放行。她在警犬路上繼續開了兩百五十碼，然後轉進C區員工停車場。*太扯了吧，*她心想。*員工兩萬六千人，預算一百二十億美元，竟然非找我週末來加班不可。*蘇珊開進指定車位，熄滅引擎。

穿越了造景露台，進入了主樓，她又通過兩個內部檢查哨，最後終於抵達通往新側翼的無窗隧道。擋住她進入的是語音掃瞄器。

國家安全局（NSA）
密碼科
閒人勿進

武裝警衛抬頭看。「午安，弗萊徹小姐。」

蘇珊露出疲倦的笑容。「嗨，約翰。」

「怎麼今天來上班？」

「是啊，我自己也沒料到。」她走向小耳朵麥克風。「蘇珊·弗萊徹。」她咬字清晰地報上姓名。電腦立即確認音頻密度，大門喀嚓一聲打開。她進了門。

．．．

蘇珊開始走上水泥通道時，警衛欣賞著她。警衛注意到，平日她茶色的雙眼炯炯有神，今天卻顯得無精打采，但臉頰多了一抹紅嫩，長及肩膀的赭色秀髮似乎剛吹整過。隨她身後飄起的，是淡淡一陣嬌生嬰兒爽身粉的香味。他的眼睛從上而下，打量著蘇珊修長的上身，逗留在白襯衫，底下是依稀可見的胸罩。接著視線停在及膝的卡其裙，最後是她的雙腿……蘇珊·弗萊徹的雙腿。

很難想像這雙玉腿能支撐一百七十的智商，他若有所思地對自己說。

他盯著她後背良久。最後她消失在遠處，他才搖搖頭。

蘇珊來到隧道盡頭時，一道金庫似的圓形門擋住去路。門上以斗大的字母拼出：密碼科。

她嘆了一口氣，一手伸進嵌入牆壁的密碼盒，輸入五位數的個人密碼。幾秒鐘後，十二噸重的鋼門開始旋轉。她想集中精神，思緒卻被抽回他身上。

大衛·貝克。她一生唯一愛過的男人。他是喬治城大學最年輕的正教授，是出色的外語專家，在學術界簡直稱得上名人。他天生過目不忘，熱愛語言，精通六種亞洲語言，熟稔西班牙文、法文、義大利文。他開的語源學課與語言學課堂堂爆滿，晚到的學生必須站著上課。他下課後總是留下來，不厭其煩地回答連番問題。他的口氣，權威與熱情兼具，而追星族似的女生投以愛慕的眼神，他顯然視而不見。

貝克膚色較深，輪廓稜角分明，現年三十五，但外表比實際年齡年輕，綠眼敏銳，頭腦機靈。堅毅的下頷與端正的五官讓蘇珊聯想到大理石雕像。身高六呎多的貝克打起壁球來，移動速度快到同事無法理解。每次贏得對手心服口服後，他會以飲水機澆頭沖涼，淋濕濃密的黑髮。然後，也不擦乾。他請對手喝杯水果奶昔，吃個貝果。

與所有年輕教授一樣，大衛的大學薪水有限，因此需要續辦壁球俱樂部會員證時，或需要替Dunlop舊壁球拍換線時，他偶爾會替華府與周遭的政府單位翻譯，賺點外快。就是在賺外快時，他結識了蘇珊。

那天早上正值秋假，天氣清爽，貝克晨跑一圈，回到自己兩房一廳的教職員公寓，發現答錄機燈忽明忽暗。他一面聽取留言，一面猛灌一夸脫的盒裝柳橙汁。他接過很多類似的留言，是政府單位希望借重他的翻譯長才幾小時，時間是這天上午。奇怪的是，貝克從沒聽過這個機關。

「叫做國家安全局，」貝克致電同事，打聽該機關的背景。

他得到的答案只有一個。「你說的是，國家安全委員會吧？」

貝克再聽一次留言。「不對，是安全局。簡稱NSA。」

「沒聽過。」

貝克查閱政府機關錄，也查不到這個單位。疑惑之餘，他打電話給對打壁球的老友。這位朋友曾從事政治分析工作，現在轉進國會圖書館擔任研究職。經朋友一解釋，貝克大爲震驚。

國安局不僅確實存在，而且咸信是全球最具影響力的政府組織之一，功能是蒐集全世界電子情報，保護美國機密，運作時間已超過半世紀，卻只有百分之三的美國人聽過這單位。

「NSA，」好友開玩笑說，「全名是『No Such Agency』（無此單位）。」

在戒愼心與好奇心交攻下，貝克接下這個神祕單位的工作。他開車三十七哩，來到佔地八十六英畝的總部，地點是馬里蘭州密德堡丘陵中的森林隱祕處。他通過層層安全檢查，得到六小時的3D雷射來賓證，由人護送進入氣派的研究單位。進入後有人告知，他這天下午的任務是爲密碼科提供「盲支援」。密碼科的成員都是數學鬼才，人稱密碼破解員。

頭一個小時，密碼員們沒察覺貝克在場，大家只是圍著大桌子，說著貝克從沒聽過的名詞：串流加密法、自毀機制產生器、背包變數、零資訊協定、平衡點。貝克旁聽得一頭霧水。密碼員在圖表紙上畫符號，翻閱電腦列印出的資料，不斷援引投影機上的一團亂碼：

JHDJA3JKHDHMADO/ERTWTJLW+JGJ328
5JHALSFNHKHHHFAF0HHDFGAF/FJ37WE
0HI93450S9DJFD2H/HHRTYFHLF89303
95JSPJF2J0890IHJ98YHFI080EWRT03
J0JR845H0R0Q+JT0EU4TQEFQE//0UJW
08UY0IH0934JTPWFIAJER09QU4JR9GU
IVJP$DUW4H95PE8RTUGVJW3P4E/IKKC
MFFUERHFGV0Q394IKJRMG+UNHVS90ER
IRK/0956Y7U0P0IKI0JP9F8760QWERQI

貝克已經猜出這團東西是什麼後，才有人向他解釋。這團凌亂的文字是一種稱爲「密碼文」的編碼，是以數字與字母代表加密文字的字組。密碼員的工作是研究密碼，從中提取出所謂「明文」的原文。國安局請貝克過來，是因爲他們懷疑原文是中文，希望他翻譯出中文字，配合密碼員解密。

貝克花了兩個小時，翻譯著一個接一個中文字體，但他每翻譯出一個字，密碼員總是露出絕望的神情搖搖頭。顯然密碼拼湊不出意義。貝克主動指出，他們提出的中文字具有一個共同點：日文漢字系統也有相同字眼。此話一出，原本人聲沸騰的辦公室安靜下來。負責人姓莫朗特，是個手長腳長的老菸槍，他轉向貝克，不敢置信。

「你是說，這些文字帶有多重意義？」

貝克點頭。他解釋，日文漢字是中文字的變異版。剛才他依中文翻譯，只是應他們的要求。

「我的老天啊。」莫朗特咳了一下。「試試看日文漢字。」

奇蹟似地，一切開始明朗化。

密碼員大感佩服，卻仍不按順序地提出漢字讓貝克翻譯。「是顧及你的人身安全，」莫朗特說。「這樣的話，你就不知道全文內容。」

貝克大笑。隨後他注意到，笑的人只有他一個。

密碼總算破解後，貝克仍不清楚他協助掀開的黑幕底下是什麼，但可以確定的是，國安局很看重密碼破解的工作；貝克口袋裡的支票足足超過大學月薪。

回程通過大走廊的重重關卡時，有個警衛掛掉電話，攔下貝克。「貝克先生，請稍候。」

「怎麼一回事？」貝克沒想到這趟如此費時，每週六下午必打的壁球賽快遲到了。

警衛聳聳肩。「密碼科的科長想跟你談談。她馬上過來。」

「她？」貝克笑出來。國安局上下，他還沒看到一個女人。

「有意見嗎？」女人的嗓音從他背後傳來。

貝克轉身，立刻感到臉紅起來。他凝視著女人襯衫上的識別證。國安局密碼科的科長不但是女的，而且是頗具姿色的女子。

「沒有，」貝克支吾起來。「只是……」

「蘇珊．弗萊徹。」女子微笑，伸出修長的手。

貝克握住。「大衛．貝克。」

「恭喜了，貝克先生。聽說今天表現很傑出。能借個幾分鐘嗎？」

貝克遲疑了一下。「是這樣的，我時間有點趕。」竟敢藐視全球最厲害的情報單位，他暗暗希望別因此闖禍，但壁球賽再過四十五分鐘開打，事關個人名聲：大衛．貝克打壁球從不遲到……上課就說不定了，但壁球絕不遲到。

「我儘量長話短說。」蘇珊．弗萊徹微笑。「這邊請。」

十分鐘後，貝克人在國安局的小賣部，享用烤鬆餅與蔓越莓汁，對面是國安局嬌艷的密碼科長蘇珊．弗萊徹。貝克很快看出，這位三十八歲的美女能在國安局晉升高位絕非僥倖。蘇珊是他遇過最聰穎的女子之一。兩人討論著密碼與解碼時，貝克發現自己很難跟上對話的步調——對他而言，是一種嶄新而興奮的經驗。

一小時後，貝克顯然已錯過壁球賽，蘇珊也公然無視廣播三度呼叫，兩人不禁大笑。具有高度分析能力的這兩人，理應對非理性的迷戀免疫才對，但坐著高談語形學與偽亂碼產生器時，卻感覺宛如一對青少年——四處盡是火花。

留下大衛．貝克的眞正原因，蘇珊根本無暇提及。她是想延攬他進入亞洲密碼科試用。這位年輕教授談及教書時熱情洋溢，看來絕無可能離開大學教職。蘇珊決定避談正事，以免把氣氛搞僵。她彷彿重回小女生的階段，說什麼也不肯破壞這份感覺。這份感覺因此得以存留。

兩人的交往進程緩慢而浪漫。只要時間允許，兩人會蹺班出去喘口氣；在喬治城校園散步幾哩；深夜在玫盧帝啜飲卡布其諾；偶爾聽聽演講與音樂會。蘇珊發現自己歡笑的次數多到無法想像，因爲大衛似乎有辦法把所有東西說成笑話。國安局的工作壓力沉重，她很高興有減壓的機會。

一個涼爽的秋日午後，兩人坐在球場看台上，觀賞喬治城的校隊遭拉特格斯大學痛宰。

「你喜歡打什麼球來著？」蘇珊逗他。「美洲南瓜嗎？」

貝克悶哼一聲。「壁球啦。」

她對他裝出笨臉。

「很像美洲南瓜，沒錯，」他說明，「只是球場比較小。」

蘇珊推他一下。

喬治城的左前鋒祭出一記角球，結果踢出邊線，觀眾報以噓聲。防守球員趕緊退回前場。

「妳呢？」貝克問。「做什麼運動？」

「我是台階健身器的黑帶。」

貝克縮了一下。「我比較喜歡能分勝負的運動。」

蘇珊微笑。「好勝心眞強。」

喬治城的明星防守員擋下對手傳球，看台同聲歡呼。蘇珊倚向大衛，對著他耳朵低聲說，「博士。」

他轉頭看她，一臉不解。

「博士，」她再說一次。「讓你聯想到什麼？」

貝克臉帶疑惑。「字眼聯想遊戲？」

「國安局的標準程序。必須搞清楚身邊人的底細。」她以嚴厲的眼神看他。「博士。」

貝克聳聳肩。「蘇斯（譯註：Dr. Seuss是知名童書作者）。」

蘇珊對他皺皺眉頭。「好吧，接下來是……『廚房』。」

他毫不猶豫。「臥室。」

蘇珊嬌羞地拱起眉頭。「好，接下來是……『貓。』」

「腸，」貝克快速回應。

「腸子？」

「對呀。腸線（譯註：catgut）。高檔的壁球拍線。」

「怪噁心的。」她悶哼一聲。

「診斷結果是？」貝克詢問。

蘇珊想了一分鐘。「你是個童心未泯、慾求不滿的壁球癡。」

貝克聳聳肩。「蠻貼切的嘛。」

情況就這樣維持了數週。在全夜無休的餐飲店，貝克會在享用點心時問個沒完。

妳數學在哪裡學的？

妳怎麼會在國安局上班？

妳怎麼會如此迷人？

蘇珊紅著臉承認自己是一朵遲開的花。十七八歲時她身材瘦長，佩戴牙套，感覺彆扭。克萊拉阿姨曾對她說，上帝為了對長相平庸的她表達歉意，因此賦予過人的頭腦。貝克心想，上帝道歉得未免太早。

蘇珊解釋說，她對密碼學的興趣始於初中。電腦社的社長法蘭克．古特曼是八年級的長人，曾打字送她一首情詩，必須以字母替代數字才可解碼。蘇珊苦苦哀求對方解答。法蘭克故意調情賣俏地拒絕。蘇珊將密碼詩帶回家，蒙著被子以手電筒照明通宵，最後總算破解。原來每個數字代表一個字母。她細心解讀，帶著驚奇的心情，目睹看似不規則的數字奇蹟似轉為動人情詩。就在此時，她知道自己墜入了愛河，一生一世愛上編碼與密碼學。

時過近二十年，她取得約翰霍普金斯大學的數學碩士，也獲得麻省理工學院的全額獎學金攻讀「數論」，提出了博士論文《密碼方式、協定與演算法之人工應用法》。看過她論文的人顯然不只有指導教授。提出未久，蘇珊接到國安局來電，寄來一張機票。

國安局的大名在密碼學界無人不知。國安局是全地球最通曉密碼學的人匯集之處。每年春季私人企業選秀之際，對最閃亮的新星提供令人垂涎的薪水與股票選擇權，國安局伺機而動，看準目標，企業提出的條件再優渥，國安局願意加倍招募。國安局看上的人才都能以重金買下。蘇珊因滿懷期待而不住顫抖，搭上飛機前往華盛頓特區的杜勒斯國際機場，由國安局司機接機載往密德堡。

那年接到同樣電話的人，另有四十一位。二十八歲的蘇珊是最年輕的一個。她也是唯一的女性。這一趟的用意，與其說是來說明個人情況的，不如說是來接受探詢個人的社會人脈和連番的智力測驗。接下來那星期，蘇珊與另外六個人應邀重返國安局。蘇珊儘管猶疑不決，還是回去了。七個人一到，立刻被分別帶開，接受個別測謊、身家調查、筆跡分析，以及漫漫無盡的面談，包括側錄下來的問答，內容有關性傾向與性行爲。面試官問及蘇珊是否曾與動物從事性行爲時，她幾乎掉頭離去，但她放不下的是國安局這個謎團。眼看有希望進入「謎題宮」服務，研究最先進的密碼理論，成爲全世界最私密的俱樂部一員，她忍了下來。

貝克聽得如癡如醉。「眞的問妳有沒有跟動物從事性行爲啊？」

蘇珊聳聳肩。「是例行身家調查。」

「是嗎……」貝克強忍住奸笑。「妳怎麼回答？」

她踢了一下他餐桌下的腳。「答案是沒有！」接著她補充說明，「經過昨晚，答案變了。」

在蘇珊眼中，大衛近乎她理想中的完美。唯一美中不足的是，每回兩人上館子，他都堅持請客。看到他爲兩人晚餐掏光整天的薪水，蘇珊於心不忍，但大衛意志堅定。蘇珊學乖了，不再抗議，但心中仍有疙瘩。我賺的錢多到不曉得怎麼花，她心想。該請客的應該是我。

儘管大衛的騎士精神不合時宜，蘇珊仍決定忽視這一點，認定他是理想的對象。大衛富同情心，機智風趣，最重要的是，他眞心對她的工作感到興趣。無論是逛史密森尼博物館，或騎單車兜風，或是在蘇珊的廚房把義大利麵煮到燒焦，大衛的好奇心無窮無盡。蘇珊盡可能回答所有問題。至於國安局方面的問題，她以籠統而無機密等級的內容搪塞。大衛聽得入迷。

國安局由杜魯門總統成立於一九五二年十一月四日凌晨十二時一分，近五十年來一直是全球最機密的情報機關。國安局的創立宗旨長達七頁，使命非常明確：保護美國政府的通訊，攔截外國強權的通訊。

國安局的主樓屋頂散置了五百多個天線，包括兩個狀如巨型高爾夫球的大型雷達天線罩。這棟運作大樓本身也大得驚人，樓板面積超過兩百萬平方呎，是中情局總部的兩倍。國安局內部的電話線長達八百萬呎，永遠緊閉的窗戶也多達八萬平方呎。

蘇珊也向大衛介紹國安局的國際情蒐科。全球各地佈下的監聽哨、衛星、間諜、竊聽器，每日將攔截到的通訊與對話傳回國安局，等候分析員解密。無論是聯邦調查局、中情局，或是美國國際政策顧問，全仰賴國安局的情報來做出決策。

貝克神往不已。「破解密碼呢？妳負責哪一部分？」

蘇珊解釋，攔截下的資料通常來自惹事生非的政府、具有敵意的派系以及恐怖分子，許多是分佈在美國境內。這些人的通訊通常編碼保密，以免落入旁人手中。多虧有國際情蒐科，這些通訊往往獲遭攔截。蘇珊告訴大衛，她的任務是研究密碼，徒手破解，然後將解密後的訊息上呈國安局。但她的說法不盡眞切。

向新男友撒謊，讓蘇珊飽受罪惡感煎熬，可惜她別無選擇。若是前幾年，她的說法確實無誤，但國安局已經變了。整個密碼界也變了。蘇珊新的職務內容屬於機密，連很多國安局的大老都不知情。

「密碼這東西啊，」貝克以著迷的口吻說，「妳怎麼知道從哪裡著手？我是說……妳怎麼破解？」

蘇珊微笑。「你應該比別人更清楚才對呀。就像學習外語一樣。一開始，內容毫無意義，不過學會了界定架構的規則後，就能開始解出意義。」

貝克點頭，露出欽佩的表情。他想知道更多。

蘇珊以玫瑰盧帝的餐巾紙與音樂會節目單作爲黑板，開始爲心儀的新學生開設密碼學速成班，以凱撒的「完全平方」密碼宮格開場。

她解釋，凱撒大帝是史上首位編碼人。由於凱撒的信使屢遭埋伏，祕密通訊也被搶走，因此發明出一套原始的方法來替自己的聖旨加密。他刻意重組訊息的字母，讓人一眼看去覺得毫無意義，但其中當然大有文章。他讓每件訊息的字母總數湊成完全平方數，如十六、二十五、一百，視凱撒信件內容多寡而定。他私下通報軍官，若收到看似亂碼的訊息，應先畫出正方形的格子，將字母依序塡入宮格，然後由上而下閱讀，一組祕密訊息就會神奇出現。

凱撒這套字母重組的概念由後人引用，加以改良，變得更難破解。非電腦的密碼戰在二次大戰期間達到巔峰。納粹發明了一套名爲「隱碼」的加密機器，繁複難解，外形類似老式打字機，有幾個黃銅製的輪軸，以錯綜複雜的方式交互牽動，擾亂明文，產生看似無意義的字元組。若想破解，非靠另一台具有相同設定的隱碼機不可。

貝克如中邪般聆聽著。老師變成了學生。

某天晚上，兩人前去觀賞大學生演出的《胡桃鉗》，蘇珊出了第一道密碼請大衛破解。他花了整個中場休息時間，一手拿著筆坐著，反覆思索著以下十一個字母組成的訊息：

HL FKZC VD LDS

最後在燈光暗下、進入下半場之際，他想通了。蘇珊在編碼時，只是將原文的每個字母換爲字母順序的前一個，因此大衛只需依字母順序，將每個字母換成下一個字母，A改成B，B改成C，以此類推。他很快將剩下的字母還原。小小的四個音節，竟讓他如此快樂，是他意想不到的經驗。

IM GLAD WE MET（很高興認識你）

他快速寫下自己的回應，遞給她看：

LD SNN（我有同感）

蘇珊解讀後笑逐顏開。

貝克覺得好笑；三十五歲大了，心臟居然樂得表演後空翻。他一輩子從未如此深受吸引。她纖細的歐裔五官與柔和的棕眼，讓他聯想起雅詩蘭黛的一則廣告。就算少女蘇珊的體態瘦長彆扭，現在的她已然脫胎換骨。成長期間，她培養出柳樹般風采——修長高䠷的身材，配上豐滿的胸部，加上完全平坦的腹部。大衛經常開玩笑，說他遇見過的泳裝美女當中，蘇珊是唯一擁有應用數學與數論博士學位的一個。經過幾個月的交往，兩人開始思忖著，是否已找到能延續終生的東西。

兩人在一起將近兩年，大衛才在無意間對她求婚。當時兩人前往大煙山度週末，小倆口躺在石東莊園的穹頂大床上。他沒有準備戒指——只是脫口而出。她看上他的，正是這一點——自然率眞。她獻上又重又長的一吻。他摟住她，替她褪下睡衣。

「這麼說來，妳答應囉。」他說。兩人鎮夜在溫煦的爐火前做愛。

曼妙的那晚，已經是六個月前的事了，是在大衛不期然升官，當上現代語言系的系主任之前。兩人的關係從此緩緩滑下坡道。

4

密碼科的門嗶了一聲，喚醒了陷入憂鬱沉思的蘇珊。門已旋過完全開啓的位置，再過五秒即將轉完三百六十度而關上。蘇珊集中精神，走進門口。電腦記錄下她進門的時間。

密碼科三年前成立至今，雖然蘇珊等於是住在這裡，但裡面的景象仍讓她不禁驚嘆。主室呈大圓柱形，挑高五層樓，透明圓頂最高處有一百二十呎，以樹脂玻璃製成，裡面攙入聚碳酸酯網，具有保護作用，能抵擋兩百萬噸的爆炸力。投射進來的日光形成細緻的網狀陰影，映照在牆壁上。細小的塵粒往上飄移，以大螺旋形上升，淪爲強力消除離子系統的俘虜而不自知。

主室的牆壁以大弧形在頂端相接，靠近視線水平之處轉爲近乎垂直。越靠近地板，原本半透明的色澤漸層轉爲晦暗的黑色。地板則鋪上擦得晶亮的黑色瓷磚，散發著詭異的光澤，令人提心吊膽，擔心地板是透明的。如路面薄冰。

地板中央拔地而起的是一台機器，儼然是巨型魚雷的尖頭，流線型的黑色輪廓向上拱起二十三呎，其底部深入地基。圓頂建築是爲這部機器建造的。機器外表平滑，曲線優美，宛如巨大虎鯨從寒海一躍而起，半身出水時遭到冰封。

這就是譯密機，是全世界造價最高的電算儀器，也是國安局發誓並不存在的設備。

正如冰山一樣，譯密機的外形與能耐有九成隱匿在表面之下，其祕密鎖在陶瓷筒倉中，佔據地下六層樓，外殼如火箭，周遭是錯綜如迷宮的走道、電纜，以及氟里昂冷卻系統嘶嘶排放的廢氣。最下層是發電機，嗡嗡轉動，發出沒有間斷的低頻率聲響，替密碼科製造出沉寂、幽魂般的感覺。

譯密機與所有重大的科技突破一樣，是因應情勢所需而誕生的產物。一九八○年代，國安局眼見大眾開始使用網際網路，勢必引發一場電信革命，讓情報偵蒐的世界永遠改觀。而電子郵件更是這場革命的推手。

由於恐怖分子、間諜，以及犯罪分子的通話屢遭竊聽，全球皆通的電子郵件一登場，這群人立即振臂擁抱。電子郵件具有傳統郵件的保密性，也兼具電話的即時性，而且由於傳輸透過地底光纖纜線，不需經由電波遞送，因此全程不必擔心被攔截——至少當時的觀念如此。

事實上，對國安局的科技大師而言，攔截網際網路上的電子郵件是三歲小孩的把戲。多數人認爲網際網路是家用電腦的新大陸，其實不然。早在三十幾年前，美國國防部替政府單位的電腦廣設連線，用意是在爆發核戰後得以互通機密訊息。替國安局監看的人是網際網路的專業老手。利用電郵從事不法行爲的人很快就發現，電郵的隱私度不如先前想像的高。在國安局旗下狡詐駭客的協助下，聯邦調查局、緝毒局、國稅局，以及其他執法單位大有斬獲，遭逮捕定罪的人數暴增。

美國政府進出電郵通訊如入無人之境，全球電腦使用者發現後當然高聲抗議。就連寫寫電郵當作消遣的筆友族，也認爲隱私權受侵犯而不安。全球各地具創業心的程式設計師，紛紛著手研發讓電郵更加保密的軟體。他們很快就發明出「公開金鑰」加密法。

公開金鑰加密法的概念簡單卻高明，軟體可載入家用電腦，使用起來簡便，能擾亂私人電郵內容，讓外人完全無法判讀。使用者先寫好電郵，再執行加密軟體，讓內容變成毫無意義的亂碼，全然看不出端倪。若半途遭攔截，攔截者的螢幕上只能顯示雜亂無章的字元組合。

唯一能讓內文復原的方式是輸入發信人的「密碼金鑰」，是一組祕密字元串，作用與自動提款機的密碼相近。密碼金鑰通常冗長複雜，攜帶所有必要訊息，可指示加密演算法應執行何種算式來重組原文。

如此一來，使用者就能祕密互通電郵了。即使被人攔截，唯有得到金鑰的人才有辦法解讀。

國安局立刻緊張起來。國安局面臨的暗碼，已不再是簡單的替換式密碼，無法單以鉛筆與圖表紙進行破解。經公開金鑰加密過的訊息，運用混沌理論與多重符碼來產生亂碼，將內文攪亂成看似無解的隨機字元。

最初，大家使用的密碼金鑰很短，國安局的電腦多「猜」幾次就猜得出來。如果目標密碼金鑰有十位數，電腦經設定後可一一嘗試0000000000到9999999999之間的數字，遲早會碰上正確的一組數目。這種嘗試錯誤的猜法，一般稱爲「蠻力解密」。執行起來雖費時，依數學理論卻保證能成功。

隨著外界逐漸理解蠻力解密的威力，密碼金鑰的長度也日漸加長。電腦猜測正確密碼的時間，也從數星期拉長到數月，甚至好幾年。

到了一九九〇年代，密碼金鑰的長度超過五十字元，英數半形的兩百五十六個字元全數用上，包括字母、數字與符號，可能形成的排列組合多達十的一百二十次方之譜，也就是一後面加一百二十個〇。若想正確猜出密碼金鑰，其數學上的可能性渺如在三哩長的沙灘挑對一粒沙。據估計，標準的六十四位元金鑰，若以國安局最快的電腦——最高機密的克雷／喬瑟夫森二世——進行蠻力解密，需要十九年以上才可破解成功。等到電腦猜中並解讀，內文早已派不上用場。

如此一來，國安局無異陷入情報大停電，因此經美國總統背書，下達一道最高機密的命令。在聯邦資金挹注下，上級也授權全力解決此問題，國安局因此著手打造出全世界首部萬用密碼機。

這種解碼電腦，儘管許多工程師認爲不可能建造成功，國安局仍秉行座右銘：凡事皆有可能。不可能的事只是較費時而已。

歷時五年，耗費五十萬工時與十九億美元，國安局終於再度實踐其座右銘。三百萬個郵票大小的處理器徒手焊接完成，也結束了最後的內部程式設計，再將瓷殼焊接封起。譯密機就此誕生。

譯密機神祕的內部運作是通力合作的結果，無人能了解全貌，其基本原則很簡單：人多好辦事。

譯密機的三百萬個處理器全數平行運作，以閃電的速度進行運算，嘗試每種新的排列組合，期望成爲一部就算大到難以想像的密碼金鑰也難抵的頑強譯密機。這部斥資十幾億的精心之作運用平行處理的力量，也應用了明文估算領域的先進機密技術，來猜測密碼金鑰並破解。譯密機的力量除了來自令人咋舌的處理器數目，也借重了量子運算的新突破。量子運算是一種新興科技，能允許資訊以量子力學狀態儲存，而非全以二進位數據儲存。

譯密機首度試轉是在颳大風的十月某週四上午，以驗證其實際效能。儘管眾人不確定譯密機的速度有多快，但所有工程師有一項共識：如果處理器全數平行運作，譯密機一定威力強大。問題是大到什麼程度。

謎底在十二分鐘後揭曉。印表機砰然啓動，只有不到十人的現場鴉雀無聲，靜待列印出明文——被破解的內文。在短短十二分鐘內，譯密機破解了六十四字元的金鑰。若以國安局第二快的電腦來處理，必須花上二十年，因此譯密機快了將近一百萬倍。

在副局長崔沃．史卓摩的領導之下，國安局的生產處發揚光大。譯密機是一大成功。爲了保密，史卓摩副局長立即放出風聲，宣傳該計畫徹頭徹尾失敗。花了二十億卻一敗塗地，密碼科目前正忙著搶救。唯有國安局的菁英階層知道事實：譯密機正每日破解數百個密碼。

訊息傳入市井後，大家誤認爲電腦加密的密碼眞正無法破解，連無所不能的國安局也認輸，因此大筆大筆的祕密灌進國安局。無論是毒梟、恐怖分子，或是侵吞公款者，擔心自己行動電話訊息遭攔截之餘，紛紛投奔加密電郵的行列，進行全球即時通訊，享受這種安全新媒介的樂趣，再也不必擔心面對大陪審團，不會再聽見錄音帶放出自己的聲音，國安局衛星捕捉到老早忘記的手機對話內容，也不必擔心被列爲證據。

情報蒐集從來沒有這麼輕鬆過。國安局攔截到全無意義的內容輸入譯密機幾分鐘後，吐出的是一清二楚的明文。祕密無所遁形。

　　爲了讓失敗的假象更逼眞，國安局極力遊說國會立法禁止所有新的加密軟體，堅稱加密軟體癱瘓了國安局，也讓執法單位無法逮捕、起訴壞人。民權團體群起歡呼，堅稱國安局本來就不應該擅閱他人的郵件。加密軟體持續出爐。國安局吃了敗仗——一如事前的規畫。全球電子社群上下都被矇騙了……至少表面如此。

5

「大家躲哪裡去了？」蘇珊納悶著，一面走過無人的密碼科。緊急個鬼。

儘管國安局多數部門每週七天都全員鎮守，密碼科通常在週六寂靜無聲。密碼數學人天生是拚命三郎型的工作狂，因此密碼科有條不成文的規定，除非事態緊急，否則週六一律休假。在國安局，密碼破解員是極貴重的資產，過勞的代價太高。

蘇珊穿越密碼科時，譯密機的身影聳立在她右邊。八層樓下面的發電機運轉聲今天聽來特別不吉利。下班時間，蘇珊一向不喜歡待在密碼科，因爲感覺宛如被關在籠子裡，而籠友是某種未來世界的大怪獸。她快步往副局長的辦公室走去。

史卓摩的辦公室四面是玻璃牆，高高坐落於密碼科後壁的窄梯上，如果窗簾全開，外形令人聯想起水族店，因此有「魚缸」之稱。蘇珊爬上被踩平了的樓梯，向上望著史卓摩的橡木厚門。門上印了國安局的標識，是一隻白頂禿鷹狠狠攫住一把古代的萬能鑰匙。門內坐的人是她遇見過最好的人之一。

史卓摩副局長現年五十六，蘇珊視之如父。當初僱用她的人就是史卓摩，而讓她以國安局爲家的人也是史卓摩。十幾年前，蘇珊進入國安局時，史卓摩是密碼發展科科長，負責訓練新進密碼員——新進男性密碼員。史卓摩絕不容忍老鳥欺負菜鳥，但對唯一的女性員工更特別愛護有加。每次一有人指他偏心，他只以事實來回應：蘇珊．弗萊徹是他見過反應最快的新進人員之一，不願讓她受性騷擾而辭職。有個資深密碼員莽然決定測試史卓摩的決心。

蘇珊上班的第一年有天上午，她走到新進密碼員休息室拿文書檔案。離開時，她瞥見自己的相片被貼在佈告欄上，幾乎尷尬得昏倒。相片中的她斜躺床上，只著內褲。

事後查證，有密碼員數位掃瞄了色情雜誌的圖片，將蘇珊的頭移接到別人的胴體上，效果相當逼眞。這位密碼員很倒楣，因爲史卓摩一點也不覺得他的惡作劇有趣。兩小時後，他發出一份具標竿意義的通告：

員工卡爾・奧斯丁行為不檢，勒令停職。

從那天起，沒人敢惹蘇珊；蘇珊・弗萊徹是史卓摩的寶貝。

然而，學會尊敬史卓摩的人，並不限於他手下的年輕密碼員。甫進入國安局之初，史卓摩提議進行幾個非傳統的情報行動，大有斬獲，因此頗受長官注意。崔沃・史卓摩步步高陞，大家也見識到他的能耐。他能簡化高度複雜的情況，做出中肯的分析。國安局困難的決策涉及錯綜的道德因素，但他似乎冥冥之中有能力排除這些因素，本著造福大眾的信念採取行動，無怨無悔。

史卓摩深愛國家，這一點任何人皆毋庸置疑。同事對他的印象是愛國分子，具有遠見……是在謊言漫天的世界中的一個好人。

蘇珊進入國安局後的幾年間，史卓摩平步青雲，從密碼發展科科長晉升至全國安局權力第二大的職位。如今只有一個人位階高過他。這人是利藍德・方天，是「謎題宮」裡具有神話色彩的君主，從來沒人親眼見過他，只是偶爾聽聞其名，卻讓人聞風喪膽。他與史卓摩鮮少意見一致，兩人一碰面，有如兩大山頭對撞。方天是巨人中的巨人，但史卓摩似乎一點也不在乎。面對局長、爲自己的想法辯護時，史卓摩無所顧忌，宛如激動的拳擊手。就連美國總統也不敢以史卓摩的態度挑戰方天。想挑戰方天，必須具備政治豁免權。但對史卓摩而言，他具備的是政治冷感症。

蘇珊走到窖梯最上層，還來不及敲門，史卓摩的電子門鎖嗡了一聲，門也應聲打開，副局長揮手請她進門。

「謝謝妳趕過來，蘇珊，算我欠妳一個人情。」

「別客氣了。」她微笑，在辦公桌對面坐下。

史卓摩長手長腳，身材豐實，五官柔和，遮掩了他擇善固執的效率以及追求完美的個性。他的灰色眼珠平常顯露經驗培養出的自信與謹愼，但今天卻顯得狂亂不安。

「你看起來好累，」蘇珊說。

「我以前不是這個樣子。」史卓摩嘆氣。

是啊，她心想。

蘇珊從沒看過史卓摩如此狼狽。他逐漸稀鬆的灰髮凌亂，辦公室裡冷氣清涼，他額頭卻滲出汗珠。看樣子像是沒脫西裝就上床睡覺。他坐在現代辦公桌後，桌上有兩個嵌入型的鍵盤，電腦螢幕擺在一端。辦公桌上散亂著電腦列印資料，在掛上窗簾的密室裡，有如外星人的駕駛艙。

「這禮拜過得不順嗎？」她詢問。

史卓摩聳肩。「和往常一樣。EFF又拿人民隱私權來找我麻煩。」

蘇珊輕聲笑。EFF是電子前線基金會的縮寫，是全球電腦使用人組成的聯盟，鼓吹人權，支持網路言論自由，教育大眾電子世界裡的現實與危險。他們也不斷遊說國會，阻止所謂「政府機關無所不監聽的能力」，特別是國安局。電子前線是史卓摩長年來的眼中釘。

「老樣子嘛，」她說。「對了，是什麼緊急狀況，害我不得不爬出浴缸？」

史卓摩呆坐了一會兒，心不在焉地摸著嵌入桌面的電腦軌跡球。沉默良久後，史卓摩與蘇珊的視線相接，對著她說，「譯密機破解密碼的時間，妳看過最長的紀錄是多久？」

這個問題讓蘇珊完全措手不及。聽來毫無意義。找我來，問的就是這個？

「這個嘛……」她遲疑著。「幾個月前，國際情蒐科攔截到一個東西，花了大概一小時，不過是因爲金鑰長得不像話，差不多有一萬個位元吧。」

史卓摩咕噥一聲。「一個小時，是吧。我們跑過的邊界探測，花的時間又多長？」

蘇珊聳聳肩。「如果包括診斷程式在內，顯然更久。」

「有多久？」

蘇珊無法想像史卓摩想問的是什麼。「這個嘛，副局長，去年三月我試過一個演算法，金鑰有區段化的百萬位元。不合邏輯的迴圈函式、細胞自動機，之類的東西。譯密機還是一一破解。」

「多久？」

「三個鐘頭。」

史卓摩拱起眉毛。「三個鐘頭？那麼久啊？」

蘇珊皺眉，微微不高興。過去三年來，她的任務是微調這部全球最機密的電腦，讓譯密機跑得這麼快的多數程式，撰寫人都是她。一百萬位元的金鑰，實在是強人所難。

「好，」史卓摩說。「所以說，即使在極端狀況，譯密機碰過最頑強的密碼也只活了三個鐘頭？」

蘇珊點點頭。「對。差不多。」

史卓摩稍作停頓，彷彿唯恐說出事後可能後悔的話。最後他抬頭。「譯密機碰到了……」他停下。

蘇珊等著。「超過三個小時？」

史卓摩點頭。

她看起來並不擔憂。「是新的診斷程式？是系安組的東西嗎？」

史卓摩搖搖頭。「是外來的檔案。」

蘇珊等著他說出關鍵的一句話，但他沒說出口。「外來的檔案？開什麼玩笑？」

「是玩笑就好了。我昨晚十一點半開始佇列，到現在還沒破解。」

蘇珊的下巴幾乎掉下來。她看著手錶，然後再看史卓摩。「還在跑？超過十五個鐘頭？」

史卓摩傾身向前，將螢幕轉向蘇珊。全黑的螢幕中央只有一個黃色的小方格，不斷閃動著：

經過時間：15:09:33

待解金鑰：＿＿＿＿＿＿

蘇珊驚訝地盯著。顯然譯密機處理同一個密碼已超過十五個小時。她知道譯密機的處理器每秒嘗試三千萬個金鑰，一小時共試了一千億次。如果譯密機仍在動作，表示這個金鑰肯定很大，長度超過一百億個位元。絕對有異常情。

「不可能啊！」她高呼。「有沒有檢查錯誤訊號？說不定譯密機發生故障，然後——」

「運作正常。」

「可是，這樣的密碼金鑰一定超大！」

史卓摩搖搖頭。「標準的商業軟體演算法。我猜是個六十四位元的金鑰。」

一頭霧水的蘇珊望向窗外，看著下面的譯密機。根據經驗，她知道六十四位元的金鑰，不到十分鐘就能破解。「一定找得出原因。」

史卓摩點頭。「一定。說來妳會不高興。」

蘇珊露出不安的神情。「譯密機失靈了嗎？」

「譯密機沒事。」

「中了病毒嗎？」

史卓摩搖頭。「沒有病毒。好好聽我解說。」

蘇珊啞然無語。譯密機從未碰過無法在一小時內破解的密碼。通常的狀況是，不到幾分鐘，破解的明文會傳到史卓摩的印表機列印出來。她瞄了一眼辦公桌後的高速印表機。列印匣是空的。

「蘇珊，」史卓摩沉聲說。「聽我解釋。一開始會很難接受，不過先讓我講完。」他咬咬嘴唇。「譯密機對付的這個密碼——很獨特。和我們以前碰過的不一樣。」史卓摩停頓一下，彷彿有句話很難說出口。「這密碼無法破解。」

蘇珊盯著他，幾乎笑出來。*無法破解？這話什麼意思？*這世上，沒有無法破解的密碼。有些密碼破解起來比較費時，但每個密碼都有被破解的一刻。依照數學原理，保證譯密機遲早能猜中金鑰。「你說什麼？」

「這密碼無法破解。」他語調平淡。

*無法破解？*蘇珊不敢相信這話出自他口中。好歹他身懷二十七年的密碼分析經驗。

「副局長，無法破解嗎？」她不安地問。「柏葛夫斯基原理又怎麼說？」

進入這一行之初，蘇珊就聽過柏葛夫斯基原理。這原理是蠻力解密科技的基石，也是當初史卓摩打造譯密機的靈感。該原理明白指出，如果電腦嘗試的金鑰夠多，依數學原理保證能找到正確的金鑰。密碼之所以安全，並不是因爲密碼金鑰找不到，而是多數人沒有時間或儀器來嘗試。

史卓摩搖搖頭。「這個密碼不同。」

「不同？」蘇珊斜眼看他。*無法破解的密碼，在數學上是不可能的事！他自己也知道！*

史卓摩一隻手抹過流汗的頭皮。「這個密碼出自嶄新的加密演算法，是我們從沒見過的一種。」

現在蘇珊更加懷疑了。加密演算法只是數學公式，是將內文攪亂成密碼的手法。數學人與程式設計師每天都創造出新的演算法。市面上的演算法有數千種，有PGP、Diffie-Hellman、ZIP、IDEA、ElGamal。這些演算法產生的密碼，譯密機每天破解無數，毫無困難。對譯密機而言，無論由何種演算法產生，所有密碼都長得一模一樣。

「我想不通，」她爭辯著。「我們談的不是還原某種複雜的功能，我們談的是蠻力解密。PGP、Lucifer、DSA，都沒差別。演算法產生出自認安全的金鑰，譯密機負責一直猜，直到猜出來爲止。」

史卓摩的回應帶有好老師循循善誘的語氣。「對，蘇珊，譯密機每次都能找到金鑰，金鑰再大也沒有問題。」他停頓了很久。「除非……」

蘇珊想開口，但顯然史卓摩正準備投下炸彈。除非怎樣？

「除非電腦破解了密碼還不自知。」

蘇珊差點從椅子上摔下來。「什麼！」

「除非電腦猜出了金鑰，卻還繼續猜下去，因爲它不知道自己已經找到了正確的金鑰。」史卓摩臉色陰鬱。「我認爲這個演算法帶有循環明文。」

蘇珊目瞪口呆。

循環明文功能的概念，最早在一九八七年由匈牙利數學家尤瑟夫・哈內在論文中提出。該論文少有人知。由於蠻力解密的方式，是從明文中找出可辨識的文字模式，因此哈內提出一種演算法除了具有加密的功能外，還可依時間移轉而改變被解密的明文。在理論上，明文不斷變異，能確保進行解密的電腦永遠無法辨識出文字模式，因此找出正確金鑰後絕對無法自知。這個概念有點像殖民火星，在智識層次上可以理解，但目前遠遠超出人類能力範圍之外。

「這東西是哪裡來的？」她質問。

副局長的回答很慢。「公家機關一個程式設計師寫的。」

「什麼？」蘇珊癱回椅子上。「我們樓下聚集了全世界最厲害的程式設計師啊！所有人合作的結果，連循環明文功能的八字一撇都寫不出來。你是不是想說，這東西是某個有個人電腦的臭小子想出來的？」

史卓摩壓低嗓門，顯然是想努力平緩她的心情。「我可不會稱呼這個人臭小子。」

蘇珊沒聽進去。她相信一定有其他解釋：小故障。病毒。什麼解釋，都比無法破解的密碼來得可能。

史卓摩堅決地看著她。「這個演算法的作者，是史上傑出的密碼專家之一。」

蘇珊比剛才更加懷疑。史上傑出的密碼專家全在她科裡，如果有人寫出這樣的演算法，她絕對會聽說過。

「誰？」她質問。

「相信妳一定猜得到。」史卓摩說。「他不太喜歡國安局。」

「哇，這樣一說，範圍縮小很多！」她反唇相稽。

「譯密機計畫，他也插了一手。他違反了規定，差點引發情報大災難。我強制他出境。」

蘇珊面無表情了一小陣子，隨後臉色轉白。「噢，我的天……」

史卓摩點頭。「一整年吹噓著自己正在寫能抗拒蠻力解密的演算法。」

「可—可是……」蘇珊結巴起來。「我以爲他是在唬人。他眞的寫出來了嗎？」

「對。寫出了無法破解的終極密碼。」

蘇珊沉默良久。「可是……那樣的話，表示……」

史卓摩直盯她眼睛不放。「對。譯密機快被丹角苑正征服了。」

6

雖然二次大戰時期丹角苑正還沒出生，他卻潛心鑽研當時的大小細節，特別是大戰中最驚人的大事，原子彈爆炸，兩場原爆一夕之間將他的十萬同胞化爲灰燼。

時間：一九四五年八月六日上午八時十五分，地點：廣島。令人髮指的暴行。施暴的國家已經贏得戰爭，卻仍無情展示其威力。這一切，丹角已坦然接受。但他永遠無法釋懷的是，原子彈奪走了生母，讓他無緣認識母親。她身受輻射毒素之苦已經多年，分娩時也因其產生的併發症而難產而死。

一九四五年，在丹角出生之前，他的母親與許多友人前往廣島，在燒傷中心擔任志工，因此淪爲「核爆倖存者」，亦即身受輻射侵害的人。十九年後，當三十六歲的母親躺在產房，內出血的她心知自己終將一死。她有所不知的是，一死能免除最後的驚嚇，因爲她的獨子天生畸形。

丹角的父親連一眼也沒看到兒子。失去了妻子，他感到困惑徬徨，接著護士通知他，新生兒帶有缺陷可能活不過當晚，讓他備感羞辱，因此他離開了醫院，就此人間蒸發。丹角苑正因此在寄養家庭長大。

年幼的丹角每晚低頭凝視扭曲的手指，握著象徵吉祥的不倒翁，發誓一定要復仇，報復的對象是奪去母親、讓父親羞辱得拋棄兒子的那個國家。他有所不知，命運之神即將插手干預。

丹角十二歲那年的二月，東京一家電腦廠商針對殘障兒童開發新型鍵盤，打電話給寄養家庭，詢問家中殘障兒是否願參加測試活動。他的養父母同意了。

雖然丹角苑正從未見過電腦，但他一碰電腦後，本能上立即知道如何使用。電腦替他打開未曾想像過的世界。轉眼間，電腦成了他生活的全部。長大後，他教電腦課，賺了錢，最後贏得獎學金，進入同志社大學。很快丹角苑正之名傳遍全東京，大家稱呼他「不具足者奇才」——殘障天才。

丹角後來了解了珍珠港事件與日本發動戰爭的罪惡，對美國的恨意緩緩褪去。他成了虔誠的佛教徒，忘記了童年的復仇誓言。寬恕是覺悟證道的唯一途徑。

到了二十歲，丹角苑正成了程式設計師們私下崇拜的偶像。ＩＢＭ替他辦了工作簽證，安排他到德州上班，他二話不說就答應。三年後，他離開ＩＢＭ，遷居紐約，自己設計軟體程式。當時公開金鑰加密法風起雲湧，他趕上熱潮，寫了幾種演算法，發了一筆財。

丹角與許多加密演算法的頂尖撰寫者一樣，成了國安局爭取的對象。反諷之事並未錯失他，他現在竟有機會在他曾經發誓報復的國家的政府核心工作。他決定前往面試。無論當初他心中有多少疑慮，一見到史卓摩便都一掃而空。丹角對自己的背景侃侃而談，也談及對美國的潛在敵意，也談到他未來的規畫。丹角接受測謊，也經過五週嚴格的心理測驗。他一一過關。原先的仇恨，已經因信佛而消解。四個月後，丹角苑正進入國安局的密碼部門上班。

儘管薪水優渥，丹角每天仍騎著舊機動腳踏車上下班，中午獨自一人在辦公桌吃著自備餐點，不與其他同僚去小販部共享牛肋排與維琪奶油湯。其他密碼員很尊敬他。他心思縝密，創意之多遠超過他們見過的程式設計師，爲人親切誠實，不多話，道德倫理上毫無可以挑剔之處。對他而言，道德具有至高無上的重要性。正因如此，他遭國安局開除旋即被強制出境，消息傳來，更讓人震驚。

丹角與其他密碼科的同事合作研究譯密機計畫時了解，如果譯密機運作成功，可以解讀的電郵只限司法部事先核可的案件。未來國安局動用譯密機必須受到規範，情形一如ＦＢＩ需要聯邦法院下令才可安裝竊聽器。譯密機將由內部程式規範，解讀檔案時，若沒有聯邦儲備理事會與司法部託管的密碼，無法逕行解讀。如此可避免國安局恣意竊取全球守法公民的私人通訊。

儘管如此，即將載入這套程式時，上級通知譯密機的工作人員，計畫已有變化。由於國安局反恐工作通常時間壓力緊迫，因此譯密機將成爲獨立運作的解碼器，日常運作將由國安局單獨規範。

丹角苑正被激怒了。如此一來，國安局等於可以在當事人蒙在鼓裡的情況下打開每個人的信件，然後封回原狀。如同在全世界每支電話裡安裝竊聽器。史卓摩想說服丹角，希望他將譯密機視爲執法工具，但他不爲所動；丹角意志堅決，認爲這樣做嚴重侵犯了人權。他當場辭職，不到幾小時後就違反了國安局的保密規定，因爲他想聯絡電子前線基金會。眼看丹角即將震驚世界，說出這部機器的祕密：譯密機能讓全球電腦使用者無所遁形，慘遭難以想像的政府毒手。國安局沒有選擇餘地，只好出手制止。

丹角被逮捕後遭驅離出境一事，在網路新聞群組廣爲流傳，也是令人感到遺憾的政府恥辱。國安局唯恐丹角會讓外界相信確有譯密機的存在，因此違逆史卓摩的想法，派出損害控制專家，散佈謠言，摧毀丹角的可信度。結果國際電腦社群開始排擠丹角苑正。沒有人願意相信一個被控從事間諜行動的殘障人士。何況這個殘障人士竟荒謬到指控美國造出密碼破解機器，希望藉此贖回自由之身。

最奇怪的事是，丹角似乎能諒解；一切只是情報遊戲的一部分。他似乎沒有心懷怨恨，只有決心。他由安全人員護送出境時，以冰冷的鎮定語氣對史卓摩說出最後一句話。

「我們全都有保密權，」他說。「總有一天，我保證讓大家有權保密。」

7

蘇珊的頭腦快速運轉著——丹角苑正寫出了能產生無法破解的密碼的程式！她幾乎無法理解這一想法。

「數位堡壘，」史卓摩說，「是他取的稱呼。是反情報的終極武器。如果這程式流入市面，每個小學三年級學生只要接上數據機，都有辦法寄出國安局破解不了的密碼。我們的情報工作必死無疑。」

但蘇珊的思緒絲毫沒有牽扯到數位堡壘的政治意涵。她仍極力想理解數位堡壘的存在。她一生破解密碼，堅決否認終極密碼的存在。每個密碼都可破解——柏葛夫斯基原理可證！她感覺自己像個正要與上帝面對面的無神論者。

「如果這個程式流出市面，」她低聲說，「密碼學將成為無用失效的科學。」

史卓摩點頭。「密碼學的存亡，現在是我們最小的問題。」

「可以收買丹角嗎？我知道他痛恨我們，不過難道不能拿幾百萬買下他？說服他別散佈出去？」

史卓摩大笑。「幾百萬？這東西值多少，妳可知道？全世界每個政府都出高價想買下。妳想像一下，如果向總統報告——我們還在竊聽伊拉克人的電纜，卻再也不能解讀攔截下來的東西——會有多好笑？這事不僅攸關國安局，也涉及整個情報界。本單位為所有人提供支援，聯邦調查局、中情局、緝毒局都有；沒有我們，他們等於是蒙著眼睛飛行。毒梟的貨運變得無法追蹤，大企業可以任意轉帳，不留文件紀錄，讓國稅局查不出所以然，恐怖分子可以在完全保密的情況下盡情密談——世界會大亂的。」

「電子前線基金會也會大肆慶祝。」蘇珊臉色蒼白地說。

「我們這裡處理的事，電子前線基金會並沒有概念。」史卓摩以嫌惡的語氣抱怨。「假如他們知道，我們因爲解碼而阻止了多少恐怖攻擊行動，他們會改變口氣的。」

蘇珊同意這一點，但她也懂得現實；電子前線基金會永遠不會知道譯密機有多重要。譯密機曾協助阻擾數十起攻擊計畫，但這些消息屬於高度機密，絕無法對外發佈，理由很簡單：政府承擔不起一旦釋出事實之後，將引起的社會大眾的情緒激昂與失控，去年基本教義團體曾在美國領土作怪，差點引發兩起核子攻擊事件，如果公佈周知，民眾會如何反應，沒人知道。

儘管如此，威脅並不止於核子攻擊。就在上個月，譯密機破獲了國安局見證過最狡詐的恐怖攻擊計畫之一。一個反政府組織擬定代號爲「羅賓漢森林」的計畫，目標是紐約證交所，用意是「重新分配財富」。六天之間，該團體的成員在證交所周遭建築物放置了二十七個不含炸藥的磁通莢，一經觸動，會產生強烈磁爆。這些磁通莢的位置經過設計，同步觸動後將產生強大的磁場，讓證交所內部所有磁性儲存媒介消磁，包括電腦硬碟、大型唯讀儲存庫、備份磁帶，甚至連磁碟片也難逃一劫。什麼人持有什麼證券的紀錄，都將永遠化爲烏有。

想同步觸動這些裝置，必須將時間點協調得分秒不差，因此將磁通莢交互連接到網際網路電話線上。進入爲期兩天的倒數期間，磁通莢的內建時鐘交換加密的同步化數據，川流不息。國安局認爲這些數據脈衝在網路上異於常態，因此加以攔截，卻誤認爲是可能無害、無意義的交流，因此不予理會。然而譯密機替數據解密後，分析師立刻認出這一連串的資訊是網路上的同步倒數。經過調查後，逐一尋獲了磁通莢，在觸動整三小時前摘除銷毀。

蘇珊知道，若無譯密機，國安局對先進電子恐怖行動是莫可奈何。她看著正在執行程式的螢幕，仍顯示超過了十五個小時。即使丹角的檔案現在被破解，國安局也完蛋了。未來密碼科也會降格到每天能破解的密碼不到兩個。以目前而言，就算每天能破解一百五十個，也還有一堆檔案排隊等著解密。

「丹角上個月打電話給我。」史卓摩說，打斷了蘇珊的思緒。

蘇珊抬頭看。「丹角打電話給你？」

他點頭。「是想警告我。」

「警告你？他不是痛恨你嗎？」

「他打電話告訴我，他正在修飾一種能寫出無法破解密碼的演算法。我當時不相信。」

「可是，他爲什麼要告訴你？」蘇珊質問。「是希望你買下來嗎？」

「不是。是恐嚇。」

蘇珊頓時開始理解。「當然，」她以驚異的口吻說。「他希望你澄清他的名譽。」

「不對，」史卓摩皺眉。「丹角要的是譯密機。」

「譯密機？」

「對。他命令我將譯密機公諸於世。他說，如果我們承認我們可以偷看民眾的電子郵件，他就會銷毀數位堡壘。」

蘇珊有些不解。

史卓摩聳聳肩。「公不公開，現在已經無濟於事了。他在自己網站上公佈了一份免費的數位堡壘副本，讓全世界所有人都能下載。」

蘇珊臉色轉白。「什麼！」

「出出鋒頭而已。沒啥好擔心的。他公佈的那份加密過。大家可以下載，卻沒人能打開。其實他的做法眞聰明。數位堡壘的原始碼已經加密，緊緊鎖住。」

蘇珊神色訝異。「那當然了！這樣一來，人人都有一份，卻沒人可以打開。」

「完全正確。丹角在驢頭的前方吊了根紅蘿蔔。」

「他的演算法，你看過了嗎？」

副局長面露疑惑。「沒有，已經被加密了，不是告訴妳了嗎？」

蘇珊的表情同樣疑惑。「可是我們有譯密機啊，爲什麼不乾脆拿來解密？」然而蘇珊一看到史卓摩的臉，立刻明瞭遊戲規則已出現變化。「噢，我的天啊。」她驚叫，恍然大悟。「數位堡壘自己替自己加密？」

史卓摩點頭。「答對了。」

蘇珊很驚訝。數位堡壘的算式以數位堡壘來加密。丹角公佈了價值連城的數學公式，但公式的內容卻鎖碼，而鎖碼的方式，是利用其自身來鎖碼。

「根本是畢格曼的保險櫃。」蘇珊以懼怕的口吻結結巴巴說。

史卓摩點頭。畢格曼保險櫃是一種假設的密碼情境，假設建造保險櫃的人描繪出無法破解的保險櫃藍圖，希望保住藍圖的祕密，因此建造出保險櫃，將藍圖鎖在裡面。丹角以同理寫出數位堡壘。他爲了保護藍圖，利用藍圖裡的算式來替藍圖加密。

「譯密機裡的檔案呢？」蘇珊問。

「我跟其他人一樣，上了丹角的網站下載。國安局現在光榮擁有數位堡壘的演算法；可惜打不開。」

蘇珊讚嘆丹角苑正的巧思。在沒有公開演算法的情況下，他向國安局證明這演算法百攻不破。

史卓摩遞給她一張剪報，是《日經新聞》一則報導的翻譯。在日本，《日經新聞》相當於美國的《華爾街日報》。這篇文章指出，日本程式設計師丹角苑正已寫出一套數學算式，聲稱可產生無法破解的密碼。這份算式稱爲數位堡壘，可從網路下載，供大眾評鑑。丹角苑正願意將數位堡壘賣給出價最高者。這則專欄文章接著表示，雖然日本國內興致勃勃，美國國內聽過數位堡壘的軟體公司卻很少，就算聽過，也認爲他的說法荒謬，不啻是自稱能煉鉛成金。美國軟體公司表示，這是一場騙局，當眞不得。

蘇珊抬頭。「出價？」

史卓摩點頭。「目前日本每家軟體公司都下載了數位堡壘的加密副本，拚命想打開。每經過一秒，出的價碼就更高。」

「太誇張了，」蘇珊頂嘴。「除非有譯密機，所有新的加密檔案都無法破解。數位堡壘可能只是普通的公共版權演算法，這些公司竟然沒有一家能破解。」

「話說回來，這種行銷噱頭的確高明，」史卓摩說。「想想看——所有品牌的防彈玻璃都能擋住子彈，不過如果有公司敢下戰帖，歡迎大家朝他們的玻璃開槍，轉眼間大家都想試試看。」

「日本人就眞的相信數位堡壘與眾不同？比市面上其他軟體都厲害？」

「丹角就算被排斥，大家仍知道他是天才。在駭客圈，他簡直是人人崇拜的偶像。如果丹角說他的演算法無法破解，就眞的無法破解。」

「但就社會大眾知道的，所有演算法都無法破解啊！」

「沒錯……」史卓摩沉思著。「現階段是如此。」

「這話什麼意思？」

史卓摩嘆了一口氣。「二十年前，沒人想像得到我們能破解十二位元的串流密碼，不過科技進步了，不停在進步。軟體廠商推想，像譯密機這樣的電腦總有一天會登場。科技時時刻刻以倍數進步，最後連現行的公開金鑰演算法終將失去保密能力。爲了超前明日的電腦一步，必須創造出更厲害的演算法。」

「這個演算法，就是數位堡壘囉？」

「完全正確。一個能抵擋蠻力解密的演算法，永遠不會過時，無論破解密碼的電腦段數再高都一樣。一夕之間，這種演算法就可能成爲全球標準。」

蘇珊長長吸了一口氣。「上帝保佑，」她低聲說。「我們能競標嗎？」

史卓摩搖搖頭。「丹角給了我們這個機會。他表示得很明白。但是出價的風險太高了。因爲如果外界發現這件事，等於是我們承認害怕他的演算法，也就是向外界坦承我們擁有譯密機，也坦承譯密機無法破解數位堡壘。」

「我們還有多少時間？」

史卓摩皺眉。「丹角計畫明天正午開標。」

蘇珊感到胃部緊縮。「然後呢？」

「他計畫將密碼金鑰交給得標人。」

「密碼金鑰？」

「噱頭的一部分。他的演算法既然已人手一份，現在他讓大家競標能打開數位堡壘的密碼金鑰。」

蘇珊咕噥一聲。「那當然了。」天衣無縫，乾淨俐落。丹角替數位堡壘加密，能解密的密碼金鑰握在他一人手裡。她很難理解的是，六十四字元的密碼金鑰就放在某個地方，可能就寫在一張紙上放在丹角的口袋裡，而這個密碼金鑰居然能永遠終結美國情蒐工作。

蘇珊預想著這番情境，忽然感到暈眩。丹角將密碼金鑰交給得標者，此人代表的公司就能解開數位堡壘的檔案，隨即可能將數位堡壘的演算法植入防人動手腳的晶片，那麼不出五年，每部電腦都將內建裝有數位堡壘晶片。沒有一家廠商夢想過研發加密晶片，因爲尋常的加密演算法總有過時的一天。然而數位堡壘永遠不會過時；數位堡壘具備「循環明文」的功能，保證再怎麼蠻力解密也無法找出正確的金鑰。這是數位加密的新標竿。從現在到永遠。每個密碼都無法破解。銀行、交易員、恐怖分子、間諜。整個世界——一種演算法。

無政府狀態。

「有沒有其他解決之道？」蘇珊追問。她很清楚，山窮水盡時需要山窮水盡的手法，就算國安局也不例外。

「妳指的是解決他嗎?我們解決不了。」

蘇珊想問的正是這個問題。她服務國安局的幾年聽過風言風語，據說國安局與全球最精湛的刺客略有掛鉤，可以收買這些人來替情報界收拾雜碎。

史卓摩搖搖頭。「丹角太聰明了，不留給我們這個選項。」

奇怪的是，蘇珊覺得如釋重負。「有人在保護他嗎?」

「不盡然。」

「他躲起來了?」

史卓摩聳聳肩。「丹角離開了日本。他原本計畫以電話查看競標過程。不過我們現在知道他的下落。」

「既然知道，你不計畫行動嗎?」

「不必。他有護身符。丹角把密碼金鑰給了不明第三者一份……以防萬一。」

那當然，蘇珊心想。等於是守護天使。「我猜，如果丹角出了事，神祕的第三者可以幫他賣掉金鑰?」

「更嚴重。任何人碰了丹角，他的搭檔就公開。」

蘇珊一臉不解。「他的搭檔公開金鑰?」

史卓摩點頭。「公佈在網際網路上，刊登在報紙上，放在公告欄上，等等。其實，他已經將金鑰洩露出去了。」

蘇珊的雙眼大睜。「免費下載?」

「完全正確。丹角的想法是，要是他死了，錢也就用不著了，幹嘛不送給這個世界一份臨別禮物?」

兩人沉默良久。蘇珊深深抽了一口氣，彷彿想吸收這件駭人的事實。丹角苑正創造出無法破解的演算法，拿我們當人質。

她突然起身，嗓音堅定。「非聯絡丹角不可！一定有辦法勸他別公佈！出價再高，我們給他三倍！可以澄清他的名譽！什麼都行！」

「太遲了！」史卓摩說，他深吸一口氣。「今天上午在西班牙的塞維爾，有人發現丹角苑正的屍體。」

8

雙引擎的里爾噴射60降落在熾熱的跑道上，窗外是西班牙埃斯特雷馬度拉省南部的景致，荒涼不毛，這時景色朦朧起來，飛機減速爬行。

「貝克先生？」擴音器發出爆擦音。「到達目的地了。」

貝克站起來伸展身體。打開上方的行李廂後，他才想起自己沒帶行李。根本沒時間打包。沒關係，對方向他保證這一趟很簡短，快去快回。

引擎逐漸減緩，飛機徐徐離開日光，進入主登機站對面一處荒廢的飛機棚。過了一會兒，機長現身，推開機艙門。貝克匆匆喝乾蔓越莓汁，將杯子放回有水龍頭的小吧台，順手撈起西裝外套。

機長從飛行裝內抽出淡黃褐色的厚信封。「我奉命將這個交給你。」他遞給貝克。信封正面以藍筆寫著：

不必找零了。

貝克算算厚厚一疊略呈紅色的紙鈔。「怎麼會……？」

「這裡的貨幣。」機長平淡無奇地解釋。

「我知道。」貝克口吃起來。「可是，這……這太多了。我只要計程車錢就好。」貝克動腦換算幣值。「這數字相當於好幾千美金哪！」

「先生，我只是奉命行事。」機長轉身，雙手鉤著門上盪回機艙。機艙門隨後關上。

貝克仰頭看著飛機，再低頭看著手上的鈔票。他在空曠的飛機棚枯站了一陣子，將信封塞進胸前口袋，西裝外套披在肩上，向外穿越跑道。這種起點眞弔詭。貝克儘量不去想這件事。幸運的話，他可以及時趕回國，搶救他與蘇珊的石東莊園之行。

快去快回，他告訴自己。快去快回。

之後的發展，他無從得知。

9

系統安全技術員費爾．查楚堅只打算進密碼科一分鐘，取回昨天忘了帶走的文書。可惜事與願違。他穿過密碼科辦公室，走進系統安全室，立即發覺情況有異。隨時監控譯密機內部運作的電腦終端機無人看守，而且螢幕被關掉。

查楚堅大聲呼喚，「哈囉？」

沒人回應。系統安全室一塵不染，彷彿數小時沒有人煙。

雖然查楚堅年僅二十三，對系安小組來說還算個新手，但他受過精良訓練，熟知例行公事：密碼科隨時要有一名系安員值班……特別是星期六密碼員不上班的時間。

他立刻打開螢幕，轉身查看牆上的值班表。「今天輪到誰呀？」他大聲質問，一面掃瞄著名單。根據值班表，一個姓賽登堡的年輕菜鳥應該從昨晚開始連值兩班。查楚堅四下環視空盪盪的實驗室，皺起眉頭。「結果他到底哪裡去了？」

查楚堅看著螢幕啓動開，心想史卓摩是否知道系統安全室無人看管。進系統安全室途中，他注意到史卓摩的辦公室窗簾關上，表示老闆在辦公。老闆星期六上班，並非不尋常的事；史卓摩儘管要求密碼員週六休假，自己卻似乎三百六十五天全年無休。

查楚堅確定的一件事是，如果史卓摩發現系統安全室無人看管，曠職的菜鳥肯定丟飯碗。查楚堅看著電話，心想是否應打電話找他過來，救他一次；系安組有項不成文的規定，就是大家應該彼此護航。在密碼科，系安員是二等公民，經常與大老意見相左。主宰這座斥資數十億殿堂的人是密碼員，已經不是祕密；大家容忍系安員的存在是因爲他們維持電腦運作順暢。

查楚堅下了決定。他抓起話筒。可惜話筒還沒貼上耳朵就陡然停住。他的視線固定在眼前逐漸清晰的螢幕上。他以慢動作放下話筒，目瞪口呆。

費爾・查楚堅任職系安組八個月來，在譯密機執行程式的螢幕上的小時區從未見過兩個〇以外的數字。今天是頭一次破蛋。

經過時間：15:17:21

「十五小時又十七分鐘？」他喘不過氣。「不可能吧！」

他重開螢幕，祈禱著螢幕剛才是更新時出錯。然而當螢幕重新亮起，情況並沒有變化。

查楚堅感到一陣寒意。密碼科的系安組只有一項職責：保持譯密機「乾淨」——不受病毒侵擾。

查楚堅明瞭，譯密機跑了十五個小時，只代表一件事：中毒。不乾淨的檔案進入了譯密機，正在侵害內部程式。受過訓練的他立刻振作起來；系統安全室鬧空城也好，螢幕被關掉也好，都已經無關緊要。他只想專心處理手上的問題——譯密機。他立刻把過去四十八小時進入譯密機的檔案紀錄叫出來，開始掃瞄檔案名單。

病毒檔入侵？他心想。安全過濾器可能漏掉病毒嗎？

爲了安全起見，所有檔案在輸入譯密機前，必須通過一套稱爲「鐵手套」的程式加以過濾。鐵手套包含了一連串強大的電路層閘道器、封包過濾器，以及防毒程式，負責掃描即將輸入的檔案是否暗藏電腦病毒，或挾帶具潛在危險性的副程式（次常式）。檔案若含有鐵手套「不知道」的程式，會立即遭排除。這一關必須由眞人手工處理。偶爾，鐵手套會因某個檔案含有過濾器從未碰過的程式，因而排除整個無害的檔案，這時系安組才由眞人謹愼檢查。唯有眞人證實檔案乾淨，才可繞過鐵手套的過濾器，直接將檔案送入譯密機。

電腦病毒與生物界的病毒同樣多元。一如生物病毒，電腦病毒的一項目標是——附著在寄主系統上，自我複製。換言之，譯密機成了寄主系統。

令查楚堅訝異的是，國安局怎麼從來沒遇上病毒。鐵手套是強效的哨兵，但再怎麼說，國安局有如棲息海底的生物，吸進大量全球各地系統傳來的數位資訊。探查數據資料好比濫交——無論有無保護措施，遲早會染上不乾淨的東西。

查楚堅檢查完了螢幕上的檔案名單。他比剛才更加迷糊了。每份檔案都沒問題。鐵手套沒碰上出乎尋常的檔案，意味著譯密機裡的這份檔案完全乾淨。

「那又怎麼會跑這麼久？」他在空盪的系統安全室裡苦思。查楚堅覺得自己在冒汗。他思忖著是否應拿這項消息去打擾史卓摩。

「掃毒程式，」查楚堅堅定地說，儘量讓心情平復。「我應該跑一下掃毒程式。」

查楚堅知道，如果向史卓摩報告，他也會要求先執行掃毒程式。查楚堅朝密碼科無人的地板看一眼，下定決心。他載入掃毒程式軟體，然後啓動。執行一次程式，大約花十五分鐘。

「告訴我，一切乾淨，」他低聲說。「乾乾淨淨的，完全沒事。」

然而查楚堅隱約感覺到，這次不會「沒事」。本能告訴他，譯密機這隻解碼巨獸體內，一定發生了極不尋常的事。

10

「丹角苑正死了?」蘇珊感到一陣噁心。「你殺了他?你不是說——」

「我們連碰也沒碰他,」史卓摩向她保證。「他死於心臟病發作。國際情蒐科今天一大早打電話來通知。他們的電腦透過國際刑警組織,在塞維亞的警方紀錄裡找到丹角的姓名。」

「心臟病發作?」蘇珊面露懷疑。「他才三十歲。」

「三十二,」史卓摩糾正。「他有先天性心臟病。」

「我怎麼沒聽說過?」

「國安局的體檢報告有記載。這種事他不會拿來自誇。」

時機如此湊巧,蘇珊很難接受。「先天性心臟病,一發作就死了——就這麼簡單?」似乎太方便了。

史卓摩聳聳肩。「心臟不好……西班牙氣候又熱,再加上恐嚇國安局的壓力……」

蘇珊沉默半晌。就算將上述條件考慮進去,她仍不免因失去了這麼聰明的密碼員同儕而心痛。史卓摩砂石般的嗓音打斷了她的思緒。

「整件災難唯一值得欣慰的是,丹角是獨自一人去西班牙。極有可能他的搭檔,還不知道他已經死了。西班牙警方說,他們會儘量延長封鎖這消息的時間。我們之所以接到電話,只是因爲國際情蒐科正在追查。」史卓摩緊盯蘇珊。「在丹角的搭檔發現之前,非先找到他不可。所以我才打電話找妳來。我需要妳的幫忙。」

蘇珊糊塗了。在她看來，丹角苑正適時去世，正好解決了整個問題。「副局長，」她以爭辯的語氣說，「如果警方說他死於心臟病，我們就沒有嫌疑了；他的合夥人會知道國安局和他的死無關。」

「無關？」史卓摩睜大眼睛，露出不敢置信的神情。「有人恐嚇國安局，幾天後卻翹了辮子——我們居然無關？我敢賭大錢，保證丹角的神祕友人絕不會這樣想。無論發生的是什麼事，我們的嫌疑都很重大。若不是心臟病，很有可能是被下毒，可能驗屍報告作假，有很多可能性。」史卓摩停頓一下。「我說丹角死了的時候，妳的第一反應是什麼？」

她皺眉。「我以爲是被國安局害死的。」

「完全正確。如果國安局有辦法在中東上空的軌道佈下五顆流紋岩衛星，讓衛星與地球同步，理應也有能力買通幾個西班牙警察。」副局長說得有道理。

蘇珊吐氣。*丹角苑正死了。嫌疑會推到國安局身上。*「能及時找到他的搭檔嗎？」

「應該可以。我們握有不錯的線索。丹角曾數度公開宣佈他與某人合作。可能有軟體公司想傷害他或偷走他的金鑰，我想他是希望藉此勸他們打消歪念頭。他威脅說，如果有人亂來，他的搭檔會公佈金鑰，讓所有公司一夜間發現自己競爭的對象是免費軟體。」

「高招。」蘇珊點頭。

史卓摩繼續說，「有幾次，在公開場合，丹角提到他搭檔的名字。北達科他。」

「北達科他？一看就知道是個假名吧。」

「對，不過爲防萬一起見，我以北達科他作爲搜尋字串，在網際網路上搜尋，本以爲不會有結果，卻找到了一個電郵帳號。」史卓摩停頓一下。「我當然認定不是我們想找的北達科他，不過爲了保險起見，我查了一下這個帳號。結果發現裡面全是來自丹角苑正的電子郵件。我的驚訝程度可想而知。」史卓摩揚起眉毛。「信件內容到處都是數位堡壘，都是丹角恐嚇國安局的計畫。」

蘇珊以懷疑的表情看了史卓摩一眼。她很訝異的是，副局長怎麼如此輕易受人擺佈。「副局長，」她以爭辯的語氣說，「國安局有辦法從網路抓下電郵偷看，這一點丹角很清楚；他絕不會用電郵來傳送祕密資訊。那帳號是個陷阱。丹角苑正給了你北達科他。他知道你會上網搜尋。無論他傳送的是什麼資訊，他希望你能找到——讓你白找一趟。」

「妳的直覺感敏銳，」史卓摩反駁，「可惜沒考慮到兩件事。我用北達科他搜尋不到東西，所以改了一下搜尋字串。我找到的帳號名稱是NDAKOTA。」

蘇珊搖搖頭。「試試看排列組合是標準程序。丹角知道，如果你找不到，會一直修改字串，直到有結果爲止。NDAKOTA的字串太簡單了吧。」

「大概吧，」史卓摩說著，一面在紙上寫字，然後遞給蘇珊。「不過妳看看這個。」

蘇珊看著那張紙。她頓時了解副局長的想法。紙上寫的是北達科他的電郵地址。

NDAKOTA@ara.anon.org

地址中的ARA令蘇珊眼睛一亮。ARA是美國匿名轉信站（American Remailers Anonymous）的縮寫，是知名的匿名伺服器公司。

對希望隱藏身分的網路族而言，匿名伺服器公司大名響叮噹。這些公司擔任電子郵件傳輸的中介，收費並保護電郵族的隱私，作用類似郵政信箱，收件寄件不需透露眞實地址與姓名。匿名轉信公司收到寄給假名的電郵，然後轉寄給客戶眞正的帳號。依合約，轉信公司絕不能洩露眞正用戶的身分或地點。

「不能證明什麼，」史卓摩說。「不過看來很可疑。」

蘇珊點頭，忽然變得比較心服口服。「這麼說來，你認爲丹角不在乎別人搜尋北達科他，因爲他的身分和地點都有匿名轉信站的保護。」

「完全正確。」蘇珊推敲了一陣子。「匿名轉信站主要服務對象是美國人。你認爲北達科他可能住在美國囉？」

史卓摩聳聳肩。「有可能。如果跟美國人搭檔，丹角可以讓兩個密碼金鑰分隔兩地。可能是高招。」

蘇珊思考著。她不太相信丹角會與密友以外的人共持密碼金鑰，而就她記憶所及，丹角苑正在美國的朋友不多。

「北達科他，」她沉思著說。她的解碼頭腦斟酌著這代號的可能含意。「他寄給丹角的電郵，內容寫的是什麼？」

「沒概念。國際情蒐科只攔截到丹角發出的信。目前爲止，我們對北達科他的了解，僅止於匿名郵址而已。」

蘇珊想了一下。「有沒有可能在誤導？」

史卓摩揚起一邊眉毛。「怎麼說？」

「丹角可能寄假郵件到一個無人帳號，希望我們偷看他的信。我們會以爲他拿了一道護身符，他也不必冒險把密碼金鑰告訴別人。他可能在單打獨鬥。」

史卓摩咯咯笑，表示佩服。「想法很妙，可惜他用的帳號，不是平常家裡或公司裡的帳號。他都去同志社大學，登入學校的主機。顯然他在學校有個帳號，設法不讓人知道。這帳號隱藏得很好，是在誤打誤撞的情況下發現的。」史卓摩停頓一下。「所以說……如果丹角希望我們偷看他的信，爲何要用祕密帳號？」

蘇珊思考這個問題。「也許他用祕密帳號，是希望你不會懷疑他在故佈疑陣？也許丹角故意把帳號埋得不夠深，讓你能碰巧撞見，自認爲走運。這樣能替他的電郵增加可信度。」

史卓摩咯咯笑。「妳應該擔任外勤情報員才對。這點子不錯，可惜的是，丹角每寄一封信，都有人回信。丹角寄信，他的搭檔回信。」

蘇珊皺眉頭。「好吧。所以說，你認爲北達科他確有其人。」

「恐怕是。而且非找到不可。同時不能打草驚蛇。如果他察覺到我們在追查，一切就完蛋了。」

蘇珊總算釐清了史卓摩找她進來的用意。「我猜啊，」她說。「你想叫我查看匿名轉信站的保密資料庫，追查北達科他的眞實身分？」

史卓摩對她露出緊繃的微笑。「弗萊徹小姐，妳看穿了我的心思。」

在祕密網路搜尋方面，蘇珊·弗萊徹是不二人選。一年前，白宮一名高層收到數封恐嚇電郵，寄件人的地址是匿名轉信公司，因此找國安局幫忙追查。雖然國安局夠力，可以命令轉信公司交出用戶資料，但國安局選擇了較爲巧妙的做法——派出「郵蹤」。

蘇珊寫出了一套追蹤程式，以電郵的形式掩飾，作用猶如具方向性的探照燈。她可以將這封電郵寄到用戶的假地址，而轉信公司依合約將電郵轉寄到用戶眞正地址。蘇珊的「郵蹤」一抵達眞正地址，立即記錄網址，傳回國安局，然後該電郵自動消失無蹤。從那天起，對國安局而言，匿名轉信公司只不過是小之又小的麻煩。

「能找到他嗎？」史卓摩問。

「當然。爲什麼等這麼久才找我？」

「其實啊，」——他皺眉——「我本來不打算找妳的。我不想向任何人透露。我自己寄了妳設計的郵蹤，可是妳用的程式語言是新型的混種語言，我怎麼試就是搞不定。郵蹤一直傳回沒有意義的資料。最後只好咬咬牙，向妳求救。」

蘇珊咯咯笑。史卓摩是個優秀的密碼設計師，但他的能力主要局限在演算法方面。程式設計屬於旁枝細節、較不高尚、比較「俗氣」的工作，他通常不沾。此外，蘇珊的郵蹤程式以LIMBO撰寫，是一種新的混種程式語言，難怪史卓摩會碰上麻煩。「我來負責好了。」她微笑，轉身想離去。「我會在自己辦公桌前。」

「大概多久？」

蘇珊停了一下。「這個嘛……要看匿名轉信站轉寄的效率多高了。如果北達科他住在美國，用的是美國線上或線上資料庫服務（CompuServe），幾個鐘頭就能查到他的信用卡，找到帳單地址。如果他用的是大學或企業帳號，會花比較多時間。」她不安地微笑。「之後呢，由你來決定。」

蘇珊知道，「之後」他會派國安局突擊隊切斷對方的電源，手持電擊槍破窗進入。突擊隊大概以為是緝毒行動。毫無疑問的是，史卓摩會大步踏過瓦礫，親自找出六十四字元的密碼金鑰，然後親手銷毀。數位堡壘會永遠在網路上飄搖，永世不見天日。

「寄出郵蹤時要小心，」史卓摩叮嚀。「如果被北達科他發現我們找上他，他一恐慌起來，在我來得及派突擊隊抓人之前帶著金鑰溜掉，那就不妙了。」

「肇事後逃逸，」她保證。「郵蹤程式一找到他的帳號，會自動消失。他永遠查不出我們進去過。」

副局長疲憊地點頭。「謝謝了。」

蘇珊對他柔柔一笑。她總感到訝異的是，即使面對災難，史卓摩仍能維持鎮定。她相信，就因具備這種能力，他在職場上才可步步高陞，成為高層。

蘇珊往門口走去時，向下久久注視著譯密機。無法破解的演算法居然存在，這種概念她仍極力想理解。她祈禱早日找出北達科他。

「快一點，」史卓摩呼喚著，「入夜前就能到大煙山。」

蘇珊定住腳步。她知道自己從未向史卓摩提及原定行程。她轉過身來。國安局連我家電話都竊聽啊？

史卓摩面帶慚愧地微笑。「大衛今早跟我講過了。不得不延後，他說妳很生氣。」

蘇珊摸不著邊際。「你今天早上跟大衛講過話？」

「當然。」史卓摩似乎對蘇珊的反應不解。「不向他介紹一下怎麼行。」

「介紹？」她質問。「介紹什麼？」

「行程啊。我派大衛去西班牙。」

11

西班牙。我派大衛去西班牙。副局長這句話刺痛了耳鼓膜。

「大衛人在西班牙？」蘇珊不敢相信。「你派他去西班牙？」她的口氣轉爲憤怒。「為什麼？」

史卓摩說不出話來。他顯然不習慣被人大聲，即使是密碼科長也一樣。他以迷惑的神情看著蘇珊。蘇珊摩拳擦掌，活像捍衛幼子的母老虎。

「蘇珊，」他說。「妳跟他通過話了，不是嗎？大衛沒解釋嗎？」

她震驚得說不出話。西班牙？所以大衛才延後石東莊園之行？

「我今早派車去接他。他說，走之前會給妳電話。我很抱歉。我以爲——」

「爲什麼派大衛去西班牙？」

史卓摩停頓一下，給她一副「本應如此」的表情。「去拿另一組密碼金鑰啊。」

「什麼另一組密碼金鑰？」

「丹角的那組。」

蘇珊越聽越糊塗。「你在講什麼啊？」

史卓摩嘆氣說，「丹角死的時候，身上當然會有一組密碼金鑰。我當然不希望讓那組流落在塞維亞的停屍間。」

「所以派大衛．貝克去拿？」蘇珊震驚過度了。怎麼說都沒道理。「大衛根本不是你的下屬！」

史卓摩露出受驚的神色。從沒人膽敢以這種態度對國安局的副局長講話。「蘇珊，」他邊說邊維持冷靜，「重點就在這裡。我想找的——」

母老虎進行攻擊。「你手下的員工兩萬個，憑什麼派我的未婚夫去出差？」

「我想找的跑腿人必須是老百姓，與政府機關毫無關聯。如果透過正常管道，被人察覺到——」

「你認識的老百姓，就大衛．貝克一個？」

「不對！大衛．貝克不是我唯一認識的老百姓！但大清早六點，狀況進展太快了！大衛會說西班牙文，頭腦又好，我又信任他，而且心想算是幫他一個忙！」

「幫忙？」蘇珊氣急敗壞地說。「派他去西班牙算是幫他忙？」

「對！跑腿一天，付他一萬。他負責領走丹角的遺物，然後飛回來。便宜他了！」

蘇珊沉默不語。她了解了。都是錢惹的禍。

她的思緒倒轉五個月，回到喬治城大學校長想提拔大衛擔任語言系主任的那晚。校長事先警告過他，當上主任的話，教書鐘點會縮短，文書作業會增加，但薪水也會提高不少。蘇珊很想大喊，大衛，別接啊！你會很慘的。我們的錢夠多了——是誰賺的，別人也管不著。然而，她不宜做主。最後大衛決定接下，她只好支持。那晚兩人入睡後，蘇珊儘量想為他高興，但卻不斷升起不祥的預感。她沒料錯——可惜她這次最希望自己錯得離譜。

「你付他一萬美元？」她質問。「未免太下流了！」

史卓摩這時怒火衝冠。「下流？去妳的，才不下流呢！我連錢都還沒提起，只說請他替我做個人情，他就答應去了。」

「他當然答應啊！你是我老闆！你是國安局的副局長啊！他無從拒絕起呀！」

「妳說的對，」史卓摩發飆。「所以我才打電話找他。我才沒有福氣——」

「局長知道你派老百姓去嗎？」

「蘇珊，」史卓摩說，顯然越來越不耐煩了，「局長跟這事沒關係。他一點也不知情。」

蘇珊盯著史卓摩，不敢置信，彷彿再也不認識眼前這個人。他派了她的未婚夫——一個教師——替國安局出差，而且沒通知局長國安局發生了史上最大的危機。

「還沒通知利藍德．方天？」

史卓摩已忍無可忍。他爆發怒火。「蘇珊，妳給我聽著！我打電話找妳來，是需要盟友，不是調查員！今天早上已經夠煩了。我昨晚下載了丹角的檔案，坐在輸出印表機旁，祈禱著譯密機能破解。一大早，我強壓自尊心，打電話給局長。告訴妳好了，那通電話要報告的內容，我是滿心不情願說出。早安，局長，很抱歉吵醒你。爲什麼找你？因爲我剛發現譯密機已經過時。因爲碰上了最高薪的密碼團隊都寫不出來的演算法！」史卓摩猛捶桌面一下。

蘇珊呆若木雞站著。她沒有出聲。過去十年，她只見過史卓摩發過幾次脾氣，對象從來不是她。

十秒鐘過了，兩人都沒開口。最後史卓摩坐回座位，蘇珊聽得出他的呼吸和緩至正常速度。他終於開口時，嗓音異常平靜、自制。

「不幸的是，」史卓摩悄聲說，「局長碰巧出差到南美洲，去找哥倫比亞總統開會。既然他人在南美，完全幫不上忙，我只有兩個選擇——要求他縮短行程回國，或是自己應付。」兩人沉默半晌。史卓摩最後抬頭，疲倦的雙眼與蘇珊交接。他的表情立即舒緩下來。「蘇珊，對不起。我好累。這是惡夢成眞。我知道大衛的事惹妳不高興。我沒想到妳會在這種情況下發現。我以爲妳早就知道了。」

蘇珊的心頭湧上一陣罪惡感。「我反應過度了。對不起。大衛是不錯的人選。」

史卓摩心不在焉地點頭。「他今晚就回國。」

蘇珊想著副局長承受的每件事：監督譯密機的壓力；工時無限延長，有開不完的會；聽說他結褵三十年的妻子想離婚；現在又冒出了數位堡壘，是國安局成立以來最大的情報威脅。可憐的史卓摩單人應付。

難怪他看起來好像快崩潰了。

「以現在的情況來看，」蘇珊說，「建議你最好打電話找局長。」

史卓摩搖搖頭，一粒汗珠滴到桌上。「這場重大危機他幫不上忙，聯絡他可能會危及他的人身安全，又可能洩露機密。」

蘇珊知道他說的有道理。即使置身這種狀況，史卓摩的頭腦還是非常清楚。「考慮過打電話給總統嗎？」

史卓摩點頭。「考慮過，決定不要。」

蘇珊也有同感。國安局高層有權在上級不知情時處理可證實的情報危機。國安局是美國情報機關中獨享聯邦豁免權的一個，免負任何責任。史卓摩通常用不上這個權利；他寧可妙手處理危機。

「副局長，」她以爭論的口氣說，「這件事太大，不能單獨處理，非找別人幫忙不可。」

「蘇珊，數位堡壘的存在，對本單位的未來具有重大影響。我不打算背著局長向總統報告。出了危機，我親自面對。」他若有所思地看著蘇珊。「我好歹是執行副局長。」他臉上泛起疲倦的笑容。「更何況，我不是單兵作戰。我身邊有蘇珊．弗萊徹。」

就在這一瞬間，蘇珊理解到自己爲何如此尊敬崔沃．史卓摩。過去十年來，無論是大風小浪，他總是替她開路。腳步堅定，毫無動搖。讓她讚嘆的是他的貢獻心——堅守個人原則、全心效忠國家、堅持個人理念。在任何情況下，副局長崔沃．史卓摩都是一座指點迷津的燈塔。

「妳站在我這邊，對不對？」他問。

蘇珊微笑。「對，副局長。百分之一百。」

「那就好。可以繼續工作了吧？」

12

大衛・貝克參加過葬禮，也看過屍體，但這一次特別令人頭皮發麻。這具遺體未經悉心妝點過，也不是擺在內襯絲綢的棺材裡，而是被剝個精光，隨意扔在鋁檯上。屍首的兩眼空洞無神，沒有注視的目標，向天花板翻轉，充滿了驚恐與遺憾，如同經過定格處理，氣氛詭異。

「他的遺物呢？」貝克以標準西班牙文卡斯提爾語流利地說。

「那裡。」一口黃牙的警官回答。他指著櫃檯上的衣物與其他個人物品。

「就這些？」

「是。」

貝克問他有沒有硬紙箱。警官匆匆去找。

現在是星期六晚上，嚴格說來塞維亞的停屍間已經關門。年輕警官接到塞維亞警察局長的直接命令，特別讓貝克進入。看來這個遠道而來的美國人關係靈通。

貝克看著那堆遺物，有護照、皮夾、塞在鞋子裡的眼鏡，也有一個小型筒狀布袋，是警方從男子的旅館取來的。貝克接到的指示很清楚：一律別碰，一律別看，全帶回來就是了。所有東西。一項也別遺漏。

貝克翻找著遺物，皺起眉頭。*全是垃圾嘛，國安局要這些做什麼？*

警官捧著小紙箱回來，貝克開始裝箱。

警官戳戳屍首的小腿。「是誰啊？」

「不知道。」

「像是中國人。」

日本人，貝克心想。

「這小子眞可憐。心臟病，對吧？」

貝克心不在焉地點頭。「他們說是心臟病沒錯。」

警官嘆嘆氣，搖搖頭，表示同情。「塞維亞的太陽很毒的。明天外出要當心點。」

「謝謝！」貝克說。「可惜我馬上回國。」

警官露出震驚的表情。「你不是剛到？」

「對，不過替我買機票的人正在等這堆東西。」

警官面露微慍，是西班牙人遭羞辱時才有的表情。「你是說，你不準備體驗一下塞維亞？」

「我幾年前來過。這裡好美。可惜這次沒機會。」

「所以說，你參觀過迴旋鐘塔囉？」

貝克點頭。他沒有眞正爬上這座古摩爾人的建築，只是看過。

「亞卡薩城堡呢？」

貝克再度點頭，回想起在庭院裡聽見帕哥迪露夏彈奏吉它的那晚，置身十五世紀城堡，傾聽星光下的佛朗明哥音樂。但願那時就認識蘇珊多好。

「當然也沒錯過哥倫布囉。」警官綻放笑容。「他被埋在我們的大教堂裡。」

貝克抬頭。「眞的嗎？哥倫布不是埋葬在多明尼加共和國？」

「才不是哩！是誰在亂傳謠言？哥倫布的遺體埋在西班牙啦！你不是念過大學嗎？」

貝克聳聳肩。「那天一定蹺課了。」

西班牙的教會。貝克知道，在西班牙，所謂的教會只有一家—羅馬天主教會。這裡天主教的勢力比梵諦岡還大。

「當然囉，我們埋的不是整個遺體，」警官接著說。「只有陰囊。」

貝克停止裝箱的動作，盯著警官看。「只有陰囊？」他強忍著笑意。

警官驕傲地點頭。「對。教會取得偉人的遺體後，會封偉人為聖徒，然後將遺體分給幾家大教堂，讓大家分沾光彩。」

「結果你們分到……」貝克閉氣忍笑。

「聽好！那部位很重要哪！」警官辯解。「我們又不像加里西亞（譯註：Galicia，西班牙西北部）那些教堂，只分到一根肋骨或是指關節！你應該多待幾天，參觀一下。」

貝克客氣地點頭。「離開市區時，我再順道去吧。」

「算你運氣差。」警官嘆氣。「可惜大教堂關門了，舉行旭日彌撒的時候才開門。」

「下次再說了。」貝克微笑，拉著箱子。「我該走了，班機快飛了。」他對停屍間看最後一眼。

「要不要我載你去機場？」警官問。「我的Moto Guzzi停在前面。」

「不用了，謝謝。我自己叫計程車。」貝克大學時代曾騎過一次摩托車，差點送掉小命，不打算再坐機車，無論誰載他都一樣。

「隨你便了，」警官說著往門口走。「燈我來關。」

貝克將紙箱夾在腋下。所有東西都拿了嗎？他對屍檯上的遺體看最後一眼。屍體一絲不掛，臉朝上，日光燈向下照來，顯然藏不住任何東西。貝克的視線不知不覺被他畸形得怪異的手吸引。他凝視半晌，更加仔細看。

警官關了燈，停屍間一片漆黑。

「等一等，」貝克說。「把燈打開。」

日光燈閃了幾下，又亮起來。

貝克把紙箱放在地板上，向屍體走去。他彎腰瞇眼看著這人的左手。

警官順著貝克的視線望去。「很醜吧？」

然而，吸引貝克注意的，並非奇形怪狀的部分。他看見了什麼東西。他轉向警官。「所有東西都在紙箱裡，你確定嗎？」

警官點頭。「對。就那些。」

貝克雙手插腰，站了一陣子。然後他捧起紙箱，搬到櫃檯上，把裡面東西全倒出來。他小心翼翼地抖動衣物，一件接一件。然後他清理鞋子，用力拍打，彷彿想去除小石子。接著他重新再檢查一次，然後走回屍體，皺起眉頭。

「有問題嗎？」警官問。

「對，」貝克說。「少了一樣東西。」

13

沼高德源站在豪華的頂樓辦公室裡，向外凝望東京的天際輪廓。他的職員與競爭對手都知道，他是一條「惡鮫」——殺人不眨眼的鯊魚。過去三十年來，他以過人的預測力、競標力、廣告力勝過所有對手；如今在全球商場上，他眼看也將成爲巨擘。

他即將敲定這輩子最大的一筆生意，將使沼科企業成爲明日的微軟。一陣陣腎上腺素傳來，令他血脈僨張。商場如戰場，而戰爭令人亢奮。

儘管三天前接到電話時，沼高德源起了疑心，但他知道事實。他受到了好運之神冥利的眷顧。天神選上他了。

「我有一份數位堡壘的密碼金鑰，」操美國口音的對方說。「願不願意買？」

沼高差點笑出來。他知道這是詭計一樁。沼科企業對丹角苑正的新演算法大舉競標，如今沼科的競爭對手之一在玩把戲，想打探他競標的數字。

「你有密碼金鑰？」沼高假裝有興趣。

「有。我名叫北達科他。」

沼高忍住笑意。大家都知道北達科他。丹角曾對新聞界提到這位祕密夥伴。對丹角而言，找人搭檔是明智之舉，因爲即使在日本，商場競爭也變得不擇手段。丹角苑正並不安全。然而，只要有公司因過度積極而走錯一步，丹角就會公佈密碼金鑰，到時候商場上每家軟體公司都將受害。

沼高長長吸了一口「旨味」雪茄，陪來電者玩玩可笑的把戲。「所以說，你想賣掉密碼金鑰？眞有意思。丹角苑正有什麼看法？」

「我對丹角先生沒有忠誠可言。是他自己傻到信任我。密碼金鑰的價値比他付給我的錢多好幾百倍。」

「對不起，」沼高說。「你手上的密碼金鑰對我一文不値。丹角如果發現你賣掉密碼金鑰，他會乾脆公開自己那份，整個市場會充斥數位堡壘。」

「我要賣的是兩份密碼金鑰，」對方說。「丹角先生的，再加上我的。」

沼高遮住話筒，大笑出聲。他忍不住想問，「兩組密碼金鑰，你要價多少？」

「兩千萬美元。」

兩千萬幾乎與沼高的投標數字相當。「兩千萬？」他假裝驚恐，失聲說，「高得過分了吧？」

「他的演算法我看過。保證貨眞價實。」

廢話，沼高心想。比兩千萬多十倍。「很可惜的是，」他已經玩累了。「你知我知，丹角絕不會贊成這件事。想想看法律上的衝擊。」

來電者停頓一下，令人不寒而慄。「如果說，丹角先生已經不成問題了呢？」

沼高想大笑一聲，但他注意到對方語調堅定得出奇。「如果丹角已經不成問題？」沼高考慮著，「那麼你我就能成交。」

「我會再聯絡的。」對方說完，掛掉電話。

14

貝克低頭凝視屍體。這個亞洲人即使已經死亡數小時，臉孔仍散發出最近日曬後的淺粉紅光澤，其餘部分則呈淡黃。唯一例外的是心臟正上方有一小處淡紫瘀傷。

大概是心肺復甦術吧，貝克沉思著。可惜沒救成。

他轉回視線，繼續打量著死者的手。貝克從未見過這樣的雙手。每隻手指有三根指頭，既扭曲又歪斜。儘管如此，貝克注意看的並非畸形的部分。

「哇，原來，」站在停屍間另一邊的警官悶哼。「他是日本人，不是中國人。」

貝克抬頭看。警官正在翻閱死者的護照。「麻煩請你別亂動，」貝克要求。什麼也別碰，什麼也別看。

「丹角苑正……生日元月——」

「拜託，」貝克客氣地說。「請放回原位。」

警官又繼續看了護照一下，然後扔回遺物堆。「這傢伙拿的簽證是第三類。要待的話，可以待上好幾年。」

貝克以筆戳戳死者的手。「說不定他住在這裡。」

「不對。入境日期是上個禮拜。」

「說不定他準備搬過來。」貝克口氣唐突。

「對，說不定。第一個禮拜就倒楣。中暑又心臟病發作。可憐的傢伙。」

貝克不去理會警官，繼續研究死者的手。「他死的時候，沒有佩戴任何首飾嗎？你確定嗎？」

警官抬頭，神色訝異。「首飾？」

「對。你過來看看。」

警官走過停屍間。

丹角的左手皮膚處處顯出日曬的痕跡，只有小指窄窄的一圈例外。

貝克指著那圈蒼白的肌膚。「沒有日曬，看到沒？看起來他生前戴著戒指。」

警官似乎感到驚訝。「戒指？」他的嗓音忽然攙雜著迷惑。他細看屍體的手指，然後像做了壞事般臉紅起來。「我的天，」他咯咯笑了一下。「原來真有其事啊？」

貝克的心忽然往下沉。「你說什麼？」

警官搖搖頭，不願相信。「我本來想提的……不過總以爲那人是瘋子一個。」

貝克收起微笑。「什麼人？」

「打電話報警的那個人。加拿大來的觀光客。一直講著什麼戒指的。嘮嘮叨叨講著我聽過最爛的西班牙文。」

「他說丹角先生戴著戒指？」

警官點頭。他抽出一根杜卡多香菸，瞄了「禁止吸菸」的標語一眼，還是點了菸。「我想我早該說出來的，不過那人像是在瘋言瘋語。」

貝克皺眉頭。史卓摩的話，言猶在耳。丹角苑正身上所有東西我都要，每樣東西都要。一件也不留。連一小張紙屑也不放過。

「戒指呢？」貝克問。

警官吸了一口菸。「說來話長。」

貝克直覺認爲不是好消息。「還是請你說來聽聽。」

15

蘇珊．弗萊徹坐在三號節點的電腦終端機前。三號節點是密碼員的隔間，既隱秘又隔音，在主辦公室旁邊，隔上兩吋厚的弧形單向玻璃，讓密碼員能遍覽密碼科的全貌，同時卻避免其他人向內窺視。

在廣闊的三號節點後面，十二台終端機圍成正圓形。之所以如此安排，是希望鼓勵密碼員之間知識交流，提醒大家都是團隊的一分子，在密碼員之間培養出圓桌騎士的精神。諷刺的是，三號節點內部容不下祕密。

三號節點的綽號是遊戲圍欄，缺乏密碼科其他地方那種了無生機的氣氛。這裡的設計感覺像家，鋪上長毛絨地毯，裝設高科技音響系統，冰箱塞滿東西，也有小廚房與室內籃球架。國安局對密碼科有一套想法：別只斥資二十億打造破解密碼的電腦，卻留不住菁英中的菁英來使用。

蘇珊脫掉義大利名牌Salvatore Ferragamo平底鞋，將穿著絲襪的腳趾埋入厚厚的地毯裡。上級喜歡鼓勵待遇優渥的政府員工，儘量避免奢侈，避免展示個人財富。對蘇珊而言，她通常沒意見。她住的是不起眼的雙戶聯棟屋，開的是富豪房車，衣著也保守。但提到鞋子，那可得另當別論。即使蘇珊念大學時，她省吃儉用也要買最好的鞋子。

如果腳痛，就跳不起來搆著星星了，她的阿姨曾經對她說。而且走到妳想去的地方後，最好能表現出最稱頭的一面！

蘇珊允許自己奢侈地伸伸懶腰，然後定下心來辦正事。她叫出「郵蹤」，準備下指令。她瞥了一眼史卓摩給她的郵址。

NDAKOTA@ara.anon.org

自稱北達科他的男子擁有一個匿名帳號，但蘇珊知道，他再躲也躲不了多久了。郵蹤能寄到匿名轉信站，轉寄至北達科他，然後回傳對方眞正的位址。

如果一切順利，郵蹤能很快找出北達科他的地點，史卓摩也能沒收他的密碼金鑰。如此一來，只剩下大衛了。如果他找到丹角的那份，兩組密碼金鑰就能同時銷毀；丹角心愛的定時炸彈會變得不痛不癢，成了獨缺雷管的致命炸藥。

蘇珊再三檢查眼前的郵址，在正確的資料欄輸入資訊。史卓摩自己想發郵蹤卻沒發成，讓她不禁咯咯笑。顯然他發了兩次，卻只接到丹角的郵址，而非北達科他的。蘇珊心想，這種錯誤很明顯。史卓摩大概是搞錯了資料欄，結果讓郵蹤找錯了帳號。

蘇珊設定好了郵蹤，佇列等待執行。接著她按下「執行」鍵。電腦嗶了一聲。

郵蹤寄出。

接下來就開始等吧。

蘇珊吐出一口氣。剛才對副局長那麼兇，現在自覺慚愧。若論及誰有資格隻手處理這場危機，這人非崔沃・史卓摩莫屬。若有誰敢向他挑戰，冥冥之中他是有能力扳倒對方的。

六個月前，電子前線基金會爆料指出國安局的潛艇在監聽海底電話電纜，史卓摩鎮定地釋出矛盾的消息，宣稱那艘潛水艇其實是在非法傾倒有毒廢棄物。電子前線與海洋環保分子大吵起來，花很多時間爭論哪個版本才是事實，結果媒體炒累這則新聞了，最後不了了之。

史卓摩的每一招，都事先精心規畫過。在研擬、修正計畫時，他極力依賴電腦。史卓摩與國安局許多員工一樣，使用國安局開發的「腦力激盪」軟體，可在零風險的情形下，在電腦裡安然實行假想情境。

腦力激盪軟體是一種人工智慧的實驗，負責開發的人將之描述爲「因果揣摩器」，設計的本意是應用於競選活動中，替某個「政治環境」創造出虛擬的模型。輸入大量資料後，腦力激盪軟體可產生交互關聯的脈絡，假想出政治變數間的互動模式。這些變數包括當權人物與其部屬彼此間的個人關係、熱門話題、個人動機，再配上性別、族裔、金錢、權力等變數。使用者接著可輸入任何假想事件，讓軟體預測事件對「環境」的影響。

腦力激盪軟體，史卓摩副局長是忠實的使用者——目的不在於搞政治，而是用來研擬時間軸、流程、策畫。腦力激盪軟體在規畫複雜策略、預測弱點方面的功能強大。蘇珊懷疑，史卓摩的電腦可能藏有會讓世界改觀的謀略。

對，蘇珊心想，我剛才是太兇了。

三號節點的門嘶聲打開，打斷了她的思緒。

史卓摩衝進來。「蘇珊，」他說。「大衛剛來電。遇到困難了。」

16

「戒指？」蘇珊一臉狐疑。「丹角的戒指不見了？」

「對。幸好被大衛看出來。不仔細察看還看不到。」

「可是，你要找的是密碼金鑰，又不是首飾。」

「我知道，」史卓摩說，「不過我認爲，金鑰和首飾可能是同一件東西。」

蘇珊一頭霧水。

「說來話長。」

她示意著螢幕上的郵蹤。「反正我也走不開。」

史卓摩重重嘆了一口氣，開始踱步。「看來有幾個人目擊丹角死亡過程。根據停屍間的警官表示，有個加拿大觀光客今早報警，語氣慌張，說有個日本男子在公園裡心臟病發作。警官趕到時，發現丹角已經氣絕身亡，加拿大人陪在身邊，所以他用無線電呼叫救護車。救護車將丹角的遺體載去停屍間，警官想找加拿大人做口供，結果那老頭口齒不清，一直說丹角臨死前送走了什麼戒指。」

蘇珊以懷疑的眼神看他。「丹角送人戒指？」

「對。顯然他硬要老頭接下——像是懇求他接下似的。老頭好像仔細看了一下。」史卓摩停止踱步，轉身過來。「他說戒指上面刻了東西，是某種字母。」

「字母？」

「對，根據他的說法，刻的不是英文。」史卓摩滿懷希望，揚起眉毛。

「是日文嗎？」

史卓摩搖搖頭。「我第一個念頭也是日文。不過妳繼續聽——這個加拿大人抱怨說，上面的字母沒有拼出任何意義。日文的假名跟我們的羅馬字母絕不可能混爲一談。他說上面刻的字，就像貓在打字機鍵盤上亂踩一通。」

蘇珊笑笑。「副局長，你該不會眞的認爲——」

史卓摩打斷她。「蘇珊，事實再清楚不過了。丹角把數位堡壘的密碼金鑰刻在戒指上。黃金恆久不變。無論是睡覺、洗澡、吃飯，密碼金鑰隨時跟著他，想公開時立刻公開。」

蘇珊一直面露懷疑神色。「在他手指上？公開戴著到處跑？」

「有何不可？西班牙又不盡然是全世界的密碼首都。上面刻什麼，沒人有概念。更何況，如果那份金鑰是標準的六十四位元，即使在大白天，也不可能有人看得清楚，還背下全部六十四個字元。」

蘇珊一臉疑惑。「結果丹角臨死前把戒指送給陌生人？爲什麼？」

史卓摩瞇起眼睛。「妳認爲呢？」

蘇珊稍微一想就想通了。她睜大眼睛。

史卓摩點頭。「丹角是想解決掉戒指。他認爲是我們害死了他。他知道自己快死了，合理推定我們脫不了關係。時機太湊巧了。他認爲我們找上了他，對他下毒或是下了什麼觸發心臟病的緩效藥物。他心想，我們敢殺他，唯一的解釋是我們找到了北達科他。」

蘇珊感到一陣寒意。「那當然，」她低聲說。「丹角以爲我們掌握了他的護身符，所以可以連他一起解決。」

蘇珊這時完全理解了。心臟病發作的時機太便宜了國安局，因此丹角假定是被國安局下了毒手。他最後的直覺是報復。他送走戒指，當作是公開密碼金鑰的最後希望。如今令人難以想像的是，金鑰竟落在某個加拿大觀光客手裡。金鑰能解開史上最堅固的加密演算法，持有人卻渾然不知。

蘇珊深深吸進一口氣，問出必然的問題。「這麼說來，那個加拿大人現在在哪裡？」

史卓摩皺眉。「問題就在這裡。」

「那個警察不知道他在哪裡？」

「不知道。加拿大人的說法太荒謬，警官認為他不是驚嚇過度就是老年癡呆，所以用摩托車載他回旅館。可是加拿大人沒坐過機車，不知道要抓緊，結果還騎不到三呎就摔下來了，撞到了頭，摔斷了手腕。」

「什麼！」蘇珊嚥下口水。

「警官想載他去醫院，不過加拿大人氣炸了，說他寧願走路回加拿大，也不願再上摩托車。所以警官只好陪他走到公園附近的公立小診所，留下他檢查傷勢。」

蘇珊皺起眉頭。「大衛會往哪裡跑，看來我不用多問了。」

17

大衛・貝克走向室外，踩上西班牙廣場熾熱的瓷磚。前方是古老的市政廳，聳立在樹木間，坐落於三英畝的藍白色葡萄牙瓷磚之上。阿拉伯風格的尖塔與雕刻的正面，給人一種想蓋成宮殿而非市政廳的印象。儘管市政廳在歷史上歷經軍事政變、大火、絞刑示眾，多數旅客到此一遊，主要是被本地觀光小冊子的宣傳吸引：這裡是電影《阿拉伯的勞倫斯》中的英軍總部的地點。由於在西班牙拍片成本遠低於埃及，而且摩爾人對塞維亞的建築風格影響深遠，觀眾看上去此地就像開羅，哥倫比亞製片公司因此決定在此拍片。

貝克將腕上的精工錶設定為當地時間：晚上九點十分。以這裡的標準，這時仍屬下午；真正的西班牙人絕不在日落前吃晚餐，而懶散的安達魯西亞陽光鮮少在十點前釋放天空。

即使在向晚的高溫中，貝克仍不知不覺快步穿越公園。史卓摩的口氣比早上更加急迫。這次的命令不留誤解的空間：找到加拿大人，弄到戒指。不計一切代價，弄到戒指就是了。

貝克心想，刻滿字母的戒指嘛，有什麼大不了的。史卓摩並沒有主動解釋，貝克也沒問。國安局啊，他心想，是Never Say Anything（什麼也不說）的縮寫。

在依莎貝拉街對面，診所清晰可見，屋頂畫著白圈紅十字的國際通用符號。警官幾小時前陪加拿大人過來。手腕骨折，頭部腫了一個小包——毫無疑問的是，病人接受完治療，早已出院了。貝克只希望診所記載了出院紀錄，留下當地旅館名稱或電話號碼，可以循線追查。如果走一點小運的話，貝克認為能找到加拿大人，拿到戒指，啓程回國，不會再遇到任何麻煩。

史卓摩告訴過貝克，「如果有必要的話，可以用那一萬元鈔票買下戒指。回來再補給你。」

「不必了。」貝克回答。反正他早已打算退回這筆錢了。他不是爲了錢才來西班牙，他是爲了蘇珊。崔沃．史卓摩副局長是蘇珊的職場導師，也是她的護衛。蘇珊欠他很多人情；花一天跑這麼一趟，算是貝克能盡的微薄心血。

不幸的是，今早的過程不如貝克計畫來得順利。他本來想上飛機打電話給蘇珊解釋個清楚。他考慮過，乾脆請機長以無線電聯絡史卓摩，讓他代轉訊息，卻猶豫了一下，不想因爲感情糾紛將副局長拖下水。

有三次，貝克想親自打電話給蘇珊。第一次用的是飛機上失靈的行動電話，第二次是在機場的公用電話，第三次是在停屍間。蘇珊不在家。貝克納悶她會上哪裡去。他只聽到答錄機，沒有留言。他想說的話，不是答錄機能傳達的訊息。

他走上馬路時，瞧見公園入口有個公用電話亭。他小跑步過去，抓起電話筒，插入電話卡，按下號碼，沉靜了很長一段時間，電話才接通，總算開始嘟嘟作響。

拜託啊，快接啊。

響了五聲，電話接通了。

「嗨！我是蘇珊．弗萊徹。抱歉現在不在家，請留下姓名……」

貝克傾聽著留言。她去哪裡了？現在蘇珊該已經急壞了才對。他懷疑，也許她丟下他，自己先去石東莊園了。這時傳來嗶聲。

「嗨。是大衛啦。」他停頓下來，不確定該說什麼。他討厭答錄機的原因之一，是如果停下來思考，答錄機會自動切掉。「對不起一直沒打電話，」他及時脫口而出。他心想該不該向她解釋過程。想了一下作罷。「打電話給史卓摩副局長。他會解釋一切。」貝克心跳如鼓。太差勁了，他心想。「我愛妳。」他趕緊接著說，然後掛掉電話。

貝克等待柏波亞道上的車流通過。他想到，蘇珊無疑會做最壞的打算；因爲答應打電話卻沒打，有違他的作風。

貝克步入四線道的大馬路。「快去快回，」他低聲自言自語。「快去快回。」心事重重的他，沒看見對面戴鋼絲框眼鏡的男子正在監視。

18

沼高站在東京摩天樓辦公室的厚玻璃窗前，深深抽了一口雪茄，自顧自地微笑著。他幾乎不敢相信自己的好運。他再度跟那名美國人通電話。如果一切按照進度，丹角苑正這時已遭排除，其手中那份密碼金鑰也已在他的夥伴掌握中。

沼高心想，說來也諷刺，丹角的密碼金鑰最後居然落在他手上。沼高多年前曾見過丹角一次。當時他以初出大學校園的程式設計師身分，前來沼科企業應徵工作，卻遭沼高回絕。丹角這人聰明絕頂，是無法否認的事實，但當時沼高另有考量因素。儘管日本已經慢慢在改變，但沼高出身守舊學派，重視榮譽與面子，無法容忍不盡完美的事物。如果他僱用了殘障人士，會讓公司臉上無光。丹角的履歷表，他正眼也沒看就作廢。

沼高再看一次手錶。代號北達科他的美國人，早該打電話來了。沼高感到一絲緊張。他希望不要出錯才好。

如果兩組密碼金鑰眞如對方承諾，將能解開電腦時代最令人垂涎的產物——百攻不破的數位加密演算法，沼高可將這套演算法製成防止篡改的封膠 VSLI（譯注：Very Large Scale Integration，超大型積體電路）晶片，大量行銷至全球電腦廠商、政府、產業，甚至可向較難見天日的市場推銷……全球恐怖分子的黑市。

沼高微笑起來。看情況，他一如以往，再度受到冥利的眷顧。沼科企業即將握有僅此一份的「數位堡壘」。兩千萬美元不是小數目——但考慮到這份商品，兩千萬是本世紀最划算的投資。

19

「如果別人也在找這個戒指呢？」蘇珊問，忽然緊張起來。「大衛會不會有危險？」

史卓摩搖搖頭。「別人不知道這戒指的存在，所以我才派大衛去。我希望保住祕密。好奇的密探通常不會跟踪西班牙文老師。」

「他是教授。」蘇珊糾正他，但立即後悔。蘇珊經常感覺到，史卓摩似乎瞧不起大衛，認爲大衛是教書匠，配不上她。

「副局長，」她甩開這些想法，接著說，「如果今天早上你用汽車電話跟大衛介紹任務內容，可能被人攔截——」

「百萬分之一的機率，」史卓摩打斷她，語調專橫。「若想偷聽，必須緊臨通話地點，而且知道想偷聽的內容概況。」他一手放在蘇珊肩膀上。「如果我認爲有危險，就不會派大衛出差了。」他微笑。「相信我。一出現麻煩的跡象，我會立刻派出專家。」

史卓摩話沒說完，突然有人敲擊著三號節點的玻璃。蘇珊與史卓摩轉身。

系安組的費爾・查楚堅臉貼在玻璃上，猛力捶打，拚命想透視。他情緒激動，嘴巴開合著，但礙於隔音玻璃，裡面的人聽不見。他一副活見鬼的模樣。

「查楚堅幹嘛進來？」史卓摩咆哮。「今天又不輪他値班。」

「看來有麻煩了，」蘇珊說。「他大概看到執行螢幕。」

「可惡！」副局長氣得咬牙說。「我特別打電話給昨晚輪班的系安員，叫他別上班！」

蘇珊並不驚訝。取消系安組的值班並不常見，但史卓摩無疑希望在這棟圓頂建築裡維持隱私。他最不想見的，就是某個疑神疑鬼的系安員掀開數位堡壘的簾幕。

「最好中止譯密機，」蘇珊說。「可以重新設定執行螢幕，騙小查說他走眼了。」

史卓摩似乎在考慮，隨後卻搖搖頭。「不行。譯密機已經攻擊了十五個鐘頭，我希望讓它跑完二十四小時——確定一下。」

蘇珊認爲有道理。數位堡壘首度運用循環明文功能的演算法，也許丹角忽略了某個地方；也許譯密機跑了二十四小時就能破解。但蘇珊認爲不太可能。

「讓譯密機繼續跑，」史卓摩語氣堅定。「我非確定這演算法無法動搖不可。」

查楚堅繼續捶打玻璃。

「沒指望了。」史卓摩悶哼。「支援我。」

副局長深吸一口氣，然後大步走向玻璃滑門。地板的高壓金屬板啓動，門也嘶嘶開啓。

查楚堅幾乎是跌進辦公室。「副局長，我……很抱歉打擾你，是執行程式的螢幕……我跑了掃毒程式，結果——」

「小查，小查，小查，」副局長以愉悅的口氣連續說，一手拍拍查楚堅的肩膀，請他安心。「慢慢來嘛。出了什麼問題？」

史卓摩的語調隨和，旁人絕無法猜到他周遭的世界正在崩垮。他站向一邊，帶著查楚堅進入神聖的三號節點。系安員查楚堅猶豫地踏過門檻，猶如訓練精良的狗，他察覺不對勁。

從查楚堅迷惘的表情來看，顯然他從未見識過三號節點內部。剛才令他恐慌的事情，也暫時拋在腦後。他審視著豪華的內部裝潢，看到那列私人終端機、沙發長椅、書架、柔和的燈光。他的視線落在密碼科女王蘇珊．弗萊徹身上時，立刻轉移眼光。蘇珊總令他畏懼不安。她的頭腦運作層次不同。她美艷得令人不安，每次見到她，查楚堅便語無倫次。蘇珊親和的作風更令他緊張。

「出了什麼事，小查？」史卓摩邊說邊打開冰箱。「喝點什麼？」

「不用了，啊——不用，謝謝長官。」他的舌頭似乎打結，不太確定這種好客態度是否眞誠。「長官……我認爲譯密機出了問題。」

史卓摩關上冰箱，隨和地看著查楚堅。「你指的是執行程式的螢幕？」

查楚堅表情震驚。「你是說，你也看見了？」

「當然。跑了差不多十六個鐘頭，如果我沒算錯的話。」

查楚堅似乎糊塗了。「對，長官，十六個小時。不過還不止這樣，長官。我跑了掃毒程式，結果出現很怪的東西。」

「是嗎？」史卓摩似乎不太關心。「什麼樣的東西？」

蘇珊旁觀著，對副局長的表現感到欽佩。

查楚堅繼續結結巴巴說，「譯密機正在處理一種很先進的東西。過濾器從沒見過這樣的東西。恐怕譯密機中了某種病毒。」

「病毒？」史卓摩咯咯笑，帶有極輕微的我尊彼卑意味。「小查，你的關心，我很欣賞，眞的。不過弗萊徹小姐跟我正在跑新的診斷程式，是非常先進的東西。如果知道你今天値班，我會先通知你的。」

系安員盡全力巧妙替同僚護航。「我跟新來的調班了，幫他輪週末的班。」

史卓摩瞇起眼睛。「那就怪了。我昨晚跟他通過電話，叫他別値班，他可沒提到調班的事。」

查楚堅覺得喉嚨有硬塊升起。現場是一片緊繃的寂靜。

「好吧。」史卓摩最後嘆氣。「看來是不湊巧搞錯了。」他一手放在查楚堅肩上，帶他往門口走去。「好消息是，你不需要留下來。弗萊徹小姐跟我會待上一整天。由我們坐鎭。你儘管享受週休二日吧。」

查楚堅猶豫著。「副局長，我眞的認爲應該檢查——」

「小查，」史卓摩稍微加重嚴厲的口吻，「譯密機沒問題。如果掃毒結果出現怪東西，也是我們放進去的。現在，如果你不介意的話……」史卓摩的音量由高降至無聲，系安員很識相，心知到此爲止了。

「診斷程式個屁！」查楚堅喃喃說著，一肚子鳥氣走回系安實驗室。「什麼樣的迴圈函式能讓三百萬個處理器忙十六個鐘頭？」

查楚堅考慮是否應致電系安組長。該死的密碼員，他心想。根本不懂安全！

初入系安組時，查楚堅曾宣誓過。宣誓內容此時掠過腦海。他發誓善用專業知識、訓練與直覺來保障國安局數十億元的投資。

「直覺，」他以叛逆的口氣說。用不著靈媒也知道那不是什麼診斷程式！

秉著叛逆心，查楚堅跨步走向終端機，叫出譯密機所有系統評估軟體。

「副局長，你的寶貝有麻煩了，」他咕噥著。「你卻不信任直覺？我找證據給你看！」

20

眼前的公立健康診所，其實只是小學改建的設施，完全不像醫院，長長的一樓磚造建築，窗戶很大，後面有一組生鏽的鞦韆。貝克走上破舊的台階。

醫院裡面又暗又吵。候診室有一排折疊金屬椅，沿著狹長的走廊從頭排到尾。鋸木架上擺了一張厚紙板，上面以西班牙文註明「辦公室」，箭頭指向走廊。

貝克在光線微弱的走廊上走著。這一幕活像好萊塢恐怖片的場景，氣氛詭異。空氣瀰漫著尿騷味。走廊另一端的燈光暗滅，最後四五十呎什麼也看不到，只見無聲的輪廓。一個流著血的婦人……一對年輕男女在哭泣……一個小女孩在祈禱……貝克來到無光的走廊盡頭。他見左邊的門微開著，順手推開。裡面空曠，只有一名沒穿衣服的乾癟老嫗，在病床上努力使用便盒。

真美啊。貝克悶哼。他關上門。*辦公室到底在哪裡？*

走廊有個窄彎道，貝克聽見人聲。他循聲來到一道半透明的玻璃門，裡面似乎有人在吵架。貝克很不情願地推開門。這就是辦公室。*大混亂*。正是他最擔心的場面。

隊伍排了約莫十人，人人又推又吼。西班牙素來不以效率著稱，而貝克知道，若乖乖排隊詢問加拿大老人的出院資訊，可能得排上整晚。櫃檯只有一名祕書，應付著滿腹牢騷的病人。貝克在門口站了片刻，思考著其他辦法。一定有更好的方法。

「借過！」一名病房工友大喊。快速推過一張病床。

貝克旋身讓路，對著工友背後以西班牙文高呼，「哪裡有電話？」

工友沒有慢下腳步，指向一道雙扉門，然後轉彎消失。貝克走向那道門，推開進入。眼前的房間大得驚人——是座舊體育館，地板是淡綠色，在嗡嗡響的日光燈映照下似乎游移著，一會兒清楚，一會兒模糊。牆上有個籃球框，無力垂掛在籃板上。地板上散亂排了幾十張矮床。在對面的角落，在倖存的計分板正下方，有座老舊公用電話。貝克希望電話還能用。

他大步走過去，伸手進口袋摸索銅板，找到幾個五元銅板，共有七十五披索（西幣），是計程車找回的零錢，正好夠打兩通市內電話。他禮貌地對走出門的護士微笑，然後往電話走去。他撈起話筒，撥了查號台，三十秒後，他問到了診所主辦公室的號碼。

就辦公室而言，全球各地不分國家，總有以下這個顛撲不破的眞理：沒人能忍受響個不停的電話。無論有多少顧客等候，祕書一定會丟下手上的工作去接電話。

貝克按下六位數的號碼，過了一下，診所辦公室的電話響起。今天絕對有一個加拿大人入院，手腕骨折，腦震盪。這人的檔案一定很好找。貝克知道，辦公室碰上來路不明的人，一定不願說出病人姓名與出院後的去處，但他擬好了計畫。

電話開始響起。貝克猜最多響五聲。結果響了十九聲。

「公立健康診所，」忙亂的祕書大吼。

貝克以西班牙語說，夾雜濃濃法裔北美口音。「我是大衛．貝克，加拿大大使館人員。今天貴院收了一位本國公民，我想詢問這人的資料，方便大使館支付醫療費用。」

「好，」女祕書說。「禮拜一會寄到大使館。」

「是這樣的，」貝克不放過，「我非立刻拿到不可。」

「不可能，」女祕書發飆。「我們非常忙。」

貝克盡可能以官方語調說，「此事關係緊急。該男子手腕骨折，頭部受傷，今天上午才接受治療，檔案應該放在最上面。」

貝克在西班牙文裡加重口音——恰恰能傳達需要，也正好令人聽不清楚，讓對方聽得氣急敗壞。人在氣急敗壞時，往往能通融通融。

然而，女祕書非但不通融，還以「自大的北美人」罵他一句，然後用力掛掉電話。

貝克皺起眉頭，也掛上聽筒。三振出局。他無心花幾個小時排隊；時間一分一秒過去，加拿大老翁可能跑掉了。也許他決定回加拿大。也許他會賣掉戒指。貝克沒閒工夫排隊。貝克重振決心，抓起聽筒撥號。他將聽筒貼在耳朵上，向後靠在牆上。對方的電話開始響起。貝克望向眼前的大病房。一響……兩響……三——

一股腎上腺素倏然竄遍全身。

貝克轉身用力掛回聽筒，然後回頭盯著大病房，不發一語，神色震驚。就在正前方的病床上，倚著一疊舊枕頭，一名老翁躺著，右手腕打著白淨的石膏。

21

沼高德源專線上的美國人口氣焦躁。

「沼高先生——我時間不多。」

「沒關係。相信你有兩組密碼金鑰吧。」

「會有小小的延誤。」美國人回應。

「無法接受！」沼高咬牙說。「你說過，今天晚上之前可以拿到！」

「出了一點小差錯。」

「丹角死了沒？」

「死了。」對方說。「我方殺了丹角先生，卻沒有拿到密碼金鑰。丹角死前送給別人了。一個觀光客。」

「太過分了！」沼高怒吼。「你又怎麼保證我獨家——」

「別緊張，」美國人安撫他。「你還是有獨家權利。我向你保證。只要一找回密碼金鑰，『數位堡壘』就歸你所有。」

「可是，密碼金鑰會被人複製！」

「看過那組金鑰的人都會被解決掉。」

兩人沉默良久。最後沼高開口。「金鑰現在呢？」

「你只需要知道，金鑰一定找得回來。」

「憑什麼確定？」

「因爲不只有我一個在追。美國情報單位捕捉到金鑰遺失的風聲。基於明顯的原因，他們希望阻止『數位堡壘』發行。他們派人去找金鑰了。這人姓名是大衛・貝克。」

「你怎麼知道？」

「與你無關。」

沼高停頓一下。「如果貝克找到金鑰呢？」

「我們會從他手上拿走。」

「之後呢？」

「你不需要擔心，」美國人口氣冰冷。「等貝克先生找到金鑰，他會得到重賞。」

22

大衛·貝克大步走過去，低頭凝視睡在病床上的老翁。老翁的右手腕打著石膏，年齡在六七十之間，雪白的頭髮中分，整齊梳到一邊，額頭正中央有道深紫色縫痕，向下延伸至右眼。

腫了小包？他回想起警官的敘述。貝克檢查老翁的手指，沒看到金戒指。貝克向下伸手碰老翁的手臂。「先生？」他輕輕搖著。「對不起……先生？」

老翁沒有動靜。

貝克再搖一次，音量加大。「先生？」

老翁動了起來。「幹嘛……幾點了還——」他以法文說，緩緩張開雙眼，聚焦在貝克臉上。被人打擾了，他擺出臭臉。「你想幹嘛？」

沒錯，貝克心想，法裔加拿大人！貝克低頭對他微笑。「方便講幾句話嗎？」

雖然貝克的法文無懈可擊，卻以英文發言，希望老翁的英語能力較弱。要勸素昧平生的人交出金戒指可能有點麻煩；貝克希望藉英文的優勢來出擊。

兩人沉默片刻，等老翁振作起精神。他審視周遭，抬起長長的指頭順順軟趴趴的白色小鬍子。最後他開口。「你想幹什麼？」他的英文帶有薄弱的鼻音。

「先生，」貝克說得過於字正腔圓，彷彿對聾人講話，「我想請教幾個問題。」

老翁仰頭怒視，臉上表情怪異。「你有什麼問題嗎？」

貝克皺眉，這人的英語能力無從挑剔，他立刻改掉剛才那種瞧不起人的語調。「很抱歉打擾你，先生，不知道你今天有沒有去過西班牙廣場？」

老翁瞇起眼睛。「你是市政廳的人？」

「不是，我其實是——」

「觀光局？」

「不對，我是——」

「算了，我知道你爲什麼找我！」老翁掙扎著坐起上身。「別想唬我！我說過一次，再說一千次也無妨——皮耶・克盧夏寫的是人生實境。你們的企業手冊可能寫著：請記者花天酒地一晚，把這件事隱瞞起來，但是《蒙特婁時報》絕不會被收買！我拒絕！」

「很抱歉，先生，你大概誤——」

「狗屁！」他以法文罵髒話，然後改回英文，「我完全沒誤解！」他對著貝克搖搖一根皮包骨的手指，聲音在體育館裡迴盪。「你不是第一個人！在紅磨坊、在布朗宮、在拉哥斯的果芬紐，他們也來過這一招！可是，刊登出來的是什麼？事實眞相！從沒吃過那麼難吃的威令頓捲！沒看過這麼骯髒的浴缸！從沒走過這麼多爛石頭的沙灘！我的讀者想看的是眞相！」

附近病床的病人開始坐起身來，看看究竟。貝克緊張地四下張望，希望沒看到護士。他最不希望在緊要關頭被掃地出門。

克盧夏暴跳如雷。「貴市那位混帳警官啊！叫我坐他的摩托車！結果，看看我！」他想抬起手腕。「這下子，誰來寫我的專欄？」

「先生，我——」

「四十三年的旅遊經驗，從沒這麼不舒服過！看看這地方！告訴你，我的專欄刊載在超過——」

「先生！」貝克舉起雙手，緊急示意停戰。「我對貴專欄沒興趣；我是加拿大領事館人員，來這裡是想確定你是否安好！」

此話一出，體育館一片死寂。老翁盯著不速之客，滿臉狐疑。

貝克壯膽繼續說，音量降到接近耳語。「我來是看看能不能幫上忙。」比方說，幫你弄來兩三顆煩寧鎮定劑。

停頓半晌後，加拿大老翁才開口。「領事館？」他的語調大幅軟化。

貝克點頭。

「這麼說來，你不是爲了我的專欄才過來的？」

「不是，先生。」

頓時皮耶・克盧夏有如大氣泡裂開洩氣。他緩緩躺回枕頭堆。他看來心碎了。「我還以爲你是市……是想叫我……」他越說越小聲，然後抬頭。「如果不是爲了我的專欄，爲什麼來這裡？」

問得好，貝克一面想著，一面浮現大煙山的美景。「只想表達非正式的外交禮儀。」他胡謅。

老翁露出錯愕的神色。「外交禮儀？」

「是的，先生。以您的身分地位，必定明瞭加拿大政府極力保護國民，避免國人的尊嚴在此地遭侵害，畢竟有些國家，呃——比較呢——素質比較參差。」

克盧夏的薄唇分開，露出知情的微笑。「是啊……你眞好心。」

「你確實是加拿大公民吧？」

「當然是。剛才失禮了，請多多包涵。我這種身分的人，找上門的經常是……是……你也清楚。」

「是的，克盧夏先生，我當然清楚。成名的代價。」

「的確。」克盧夏悲情一嘆。他是心不甘情不願的烈士，忍受著平民百姓的干擾。「醫院髒亂成這副德性，你相信嗎？」他對這奇怪的環境翻翻白眼。「簡直笑話。而且還叫我住院觀察。」

貝克環視一周。「我知道。很可怕。很抱歉沒有及時趕到。」

克盧夏表情疑惑。「我不知道你要過來。」

貝克改變話題。「看來頭上的傷很深。痛不痛？」

「不會，其實不太痛。今天早上摔了一下——是日行一善的代價。痛的是手腕的傷。笨警察。怎麼搞的嘛！我年紀一大把了，還叫我坐摩托車，應該受到譴責才對。」

「要不要我幫你拿什麼東西？」

克盧夏想了一下，品嘗著受人關愛的滋味。「這個嘛……」他伸長脖子，頭部左傾右旋。「如果不太麻煩的話，我還需要一個枕頭。」

「不麻煩。」貝克從附近病床揪來一個枕頭，幫助克盧夏舒服躺下。

老翁滿足地嘆氣。「好多了……謝謝你。」

「不客氣。」貝克以法語回應。

「啊！」老翁和煦地微笑。「原來你會說文明世界的語言啊。」

「會幾句而已。」貝克心虛地說。

「沒問題，」克盧夏驕傲地高聲說。「我的專欄在美國各大報刊登；我的英文能力一流。」

「久仰。」貝克微笑。他坐在克盧夏的病床邊。「現在，克盧夏先生，如果不介意的話，能請教一下嗎？以你的身分，怎麼會進這種地方？在塞維亞，比這裡好很多的醫院不是沒有。」

克盧夏一臉怒氣。「那個警官……他摩托車猛衝出去，害我摔車，然後把我丟在街上，血流如注。我自己走路過來的。」

「他沒有主動帶你去比較好的醫院嗎？」

「騎他那輛天殺的機車嗎？不用了！」

「今天早上到底發生什麼事？」

「我全跟警官講過了。」

「我也跟警官談過，他——」

「希望你對他提出了口頭申誡！」克盧夏插嘴。

貝克點頭。「以最嚴厲的措辭。領事館會有後續動作。」

「希望如此。」

「克盧夏先生。」貝克一面微笑，一面從西裝口袋抽出筆。「我想對塞維亞市提出正式申訴。可以請你幫忙嗎？以你的名望，筆錄具有極高價值。」

發現有人想引述他的說法，克盧夏喜上眉梢。他坐起身子。「好……那當然。是我的榮幸。」

貝克取出一本小筆記簿，看著他。「好。我們從今早開始。敘述一下意外經過。」

老翁嘆了一口氣。「說來讓人難過。那個可憐的亞洲人一聲不吭就倒下去。我想過去扶他——卻幫不上忙。」

「你替他做心肺復甦術嗎？」

克盧夏面有慚色。「可惜我不會。我去打電話叫救護車。」

貝克回想起丹角胸口的瘀青。「醫護人員有沒有做心肺復甦術？」

「當然沒有！」克盧夏大笑。「已經見閻王了，拉也拉不回來了。等救護車趕來，他已經死很久了。他們檢查脈搏後就抬走屍體，留下我對付那個可惡的警察。」

那就怪了，貝克心想，納悶著瘀青的起因。他甩開這個疑問，問及問題核心。「戒指呢？」他盡可能說得漠不關心。

克盧夏顯得很訝異。「警官跟你提過戒指的事？」

「對，他提過。」

克盧夏似乎很驚訝。「眞的？我還以爲他不相信。他很沒禮貌——當我在瞎掰似的。不過我報告的東西當然很正確。我以正確報導自豪。」

「戒指現在呢？」貝克追問。

克盧夏似乎沒聽見。他的眼珠無神凝視著前方。「看起來很怪，那麼多字母——不像我看過的任何一種語言。」

「該不會是日文吧？」貝克提起。

「絕對不是。」

「你呢，有沒有仔細看？」

「那當然！我跪下去扶他時，他用指頭一直戳向我的臉，想給我戒指。場面很詭異也很恐怖——他的手好嚇人。」

「所以你接下戒指囉？」

克盧夏睜大眼睛。「那個警官這樣告訴你的嗎？說我接下了戒指？」

貝克不安地移動身體。

克盧夏怒氣爆發。「我就知道他沒聽進去！謠言就是這樣產生的！我告訴他，那日本人想送人戒指——收下的人不是我啊！我絕不會接受垂死的人送的禮物！天哪！想想看！」

貝克意識到麻煩。「所以說，戒指不在你身上？」

「天啊，當然沒有。」

貝克的胃部深處隱隱作痛，慢慢傳開。「那在誰手上？」

克盧夏憤慨地瞪著貝克。「那個德國人！被德國人拿去了！」

貝克感覺腳下地板像被人抽走似的。「德國人？什麼德國人？」

「公園裡的那個德國人啊！我跟警官講過了！我沒拿戒指，是那個法西斯肥豬收下了！」

貝克放下紙筆。不必表演了。麻煩大了。「所以說，戒指被一個德國人拿走了？」

「沒錯。」

「他往哪裡走？」

「不知道。我跑去打電話報警。回來的時候，他已經走了。」

「他是誰，你知道嗎？」

「觀光客一個。」

「你確定嗎？」

「我專門寫觀光的東西，」克盧夏發飆。「一看就知道。他跟他的女性友人在公園散步。」

貝克越搞越糊塗。「女性友人？德國人身邊還有別人？」

克盧夏點頭。「伴遊。紅髮美女。我的天啊！好漂亮。」

「伴遊？」貝克被震傻了。「你是指……妓女？」

克盧夏做鬼臉。「對，如果你非用那麼低級的說法不可。」

「可是……警官沒提到什麼——」

「當然沒有！我又沒提到伴遊。」克盧夏以健康的一手對貝克輕蔑一揮。「她們不偷不搶——被當作市井盜匪來騷擾，眞沒天理。」

貝克仍置身輕微的休克狀態。「另外還有別人嗎？」

「沒有，就我們三個。天氣好熱。」

「那女的是妓女，你確定嗎？」

「百分之百。那麼漂亮的美女，除非收了很多鈔票，才不會看上那種男人哩！天哪！他呀，又肥又胖，肥得不成人形！講話大聲，體重超重，討人厭的德國佬！」克盧夏轉移重心時臉沉了一下，但他不顧痛楚，繼續敘述。「那人啊，是條野獸，至少三百磅重，把可憐的小姐抱得好緊，好像怕她跑掉似的。跑掉的話，我也不怪她。眞是的，兩隻手上下摸個不停。還吹牛說，三百美金包下她整個週末！該死的人是他，不是那個可憐的亞洲人。」克盧夏喘口氣，貝克趕緊插嘴。

「知不知道他的姓名？」

克盧夏想了一下，然後搖搖頭。「不知道。」他痛得蹙眉，慢慢向後靠著枕頭。

貝克嘆氣。戒指從他眼前蒸發而去。史卓摩副局長不會開心的。

克盧夏輕輕拍著額頭。剛才一陣眉飛色舞，產生了不良後果。他忽然滿面病容。

貝克嘗試另一種問法。「克盧夏先生，我想從德國人和他的伴遊取得口供。他們投宿什麼旅館，你知道嗎？」

克盧夏閉上眼睛，氣力正在流失，呼吸也越來越淺。

「想得出來嗎？」貝克追問。「伴遊的姓名呢？」

沉默不語良久。

克盧夏揉揉右太陽穴。臉色忽然蒼白。「這個嘛……啊……想不起來。我大概……」他的嗓音抖動。

貝克靠向前去。「你沒事吧？」

克盧夏輕輕點頭。「很好，沒事……只是有點……大概太激動……」他越講越小聲。

「想想看，克盧夏先生。」貝克低聲催促。「很重要的。」

克盧夏擺出苦瓜臉。「我不知道……那女的……那男的一直叫她……」他閉上雙眼，呻吟起來。

「她叫什麼名字？」

「我眞的記不起來……」克盧夏的元氣消退得很快。

「想想看。」貝克逼他。「領事館的檔案是越完整越好。我需要從其他目擊證人得到筆錄，替你的說法佐證。你提供的任何資訊都能幫助找到他們……」

然而克盧夏沒聽進去。他以床單擦著額頭。「對不起……也許明天……」他顯出暈眩的模樣。

「克盧夏先生，事關重大，請你務必現在回憶一下。」貝克忽然察覺自己講話太大聲。附近病床的病人坐起身子觀看究竟。大病房另一邊的護士走進雙扉門，快步朝他們接近。

「什麼都行。」貝克迫切地追問著。

「德國人叫那女人——」

貝克輕搖克盧夏，儘量喚回他。

克盧夏的眼睛短暫閃動一下。「她的名字……」

老傢伙，撐下去……

「露……」克盧夏的雙眼再度閉上。護士步步逼近，帶著盛怒的神態。

「露水？」貝克搖搖克盧夏的手臂。

老翁呻吟著。「他叫她……」克盧夏這時喃喃自語，幾乎聽不見聲音。

護士距離他們不到十呎，以憤怒的西班牙文痛罵貝克。貝克什麼也沒聽見。他的雙眼緊鎖老翁的嘴唇。護士朝他進擊時，他再搖克盧夏最後一下。

護士攫住大衛．貝克的肩膀，拉他站起來，這時克盧夏的嘴唇正好分開。離開老翁嘴巴的兩個字，似言非語，只是柔聲嘆息——如同遙遠的感官回憶。「露珠……」

護士又罵又抓，將貝克拖開。

露珠？貝克納悶著。什麼怪名字嘛？他扭身掙脫護士，轉身再面對克盧夏最後一次。「露珠？確定嗎？」

可惜皮耶．克盧夏已沉沉入睡。

23

蘇珊獨自坐在三號節點豪華的設備間。她捧著一杯冰鎮檸檬花草茶，等待「郵蹤」傳回消息。身爲資深密碼員的蘇珊，享有這個景觀最棒的終端機，位於一圈電腦的後方，面對整個密碼科。從這個地點，蘇珊可監看三號節點所有動靜。透過另一邊的單向玻璃，她也看得見盤踞密碼科正中央的譯密機。

蘇珊看了一下時鐘。她等了將近一小時。轉寄北達科他的電郵時，美國匿名轉信站公司顯然動作慢吞吞。她重重嘆氣。儘管她拚命想淡忘今早與大衛的對話，當時的字句卻不斷在腦海重播。她知道當時對他口氣太兇。現在只能祈禱他在西班牙平平安安。

玻璃門發出嘶聲，轟然開啓，打斷了她的思緒。她抬頭看，悶哼一聲。密碼員葛列格．海爾站在門口。

葛列格．海爾身材高大，肌肉發達，金髮濃密，下巴有道深凹線。他講話大聲，體型粗壯，永遠盛裝打扮。密碼科同事替他取個綽號：岩鹽。海爾一直以爲這綽號是什麼罕見的寶石，能襯托出他無人能及的智商與堅硬如岩的體魄。假使他的自尊心沒這麼強，或許會查一查百科全書，發現所謂岩鹽不過是海水乾涸後殘留的鹽巴。

海爾跟所有國安局的密碼員一樣，享有優渥薪資。他對此毫不掩飾。他開的是白色蓮花跑車，車頂開了天窗，車上裝了震耳的重低音系統。他沉迷科技商品成癡，而這車子成了他的展示窗。他裝設了全球定位系統，也裝了聲控門鎖、五點移動雷達干擾器，以及無線傳眞電話，不讓任何訊息脫離掌握片刻。他自行設計申請的車牌是「MEGABYTE」（百萬位元），以霓虹紫燈加框。

青少年的葛列格・海爾大罪不犯，小過不斷，最後是美國陸戰隊解救了他，讓他學會電腦，他是陸戰隊史上段數最高的程式設計師之一，軍隊生涯前途看好。然而，就在第三次海外服役期結束前兩天，他的前景突然大轉彎。海爾酒後與人互毆，以跆拳道失手打死一名陸戰隊員。跆拳道是韓國自衛武術，在他手裡卻成爲致命武器。陸戰隊旋即勒令他退伍。

入獄服刑一小段時間後，岩鹽開始在民間單位尋找程式設計的工作。每次應徵，他一開頭必定供出陸戰隊期間發生的事件，主動向僱主提出第一個月免支薪的條件，希望證明自己的能力。他不愁沒公司聘用，而公司一旦發現他的電腦能力，說什麼也不放他走。

隨著海爾的電腦專業知識日漸增長，他也開始利用網際網路與各地同好建立連線。他屬於新生代的電腦狂，每個國家都有電郵筆友，進出見不得人的ＢＢＳ與歐洲聊天室。他曾被兩家公司開除，原因是使用公司帳號上傳色情圖片給朋友。

「妳來這裡幹嘛？」海爾質問。他停在門口，盯著蘇珊。顯然他以爲今天三號節點是他的天下。

蘇珊強迫自己冷靜下來。「今天是星期六，葛列格。同樣的問題，我也可以問你。」但蘇珊知道海爾進辦公室的目的。他是病入膏肓的電腦癡。儘管密碼科硬性規定星期六休假，他經常趁週末溜進來，使用國安局強大無比的運算功力來執行他自己寫的程式。

「只想修改幾行程式，查看電郵。」海爾說。他好奇地看著蘇珊。「妳剛才說妳在這裡做什麼？」

「我沒說。」蘇珊回答。

海爾拱起一邊眉毛，表示驚訝。「沒必要扭扭捏捏嘛。別忘了，我們三號節點容不下祕密的。我爲人人，人人爲我。」

蘇珊啜飲一口冰鎮檸檬茶，不去理會他。海爾聳聳肩，大步走向三號節點的食品儲藏室。他的第一站必定是食品儲藏室。海爾走過辦公室時，沉沉嘆了一口氣，故意瞄瞄蘇珊伸出終端機下的雙腿。蘇珊頭也不抬，收回兩腳，繼續工作。海爾竊笑。

海爾的放電，蘇珊已經習慣了。他最喜歡的說詞是，希望跟蘇珊可以雙機界面相連以查看彼此硬體相容度。蘇珊聽了反胃。但她自尊心過高，不願向史卓摩訴苦；置之不理，是更為簡便的做法。

海爾接近三號節點的食品儲藏室，如蠻牛般拉開格子門，從冰箱裡拖出裝了豆腐的保鮮盒，塞了幾塊進嘴巴，然後倚著電爐，撫平 Bellvienne 牌灰色長褲與漿燙得筆挺的襯衫。「妳要待很久嗎？」

「整晚。」蘇珊語調平淡。

「嗯……」滿嘴豆腐的岩鹽嗚嗚叫著。「舒舒服服的禮拜六，就妳我倆待在遊戲圍欄。」

「你我他，三人。」蘇珊口氣很衝。「史卓摩副部長在樓上。在他看見之前，建議你快消失。」

海爾聳聳肩。「他好像不介意妳待下來喲。一定很喜歡妳作陪吧。」

蘇珊強迫自己別出聲。

海爾自顧自地咯咯笑，將豆腐放回冰箱。然後他一把拿起一夸脫的初榨橄欖油，大灌幾口。他是個健康食品狂，聲稱橄欖油能清除大腸雜質。平常他不是向同事推銷紅蘿蔔汁，就是倡導大腸油療的好處。

海爾放回橄欖油，走向自己的電腦，就在蘇珊正對面。即使隔了整圈的終端機，蘇珊仍能嗅到他的古龍水。她皺皺鼻子。

「古龍水喲，葛列格。你用了整瓶嗎？」

海爾打開終端機。「只為妳一人，親愛的。」

他坐下來，等著終端機暖機，蘇珊忽然興起不祥的念頭。要是海爾看見譯密機執行程式的螢幕怎麼辦？照理說他不會，但蘇珊知道，診斷程式讓譯密機跑了十六小時的說法聽起來似是而非，他才不會輕信。海爾會堅持想問出實情，而蘇珊無意告訴他實情。她不信任葛列格・海爾。他不是國安局的料子。打從一開始，蘇珊就反對聘請他，但國安局別無選擇。海爾是傷害控管下的產物。

那是「飛鮪計畫」的敗筆。

四年前，國會致力於創造統一的公開金鑰加密標準，命令全國的數學菁英們，也就是國安局這些成員，寫出一套新的超級演算法。依照計畫，國會將通過立法，讓新的演算法成爲全國標準，如此一來，企業間因演算法互異而不相容的現象將大爲減少。

當然，要求國安局協助改善公開金鑰加密法，有點類似要求死期將屆的犯人釘造自己的棺材。當時尚未構思出譯密機的概念，而加密標準只會助長撰寫密碼的歪風，讓已疲於奔命的國安局更窮於應付。

電子前線基金會了解箇中利益衝突，積極遊說國會，指稱國安局可能寫出品質低劣的演算法，電子前線可以破解成功。爲了安撫眾人的恐懼心，國會宣佈在國安局寫好演算法後，將公開讓全球數學家檢視，以確保品質。

國安局的密碼團隊在史卓摩領軍下，滿心不情願地寫出一套演算法，命名爲飛鮪。國安局將飛鮪遞交國會，等待核可。全世界各地的數學家測試過飛鮪後，一致表示欽佩贊同。他們表示，這套演算法堅強而純正，足以成爲優良的加密標準。但在國會投票表決飛鮪的前三天，貝爾實驗室的年輕程式設計師葛列格・海爾震驚世界，宣佈他找到隱藏在飛鮪演算法裡的「後門」。

所謂的後門由幾條程式組成，由史卓摩巧妙置入演算法中，手法精湛到沒人察覺，唯有葛列格・海爾例外。史卓摩偷偷加入後門，意味著飛鮪加密的任何東西，國安局都能以獨攬的密碼解開。提案中的演算法將成全國加密標準，史卓摩只差一步就能將這套演算法轉爲國安局情蒐史上最漂亮的一擊；今後美國任何加密後的內容，國安局都握有解開的金鑰。

熟稔電腦的大眾聞訊後嘩然。醜聞聲中，電子前線基金會如兀鷹般俯衝而下，將國會撕成碎片，嘲笑議員太天眞，也對外宣佈，國安局是自希特勒後對自由世界最嚴重的威脅。

兩天後，國安局延攬葛列格．海爾，並不太令人吃驚。史卓摩認爲，與其讓他在外對抗國安局，不如將他收編進來。

史卓摩正面應付飛鮪計畫的醜聞。他向國會辯護自己的做法。他辯稱，民眾對隱私權過於渴望，未來將自食惡果。他堅稱社會大眾需要有人替他們守衛；民眾需要國安局破解密碼來維護和平。電子前線之類的團體卻持不同見解。從那時起，他們抨擊史卓摩的攻勢不曾間歇。

24

大衛・貝克站在公立健康診所馬路對面的電話亭。他剛被趕出醫院，因爲他騷擾了第一〇四號病人克盧夏先生。

情況忽然比他預期來得複雜。他來幫史卓摩的小忙——幫他領回某個人的遺物——如今卻變成撿破爛大賽，追著怪戒指跑。

他剛打電話給史卓摩，向他報告德國觀光客的事。史卓摩很難接受，在質問過細節後，他沉默了很久。「大衛，」他最後極爲沉重地說，「那枚戒指事關國家安全。我將這責任交到你手上。別辜負我了。」電話掛掉。

大衛站在電話亭裡嘆氣。他拿起零散的電話簿，開始掃瞄電話。「希望渺茫了。」他喃喃自語。

電話簿只列出三家伴遊服務，而他的線索不多。他只知道德國人的女伴一頭紅髮，碰巧這在西班牙很罕見。語無倫次的克盧夏也回想起伴遊的名字是露珠。貝克皺起眉頭——露珠？聽起來倒像是母牛名，不像是漂亮伴遊的名字。就天主教徒而言，一點也不好聽。克盧夏可能聽錯了。

貝克撥了第一個號碼。

「塞維亞社交服務社。」接電話的是甜美的女聲。

貝克以西班牙文說話，夾雜濃濃的德國腔。「嗅拉，會說德文嗎？」

「不會。不過我會講英文。」對方回答。

貝克接著以蹩腳英文說，「謝謝妳。我想請妳幫我忙。」

「需要爲您提供什麼服務嗎？」對方放慢速度，希望協助潛在顧客。「您想找伴遊是嗎？」

「是的，拜託。今天我哥哥，克勞斯，他找小姐，非常美。紅頭髮。我要一樣。明天，拜託。」

「你哥哥克勞斯來過？」對方的口氣突然活潑起來，以老朋友的語調對話。

「對。他非常胖。妳記得他，不是嗎？」

「你是問，他今天來過嗎？」

貝克聽見她在查紀錄。上面不會有克勞斯這名字，但貝克認爲很少顧客會使用眞名。

「嗯，對不起，」她道歉。「我找不到他。陪你哥哥的這位小姐名叫什麼？」

「有紅頭髮。」貝克閃躲對方的問題。

「紅髮？」她說。停頓一下。「這裡是塞維亞社交服務社。你確定他來的是這裡？」

「確定，是的。」

「先生，我們沒有紅頭髮的小姐，只有純正安達魯西亞美女。」

「紅頭髮。」貝克重複，感覺很驢。

「對不起，我們一個紅頭髮也沒有，如果你可以——」

「名叫露珠。」貝克脫口而出，感覺更驢了。

這個荒唐的名字，對方顯然聽不出意思。她再度道歉，暗示貝克找錯地方了，然後客氣地掛掉。

一好球。

貝克皺著眉頭，撥了下一組號碼。電話立刻接通。

「晚安，西班牙仕女。能爲您效勞嗎？」

貝克以同樣的說詞開場，自稱是德國觀光客，願意出高價找今天陪哥哥出遊的紅髮小姐。

這一次對方女性以德文客氣回話，但仍無紅髮小姐。「很抱歉。」對方掛掉電話。

兩好球。

貝克低頭看著電話簿。只剩一組號碼。已經走投無路了。

他撥了號碼。

「貝蘭伴遊公司。」男子以極油滑的語調接聽。

貝克重複他的說詞。

「是，是，先生。我的姓名是羅旦先生。我很願意協助。我們有兩位紅髮美女。水噹噹的小姐。」

貝克心頭一震。「非常美麗？」他以德文腔說。「紅頭髮？」

「對，你哥哥叫什麼名字？這樣我就知道他今天的伴遊是誰。明天可以替你服務。」

「克勞斯・徐密特。」貝克隨便給一個以前德文教科書裡的姓名。

停頓了很久。「這個嘛，先生……紀錄簿上找不到克勞斯・徐密特的姓名，也許你哥哥希望保密——或許不想讓老婆知道？」他笑得很不正經。

「對，克勞斯結婚了。他很胖。他老婆不和他睡。」貝克對著電話亭的自身倒影翻白眼。*要是被蘇珊聽見的話啊*，他心想。「我也胖，很寂寞。我要跟她睡。付很多錢。」

貝克表演得可圈可點，但超越了界限。賣淫在西班牙屬於非法行爲，而羅旦先生處事謹慎。以前警方假冒猴急的觀光客，騙得他團團轉。*我要跟她睡*。羅旦知道是陷阱。如果他說「好」，他不但要付巨額罰款，還得被迫交出最優秀的伴遊女郎，爲警察局長提供整個週末的免費服務。

羅旦開口時，口氣不如剛才友善。「先生，這裡是貝蘭伴遊公司。請問貴姓大名？」

「啊……西格門・徐密特。」貝克編得有氣無力。

「在哪裡見到本公司號碼的?」

「電話簿——工商黃頁。」

「是的，先生，因爲本公司提供伴遊服務。」

「是。我要伴遊。」貝克察覺狀況不對。

「先生，本公司針對工商人士提供午晚餐伴遊，因此才列入電話簿。我們只從事合法行爲。你想找的是妓女。」最後兩字從他嘴裡說出來宛如惡疾。

「可是我哥哥……」

「先生，如果你哥哥今天在公園跟小姐親親，那小姐不是本公司派的。對於顧客與伴遊間的接觸，本公司有嚴格規定。」

「可是……」

「你一定是找錯地方了。我們只有兩位紅髮小姐，英曼庫拉達和蘿喜歐，公司不允許她們爲了錢與男人上床。那種行爲是賣淫，在西班牙算違法。祝你晚安，先生。」

「可是——」

喀嚓。

貝克小聲咒罵著，將話筒放回架子。三好球。他確定聽到克盧夏說，那德國人請小姐陪他整個週末。

貝克走出電話亭，站在薩拉度路與亞松森街的交叉口。儘管車流繁忙，塞維亞甜美的柳橙香在他四周飄蕩著。落日仍有餘暉，是最浪漫的時刻。他想起蘇珊。史卓摩的話侵入大腦:找回戒指。貝克狼狽地癱軟在長椅上，思索著下一步。

哪來下一步?

25

公立健康診所的探病時間結束了。體育館的燈光熄滅。皮耶．克盧夏呼呼大睡，沒見到床邊有人彎腰看著他。偷來的針筒上有針頭，在黑暗中閃爍，旋即消失在克盧夏手腕正上方的點滴管裡。針筒裡含有三十CC的清潔劑，是從工友的推車偷來的。一根強壯的拇指用力按下針筒，強迫淡藍色液體注入老翁靜脈。

克盧夏只清醒了幾秒鐘。他本來可以痛得大叫，無奈被一隻有力的手摀住嘴巴，被固定在病床上，上方的重量似乎無法移除。他能感受到一小簇熱火從手臂向上延燒，椎心刺骨的痛楚通過腋窩、胸腔，然後如一百萬片碎玻璃般攻擊腦部。克盧夏看見極亮的光線一閃即逝……接著什麼也看不見。

訪客鬆手，在黑暗中看著病歷表上的姓名。然後悄悄溜出門。

來到街上，這名戴鋼絲鏡框的男子伸手取下皮帶上的小儀器。這個長方形的裝置只有信用卡一般大，是最新的單眼電腦的原型。這種迷你電腦由美國海軍研發，用來協助技術人員記錄潛水艇上狹窄空間的電池電壓，附上無線數據機與微系統科技界最新發明，螢幕是透明的液晶顯示幕，取代眼鏡左邊的鏡片。單眼電腦反映出個人電腦界的全新紀元；使用者在查看資料的同時，仍能與周遭環境互動。

然而單眼電腦眞正驚世之處不在迷你顯示幕，而是資料輸入系統。使用者藉附著指尖的微小觸片來輸入資訊；連續碰撞觸片可以產生速記，類似法庭的速記打字。電腦再將速記轉譯爲英語。

殺手按下一個小按鍵，眼鏡閃動一下，亮起螢幕。他兩手垂在身邊，不動聲色地開始快速連續碰觸手指。眼前出現了以下訊息。

目標：皮耶・克盧夏——已終結。

他微微一笑。他的任務之一是傳回奪命成功的消息。居然能附上死者姓名……這一點，對戴著鋼絲鏡框的男子而言，簡直妙不可言。他的手指又開始快速動作，無線數據機啓動。

訊息已送出

26

貝克坐在公立診所對面的長椅上，不知接下來如何是好。打了三通電話到伴遊社，空手而回。副局長不放心公用電話，請大衛在找到戒指之前別再來電。貝克考慮向本地警方尋求協助——也許他們有紅髮妓女的檔案——但史卓摩也三令五申禁止找警察。你是隱形人。別人不知道這戒指的存在。

貝克不知是否應晃到吸毒者聚集的特里安納區，尋找這個神祕的女子。或許他應該針對餐廳，逐家詢問是否見過一個癡肥的德國人。以上方法，似乎都是浪費時間。

史卓摩的說法言猶在耳：事關國家安全……你非找到戒指不可。

在貝克腦海深處，有個聲音告訴他，他錯過了某種東西——很關鍵的東西——但任憑他再怎麼想，也想不出是什麼東西。我是老師，又不是什麼秘密情報員！他開始懷疑史卓摩為何不派專業。

貝克站起來，漫無目標走在迪樂西亞路上，思忖著選項。鵝卵石人行道在他的視線下模糊。夜色快速降臨。

露珠。

這個荒唐的名字，不知為何在腦海深處縈繞不去。露珠。貝蘭伴遊公司羅旦先生油滑的嗓音，在他腦中不停繞圈子。「我們只有兩位紅髮小姐，英曼庫拉達和蘿喜歐……蘿喜歐……蘿喜歐……」

貝克陡然定住。他忽然想通了。虧我還自稱語言專家？他不敢相信自己沒想到。

在西班牙，蘿喜歐是最常見的女子名之一，對天主教女孩而言，這名字隱含了所有高尚的含意：純潔、貞節、自然美。而純潔的含意全源於這個名字的字面解釋：露珠！

加拿大老翁的聲音在貝克耳際響起。露珠。蘿喜歐將她的名字翻譯成她與顧客唯一的共通語——英文。興奮之餘，貝克趕緊去找電話。

馬路對面，鋼絲鏡框男子尾隨過去，儘量避開貝克的視線範圍。

27

在密碼科地板上，陰影越變越長，也越變越微弱。頭上的自動照明逐漸增強補光。蘇珊仍坐在終端機前，靜待郵蹤傳回消息。這次花的時間比預期還久。

她的心思不斷遊走，一面想念大衛，一面希望葛列格．海爾能回去。儘管海爾沒走，謝天謝地的是他保持沉默，專心在終端機前做自己的事。在做什麼，蘇珊根本不想知道，只要他別碰執行程式的螢幕就好。他顯然沒碰過，否則十六小時的數字必定讓他不敢置信而驚呼出聲。

蘇珊啜飲著第三杯茶，終端機發出一聲「嗶」，總算來了。她的脈搏加速。螢幕出現一個閃爍的信封，告知電郵傳來。蘇珊快眼瞟了海爾一下。他埋首工作中。她屏息在信封上點兩下。

「北達科他，」她低聲自言自語。「讓我們看看廬山眞面目。」

電郵打開後，裡面只有一行字。蘇珊看了一次。然後再看一次。

去奧夫瑞多吃晚餐好嗎？八點？

辦公室另一邊的海爾強忍咯咯笑意。蘇珊檢查信件上頭。

寄件人：GHALE@crypto.nsa.gov（海爾＠密碼科．國安局．政府）

蘇珊感到一陣憤怒，但她壓抑下去。她刪除信件。「葛列格，手法非常成熟。」

「他們的生牛肉片很好吃。」海爾微笑。「怎麼樣？吃完後，我們可以——」

「想都別想。」

「冰山。」海爾嘆氣，繼續看著終端機。上場與蘇珊．弗萊徹交手，這是他吃的第八十九個好球。蘇珊是個有頭腦的密碼員，總是讓他苦追不得。海爾時常幻想與她做愛——將她壓在譯密機的曲線外殼上，在溫暖的黑色瓷磚上征服她。然而蘇珊卻不願與他扯上關係。海爾覺得，更糟的是她愛上某個大學老師。教書的人做牛做馬，賺錢只供溫飽。蘇珊的基因高人一等，若與某個書呆子交配，優秀基因將被稀釋，眞是可惜——特別是她有葛列格可挑卻偏偏不要。我們生的小孩一定十全十美，他心想。

「妳在忙什麼？」海爾改變策略問她。

蘇珊保持緘默。

「算什麼團隊精神嘛。連看一眼都不行嗎？」海爾站起來，開始繞過排成圓形的終端機，向她走去。

蘇珊心覺，海爾的好奇心有可能在今天製造嚴重的問題，因此做出明快決定。「診斷程式。」她說，拿副局長的謊言當擋箭牌。

海爾停下腳步。「診斷程式？」他的口氣有疑慮。「妳禮拜六不去陪教授玩玩，爲的是來這裡跑診斷程式？」

「他名叫大衛。」

「管他叫什麼。」

蘇珊瞪著他。「你難道不能去做別的事嗎？」

「想擺脫我啊？」海爾噘嘴。

「沒錯。」

「哇塞，蘇，我的心好痛。」

蘇珊．弗萊徹瞇起雙眼。她最討厭別人叫她「蘇」。她對這個暱稱沒有意見，但海爾是唯一這樣稱呼她的人。

「我來幫妳忙，好不好？」海爾主動提出。他忽然又繞過終端機，朝她走來。「診斷程式，我很在行。而且啊，我迫切想看看是什麼樣的診斷程式，逼得女超人蘇珊・弗萊徹禮拜六還上班。」

蘇珊感到腎上腺素激增。她低頭瞥了螢幕上的郵蹤一眼。她知道不能讓海爾看見──他會問太多問題。「我自己可以搞定，葛列格。」她說。

然而海爾仍朝她走來，往蘇珊的終端機逼近，蘇珊心知非趕快採取行動不可。海爾只差幾碼時，她站起來，面對海爾高大魁梧的身形，不讓他前進。他的古龍水濃烈得令人不敢恭維。

她直直看著對方的眼睛。「不必就是不必。」

海爾偏偏頭，顯然對她如此神祕感到不解。他以調戲的姿態再向前一步。接下來發生的事，葛列格・海爾沒有心理準備。

蘇珊冷靜不移，以食指抵住他堅硬如岩的胸膛，制止他前進的動作。

海爾站住，震驚之餘向後退一步。顯然蘇珊・弗萊徹是玩眞的；她從未碰過他身體，一次也沒有。不太像海爾理想中的第一次接觸，但凡事必有開端。他對蘇珊露出迷惑的表情，一直看著她，然後慢慢轉身走回自己的終端機。他坐下時，想通了一件事：大美人蘇珊・弗萊徹正忙著處理大事，絕對跟什麼診斷程式扯不上關係。

28

在貝蘭伴遊公司，羅旦先生坐在辦公桌後，慶幸自己四兩撥千斤，躲過了剛才警察局設下的圈套。找個警察假冒德國口音，想找小姐過夜，手段實在可笑，但仍是圈套一個；他們接下來會出哪一招？

辦公桌的電話大響。羅旦先生撈起話筒，充滿自信。「晚安，貝蘭伴遊。」

「晚安，」男子以閃電般快速的西班牙文說。這人有鼻音，好像得了輕微的感冒。「請問是旅館嗎？」

「不是，先生。你打的號碼是？」羅旦先生今晚才不會再上當。

「34-62-10。」對方說。

羅旦皺眉頭。這人的聲音有點耳熟。這個腔調——大概是布戈斯（譯註：Burgos，西班牙北部古城）吧？

「號碼沒撥錯，」羅旦謹慎回應，「不過這裡是伴遊服務公司。」

電話線上停頓一下。「哦……原來如此。對不起。有人寫下這個號碼；我以爲是旅館。我是布戈斯人，來這裡待幾天。很抱歉打擾到你。晚安——」

「等一等！」羅旦先生無法克制自己。內心深處，他是個推銷員。是別人介紹的嗎？是北部來的新客戶？他可不願讓一絲疑心搞砸了賺錢機會。

「朋友，」羅旦對著話筒獻殷懃。「我是聽出了一點布戈斯的鄉音，我本身是瓦倫西亞人。什麼風把你吹到塞維亞？」

「我是珠寶商，專賣瑪豪利卡珍珠。」

「瑪豪利卡啊，是嘛！你一定經常出差。」

對方微弱咳嗽。「是，對，經常出差。」

「來塞維亞做生意嗎？」羅旦不放過。這傢伙打死也不會是警察；他是標準大客戶。「讓我猜猜——電話號碼是朋友給的，對不對？他叫你打電話找我們。對吧？」

對方顯然感到尷尬。「這個嘛，其實不是，不是那樣。」

「先生，別害羞嘛。我們經營的是伴遊的生意，沒什麼好臉紅的。水噹噹的小姐，陪吃晚餐，就這麼單純。號碼是誰給的？也許他是常客。我可以算你便宜一點。」

對方略動肝火。「啊……其實電話不是別人給的。我撿到一本護照，裡面夾了這個號碼。我是想物歸原主。」

羅旦心情一沉。到頭來，這人並非主顧。「你是說，你撿到這個號碼？」

「對，我今天在公園撿到護照，你們的電話寫在一張紙條上，夾在裡面，心想這號碼也許是這人住的旅館；我是想還他護照。是我弄錯了。我待會兒順路到警察局——」

「對不起，」羅旦緊張地插嘴。「我有個更好的點子，」羅旦以保密到家自豪，如果讓客戶跑一趟警察局，顧客一定從此不再上門。「你想想看，」他提議，「這人的護照夾了本公司號碼，極有可能是本公司客戶。也許可以省得你跑一趟警察局。」

對方猶豫著。「不太好吧。最好還是——」

「別急嘛，朋友。說來也不好意思，塞維亞警方的效率比不上你們北部，護照可能要花好幾天才轉交回主人手上。如果你報出他的姓名，我會馬上讓他拿到護照。」

「這個嘛，好吧……反正也無妨……」傳來紙張窸窣聲，對方回應，「姓名是德文，我不大會唸……谷斯塔……谷斯塔夫松？」

羅旦想不起這個名字，因爲他的客戶來自世界各地，從不留下眞實姓名。「長什麼樣子——從大頭照看來？也許我認得出來。」

「這個嘛……」對方說，「他的臉非常非常肥胖。」

羅旦立刻想起。他清楚記得那張癡肥的臉。是蘿喜歐的客人。他心想，眞奇怪，怎麼同一晚來了兩通電話提到這個德國胖子。

「谷斯塔夫松先生？」羅旦擠出咯咯笑聲。「那還用說嘛！我跟他很熟。如果你能把護照帶過來，我負責送到他手上。」

「我人在市中心，沒開車，」對方打斷他。「能請你過來嗎？」

「是這樣的，」羅旦閃躲，「我離不開電話。其實沒有很遠，如果走——」

「對不起，時辰太晚了，到處亂跑不太方便。這附近有個派出所，我拿過去放，你見到谷斯塔夫松先生再轉告他過來拿。」

「不行，等一下！」羅旦大喊。「眞的不需要麻煩到警察。你說你人在市中心，對吧？知不知道艾方索十三世飯店？是塞維亞最高級的飯店之一。」

「知道，」對方說。「我知道艾方索十三世飯店，就在這附近。」

「太好了！谷斯塔夫松先生今晚是那裡的房客，現在大概在飯店裡。」

對方遲疑著。「原來如此。好吧，這樣的話……不算太麻煩。」

「太好了！他正跟本公司的伴遊小姐在飯店餐廳吃晚餐。」羅旦知道兩人大概已經上床，但他必須小心，來電者聽來高尚文雅，講得太露骨，對方聽了可能刺耳。「把護照交給總管就行了，他名叫曼奴艾爾。說是我叫你去找他的。請他轉交蘿喜歐。蘿喜歐是谷斯塔夫松先生今晚的伴遊。她會負責把護照交還原主。你可以把姓名地址寫在字條上，塞進護照，也許谷斯塔夫松先生會寄點東西意思意思。」

看一遍。

請接受這封卑微的傳真
我對妳的愛無蠟（WITHOUT WAX）

寄這份傳真，是在小兩口有次鬥嘴之後。幾個月來，她乞求大衛解釋內容，但大衛拒絕。無蠟。這是大衛的報復。蘇珊傳授給大衛不少破解密碼的知識。爲了讓他提高警覺，她養成習慣，每次寫信必定使出某種簡單的加密法，逼他動動腦。無論是購物清單、情書——無不加密鎖碼。這是兩人之間的遊戲，而大衛也練就一身解碼編碼的本事。後來他決定回敬蘇珊，開始在所有信件最後附上「無蠟，大衛。」這樣的信，蘇珊接到了不下二十封。最後全附上這句話，無蠟。

蘇珊央求大衛解開謎底，但大衛硬是不說。每次她問到，大衛只是微笑著說，「破解密碼專家是妳啊。」

國安局的首席密碼員無所不用其極，置換法、密碼方格、甚至變位字謎。她輸入「無蠟」的字母，請電腦排列組合成新字串。結果只得到：「TAXI HUT WOW。」（計程車棚哇。）看來撰寫無法破解的密碼不是丹角苑正的專利。

她的思路被氣壓門嘶嘶打開聲截斷。史卓摩大步走進來。

「蘇珊，消息來了沒？」史卓摩看見葛列格．海爾，驟然止步。「哇，晚安，海爾先生。」他皺起眉頭，瞇起眼睛。「而且是星期六呢。吾人何等榮幸。」

海爾無辜地笑笑。「只想盡一己之力幫忙。」

「原來如此。」史卓摩悶哼一聲，顯然斟酌著下一步。過了一會兒，似乎他也決定別驚動海爾。他冷淡地轉向蘇珊。「弗萊徹小姐，能不能借幾分鐘，到外面談談？」

蘇珊猶豫著。「啊……是的，長官。」她不安地瞄了自己的螢幕一眼，接著再看葛列格・海爾一眼。「請稍候。」

她敲了幾下鍵盤，叫出一套名爲「螢幕鎖」的程式，屬於隱私軟體，配備在三號節點的每部終端機。由於終端機全天候開機，螢幕鎖讓密碼員能放心離開工作站，知道不會有人亂動檔案。蘇珊輸入五個字元的私人密碼，螢幕立刻轉黑。她回來後輸入正確密碼，螢幕才會開啓。

然後她穿上鞋子，跟著副局長走出去。

「他來這裡幹嘛？」蘇珊一步出三號節點，史卓摩立刻質問。

「老樣子，」蘇珊回答。「無所事事。」

史卓摩露出憂心的神色。「他有沒有提到譯密機？」

「沒有。不過如果他看到執行螢幕顯示十七個小時，肯定會大聲嚷嚷。」

史卓摩考慮著。「他沒有理由去看。」

蘇珊看著副局長。「要不要請他回家？」

「不用。別理他就是了。」史卓摩瞟了系安組的辦公室一眼。「查楚堅走了嗎？」

「不知道。我沒看見他。」

「天啊。」史卓摩唉聲說。「簡直像馬戲團。」他一手摸過鬍碴。過去三十六小時，鬍碴已經爬黑了他的臉。「郵蹤有沒有傳回消息？我等於是在上面袖手旁觀。」

「還沒有。有沒有大衛的消息？」

史卓摩搖搖頭。「我跟他說，除非找到戒指，否則別打電話給我。」

蘇珊怔住。「爲什麼？要是他需要幫助怎麼辦？」

史卓摩聳聳肩。「我人在這裡，也幫不上忙——他得靠自己了。更何況，電話線路沒有加密，萬一被竊聽就糟了。」

蘇珊睜大眼睛，表示關切。「這話什麼意思？」

史卓摩立刻露出歉意。他對蘇珊微微一笑，請她安心。「大衛沒事啦。我只是格外小心而已。」

兩人對話地點三十呎外，隱藏在三號節點的單向玻璃之內，葛列格・海爾站在蘇珊的終端機前。她的螢幕全黑。海爾瞄了一下外面的副局長與蘇珊，然後伸手進口袋，抽出一小張目錄卡，看了一眼。

海爾再次確定史卓摩與蘇珊仍在交談，小心翼翼在蘇珊鍵盤上輸入五個字碼。一秒鐘後，她的螢幕亮起。

「中獎。」他咯咯笑。

竊取三號節點的私人密碼很容易。在三號節點，每部終端機的鍵盤相同，皆屬於可拆卸式鍵盤。海爾只需晚上將自己的鍵盤帶回家，在裡面安裝能記錄所有按鍵活動的晶片，然後第二天提早上班，把自己改裝的鍵盤與別人的調換，等待結果。下班後，再把鍵盤換回來，查看晶片記錄下的資料。儘管晶片記錄的鍵盤活動多不勝數，卻不難找出存取密碼。每天早上，密碼員第一件事是輸入私人密碼，以進入終端機。由於私人密碼總是出現在最上面的五個字元，讓海爾的詭計輕鬆得逞。

說來眞是諷刺，海爾凝視著蘇珊的螢幕時心想。原本竊取私人密碼只求暗爽，現在卻很慶幸當初詭計得逞，因爲蘇珊螢幕上的程式看起來很重要。

海爾半晌看不懂。程式以LIMBO語言寫成，不是他的專長。然而，海爾只看一眼就能確定：才不是什麼診斷程式。他只看得懂五個字，這樣就夠了。

郵蹤搜尋中……

「郵蹤？」他說出聲來。「搜尋什麼東西？」海爾忽然感到不安。他坐在原地，研究著蘇珊的螢幕。然後他做出決定。

海爾對LIMBO這種程式語言所知不多，只知LIMBO大量參考C語言與PASCAL語言，而這兩種語言他很拿手。他抬頭瞄，確定史卓摩與蘇珊仍在外面交談，這時心生一計。他輸入幾個修改過的PASCAL指令，然後按「輸入」。郵蹤狀態窗的反應完全符合他的期望。

中止郵蹤？

他趕緊輸入：是

確定嗎？

他再度輸入：是

沒過多久，電腦發出嗶聲。

郵蹤已中止

海爾微笑。這部終端機剛送出訊息，命令蘇珊的郵蹤提前自我消滅。不管她想追查什麼，非再多等下去不可。

海爾知道不應留下證據，因此以熟練的手法鑽進她的系統活動紀錄，刪除剛才輸入的所有指令。然後重新輸入蘇珊的私人密碼。

螢幕變黑。

蘇珊・弗萊徹重回三號節點時，葛列格・海爾默默坐在自己的終端機前。

30

艾方索十三世的規模不大，是四星級飯店，坐落於赫勒斯城門後方，四周圍上厚厚的鑄鐵圍牆，種滿紫丁香。大衛走上大理石階梯。來到大門口，門神奇地開啓，侍者爲他帶路。

「先生，行李呢？可不可以幫您提？」

「不用了，謝謝。我只想找總管。」

侍者露出傷心的表情，彷彿短短兩秒的邂逅無法滿足他。「這裡請，先生。」他帶著貝克進入大廳，指著總管，旋即快步離去。

大廳裝潢精緻，面積雖小，擺設卻別具風味。西班牙的黃金時代早已成歷史，但在十七世紀中葉，這個歐洲小國曾征服全世界幾年。大廳的陳設驕傲地追憶當年風光——盔甲、軍隊的蝕刻畫。新大陸運來的金塊也陳列在箱子裡。

站在櫃檯後面的男子，名牌以西文註明「總管」，身材苗條，打扮端整，微笑稍嫌積極，彷彿終生等候，就是爲了提供服務。「先生，請問能爲您效勞嗎？」他以做作的舌齒擦音講話，眼珠上下流轉，打量貝克全身。

貝克以西班牙文回答，「我想找曼奴艾爾。」

男子日曬均勻的臉孔笑得更開了。「是，是，先生。我就是曼奴艾爾。請問有何指教？」

「貝蘭伴遊的羅日先生說，你可以——」

總管對貝克揮手，示意別出聲，緊張地左右掃視大廳。「麻煩您過來這裡，好嗎？」他帶著貝克到櫃檯末端。「好了，」他繼續說，音量已接近耳語。「哪裡幫得上忙？」

貝克壓低聲音說，「我需要跟他公司的伴遊講個話。我相信她在這裡用餐。她名叫蘿喜歐。」

總管吐出一口氣，彷彿大受感動。「啊，蘿喜歐——美麗的尤物。」

「我想立刻見她一面。」

「可是，先生，她正在陪客人。」

貝克面帶歉意，點頭。「我有重要的事情。」事關國家安全。

總管搖搖頭。「不可能。也許你可以留個——」

「只要一下下就行。她是不是在餐廳？」

總管搖頭。「本飯店餐廳半小時前已經打烊，恐怕蘿喜歐與客人已回房休息。如果想留言的話，我明早可以轉交。」他示意著身後註明號碼的留言格子。

「只要讓我打電話到她房間——」

「對不起，」總管說。他的客套語氣正逐漸消散。「艾方索十三世飯店針對房客的隱私權有嚴格規定。」

貝克無意花十個小時苦等胖子與妓女下樓吃早餐。

「我了解，」貝克說。「很抱歉打擾到你。」他轉身走回大廳，直接向櫻桃紅的拉取式桌面走去。剛才進門時，他就瞥見這張桌子，上面慷慨供應艾方索飯店的明信片與信紙，也提供信封與筆。貝克塞一張空白信紙進信封，封好後在信封上寫三個字。

蘿喜歐

然後向總管走去。

「很抱歉又來麻煩你，」貝克心虛地接近他。「我知道這樣做有點蠢，我只是想親口對蘿喜歐說，前幾天跟她相處得很愉快。我今晚就要離開塞維亞，或許我還是給她留一封信吧。」貝克將信封擺在櫃檯上。

總管低頭看著信封，內心嘖嘖惋惜著。又是一個爲情所困的異性戀者，他心想。多可惜啊。他抬頭微笑。「沒問題，只是……怎麼稱呼您？」

「卜伊桑，」貝克說。「米蓋爾・卜伊桑。」

「沒問題。明天早上我會轉交蘿喜歐。」

「謝謝你。」貝克微笑，轉身走開。

總管偷偷地觀看貝克的臀部後，從櫃檯撈起信封，轉身面對身後牆上的號碼格。正當他將信封送入其中一格時，貝克轉身問最後一個問題。

「請問哪裡可以叫到計程車？」

面對號碼格的總管轉回身來，回答他的問題。但貝克沒聽進去。時機恰到好處。總管的手剛離開一個格子，上面註明著三〇一號房。

貝克向總管道謝，緩緩離開去找電梯。

快去快回，他自言自語。

31

蘇珊回到三號節點。剛才與史卓摩那番對話，令她越來越擔憂大衛的安全。她的想像狂亂起來。

「怎麼樣？」海爾在自己的終端機前滔滔說著。「史卓摩問妳什麼？是想跟首席密碼員共度浪漫之夜嗎？」

蘇珊不理他，逕自在終端機前坐下。她輸入私人密碼，螢幕亮起。郵蹤程式出現，仍未傳回任何有關北達科他的訊息。

可惡，蘇珊心想。怎麼會花這麼久？

「妳好像很緊張，」海爾故作無辜。「診斷程式出了什麼差錯嗎？」

「不打緊。」她回答。但蘇珊並不確定。郵蹤跑得太久了。她懷疑寫程式的過程是否犯了錯。她開始以雙眼掃瞄著LIMBO的長串程式，找尋著可能礙事的地方。

海爾以自傲的眼神觀察她。「嘿，我本來就想問妳一件事，」他不假思索問，「丹角苑正自稱在寫無法破解的演算法，妳有什麼看法？」

蘇珊的胃翻了一下。她抬頭看。「無法破解的演算法？」她鎮定心情。「哦，對了……我好像在哪裡讀過。」

「講那種大話，很難令人相信。」

「對。」蘇珊回應，納悶著爲何海爾突然提起。「不過我不相信。大家都知道，無法破解的演算法，在數學上是不可能的事。」

海爾微笑。「哦，對噢……柏葛夫斯基原理。」

「而且是常識。」她唐突地說。

「誰知道呢……」海爾戲劇化地嘆氣。「哲學幻夢之外，天上地下萬物難以數計。」

「什麼？」

「莎士比亞，」海爾說，「《哈姆雷特》。」

「蹲牢房時，讀了不少書嘛？」

海爾咯咯笑。「說實在的，蘇珊，妳有沒有想過，也許眞有可能，也許丹角眞的寫出了無法破解的演算法？」

這番對話讓蘇珊越來越坐立難安。「這個嘛，我們的確寫不出來。」

「也許丹角比我們厲害。」

「也許吧。」蘇珊聳聳肩，假裝沒興趣。

「我們以前常通信，」海爾隨口說出，「丹角跟我。妳知道嗎？」

蘇珊抬頭看，儘量掩飾內心的震驚。「眞的？」

「眞的。我找到飛鮪演算法的後門之後，他寫信給我——說我們是兄弟，共同捍衛全球的數位隱私權。」

蘇珊差點無法遏制自己瞠目結舌的神情。海爾認識丹角本人！她盡全力表現得不感興趣。

海爾繼續說，「他恭賀我證明飛鮪有個後門，還說是全球平民隱私權的一大勝利。蘇珊，妳不得不承認吧，替飛鮪開個後門，的確是眼高手低的伎倆。偷看全世界的電郵？依我的看法，史卓摩被逮到活該。」

「葛列格，」蘇珊儘量壓抑怒火說，「後門的作用，是讓國安局能解開威脅國家安全的電郵。」

「哦，眞的嗎？」海爾故作無辜地嘆息。「偷窺老百姓呢？只是幸運的副產品嗎？」

「我們才不會偷窺老百姓，你別裝傻。聯邦調查局有竊聽電話的能力，並不代表他們每通電話都偷聽。」

「人力夠的話，他們會的。」

蘇珊不理會他這番話。「政府應該有權蒐集威脅大眾福祉的資訊。」

「我的老天爺啊，」──海爾嘆氣──「聽妳的口氣，是被史卓摩洗腦成功了。妳很清楚，聯邦調查局不是想偷聽就能偷聽，得拿到監聽令才行。加密標準當中暗藏玄機呢，國安局就有能力監視任何人，不限時間，不限地點。」

「有道理──我們就應該有這種能力！」蘇珊的嗓音忽然轉嚴厲。「如果飛鮪的後門沒被你破解，我們就能打開每個需要破解的密碼，而不是完全依賴譯密機。」

「要是我沒發現後門，」海爾辯稱，「別人遲早也會發現。被我發現，算你們走狗運。假如飛鮪開始流通後才被爆料，會亂成什麼樣子，妳能想像嗎？」

「有沒有被你發現都一樣，」蘇珊頂回去，「現在多了一個疑神疑鬼的電子前線，以爲我們在所有演算法裡全加了後門。」

海爾以高傲的口氣問，「沒有嗎？」

蘇珊冷冷瞪他。

「嘿，」他讓步了，「反正現在談這個也無濟於事。你們打造了譯密機。等於得到速成的資訊來源，想看什麼，隨時都能看到，上級也不過問。你們贏了。」

「你怎麼不說我們？好歹你也是國安局員工啊。」

「我不會待太久的。」海爾低聲說。

「話可不能隨便說。」

「我說眞的。總有一天我會離開這裡。」

「到時我會心碎。」

在這當兒，蘇珊不知不覺想咒罵海爾，將一切不對勁的事怪罪到他身上：數位堡壘、她與大衛之間的不愉快、兩人去不成大煙山。然而，沒有一項是他的錯。海爾唯一的過錯，只是他爲人臭屁。蘇珊有當大人的必要。身爲首席密碼員的責任是維持祥和的氣氛，教育後進。海爾太年輕太天眞。

蘇珊看著另一邊的海爾，心想，海爾具有天分，是密碼科的一大資產，卻仍無法體會國安局任務的重要性，一想到這裡她充滿無力感。

「葛列格，」蘇珊說，嗓音平靜而自制，「我今天壓力很大。你把國安局比喻成高科技的偷窺狂，讓我很難過。本單位成立的宗旨，是維護我國的安全，偶爾可能需要搖搖幾棵樹，看看有沒有爛蘋果掉下來。我認爲多數國民會欣然犧牲部分隱私，不想讓壞人爲所欲爲。」

海爾沉默不語。

「遲早啊，」蘇珊論述，「美國人民需要將信任寄託在某處。好東西很多，不過也夾雜了不少壞東西。總要有人有權全部查看，以分辨出好壞。這是我們的任務，是我們的職責，我們喜不喜歡都一樣。民主和無政府狀態間有道薄弱的門，看門的人是國安局。」

海爾若有所思地點頭。「Quis custodiet ipsos custodes?」

蘇珊沒聽懂。

「拉丁文，」海爾說。「摘自古羅馬諷刺詩人朱韋納爾（Juvenal）的《時政諷喻錄》。意思是『誰來監督守門人？』」

「我不了解，」蘇珊說，『誰來監督守門人？』」

「對。如果社會的守門人是我們，誰來監督我們，誰來確定我們不是危險分子？」

蘇珊點點頭，不確定如何回答。

海爾微笑。「丹角寫信給我，每封最後都這樣寫。這是他最愛的格言。」

32

大衛‧貝克站在三〇一號房外的走廊。他知道，戒指就在這扇雕刻精美的房門裡面。事關國家安全。

貝克聽得見房間裡有人移動。有微弱的交談聲。他敲門。有人以低沉的德國口音揚聲問道。

「誰？」

貝克保持安靜。

「誰？」

門打開一道縫，圓滾滾的德國臉孔向下看著他。

貝克客氣地微笑。他不知道這男子的姓名。「德國人，是吧？」他以德文問。

男子點頭，顯得無所適從。

貝克繼續以完美的德文說，「能借個幾分鐘嗎？」

男子顯得不安。「有什麼事嗎？」

貝克這才想到，在突兀地敲陌生人的房門前，應該先推演一下臺詞。他搜尋著合適的說法。「你有我需要的東西。」

顯然這種說法不太合適。德國人的眼睛瞇起來。

「戒指，」貝克說。「你有一個戒指。」

「滾蛋。」德國人咆哮。他開始關門。貝克連想也沒想，一腳插進門縫，將門擠開。他立刻後悔做出這動作。

德國人的眼睛睜大。「你在幹什麼？」他質問。

貝克知道自己衝過了頭。他緊張地左看右看走廊。被趕出醫院後，他不打算再被攆出飯店。

「移開你的腳！」德國人低吼。

貝克掃瞄著男子肥短的手指，看看有無戒指。沒有。就差這麼一點點，他心想。「戒指！」貝克再說一遍。門被用力關上。

大衛．貝克在裝潢美觀的走廊上罰站半晌。附近掛著一幅達利名畫的複製品。「眞貼切。」貝克咕噥著。超現實主義。我被困在荒謬的夢境中。這天早晨，他從自己床上醒過來，現在竟來到西班牙，想硬闖陌生人的客房，尋找某個神奇戒指。

史卓摩嚴厲的嗓音將他拉回現實：你非找到戒指不可！

貝克深吸一口氣，儘量不去想史卓摩說的話。他想回家。他回頭看標示三〇一號的房門。回家的機票就在房門另一邊——一枚金戒指。想回家，先弄到戒指再說。

他打定主意，呼出一口氣。然後走回三〇一門口，大聲敲門。該打一場硬仗了。

德國人拽開門，正要抗議，卻被貝克打斷。他亮出馬里蘭壁球俱樂部的識別證狂吼，「警察！」然後推開門，強行入內，打開電燈。

德國人轉身過來，瞇著眼睛，大爲震驚。「怎麼——」

「安靜！」貝克改操英語。「房間裡有沒有妓女？」貝克環視房間。與他見過的旅館房間同等豪華，有玫瑰，有香檳，一張穹頂大床。沒看到蘿喜歐的人影。浴室門關著。

「妓女？」德國人不安地瞟了浴室門一眼。他的體型比貝克想像得大。毛茸茸的胸口從三下巴開始，一路向外凸出，延伸到巨無霸的肚腩上。艾方索十三世旅館的白色浴袍披在身上，腰帶勉強夠繫上。

貝克抬頭，以最能唬人的表情看著巨人。「你叫什麼名字？」

德國人的肥臉抖出恐慌的神情。「你想幹什麼？」

「我是塞維亞警察局旅客關係組。你有沒有找妓女進房間？」

德國人緊張地瞥了浴室門一眼。他遲疑著，「有。」他最後承認。

「性交易在西班牙屬於非法行爲，你知道嗎？」

「不知道，」德國人說謊。「我不知道。我馬上叫她回家。」

「恐怕太遲了，」貝克語帶權威說。他隨意在房間裡踱步。「我跟你談個條件。」

「條件？」德國人倒吸氣。「什麼條件？」

「對。我可以立刻帶你回局裡……」貝克戲劇性地停頓，折折指關節。

「不然呢？」德國人問，眼睛因害怕而睜得大大的。

「不然可以談個條件。」

「什麼樣的條件？」西班牙警方貪污的事，這德國人早有耳聞。

「你有我要的東西。」貝克說。

「對，那當然！」德國人擠出微笑，立刻走向梳妝台上的皮夾。「多少？」

貝克張開嘴巴，假裝憤慨。「你是想賄賂執法人員嗎？」他低吼。

「不是！當然不是！我只是想……」癡肥男子很快放下皮夾。「我……我……」他完全慌張失措。他癱坐在大床的一角，扭擰著雙手，床鋪被他壓得吱吱呻吟。「對不起。」

貝克從房間中央的花瓶抽出一枝玫瑰，隨便嗅一嗅，然後任其掉落地面。他忽然轉身。「那件凶殺案，你有什麼話好說？」

德國人臉色變白。「凶殺案？」

「對。今早的那個亞洲人。在公園。他遭人暗殺——Ermordung。」貝克喜歡德文「暗殺」這個單字。Ermordung。令人脊背發涼。

「Ermordung？他……他是被……？」

「對。」

「可是……不可能吧，」德國人哽了一下。「我在場啊！他心臟病發作。我看到了。沒有流血，沒有子彈。」

貝克鄙夷地搖搖頭。「內情不一定和表面一致。」

德國人的臉色更加蒼白。

貝克心裡暗笑。這套謊話起了作用。可憐的德國人汗流不止。

「你——你——想幹什麼？」他支吾起來。「我什麼都不知道。」

貝克開始踱步。「死者生前戴了戒指，我想要回來。」

「我——我沒有。」

貝克以高姿態嘆了一口氣，以頭指向浴室門。「蘿喜歐呢？露珠呢？」

男子的臉色從白轉紫。「你認識露珠？」他擦掉肥滿額頭上的汗水，沾濕了毛巾布浴袍的袖子。他正要開口，這時浴室門打開。

兩人抬頭。

蘿喜歐．伊娃．葛納答站在門口。一幅美景。飄逸的長紅髮，完美無瑕的伊比利亞肌膚，深棕色的眼珠，高大而平滑的額頭。她穿了與德國人一樣的原絨布白色毛巾布浴袍，腰帶緊緊綁在寬臀上方。浴袍的領口處鬆開，露出古銅色的乳溝。她走進臥房，充滿自信。

「有什麼事嗎？」她以充滿喉音的英文說。

貝克望向臥房另一邊的天仙，眼睛一眨也不眨。「我需要戒指。」他口氣冰冷。

「你是誰？」她質問。

貝克改操西語，附上逼眞的安達魯西亞腔。「警察。」

她大笑。「不可能。」她以西文回答。

貝克覺得喉嚨打了結，正往上升。蘿喜歐顯然比她的客戶還難纏一些。「不可能？」他說，同時保持冷靜。「要不要我帶妳回市區，讓我證明一下？」

蘿喜歐冷笑。「我不答應，是因爲不想讓你丟臉。快說啊，你是什麼人？」

貝克堅持說法。「我是塞維亞警察。」

蘿喜歐地朝他前進一步。「塞維亞警察局的每個警察我都認識。他們是我最棒的客戶。」

貝克感到自己被她的視線切割而過。他重新擺出架式。「我是特勤觀光組的人。不交出戒指，我就扭送派出所然後——」

「然後怎樣？」她質問，揚起眉毛，假裝期待。

貝克說不出話。他感到力不從心。這計畫行不通了。她為何不相信？

蘿喜歐再靠近他。「我不知道你是誰，也不知道你想幹什麼，不過如果你不馬上離開這間套房，我就打電話找飯店保全，到時候正牌警察會來逮捕你，因爲你冒充警察。」

貝克知道，史卓摩有辦法在五分鐘後保他出來，但史卓摩也再三交代過，這件事必須祕密處理，被逮捕會偏離原定計劃。

蘿喜歐走到貝克前方幾呎處停住，瞪著他看。

「好吧。」貝克嘆氣，在嗓音中加重認輸的意味，任西班牙文口音流失。「我跟塞維亞警方沒關係，是美國一個政府單位派我來找戒指。我只能說這麼多。上級授權要我付錢買下。」

長長一陣沉默。

蘿喜歐讓他的說法迴盪在空中半晌，然後才分開嘴唇，露出狡猾的微笑。「看吧，說實話並不難嘛。」她坐在椅子上，蹺起一腿。「你能付多少？」

貝克強忍住如釋重負的嘆息。他片刻不遲疑，開門見山。「我能付妳七十五萬披索。美金五千元。」這數字是他身上總數的一半，但大概是戒指本身價值的十倍。

蘿喜歐揚起眉毛。「數目可不小。」

「沒錯。成交了嗎？」

蘿喜歐搖頭。「但願我能答應。」

「一百萬披索呢？」貝克脫口而出。「我身上就這麼多。」

「哇……」她微笑，「你們美國人不太會討價還價嘛。要是來這裡做生意，你一天也撐不過。」

「現金，現在。」貝克說著，伸手想取出西裝外套裡的信封。我只想回家。

蘿喜歐搖搖頭。「沒辦法。」

貝克氣得毛髮直豎。「爲什麼？」

「戒指已經不在我手上，」她語帶歉意。「我已經脫手了。」

33

沼高德源凝視窗外，有如籠中動物般來回踱步。他的聯絡人北達科他，至今仍無回音。可惡的美國人！沒有準時觀念！

他想親自聯絡北達科他，可惜沒有電話號碼。沼高痛恨以這種方式做生意——掌控權在對方手裡。打從一開始，沼高就想過，北達科他打來的電話可能是騙局，是日本對手想整他。如今先前的疑慮死灰復燃。沼高決定非蒐集更多資訊不可。

他衝出辦公室，左轉走進沼科的主要走廊，員工紛紛在他經過時鞠躬表示尊敬，但沼高很清楚，這些員工才不敬愛他，鞠躬只是日本部屬的禮貌，對最蠻橫無禮的上司也照鞠躬不誤。

沼高直接走進公司的主接線室。所有來電都經一名接線生處理，交換機是十二線的 Corenco 2000。女接線生正在忙，但沼高進來時她趕緊立正鞠躬。

「坐下。」他生氣地說。

她遵命坐下。

「我今天四點四十五分的時候，接到一通電話，你能查出發話地點嗎？」沼高恨自己怎麼不早一點想到。

接線生緊張地吞著口水。「社長，本公司的設備沒有來電顯示功能，不過我可以聯絡電話公司，相信他們能幫忙查一查。」

電話公司肯幫忙，沼高並不懷疑。在這個數位時代，隱私權已經成為過去式；任何事物都有紀錄可循。電話公司能顯示來電對方身分，報告雙方通話時間。

「快去聯絡，」他命令。「查出結果，跟我報告。」

34

蘇珊獨自坐在三號節點裡，等待郵蹤傳回消息。海爾決定到外面透透氣——她油然心生感激。然而奇怪的是，在三號節點獨處，並不能提供太多慰藉。蘇珊不知不覺地想在丹角與海爾之間找出相關點。

「誰來監督守門人？」她自言自語。這句拉丁文在腦海盤旋不去。蘇珊將這句話逼出腦外。

她的思緒轉往大衛，希望他平安無事。她仍很難接受大衛人在西班牙的事實。找出兩組密碼金鑰，了結這一切，越早越好。

在原位等待郵蹤等了多久，蘇珊已渾然不覺。兩個鐘頭？三個鐘頭？她向外凝視無人的密碼科，希望自己的終端機發出嗶聲，可惜寂靜無聲。暮夏的太陽已經下山，頭上的自動日光燈亮起。蘇珊察覺時間已經快來不及了。

她視線向下移，看著郵蹤，皺起眉頭。「快一點啊，」她嘟噥著。「給你太多時間了。」她動動滑鼠，一路按著進入郵蹤的狀態窗。「到底跑了多久嘛？」

郵蹤的狀態窗是一種電子時鐘，與譯密機的時鐘類似，能顯示郵蹤執行的時數與分鐘。蘇珊打開狀態窗，盯著螢幕看，原以爲會看到時與分的數字，卻看見完全不同的東西。眼前的東西，令她血液暫停流動。

郵蹤中止

「郵蹤中止！」她哽了一下，說出聲來。「怎麼會？」

蘇珊倏然恐慌，忙亂地上下捲動資料，想搜尋程式中有無中止郵蹤的指令。但她找不到。她的郵蹤似乎自動停止。蘇珊知道，這只有一種可能——郵蹤碰到蟲（bug）了。

蘇珊認爲「蟲」是電腦程式設計中最令人跳腳的部分。由於電腦一味按照指令順序執行，再細微的程式錯誤依舊能癱瘓一切。簡單的語法錯誤，如設計師將句號打成逗點，也能使整套系統停擺。「蟲」一詞的由來，蘇珊想到時總是會心一笑。

全世界第一部電腦「馬克一號」建立於一九四四年，大如迷宮，滿是電機電路板，放置於哈佛大學的實驗室中。有一天，馬克一號發生故障，大家都找不出原因所在。經過數小時的檢查，實驗室助理終於找到問題的癥結。原來一隻蛾降落在電腦的電路板上，造成短路。從那時起，電腦問題通稱爲「蟲」。

「我可沒時間找蟲。」蘇珊咒罵著。

在程式裡找蟲，可能得耗上數日。由於程式有成千上萬條，必須逐一細察才可挑出小錯，簡直像校對百科全書裡的一個錯別字。

蘇珊知道，她只有一個選擇——再寄一次郵蹤。她也知道，郵蹤肯定會碰上相同的蟲，再度中止。替郵蹤找蟲很費時間，而她與副局長就是沒時間。

但當蘇珊盯著郵蹤看，納悶著自己犯了什麼錯時，她想到不太合理的地方。上個月，她才用過同一個郵蹤程式，並沒有任何問題。怎會無緣無故忽然故障？

她一面納悶著，史卓摩稍早對她說的話在腦海響起。蘇珊，我自己試過，郵蹤卻一直傳回沒有意義的資料。

蘇珊又聽見史卓摩的話。傳回沒有意義的資料……

她歪著頭想，可能嗎？傳回沒有意義的資料？

如果史卓摩收到郵蹤傳回的資料，顯然郵蹤依然有效。蘇珊推想，他接到的資料沒有意義，是因爲他輸入的搜尋字串有錯，但是，郵蹤仍然有效。

蘇珊立即理解到，郵蹤中止另有原因。程式出現問題，內部程式的瑕疵並非唯一的原因，有時候也有外力因素，例如電力突波現象、電路板沾上灰塵、纜線故障。由於三號節點的硬體維護完善，她才連想也沒想到這一點。

蘇珊起身，快步走過三號節點，來到擺滿技術手冊的大書架前。她抓下一本註明《系統操作》的活頁簿，一頁頁翻閱著。她找到她想找的東西，將手冊拿到自己的終端機前，輸入幾個指令，然後等著電腦火速檢查過去三小時跑過的指令。她希望檢查的結果是外力干擾：不是晶片有瑕疵，就是電源出差錯而產生中止的指令。

過了幾分鐘，蘇珊的終端機發出嗶聲。她的脈搏加速。她屏息細看螢幕。

錯誤代碼22

蘇珊心中燃起希望。是好消息。檢查結果發現錯誤代碼，表示郵蹤沒有問題。郵蹤中止的原因，顯然是外部因素導致，不可能重複出現。

錯誤代碼22。蘇珊絞盡腦汁，希望想起代碼22代表什麼。硬體失靈在三號節點極爲罕見，因此她記不清楚代碼。

蘇珊翻閱系統操作手冊，掃瞄錯誤代碼表。

19：硬體分區損壞
20：直流電暴升
21：媒體故障

看到二十二號時，她停了下來，久盯不放。她越看越糊塗，因此再三查看螢幕。

錯誤代碼22

蘇珊蹙眉，再拾起系統操作手冊。她看到的東西沒有道理。手冊上只解釋：

22：手動中止

35

貝克震驚之餘，直盯著蘿喜歐。「妳賣掉了戒指？」

她點頭，絲緞般的紅髮落在肩膀上。

貝克希望這不是事實。「可是……」

她聳聳肩，以西班牙文說，「公園附近的一個女孩。」

貝克感覺雙腿無力。不會吧！

蘿喜歐嬌羞地微笑，示意著德國人。「他想留下戒指，不過我叫他別留。我身上有吉普賽人血統，我們吉普賽人啊，除了有紅頭髮之外，思想非常迷信。臨死的人送的戒指並不吉利。」

「那女孩，妳認識嗎？」貝克逼問。

蘿喜歐拱起眉毛。「看來，你是眞的想要這個戒指，對吧？」

貝克嚴肅地點頭。「妳賣給誰了？」

巨無霸德國人坐在床上，一頭霧水。浪漫的一夜泡湯了，而他顯然不知道原因。「發生了什麼事？」他以德文緊張地問。

貝克對他置之不理。

「我其實沒有賣掉，」蘿喜歐說。「我是想賣錢，不過那女的只是小孩，身上沒錢，最後只好奉送給她。早知道你出手闊綽，就替你留下了。」

「爲什麼要離開公園？」貝克質問。「有人死了。你們爲什麼不等警察來？爲何不把戒指交給警方？」

「貝克先生，我愛惹的事情很多，卻不包括麻煩在內。而且啊，那老頭自己好像就能應付。」

「那個加拿大人？」

「對，叫救護車的就是他。我們決定離開。沒有理由讓客戶或我自己扯上警察。」

貝克點頭，心不在焉。他仍無法接受如此多舛的命運。她送掉了該死的戒指！

「我想幫忙那個快死的人，」蘿喜歐解釋，「不過他好像不要。一開始就拿著戒指，一直伸到我們面前。他一手只有三根畸形的指頭，不斷對我們伸手——好像要我們接下戒指。我不想，不過我這位朋友最後收下了。然後那人就死了。」

「你們有做心肺復甦術嗎？」貝克猜測。

「沒有。我們連碰也沒碰他。我的朋友嚇到了。他身材魁梧，可惜是個龜孫。」她對著貝克煽情一笑。「別擔心——他一個西班牙文也不懂。」

貝克眉宇深鎖。他再度納悶著丹角胸口的瘀傷。「醫護人員有沒有做心肺復甦術？」

「不知道。我說過了，救護車趕到之前我們就走了。」

「妳是說，你們偷到戒指就走了？」貝克擺出臭臉。

蘿喜歐瞪著他。「戒指不是偷來的。那人快死了。他的用意很清楚。我們替他完成了最後心願。」

貝克的態度軟化。蘿喜歐說的沒錯；換成是他，大概也會做同樣的事。「可是，你們卻把戒指送給一個女孩子？」

「我說過了，那戒指讓我心裡毛毛的。反正那女孩戴了很多首飾，我想她大概會喜歡。」

「她呢？她就不覺得奇怪嗎？妳怎麼會平白送她戒指？」

「不會啊。我告訴她，是在公園撿到的。我以為她會出價，不過她沒有。我也不在乎，只想脫手而已。」

「妳什麼時候給她的？」

蘿喜歐聳聳肩。「今天下午。大概是到手後一個鐘頭。」

貝克看著手錶。晚間十一點四十八分。這條線索已經擺了八小時。我來這裡做什麼？我應該在大煙山才對。他嘆了一口氣，再問他唯一能想到的問題。「那女孩長什麼樣子？」

「她是一個punki。」蘿喜歐回答。

貝克抬起頭，一臉不解。「一個punki？」

「是的。Punki。」

「龐克族？」

「對，龐克族。」她以生疏的英文說，然後立刻轉回西語。「好多首飾。一邊耳朵掛著奇怪的耳環，好像是骷髏頭。」

「塞維亞有龐克搖滾的歌迷？」

蘿喜歐微笑。「艷陽底下，萬事皆有。」這是塞維亞觀光局的宣傳標語。

「她有沒有說出姓名？」

「沒有。」

「有沒有說要上哪裡去？」

「沒有。她的西班牙文很爛。」

「她不是西班牙人？」貝克問。

「不是。她是英國人，我想。她的頭髮好怪──紅、白、藍。」

貝克想像這種模樣，不禁蹙眉。「也許她是美國人。」他說。

「我可不認爲是。」蘿喜歐說。「她穿的T恤，看來像是英國國旗。」

貝克麻木地點頭。「好吧。頭髮紅、白、藍，英國國旗的T恤，戴了一個髏顱頭的耳環。還沒有其他東西？」

「沒了。就是一個普通龐克族。」

普通龐克族？貝克的世界裡，人人身穿大學運動衫，髮型保守。蘿喜歐描述的，他連想像都有問題，「還想得出其他東西嗎？」他追問。

蘿喜歐想了一會兒。「沒了。就這樣。」

正在此時，床鋪吱嘎大響。蘿喜歐的客戶很不自在地移動重心。貝克轉向他，以流利的德文問。「沒有其他東西了嗎？只要能幫我找到收下戒指的龐克搖滾族，什麼線索都行。」

三人沉默半晌。巨無霸好像有話想說，卻不太確定如何開口，下唇哆嗦了一下，停頓下來，然後說話。他說了四個字，肯定是英文，但在他濃濃的德文腔調中幾乎無法辨識。「滾蛋去死。」

貝克錯愕得合不攏嘴。「你說什麼？」

「滾蛋去死。」男子再說一遍，左手掌拍著肥肥的右前臂——這種粗魯的手勢，很接近義大利人罵「我操你」時的動作。

貝克已經累垮了，不覺得受辱。滾蛋去死？不是說他是大龜孫嗎？他轉向蘿喜歐，以西班牙文說，「看來我待太久，他下逐客令了。」

「別理他。」她大笑。「他只是有點慾求不滿而已。他想要的，自然會得到。」她甩甩秀髮，眨眨眼。

「還有沒有其他線索？」貝克問。「能幫上忙的，什麼都行。」

蘿喜歐搖搖頭。「就這樣了。你不可能找到她的。塞維亞是個大城——找起來非常難的。」

「我會盡力找。」事關國家安全……

「運氣不好的話，」蘿喜歐邊說邊看著貝克口袋裡鼓鼓的信封，「請順路回來。到時我的朋友一定呼呼大睡。小聲敲門，我去另外開個房間，你會見識到西班牙另一種的風光，永生難忘喲。」她性感地噘嘴。

貝克強擠出禮貌一笑。「我該走了。」打擾了德國人的春宵，他對他致歉。

巨無霸露出怯懦的微笑。「不要緊。」

貝克往門外走。不要緊？不是剛罵完「滾蛋去死」嗎？

36

「手動中止？」蘇珊盯著螢幕，百思不解。

她自知沒有鍵入手動中止的指令——至少不是有意鍵入的。她懷疑也許按錯了鍵盤順序。

「不可能啊。」她喃喃說。從最上方的時間看來，中止的指令是不到二十分鐘前送出。蘇珊知道，過去二十分鐘內，她只鍵入過私人密碼，然後到外面跟副局長談話。私人密碼居然被誤解爲中止的指令，未免太荒謬了。

儘管是浪費時間，蘇珊仍叫出螢幕鎖的紀錄，檢查私人密碼是否輸入錯誤。果然正確無誤。

「究竟哪裡出錯？」她生氣地質問，「哪來的手動中止？」

蘇珊一臉怒氣，關掉螢幕鎖的視窗。然而，就在視窗關閉的一瞬間，有個東西不期然吸引住她的視線。她重開視窗，研究上面的資料。沒有道理。她離開三號節點時，是出現了「鎖上」的紀錄，但隨之而來的「開鎖」時機卻有點怪。兩項紀錄，相隔不到一分鐘。蘇珊確定，自己跟副局長在外面談了不只一分鐘。

蘇珊拉下這頁，看到令她震驚不已的東西。在兩條紀錄之後三分鐘，另有一組「鎖上／開鎖」的紀錄出現。根據紀錄，有人在她離開時打開了終端機。

「不可能啊！」她哽了一下。唯一嫌疑犯是葛列格·海爾，而蘇珊確定自己從未給過海爾私人密碼。蘇珊嚴格遵守密碼學手續，隨機選擇密碼，而且從不抄下來；海爾也不可能猜對密碼，因爲五個英數字形的字元排列組合起來，共有三十六的五次方，猜對的機率小於六千萬分之一。

但螢幕鎖的紀錄清清楚楚擺在眼前。蘇珊訝然看著。海爾居然趁她不在，入侵她的終端機，還對郵蹤下了手動中止的指令。

她的疑問，迅速從怎麼會轉成為什麼。海爾沒有入侵她終端機的動機。他甚至不知道蘇珊正在執行郵蹤。就算他知道，蘇珊心想，爲何不讓她追查北達科他的下落？

無法回答的問題，似乎在她大腦以倍數增加。「要事先辦。」她說出聲來。待會兒再找海爾算帳。蘇珊專心處理眼前的問題，重新對郵蹤下指令，按下輸入鍵，終端機發出嗶的一聲。

郵蹤送出

蘇珊知道郵蹤要花數小時才會回報。她暗罵著海爾，納悶他怎麼弄到私人密碼，納悶阻止郵蹤對他有何好處。

蘇珊站起來，立刻走向海爾的終端機。他的螢幕呈黑色，但她看得出來，螢幕沒上鎖，因爲邊緣微微亮著光。密碼員鮮少鎖上終端機，除非是下班。上班時間，大家只降低螢幕的亮度——這是一種榮譽制度，大家有共識，表示不准亂碰終端機。

蘇珊朝海爾的終端機伸出手。「去他的榮譽制度，」她說。「你究竟想搞什麼鬼？」

她朝無人的密碼科辦公室快速瞥一眼，旋即提高海爾螢幕的亮度。螢幕轉清晰，但上面卻空無一物。

蘇珊對著空白螢幕皺眉。她不確定下一步怎麼走，因此叫出搜尋引擎，鍵入：

搜尋：「郵蹤」

成功機率小之又小，但如果海爾的電腦與蘇珊的郵蹤有任何瓜葛，應可搜尋出來，可能因此解釋海爾爲何以手動的方式中止郵蹤程式。幾秒鐘後，螢幕回應了。

搜尋無結果

蘇珊呆坐一會兒，不太確定接著要找什麼。她再試一次。

搜尋：「螢幕鎖」

螢幕更新後，列出五六個無關緊要的結果，看不出海爾在電腦上存有蘇珊私人密碼的蹤跡。

蘇珊大聲嘆息。*他今天用了什麼程式？*她來到海爾的「最近使用程式」選單，發現他使用的最後一個程式是電郵伺服器。蘇珊搜尋他的硬碟，最後找到電郵檔案夾，偷偷藏在其他指令集之下。她打開檔案夾，裡面另有幾個檔案夾。看來海爾擁有幾個電郵的身分與帳號。其中之一是匿名帳號，蘇珊不太驚訝。她打開這個檔案夾，按下收件匣的一封舊信，看看裡面寫什麼。

她立刻停止呼吸。內容寫的是：

收件人：NDAKOTA@ARA.ANON.ORG（譯註：北達科他，匿名轉信站）
寄件人：ET@DOSHISHA.EDU（譯註：丹角苑正，同志社大學）
重大進展！數位堡壘接近完工。
這東西將使國安局倒退幾十年！

蘇珊彷彿作夢般，反覆閱讀內文。接著她以顫抖的手打開另一封。

收件人：NDAKOTA@ARA.ANON.ORG

寄件人：ET@DOSHISHA.EDU
循環明文成功了！祕訣是突變字串！

難以想像，事實卻擺在眼前。寄自丹角苑正的電子郵件。他與葛列格．海爾互通信息，兩人共同合作。不可能的事實在終端機上盯著蘇珊，她全身麻木。

葛列格．海爾就是北達科他？

蘇珊兩眼鎖定螢幕，大腦忙亂搜尋著解釋，無奈卻找不到。證據在這裡，來得突然，卻是逃不掉的鐵證：丹角使用突變字串來創造循環明文功能，而海爾與他密謀，想合作搞垮國安局。

「這……」蘇珊口吃起來。「這……不可能啊。」

海爾說過的話回響起來，彷彿不表贊同：丹角跟我通過幾次信……史卓摩聘請我，算是賭運氣……總有一天我會離開這裡。

儘管如此，蘇珊仍無法接受眼前的事實。沒錯，葛列格．海爾既臭屁又自大，但他不是叛徒。他知道數位堡壘對國安局有何影響，絕不會陰謀釋出數位堡壘！

然而，蘇珊了解，什麼也制止不了他——只有祭出榮譽與禮教。她想到飛鮪演算法的事件。葛列格．海爾毀了國安局的計畫一次，誰能保證他不會再來一次？

「不過丹角……」蘇珊糊塗了。丹角生性多疑，為什麼會信任像海爾那麼靠不住的人？

她知道，再怎麼想也於事無補了。最重要的是通知史卓摩。在巧妙的因緣際會中，丹角的合夥人居然潛伏身邊。她懷疑海爾是否知道丹角苑正身亡的消息。

她趕緊關上海爾的電郵檔案，讓終端機回歸原狀。海爾不會起疑心，至少還不會。她愕然了解到，數位堡壘的密碼金鑰可能就藏在這部電腦裡。

正當蘇珊關掉最後幾個檔案，一叢陰影走過三號節點的窗外。她陡然拉高視線，看見葛列格・海爾步步接近。她的腎上腺素激增。他幾乎快到門口了。

「可惡！」她咒罵一聲，看著這裡到自己座位的距離。她知道絕不可能及時趕過去。海爾就快到了。她情急之下轉身，希望從三號節點內部想出辦法。她背後的門喀嚓響起，然後打開。蘇珊憑直覺行事，平底鞋猛踩地毯，加速跨大步朝餐具室前進。門嘶嘶開啟時，蘇珊滑壘成功抵達冰箱前，拽開冰箱門。上層的帶把玻璃水瓶搖搖欲墜，然後慢慢止住。

「餓了嗎？」海爾問。他走進三號節點，朝她前進。他的嗓音平靜，帶有調戲的意味。「要不要共享一些豆腐？」

蘇珊吐出一口氣，轉身面對他。「不用了，謝謝。」她說。「我只想——」話卻哽在喉嚨裡。她臉色轉白。

海爾奇怪地看著她。「怎麼了？」

蘇珊咬咬嘴唇，以視線鎖住他雙眼。「沒事。」她勉強說出。她撒了謊。在辦公室另一邊，海爾的終端機亮著。她忘記降低亮度。

37

貝克來到艾方索十三世飯店樓下，拖著疲倦的腳步走進酒吧。一名宛如侏儒的酒保在他面前放下餐巾。「想喝點什麼？」

「不用了，謝謝。」貝克回答。「我想知道塞維亞哪裡有龐克搖滾俱樂部。」

酒保以怪異的眼神看他。「俱樂部？龐克？」

「對。他們都聚集在塞維亞的哪裡？」

「先生，我不清楚。絕對不在本飯店！」他微笑。「要不要喝一杯？」

貝克很想搖一搖這傢伙。心想事不成。

「您想喝什麼？」酒保再問一次。「菲諾？雪利？」

頭上喇叭輕輕揚起古典音樂。布蘭登堡協奏曲，貝克心想。第四號。去年在大學裡，他帶蘇珊去欣賞聖馬丁學院樂團演奏布蘭登堡。他忽然希望她此刻陪在身旁。頭上空調吹來微風，提醒貝克外面的氣溫。他想像自己滿身大汗，在滿是毒蟲的特里安納走動，尋找身穿英國國旗T恤的龐克族。他再度想起蘇珊。

「一杯蔓越莓汁。」他聽見自己說。

酒保一臉狐疑。「只要果汁？」在西班牙，蔓越莓汁很受歡迎，但從沒有人只喝蔓越莓。

「是。」貝克說。「只要果汁。」

「要不要加伏特加？」酒保不放過。

「不用了，謝謝。」

「我請客。」他勸誘著。

在陣陣頭痛間，貝克想像特里安納髒亂的街道，想像令人窒息的高溫，以及眼前的漫漫長夜。管他的。他點頭。「好，加伏特加。」

酒保似乎大大鬆了一口氣，趕緊忙著調酒。

貝克四下看著裝潢華麗的酒吧，懷疑是否在作夢。任何事情，都比事實來得眞切。我是大學老師，他心想，從事祕密任務。

酒保轉身回來，以優美的姿勢奉上貝克的飲料。「依您喜好，先生。蔓越莓加上一些伏特加。」

貝克謝謝他。他啜飲一口，差點嗆到。這算哪門子的一些？

38

海爾在前往餐具室的半路停下，看著蘇珊。「怎麼了，蘇？妳臉色好難看。」

蘇珊壓抑著不斷浮現的恐懼。十呎之外，海爾的螢幕亮著。「我……我沒事。」她勉強說，心臟怦怦跳。

海爾以迷惘的表情看著她。「要不要喝杯水？」

蘇珊無法回答。她暗罵自己。*怎麼忘記關掉該死的螢幕？*蘇珊知道，一旦海爾懷疑她搜查過他的終端機，一定會懷疑蘇珊發現他的眞正身分，北達科他。她擔心海爾爲了不外洩身分，可能不擇手段。

蘇珊心想是否應衝向門，但她沒有機會。突然間，有人敲擊著玻璃牆。海爾與蘇珊嚇了一跳，是系安員查楚堅。他用汗濕的雙拳猛捶玻璃，模樣像是見到世界末日。

海爾憤怒地看著窗外抓狂的查楚堅，然後轉回蘇珊。「我馬上回來。妳自己喝杯水，臉色好蒼白。」海爾轉身走到外面。

蘇珊穩住心情，快速移動到海爾的終端機。她向下伸手，調低亮度。螢幕轉黑。

她頭痛欲裂。轉身看著兩人在密碼科該樓層交談，顯然查楚堅還是沒有回家。年輕的系安員查楚堅現在陷入恐慌狀態，滔滔對著葛列格·海爾講個不停。蘇珊知道無所謂，反正海爾全知道。

非通知史卓摩不可，她心想。*越快越好*。

39

三〇一號房。蘿喜歐·伊娃·葛納答一絲不掛，站在浴室鏡子前。她整天最怕的就是這一刻。德國人躺在床上等她。她陪過的客人，就數他最胖。

心不甘情不願的她，從冰桶取出冰塊，在乳房上磨蹭一陣。乳房立刻硬挺。這是她的天賦——迎合男人的需要，讓男人不斷上門。她以雙手撫摸古銅色、具有彈性的胴體，希望身材仍能再維持四五年，讓她存夠退休金。她賺的錢，半數以上交給羅旦先生，但沒有羅旦的話，她知道自己與特里安納的流鶯下場一樣，只釣得上醉漢。羅旦介紹的男人至少有錢，從來不打人，也很容易滿足。她穿上內衣，深吸一口氣，打開浴室門。

蘿喜歐走進臥房時，德國人的眼睛暴凸。她身穿黑色內衣，栗色的肌膚在柔和的燈光下晶瑩剔透，蕾絲布料下的乳房聳立。

「快來吧。」他以德文說，口氣急切，一面褪下浴袍，滾到床上躺下。

蘿喜歐擠出笑容，往床鋪走去。她向下看了一眼巨無霸德國人，咯咯笑了一下，放鬆了心情。他雙腿間的器官小得可憐。

他一把捉住她，猴急地剝開內衣，肥胖的手指摸遍每吋肌膚。她倒在他身上，呻吟扭動，假裝極樂。他將她翻過來，爬到她身上，她以為自己會被壓扁。她喘著氣，被他如軟泥的脖子壓得差點窒息。她祈禱著他儘快了事。

「對！對！」每衝刺一下，她就以西語呻吟一聲。她的指甲深陷他的臀部，鼓勵他前進。

她腦海隨機閃過一個個念頭——她滿足過的無數男人臉孔、黑暗中直盯數小時的天花板、生兒育女的夢想……

倏然間，毫無預警之下，德國人的身體弓起，僵直，幾乎立時倒在她身上。這麼快？她心想，既驚喜又如釋重負。

她想從他身下滑開。「達令，」她沙啞地低聲說。「換我在上面。」但對方沒有動作。

她舉手推推他的寬厚肩膀。「達令，我……我無法呼吸了！」她開始感到虛弱。她覺得肋骨快斷了。

「醒醒啊！」她以西班牙文說。她的指頭本能地開始拉扯對方濃密的頭髮。醒醒啊！

這時她摸到溫暖濃稠的液體，沾滿了他的頭髮，流到她的臉頰，流進她的嘴巴。味道鹹鹹的。她在他身下狂亂扭動。在她上方，有一道奇怪的光束照亮德國人扭曲的臉孔。太陽穴的彈孔汩汩冒出鮮血，流得她全身都是。她拚命想喊叫，肺裡卻已不剩空氣。他快把她壓死了。神智不清的她，伸手向門口射來的光束求救。她看見一隻手。一把裝了滅音器的槍。一陣閃光。隨後什麼也沒有。

40

在三號節點外面，查楚堅顯得慌亂不已。他是想說服海爾，譯密機遇上麻煩了。蘇珊衝過兩人身旁，腦裡只有一個念頭——找史卓摩。

蘇珊經過時，驚慌的查楚堅拉住她的手臂。「弗萊徹小姐！我們中了病毒！我敢保證！妳一定要——」

蘇珊擺脫他的手，怒沖沖地瞪他。「副局長不是叫你回家？」

「可是，執行程式的螢幕！上面顯示十八——」

「副局長史卓摩叫你回家！」

「操他的史卓摩！」查楚堅高聲臭罵，整個圓頂樓激起回音。

上面有人以低沉的嗓音說，「查楚堅先生？」

三名密碼科員工動作暫停。

史卓摩高高站在他們上方，靠在副局長辦公室外的欄杆旁。

一時之間，圓頂樓裡唯一聲響，只剩底下發電機不均勻的嗡聲。蘇珊使盡全力希望捕捉史卓摩的視線。*副局長！海爾就是北達科他！*

但史卓摩的視線固定在年輕的系安員身上。他走下樓梯，眼睛不眨一下，一路下來不曾移開視線片刻。他走過密碼科辦公室，停在離顫抖的查楚堅六吋之遙。「你說什麼？」

「長官，」查楚堅哽著說，「譯密機有麻煩了。」

「副局長！」蘇珊插嘴。「能不能跟我——」

史卓摩揮手叫她走開，眼睛毫不離開查楚堅。

小查脫口而出，「長官，我們中了毒，我很確定！」

史卓摩的臉色轉爲深紅。「查楚堅先生，不是跟你講過了，譯密機裡面沒有病毒！」

「有，有就是有！」他大喊。「而且，如果跑進主資料庫的話——」

「病毒檔在哪裡？」史卓摩低吼。「你指給我看！」

查楚堅遲疑著。「我沒辦法。」

「你當然沒辦法！因爲根本不存在！」

蘇珊說，「副局長，我一定要——」

史卓摩再度憤怒揮揮手，叫她住嘴。

蘇珊緊張地看著海爾。他顯得既高傲又事不關己。完全合乎常理，她心想。海爾才不會擔心病毒；他知道譯密機裡面的真相。

查楚堅緊咬不放。「病毒檔確實存在，長官。鐵手套卻沒有揪出來。」

「如果鐵手套沒揪出來，」史卓摩七竅生煙，「你又怎麼知道病毒的存在？」

查楚堅的嗓音忽然增加自信。「突變字串，長官。我跑了整套分析，結果找到突變字串！」

蘇珊這才了解查楚堅爲何如此憂心。突變字串，她沉思起來。她知道突變字串是一種程式序列，能以極複雜的方式擾亂資料。在電腦病毒裡，突變字串極爲常見，特別是能改變一大區塊資料的病毒。當然，蘇珊也從丹角的電郵得知，查楚堅看見的突變字串其實無害——只是數位堡壘的一部分。

查楚堅繼續說，「我一看到突變字串時，長官，以爲鐵手套的過濾器失靈了。不過我再跑一些測試，發現……」他停頓下來，忽然露出惶恐的神色，「發現有人以手動方式繞越了鐵手套。」

眾人突然都噤聲不語了。原本臉色已深紅的史卓摩，這時更難看了。查楚堅指控的對象毫無疑問；密碼科上下，獲准繞越鐵手套過濾器的終端機只有史卓摩一部。

史卓摩冰冷地開口道，「查楚堅先生，這事跟你無關，繞越鐵手套的人正是在下。」他接著說，怒火已接近沸騰點。「我剛才告訴過你，我在跑一套非常先進的診斷程式。你在譯密機裡看見的突變字串，就是那套診斷程式的一部分；突變字串之所以存在，是因爲我親手放進去的。鐵手套拒絕讓我載入檔案，所以我才繞越過濾器。」史卓摩瞇起眼睛，狠狠看著查楚堅。「現在，在你離開前，還有什麼話要說？」

一閃之際，蘇珊全想通了。史卓摩從網路下載了加密過的數位堡壘演算法，想用譯密機破解，這時突變字串被鐵手套的過濾器攔下。由於史卓摩急著想知道數位堡壘是否能被破解，決定繞越過濾器。一般情況下，繞越鐵手套這關是無法想像的。然而，在目前的狀況下，直接將數位堡壘送進譯密機並無危險；副局長確切知道這檔案是什麼，也知道來路。

「長官，恕我無禮，」查楚堅仍不放手，「我從沒聽過什麼診斷程式運用到突變——」

「副局長，」蘇珊插嘴，再也等不及了。「我眞的需要——」

這一次，她的話被史卓摩的行動電話打斷。電話發出尖響，副局長抓起來。「什麼事！」他吼叫。接著他不出聲，傾聽來電。

蘇珊暫時忘記了海爾。她祈禱著，希望來電者是大衛。告訴我他平安，她心想。告訴我，他找到戒指了！但史卓摩遇上她的視線，對她皺皺眉頭。不是大衛。

蘇珊感覺呼吸困難。她只求知道心愛的男人平安無事。蘇珊知道，史卓摩心浮氣躁的原因和她不同。如果大衛再沒好消息，副局長將不得不派人支援——國安局的外勤情報員。這種賭局，他一直想避免。

「副局長？」查楚堅催促著。「我眞的認爲應該檢查——」

「等一下，」史卓摩對來電者致歉。他遮住通話口，眼睛對年輕的系安員射出怒火。「查楚堅先生，」

他咆哮，「討論到此爲止。我命令你離開密碼科。馬上離開。」

查楚堅愣住了。「可是，長官，突變字串——」

「馬上離開！」史卓摩吼叫。

查楚堅呆呆看了一陣子，無言以對。接著他氣沖沖往系統安全室走去。

史卓摩轉頭看著海爾，面露不解。蘇珊知道副局長爲何迷惑。海爾一直沒出聲，太安靜了。海爾心裡清楚，根本沒有什麼突變字串的診斷程式，更不可能有一套診斷程式讓譯密機忙上十八個小時。然而海爾卻一聲不吭。對整個騷動，他表現得漠不關心。史卓摩顯然想知道原因。答案在蘇珊嘴邊。

「副局長，」她語氣堅持，「如果可以讓我講——」

「再等一分鐘，」他插嘴，仍以質疑的眼神看著海爾。「這通電話我非接不可。」話一說完，史卓摩轉身就往辦公室走。

蘇珊開了口，話卻只能到嘴邊。海爾就是北達科他！她僵在原地，無法呼吸。她覺得海爾在看她。蘇珊轉頭，海爾靠邊站一步，優雅地朝三號節點大門擺出一手。「妳先請，蘇。」

41

在艾方索十三世飯店三樓的床單毛巾間，一名打掃女工躺在地板上，不省人事。戴著鋼絲鏡框的男子將飯店主鑰匙放回她的口袋。剛才重擊她時，男子並沒有察覺她的尖叫，他根本不可能察覺——他自十二歲即喪失聽覺。

他伸手到皮帶上的電池組，帶有某種敬意；這禮物是客戶送的，賦予了他新生命。現在的他可以在世界任何地方接下合約。一切通訊瞬間傳達，而且無法追查。

他急切地按下開關。眼鏡閃動一下，開啓螢幕。他的手指再度在空中觸鍵打字。一如往常，他記錄了被害人的姓名——只要搜查皮包或皮夾即可。手指觸片一經碰觸，字母如空中幽靈般一一出現在鏡片上。

目標：蘿喜歐·伊娃·葛納答——終結

目標：漢斯·胡伯——終結

三層樓之下，大衛·貝克買了單，漫步走過大廳，手上端著喝了一半的飲料。他往飯店的開放式陽臺走去，呼吸新鮮空氣。快去快回，他沉思著。事情發展不如預料。他要做出決定。是乾脆放棄，回到機場嗎？事關國家安全。他低聲咒罵。既然事關國家安全，幹嘛派個教師？

貝克脫離酒保的視線範圍，將剩下的飲料倒給盆栽茉莉。伏特加喝得他頭重腳輕。歷史上最容易醉的人，蘇珊經常如此稱呼他。他拿著沉重的水晶杯在飲水機裝滿水，長長喝了一口。

他伸展四肢幾次，希望藉此消除逐漸籠罩在身上的薄霧。接著他放下酒杯，走過大廳。

經過電梯時，電梯門左右滑開，裡面站了一名男子。貝克只見他戴著厚鏡片的鋼絲框眼鏡。男子舉起手帕擤鼻涕。貝克客氣地微笑，繼續往前走……進入令人窒息的塞維亞夜色。

42

在三號節點裡，蘇珊不自覺地來回踱步，神色慌亂。她但願剛才有機會能揭發海爾眞實身分。

海爾坐在自己終端機前。「壓力傷身啊，蘇。胸脯懋了什麼東西嗎？」

蘇珊強迫自己坐下。她盤算，史卓摩現在應早已講完電話，過來找她談話，但卻看不見人影。蘇珊儘量保持鎮定。她望向自己的電腦螢幕，郵蹤仍在搜尋——這是第二次。有沒有結果已經不重要了。蘇珊知道回報的郵址將是：GHALE@crypto.nsa.gov。

蘇珊抬頭望向史卓摩的辦公室，知道自己再也等不下去了。該去打斷副局長的通話了。她起身往門口走去。

海爾忽然顯得不安，無疑注意到蘇珊的奇怪舉動。他快步走過去，搶先一步抵達門口。他兩臂交叉胸前，擋住去路。

「發生了什麼事，告訴我，」他質問。「今天有不對勁的事發生。是什麼事？」

「讓我出去。」蘇珊口氣盡可能放緩，突然感到自己處境危險。

「快說，」海爾施壓。「查楚堅只是盡本分，史卓摩居然差點開除他。譯密機裡面出了什麼事？才沒有診斷程式能跑十八個鐘頭。根本是屁話，妳也清楚。告訴我，發生什麼事？」

蘇珊瞇起眼睛。發生什麼事，你最清楚！「讓開，葛列格，」她要求。「我要上廁所。」

海爾冷笑。他繼續站了很久，然後才站到一旁。「對不起，蘇。只是逗妳玩玩。」

蘇珊推開他，走出三號節點。通過玻璃牆時，她感受到海爾的視線從牆內鑿穿她的身體。

她不情願地繞向廁所。找副局長之前，她必須轉個彎。不能讓葛列格・海爾起疑。

43

四十五歲依然活潑的察德‧賓克霍夫，衣服熨得直挺，頭髮梳得體面，消息也很靈通。一身夏季薄西裝如同他古銅色的皮膚般，沒有一條皺紋，也不見磨損的跡象。他有一頭濃密淡褐金色髮，最重要的是全是天生的。他的眼珠湛藍得發亮，有色隱形眼鏡爲他添了不少生氣。

他環視四周木板裝潢的辦公室，自知升到國安局這個地位，已經屬於個人能力極限。他在號稱「桃花心木排」的九樓上班。9A197辦公室。局長辦事處。

時間是週六夜晚，桃花心木排人煙稀少，主管早已下班，去享受大人物閒暇時從事的休閒活動。儘管賓克霍夫一直夢想在國安局佔「眞正」的職位，最後卻不知不覺當上「私人助理」，是政治鬥爭的死胡同。老闆是全美情報界勢力最大的人，他理應自滿，但他卻得不到慰藉。賓克霍夫以優異的成績畢業於安多瓦與威廉斯大學，如今卻淪落到這個地步，中年仍無實權，沒有眞正的影響力。他的工作內容，是幫別人安排日程表。

擔任局長私人助理絕對吃香——賓克霍夫在局長辦事處擁有豪華的辦公室，能出入國安局所有部門，也由於平日往來的多是要角，因此維持某一種名望。他替權力最高層跑腿辦事。在賓克霍夫內心深處，他知道自己生來注定當私人助理，聰明到足以做筆記，英俊到可以主持記者會，懶惰到能安之若素。

壁爐架上的時鐘響起膩人的鐘聲，報出下班時間，等他結束可悲的一天。可惡，他心想，禮拜六下午五點。我幹嘛待在這裡？

「察德？」一名女子出現在門口。

賓克霍夫抬頭。是蜜姬・密爾肯，方天的內部安全分析師。她現年六十，微胖，而且令賓克霍夫百思不解的是，她顯得相當迷人。蜜姬是打情罵俏的高手，離婚三次，穿梭在局長辦事處六個辦公室之間，帶有俏皮的權威。她反應明快，直覺敏銳，熬夜加班從不喊累，而且據謠傳，她對國安局內部運作方式，比上帝知道的還多。

可惡，賓克霍夫心想。他看著身穿灰色喀什米爾洋裝的蜜姬。不是我上了年紀，就是她越來越年輕了。

「每週報告。」她微笑，抖一抖手上攤成扇形的紙張。「請你檢查這些數字。」

賓克霍夫看著她的身體。「從這裡檢查，妳的三個數字沒問題。」

「少來了，察德，」她哈哈笑。「我年紀大到可以當你媽了。」

還用妳講，他心想。

蜜姬走進來，挨近他的辦公桌。「我正要下班，不過局長希望他從南美洲回來前，你可以幫他整理出來。他禮拜一回來，一大早準備好。」她把列印資料放在他面前。

「把我當會計啊？」

「怎麼會？親愛的，你是郵輪娛樂總監。你應該知道才對。」

「那樣的話，加減乘除的事怎麼歸我處理？」

她搔搔他的頭髮。「你不是希望能多擔一點職責嗎？這就是囉。」

他悲哀地抬頭看她。「蜜姬……工作壓垮了我的人生。」

她一指輕拍資料。「工作即人生，察德。」她低頭看他，表情軟化。「走之前，要不要我幫什麼忙？」

他以懇求的眼光看著，旋轉起痠痛的脖子。「肩膀好痠。」

蜜姬沒中計。「吃顆阿斯匹靈。」

他噘嘴。「不幫我按摩？」

她搖頭。「《柯夢波丹》說，三分之二的按摩，最後都導致性愛。」

賓克霍夫露出氣憤的神色。「我們的按摩就從來沒有。」

「對嘛。」她眨眼。「問題就在這裡。」

「蜜姬——」

「晚安，察德。」她往門口走去。

「妳要走了？」

「我本來想留下來的，」蜜姬說著，在門口停下，「可是，我還是有尊嚴的，放不下身段當人家二奶——特別大老婆是小女生，更難接受。」

「我老婆才不是小女生，」賓克霍夫辯護。「只是言行像小孩而已。」

蜜姬驚訝地看著他。「誰講你老婆？」她的睫毛無辜地上下刷動。「我講的是卡門。」她以濃厚的波多黎各口音說出名字。

賓克霍夫的嗓音微微沙啞。「誰？」

「卡門啊。食品部的那個。」

賓克霍夫覺得臉熱了起來。卡門・伍葉塔是二十七歲的糕點師傅，在國安局福利社服務。賓克霍夫下班後曾幾次與她在儲藏室親熱，自以爲無人知曉。

她邪邪地眨了一下眼睛。「記得喲，察德……老大哥無所不知。」

老大哥？賓克霍夫嚥下口水，不敢置信。老大哥連**儲藏室**也監看？

老大哥，也就是蜜姬常掛在嘴邊的「大哥」，是一台集中式數位交換機，坐落在辦事處的中央辦公室外一個如衣櫃的小空間。大哥是蜜姬的整個世界，負責接收的資料包括一百四十八個閉路攝影機、三百九十九扇電子門、三百七十七個電話竊聽器、以及兩百一十二個獨立竊聽器，分布於國安局建築內部各處。國安局的各部門首長從慘痛的經驗得知，兩萬六千名員工不僅是重大資產，也是極大的負擔。國安局史上每樁重大洩密案，都來自內部。蜜姬的任務是分析內部保密工作，觀察國安局內大小動靜……顯然連福利社儲藏室也不放過。

賓克霍夫起身想替自己辯護，但蜜姬已經轉身離去。

「雙手擺在桌上，」她遠遠回頭說。「我走後可別亂來喲。牆壁有眼喲。」

賓克霍夫坐著傾聽她的鞋跟消失在走廊另一端。至少他知道蜜姬不會亂講話。她又不是沒有弱點。蜜姬自己也有幾次行爲不檢點——多半是跟賓克霍夫互相按摩。

他的心思轉回卡門，想像著她柔軟的胴體，褐色的大腿，開到最大聲的調頻收音機——聖胡安（譯註：San Juan，波多黎各首府）辣妹。他微微一笑。也許下班前過去吃個點心。

他打開第一頁列印資料。

密碼科——生產／支出

他的心情立即輕鬆起來。蜜姬便宜了他；密碼科的報告總能輕鬆解決。嚴格說來，他應該整理全部資料，但局長想看的數字只有MCD——平均解密成本。MCD代表譯密機每破解一個密碼的估計成本。只要每個密碼成本小於一千美元，方天不會囉唆。一千塊買一個。賓克霍夫咯咯笑。有納稅人的錢好辦事。

他開始整理資料，逐一檢查每日的MCD，這時卡門．伍葉塔的影像開始在腦中播放，她以製糕點用的糖與蜂蜜塗遍自身。三十秒後，他快處理完畢了。密碼科的資料全無問題——與往常一樣。

但他正要處理下一份報告前，忽然瞄見一個東西。在報告的最下面，最後一個MCD很怪。這個數字大到印不下，超出格子外，破壞了整頁的美觀。賓克霍夫大感震驚，盯著數字看。

999,999,999？他倒吸口氣。十億元？卡門的影像消失。十億美元的密碼？

賓克霍夫呆坐了一分鐘，全身僵硬。隨後興起一陣恐慌，他狂奔到走廊上。「蜜姬！回來！」

44

費爾・查楚堅生氣地站在系統安全室裡。史卓摩的話在腦中迴盪：*我命令你馬上離開！*他踹了一下垃圾筒，在空曠的系統安全室裡咒罵。

「診斷程式個屁！副局長繞越鐵手套的過濾器，以前從沒發生過吧？！」

系安員的待遇豐厚，責任是保護國安局的電腦系統，而查楚堅學到，工作要求其實只有兩項：要聰明絕頂，要竭盡所能地疑神疑鬼。

見鬼了，他咒罵著，*我才不是疑神疑鬼！他媽的執行程式的螢幕顯示十八個小時哪！*

一定是病毒。查楚堅感覺得到。他沒有太大疑問：史卓摩繞越鐵手套的過濾器，做錯了事，現在想用診斷程式這個可笑的說法來搪塞。

若只關係到譯密機，查楚堅還不至於暴跳如雷。儘管譯密機這個解碼大怪獸看起來是獨立的，但實際上它絕非一座孤島。一般密碼員相信，鐵手套的目標只有一項，就是保護譯密機這部破解密碼的精心之作，但系安組知道眞相。鐵手套的過濾器伺服的是位階更高的天神：國安局的主資料庫。

建造資料庫的幕後，查楚堅一直很著迷於這段歷史。一九七〇年代末期，儘管國防部努力想將網際網路據爲己有，但網際網路非常實用，公家機關無不受到吸引而連線。最後連大學也爭著上網。不久後，商業伺服器出現，網際網路如水門大開，一般民眾爭先恐後湧進。到了一九九〇年代初，政府曾具有保密作用的「網際網路」，已成爲堆滿垃圾的荒原，到處是老百姓的電郵與色情圖片。

海軍情報處曾發生幾次電腦滲透事件，雖未對外公開，卻對海情處造成極大傷害，因此事情很明顯，政府的祕密存放電腦裡，連接上蓬勃發展的網路，再也無法保密。總統遂與國防部聯手發佈機密命令，撥款資助新而密不透風的政府網路，以取代飽受污染的網際網路，作爲美國情報單位間的連線。爲了防止政府機密再遭人竊取，所有敏感資料全部改放到一個高度安全的地點，就是新成立的國安局資料庫，相當於美國情報資料的納克斯堡（譯註：位於肯德基州，美國聯邦政府黃金儲藏地）。

全國數百萬筆最高機密的相片、錄音帶、文件、錄影帶，全都經過數位化，傳輸到這個超大型的資料庫，實體的版本則悉數銷毀。資料庫由三層繼電器保護，附有一個分層數位備份系統，建立於地下兩百一十四呎，以避免受磁場的侵害，防止爆炸事件波及。控制室內的活動全屬最高機密黑點……是全國最高的機密等級。

美國的機密從未如此安全到家。堅不可摧的資料庫儲存了先進武器的藍圖、保護證人名單、地下情報員的化名、地下行動的詳細分析與提議。內容五花八門。美國情報界再也不會擔心被暗算。

當然，國安局的高層知道，儲存的資料必須能夠讀取才有價值。資料庫眞正絕妙之處並非將機密隔絕開來，而是只讓正確的人讀取。所有儲存的資訊都經過保密分級，依照機密等級，政府官員只能取得區隔化後的資訊。潛水艇指揮官可以撥接進資料庫，查看國安局最新的俄國港口衛星照片，卻無法取得南美洲反毒任務的計畫。中情局分析員可以取得已知刺客的背景，卻無法拿到總統專屬的飛彈發射密碼。

資料庫裡的資訊，系安組當然無權讀取，但他們必須負責資料庫的安全。國安局的資料庫如同所有大型資料庫——從保險公司到大學——不斷受到電腦駭客入侵。駭客只想偷窺資料庫裡的機密。但國安局的安全程式設計師是全球頂尖的專業，沒人能越雷池一步，而國安局也沒有理由認爲任何人能碰資料庫一根汗毛。

在系統安全室裡，查楚堅拿不定主意，不知道該不該走，急出一身汗。譯密機出錯，表示資料庫也出錯。史卓摩毫不關心，令人百思不解。

大家都知道，譯密機與國安局的主資料庫密不可分。每組新密碼一旦被破解，立刻透過四百五十碼的光纖電纜，火速從密碼科傳至國安局資料庫保存。神聖的資料庫的進入點有限——而譯密機是進入點之一。鐵手套的作用如固若金湯的守門員，史卓摩居然繞過。

查楚堅聽得見自己的心臟怦怦跳。*譯密機被纏了十八個鐘頭！*他想到電腦病毒入侵譯密機，然後在國安局地下室肆虐，讓查楚堅再也受不了。「我非向上面報告不可。」他脫口說出。

在這種情況下，查楚堅知道只需向一個人報告：國安局的資深系安組長。他脾氣不好，四百磅重，是發明鐵手套的電腦大師。他的綽號是賈霸。在國安局，他被奉若神——他常在走廊間穿梭，撲滅電腦裡的火警，遇到怠惰的人、無知的人，把他們罵得一無是處。查楚堅知道，賈霸一旦得知史卓摩繞越鐵手套的過濾器，肯定會天下大亂。*算你倒楣，*他心想，*我有任務在身。*他拿起電話，撥了賈霸二十四小時開機的行動電話。

45

大衛・貝克在席德街上漫無目標地走著，想釐清頭緒。在他腳下，無聲的陰影落在鵝卵石走道上。伏特加仍在體內作祟。目前他的人生茫然失焦。他的心思飄回蘇珊，不知她是否聽到了留言。

在前方，一輛塞維亞公車吱聲煞車，在公車站前停下。貝克抬頭看，車門嘎然打開，但沒人下車。柴油引擎隆隆響起，公車正要開走，三個青少年走出街頭一間酒吧，追著公車跑，又叫嚷又揮手。公車引擎的轉速再度慢下，青少年趕緊跟上。

他們身後三十碼之處，貝克以全然不敢置信的眼神看著。他的目光忽然集中焦點，但他自忖眼前的影像不可能發生。機率只有百萬分之一。

是我的幻覺。

然而，正當公車門關上前，青少年擠著上車時，貝克又看見了。這一次他敢確定。在街角路燈朦朧光線照亮之下，他看見了她。

乘客爬上車，公車引擎再度加速運轉，貝克突然拔腿，以百米速度快跑，古怪的影像牢牢映在腦海——黑色唇膏、眼影塗得妖冶、頭髮……梳成三條尖柱直豎，分別是紅、白、藍。

公車開動時，貝克在街上狂奔，追著公車揚起的一氧化碳跑去。

「等一等！」他以西語呼喊，跟在公車後面跑。

貝克的哥多華懶人皮鞋掠過人行道，平日打壁球練就的靈活度卻使不上來；他覺得重心不穩。他的頭腦跟不上腳步。他咒罵酒保與時差。

公車是塞維亞常見的老式柴油車。貝克很幸運，因爲公車以一檔爬起上坡路很吃力。貝克覺得距離拉近。他知道非在公車換檔前追上。

司機準備打成二檔時，兩根排氣管咳出一陣濃煙，貝克拚命加速。一鼓作氣衝到後擋泥板時，貝克往右跑，與公車並行。他看得見後門——如同所有的塞維亞公車，後門敞開：最便宜的空調。

貝克將視線鎖定在開口，不顧兩腿灼熱感。車胎在他身邊，與肩膀同高，嗚嗚響著，頻率逐秒增高。他衝向後門，沒拉住門把，差點失去平衡。他再用力一點。公車下面，離合器喀嗒一響，因爲司機準備換檔。

要換檔了！我趕不上了！

然而，就在引擎的齒輪鬆開，與較大的齒輪咬合之際，公車微微放鬆油門。貝克猛撲。引擎再運轉時，他的手指正好彎曲握住門把。引擎加速時，差點把貝克的肩膀從肩窩扯下。他順勢彈上階梯上方。

大衛·貝克癱在公車門裡。呼嘯而過的人行道就在幾吋外。他現在酒醒了，雙腿與一邊肩膀疼痛。他搖搖晃晃站起來，穩住身體，鑽進陰暗的車廂。在只見輪廓的人群中，在幾個座位之外，三支頭髮明顯矗立著。

紅、白、藍！我找到了！

貝克產生滿腦子影像，先是戒指、等候起飛的里爾噴射60，最後是蘇珊。

貝克來到女孩座位旁，不知道該說些什麼，這時公車開過路燈底下，龐克族的臉被照亮片刻。

貝克驚恐地看著。她臉上的化妝品塗在茂盛的鬍碴之上。她才不是女生，而是年輕男子。男子的上唇穿了一根銀色釘扣，身披黑皮夾克，沒穿襯衫。

「他媽的想幹嘛？」粗啞的嗓門問。紐約口音。

貝克感覺宛如慢動作自由落體，迷失方向，感到暈眩，望向盯著他的車上乘客。乘客全是龐克族。至少有一半的人頂著紅、白、藍色的頭髮。

「坐下！」司機以西班牙語大吼。

貝克神智恍惚，沒有聽見。

「坐下！」司機再喊叫。

貝克茫然轉身，面對後照鏡裡那張生氣的臉。他實在等太久了。

司機不耐煩了，猛踩一下煞車，貝克感到重心移轉，伸手想抓住椅背卻失手。瞬時間，大衛・貝克騰空而起，然後重重跌落在滿是沙子的車廂地板上。

在席德街上，一個人影從陰影中走出來。他調整一下鋼絲鏡框，朝遠去的公車凝望。大衛・貝克溜走了，但不會逃離掌握太久。塞維亞各路公車眾多，貝克先生偏偏跳上惡名昭彰的27路。

27路公車只有一個終點站。

46

費爾·查楚堅切掉電話；賈霸忙線中。賈霸唾棄電話插撥，認為不但有礙通話進行，而且是AT&T電話公司的花招，目的是接通每通電話以提高營收；簡單一句話「我在另外一條線上，待會兒再打給你。」替電話公司每年進帳數百萬。國安局規定賈霸隨時攜帶行動電話，以因應緊急狀況，而賈霸拒絕插撥，等於是沉默表達抗議。

查楚堅轉頭，望向無人的密碼科辦公室。發電機在地下嗡嗡響，音量每分每秒加大。他感覺時間迫在眉睫。他知道自己應該離開，但在密碼科的隆隆聲響中，系安組的口頭禪開始迴盪腦海：*先斬後奏*。

電腦安全的世界分秒必爭，一分一秒往往攸關一套系統的存亡。在採取防衛程序之前，鮮少有時間替問題想出道理。系安員領了薪水，不僅要發揮技術專業，也要發揮本能直覺。

先斬後奏。查楚堅知道應該怎麼做。他也知道，等到塵埃落定，他不是成為國安局英雄，就是排隊領失業救濟金。

解碼主機中了病毒，這一點查楚堅確定。負責任的系安員可以採取一道措施：關機。

查楚堅知道，關掉譯密機只有兩種方法，其一是從副局長的私人終端機，鎖在他辦公室裡，因此甭提。另一個方法是徒手按掉開關。開關位於密碼科地板底層。

查楚堅用力吞口水。他討厭密碼科底層。他只在受訓期間下去過一次。底下宛如外星世界，有長如迷宮的走道，有氟里昂輸送管，一百三十六呎下方是隆隆的發電機組，令人看得頭暈……

他最不想去的地方就是底層，而他最不想惹的人就是史卓摩，但職責就是職責。*明天他們會感激我*，他心想，但不清楚這種想法是否正確。

查楚堅深吸一口氣，打開資深系安員的金屬儲物櫃。在一個擺滿電腦零件的架子上，有個史丹福校友的馬克杯，藏在媒體集中器與區域網測試器後面。他在不碰杯緣的情況下，伸手從杯內取出一把Medeco牌的鑰匙。

「眞好笑，」他嘟噥著，「系統安全員本身卻不懂安全之道。」

47

「十億元的密碼？」蜜姬冷笑，一面陪賓克霍夫往回走。「掰得眞妙。」
「我發誓！」他說。
她斜眼看他。「但願你不是想騙我脫衣服。」
「蜜姬，我絕不——」他清高地說。
「我知道啦，察德。別提醒我了。」
三十秒後，蜜姬坐在賓克霍夫的椅子上，研究著密碼科的報告。
「看到沒？」他邊說邊彎腰靠過去，指著有問題的數字。「這個MCD，十億美元哪！」
蜜姬咯咯笑。「的確是高了一點點嘛。」
「是啊。」他咕噥。「高了一點點。」
「看樣子是除以零。」
「除以什麼？」
「除以零。」她說著掃瞄其他數據。「MCD以除法計算，總支出除以解密成功數。」
「那當然。」賓克霍夫淡然點頭，儘量不看向她洋裝的前面。
「如果除數是零，」蜜姬解釋，「商數會無限大。電腦很討厭無限大，所以全部以九代替。」她指著另一欄。「看到沒？」
「嗯。」賓克霍夫將焦點拉回列印資料。

「這是今天的初步生產數據。看看解密成功的總數。」

賓克霍夫乖乖依循她的手指往下一欄看。

解密成功數＝0

蜜姬點一點數字。「跟我懷疑的一樣。除以零。」

賓克霍夫拱起眉毛。「所以說，一切OK囉？」

她聳聳肩。「意思是，我們今天還沒破解任何密碼。譯密機一定是在休息。」

「休息？」賓克霍夫露出懷疑的神色。他跟隨局長的時間夠久了，知道「休息」與他的作風背道而馳，特別是在譯密機這方面。方天花費二十億美元，打造出這個破解密碼的巨獸，希望把錢花在刀口上。譯密機每閒置一秒，等於將美金沖下馬桶去。

「啊……蜜姬，」賓克霍夫說，「譯密機從不休息。從早到晚運作。妳也知道。」

她聳聳肩。「說不定史卓摩昨晚偷懶。他大概知道方天不在，蹺班去釣魚了。」

「少來了，蜜姬。」賓克霍夫對她擺臭臉。「別老是講他壞話嘛。」

蜜姬・密爾肯不欣賞崔沃・史卓摩，在國安局已是公開的祕密。史卓摩狡猾修改飛鮪程式，卻被逮個正著。儘管史卓摩有遠大計畫，但國安局因此付出很大的代價。電子前線也因此勢力大增，方天也失去國會的信任，最嚴重的是，國安局因此曝光。霎時間，連鄉下的家庭主婦都紛紛向AOL與Prodigy等網路業者抱怨，指稱國安局可能偷看她們的電郵——好像國安局看得上糖蕃薯的祕密食譜似的。

史卓摩闖的禍害慘了國安局，而蜜姬覺得自己該負部分責任。並不是她能預知史卓摩的詭計，重點是他背著方天局長採取未經授權的行動，而蜜姬的職責是替局長防範未然。方天採取不管事的態度，讓部屬更容易背著他胡來，這讓蜜姬更加緊張。但局長很早之前就學到教訓，儘量放手讓聰明人做事，而他正是以這種態度處理史卓摩。

「蜜姬，妳清楚得很，史卓摩才沒偷懶。」賓克霍夫辯稱。「譯密機到他手上根本沒休息過。」

蜜姬點頭。她深知指責史卓摩蹺班確實荒唐。副局長貢獻的心血比任何人都大，盡職到幾成怪人的地步。他將全世界的罪惡當作自己的責任，一肩扛下。國安局的飛鮪計畫是史卓摩的點子，希望以這種大膽的嘗試來改變世界。不幸的是，正如許許多多神聖的征戰一樣，最後被釘上十字架的人是他。

「好吧，」她承認，「我講的是有點過分。」

「有點？」賓克霍夫瞇起眼睛。「史卓摩待處理的密碼排起來有一哩長，他才不會放譯密機一整個週末的假。」

「好啦，好啦。」蜜姬嘆息。「都是我不對。」她深鎖眉頭，懷疑譯密機爲何整天沒有破解任何密碼。「我來查查看，」她說著開始翻閱列印的報告。她找到目標，掃瞄著數字。過了一分鐘她點點頭。「你說對了，察德。譯密機的確是全力運轉中。消耗物資毛額甚至比平常高一些；從昨晚半夜開始，每小時耗電量超過五十萬度。」

「這樣看來，究竟是怎麼一回事？」

蜜姬想不透。「我不確定。很怪。」

「這些資料，要不要再跑一次？」

她瞪了一眼，不以爲然。對蜜姬．密爾肯，有兩件事質疑不得。其中之一就是她的資料。賓克霍夫讓蜜姬研究數據，自己在一旁等著。

「嗯。」她最後悶哼一聲。「昨天的數字還好：破解兩百三十七個密碼。MCD是八百七十四。破解密碼平均時間，六分鐘多一點。耗電，平均。輸入譯密機的最後一個密碼——」她停下來。

「怎麼了？」

「眞奇怪，」她說，「昨天佇列檔最後一個檔案是晚上十一點三十七分。」

「那又怎樣？」

「譯密機每隔六分多鐘破解一個密碼。最後一個密碼通常在接近半夜時開始跑。這樣看來的話，不像——」蜜姬陡然停住，啞然張口。

賓克霍夫嚇了一跳。「怎麼了！」

蜜姬以不敢相信的眼神注視著列印紙。「這個檔案？昨晚輸入譯密機的這個檔案？」

「怎樣？」

「還沒被破解。佇列時間是二十三小時三十七分〇八秒，卻沒有列出解密時間。」蜜姬亂翻著列印資料。「昨天沒有，今天也沒有！」

賓克霍夫聳聳肩。「也許在跑很仔細的自我診斷程式。」

蜜姬搖搖頭。「仔細到要用去十八個鐘頭？」她停頓一下。「不可能吧。而且啊，資料顯示，這個檔案是外來檔案。我們應該通知史卓摩。」

「打去他家？」賓克霍夫嚥下口水。「禮拜六晚上耶！」

「不是，」蜜姬說。「史卓摩這人我很清楚，這件事他一定知道。我敢賭大錢，他一定在國安局。只是預感而已。」另外一件不容質疑的事，是蜜姬的預感。「來吧，」她邊說邊站起來。「看看我有沒有說對。」

賓克霍夫跟著蜜姬回到她的辦公室。她坐下，開始敲著「老大哥」的鍵盤，動作如管風琴名家。

賓克霍夫抬頭看著牆上一整排閉路電視，螢幕全部定格爲國安局的標識。「妳想偷看密碼科啊？」他緊張地問。

「不是，」蜜姬回答。「但願可以。可惜密碼科封得緊緊的。裡面沒有攝影機，沒有聲音，什麼也沒有。是史卓摩命令的。我們只有出入資料和譯密機的基本東西。這些東西啊，能拿到算我們走運。史卓摩本來想要完全隔絕，不過方天堅持要基本數據。」

賓克霍夫顯得疑惑。「密碼科沒裝攝影機？」

「怎麼樣？」她問，視線沒有離開螢幕。「你跟卡門想找更隱祕的地方嗎？」

賓克霍夫咕噥著聽不見的話。

蜜姬再敲了幾下鍵盤。「我想叫出史卓摩的電梯紀錄。」她細看了螢幕一會兒，再以指關節敲敲桌面。「他在這裡，」她說得理所當然。「他果然人在密碼科。你看看，正在加班哩——他昨天一大早進來，電梯到現在還沒動過。大門沒有顯示他用過磁卡，他絕對還在密碼科裡。」

賓克霍夫微微鬆了一口氣。「所以說，如果史卓摩在裡面，一切都ＯＫ，對不對？」

蜜姬想了一下。「也許吧。」她終於說。

「也許？」

「應該打電話給他，問個清楚。」

賓克霍夫悶哼一聲。「蜜姬，他是副局長。我相信一切都在他掌控之下。我們不要亂下——」

「好了啦，察德，別孩子氣了。我們只是盡職責。數據裡出現問題，我們只是追蹤來源。更何況，」她接著說，「我想提醒史卓摩，老大哥正在監看。如果他想輕率亂搞，想拯救全世界，應該三思而後行。」

蜜姬拿起話筒，開始撥號。

賓克霍夫顯得不安。「妳眞的認爲非打擾他不可嗎？」

「我又沒有要打擾他，」蜜姬說著扔給他話筒。「要打擾他的人是你。」

48

「什麼？」蜜姬唾沫橫飛，不敢置信。「史卓摩說我們的數字出錯？」

賓克霍夫點頭，掛掉電話。

「史卓摩否認譯密機被一個檔案卡了十八個鐘頭？」

「對這整件事，他滿不在乎的。」賓克霍夫綻放微笑，很高興自己活過史卓摩這一關。「他跟我保證，譯密機運作正常，還說啊，每六分鐘破解一個密碼，正在運作中。還謝謝我打電話跟他查證。」

「他胡扯，」蜜姬發飆。「密碼科的這些數據，我已經跑了兩年，從來沒有出過錯。」

「凡事總有開頭。」他隨口說。

她瞪了他一眼，不表贊同。「所有數據，我都跑兩次。」

「這個嘛……妳也知道，電腦就這麼一回事。出錯的時候，至少會一錯再錯。」

蜜姬轉身面對他。「察德，這事不是玩笑！副局長竟然對局長辦公室睜眼說瞎話。我非查出原因不可！」

賓克霍夫忽然後悔剛才喚她回來。打電話給史卓摩，更讓她火大。自從飛鮪事件後，每次蜜姬一察覺狀況可疑，立刻變了個人。在查出究竟之前，她想做什麼，無人能攔阻。

「蜜姬，我們的數字出錯，不是不可能啊！」賓克霍夫堅定地說。「我是說，想想看——一個檔案纏上譯密機十八個鐘頭？聽都沒聽過。回家吧。時間不早了。」

她高傲地看他一眼，將報告扔到櫃檯上。「我信任數據。直覺告訴我，數據沒錯。」

賓克霍夫蹙眉。蜜姬・密爾肯的直覺，連局長都不曾質疑。她的直覺神準。

「一定有蹊蹺。」她高聲說。「我要查個清楚。」

49

貝克步伐沉重地走過公車地板，倒在空位上。

「表演眞屌啊，屎蛋。」三支尖髮的青少年冷笑著。貝克在白花花的照明下瞇起眼睛。那人正是他剛才追著公車跑的目標。他左右看著滿車紅、藍、白的髮型，心情鬱悶。

「頭髮是怎麼回事？」貝克以頭指向其他人，哀怨地說。「怎麼全都……」

「紅、白、藍色？」青少年替他完成問句。

貝克點頭，儘量別直視對方上唇打洞發炎的地方。

「猶大禁忌。」青少年說得理所當然。

貝克一臉疑惑。

這名龐克族對走道吐口水，顯然對貝克的無知感到嫌惡。「猶大禁忌，繼『惡息』以來最偉大的龐克啊。一年前的今天，開槍打穿自己腦袋。今天是他週年忌日。」

貝克恍惚地點頭，顯然不知忌日與髮型何干。

「嗝屁那天，他就梳這種髮型。」少年又吐口水。「每個忠貞的歌迷，今天都把頭髮染成紅、白、藍色。」

貝克半晌不發一語。慢慢地，彷彿有人替他注射了鎭靜劑，他轉頭面向前方。貝克審視著公車上的乘客，一個個都是龐克族，多數人盯著他看。

每個歌迷今天都把頭髮染成紅、白、藍色。

貝克舉起手，拉動牆上的下車鈴線。該下車了。他再拉一下。沒有動靜。他再拉第三次，動作更慌亂。仍無動靜。

「二十七路公車的鈴聲被切斷了。」少年再吐口水。「不然會被我們亂拉。」

貝克轉頭。「你是說，我下不了車？」

少年大笑。「到最後一站才能下車。」

──

五分鐘後，公車在沒有街燈的西班牙鄉間道路飆竄。貝克轉頭對後面的少年說，「公車該不會不停吧？」

少年點頭。「再過五哩。」

「我們要上哪裡？」

他突然咧嘴奸笑。「難道你不知道？」

貝克聳聳肩。

少年開始歇斯底里狂笑。「屌斃了，那地方你會愛死的。」

50

距離譯密機外殼數碼之外，費爾・查楚堅站在密碼科地板漆上白字之處。

密碼科底層
閒雜人等勿入

他知道自己絕沒有進入的權限。他朝史卓摩的辦公室瞄一眼，窗簾仍關著。查楚堅看見蘇珊・弗萊徹走進洗手間，所以知道她不成問題。唯一的問題只剩海爾。他瞥向三號節點，心想不知海爾有沒有在監看。

「管他的。」他咕噥。

他腳下是活板暗門的輪廓，平嵌在地板上幾乎看不見。查楚堅手心握著剛從系統安全室拿來的鑰匙。他跪下，將鑰匙插進地板，轉動，腳下的鎖門發出喀嚓一聲。然後他扭開外部的大蝴蝶栓，將門打開。他再次回頭看，確定沒人，然後蹲下身體用力拉。暗門雖小，長寬只有三呎，拉起來卻很吃力。終於打開後，查楚堅踉蹌退開。

一陣熱氣對他臉孔直衝而上，熱氣裡含氟里昂的嗆鼻味。滾滾蒸氣竄出洞口，被下方的警示紅燈照亮。遠處的發電機嗡嗡聲變成隆隆響。查楚堅站起來，朝洞口望去。模樣較接近地獄的關口，反而不像電腦的維修出入門。一道窄梯通往地板下的平台。再往下走有幾道梯子，但他只看得見一股接一股的紅霧。

葛列格・海爾站在三號節點的單向玻璃後。他看著費爾・查楚堅緩步下樓梯，往底層逼近。從海爾站的地方來看，系安員查楚堅的頭似乎被截斷，留在密碼科的地板上。隨後，連他的頭也緩緩沉入陣陣霧氣裡。

「膽子夠大。」海爾喃喃說。他知道查楚堅往哪裡去。如果他認爲電腦中了病毒，合理的行動是緊急手動中止譯密機。很不幸的是，這麼一來，保證過十分鐘左右，密碼科裡將充斥系安員。採取緊急行動，會使主交換機發出警訊。系安組調查密碼科的話，海爾可擔當不起。海爾離開三號節點，往活板暗門走去。非制止查楚堅不可。

51

賈霸形如巨型蝌蚪，長相可比電影上的賈霸，而他綽號的出處正是電影。他是個大光頭，整個人像球體。賈霸常駐國安局，是國安局所有電腦系統的守護天使，大搖大擺從一個部門走到另一個部門，微調、焊接，一面重申他的信條：預防重於治療。在賈霸的統治下，國安局從來沒有染過病毒，他希望保持這項紀錄。

賈霸的基地位於一座高起的工作站，俯視國安局這座超機密的地下資料庫。若遭病毒入侵，這裡受害將最嚴重，因此他絕大多數時間都待在此地。然而這時正值賈霸休息時間，他在國安局整夜無休的小販部享用義式香腸披薩餃。正要咬下第三粒時，行動電話響起。

「說話。」他邊說邊咳嗽，吞下一大口披薩餃。

「賈霸，」女人柔聲說，「我是蜜姬啦。」

「數據女王！」巨人賈霸驚呼。蜜姬．密爾肯是他的弱點。她反應機靈，也是賈霸遇過唯一會跟他打情罵俏的女人。「妳最近怎樣？」

「還好。」

賈霸擦擦嘴。「在國安局嗎？」

「對。」

「要不要過來吃披薩餃？」

「我很想，賈霸，可惜臀圍不顧好不行。」

「是嗎？」他竊笑。「要不要我幫妳一起顧？」

「你好壞喲。」

「妳還說咧……」

「很高興你還在國安局，」她說。「我想聽聽你的意見。」

他吸了一大口Dr Pepper汽水。「說吧。」

「可能不太重要，」蜜姬說，「不過我的密碼科數據跑出怪東西，希望你發表一點看法。」

「說來聽聽。」他再吸一口汽水。

「我手上的報告說，同一份檔案，譯密機跑了十八個鐘頭，到現在還沒破解。」

噗滋一聲，賈霸將汽水噴在披薩餃上。「妳說什麼？」

「有何看法？」

他拿紙巾沾起披薩餃上的汽水。「哪門子報告？」

「生產報告。基本成本分析。」蜜姬很快解釋她與賓克霍夫發現的異狀。

「打電話找過史卓摩沒？」

「有。他說密碼科一切正常。說譯密機全速運作中。還說我們的資料出錯。」

賈霸如燈泡的額頭出現深深紋路。「那成什麼問題？妳的報告有毛病嘛。」蜜姬沒有搭腔。賈霸會意了。他皺起眉頭，「妳不認爲自己的報告有毛病？」

「對。」

「所以說，妳認爲史卓摩騙人？」

「也不是啦，」蜜姬圓滑地說，知道接下來將進入敏感地帶。「只是這麼久以來，我的數據從沒出過錯。我是想看看你有什麼意見。」

「怎麼說呢？」賈霸說，「我很不願意這樣講，不過妳的數字的確有問題。」

「你這麼認為嗎？」

「以我的飯碗打賭。」賈霸大咬一口被噴濕的披薩餃，鼓著臉頰說話。「譯密機處理過的檔案，最久的一個花三小時，包括了診斷程式、邊界探測在內所有東西。能纏上十八個鐘頭的東西，只有病毒而已。其他什麼東西都沒辦法。」

「病毒？」

「對，產生某種累贅循環作用，進入處理器，產生迴圈，基本上像是口香糖黏住零件。」

「這樣的話，」她大膽說，「史卓摩在密碼科連續待了三十六小時，會不會是在對付病毒？」

賈霸大笑。「史卓摩待了三十六個鐘頭？可憐的傢伙。他老婆大概叫他別回家。聽說老婆想跟他離婚。」

蜜姬想了一會兒。她也聽說了。她還懷疑自己或許太多心了。

「蜜姬啊，」賈霸喘了一下，再喝進一大口汽水。「如果史卓摩的玩意中了病毒，他會打電話找我。史卓摩很聰明，不過他對病毒一竅不通。他只懂譯密機。一出現問題，他會按下警報鈕——在這一帶，找的人就是我。」賈霸吸進一長條義大利白起士。「何況啊，譯密機絕不可能中什麼病毒。鐵手套是我寫過最厲害的封包過濾程式，百毒不侵。」

沉默了好一陣子後，蜜姬嘆氣。「沒其他看法嗎？」

「對。妳的數字出問題了。」

「你已經說過了。」

「沒錯。」

她皺眉。「你有沒有聽到什麼風聲？」

賈霸大笑，口氣嚴厲。「蜜姬啊……聽好，飛鮪事件很慘，被史卓摩搞砸了。過去就讓它過去——一切結束了。」電話線上安靜了很久，賈霸才知道講得太過分了。「對不起，蜜姬。我知道那件事害妳元氣大傷。做錯事的人是史卓摩。我了解妳對他的感想。」

「這件事跟飛鮪無關。」她語氣堅定。

才怪，賈霸心想。「好了嘛，蜜姬，我對史卓摩沒有意見。我是說啊，他是搞密碼出身的，密碼人基本上都是自我中心的混帳，老愛講，那些資料昨天就跟你要了。每個該死的檔案都是能拯救世界的檔案。」

「所以呢，你認爲怎樣？」

賈霸嘆氣。「我是說，史卓摩跟他們一樣是神經病。不過我也認爲，他愛譯密機勝過自己老婆。如果譯密機出了毛病，他一定會打電話找我。」

蜜姬沉默良久，最後不情願地嘆了一口氣。「所以說，你認爲我的數字出問題了？」

賈霸咯咯笑。「難不成電話線出現了回音？」

她大笑。

「好吧，蜜姬，塡個申請單交給我，我禮拜一過去檢查妳的機器。現在呢，滾出這裡吧。禮拜六晚上耶！去找個男人嘛。」

她嘆氣。「賈霸，我已經盡力而爲了。相信我，我盡力而爲。」

52

安布魯荷（意思是「魔法師」）俱樂部，坐落於郊區，在27路公車最後一站，外形比較像是防禦堡疊，不像舞廳，四周圍著灰泥砌的高牆，牆頭上嵌著啤酒瓶的碎片。這種保全系統雖原始，但若有人想非法入侵，肯定會留下大片血肉。

搭公車期間，貝克心灰意冷，自認將空手而回。該打電話向史卓摩報告壞消息了——搜尋無望。他已經盡了全力；現在該打道回府了。

但現在，貝克望著一群想進舞廳的人，向門口推擠，他不太確定良心是否允許他放棄行動。眼前是他見過人數最多的龐克族；個個頂著紅、白、藍的髮型。

貝克嘆嘆氣，斟酌著下一步。他掃視人群，聳聳肩。星期六晚上，她會到其他什麼地方？他咒罵著自己的好運，下了公車。

魔法師俱樂部的入口是一條狹窄的石子走廊。貝克一進去，立即置身人潮的激流，往內衝去。

「讓開啦，同性戀！」一個看上去像插針包的傢伙一掌推開他，手肘撞向貝克腰部。

「領帶不錯。」有人猛拉貝克的領帶。

「想做嗎？」一個少女抬頭看他，打扮宛如恐怖片《活人生吃》的角色。

走廊幽暗處豁然開朗，通往水泥牆的大房間，瀰漫著酒精味與體臭，場面超寫實——有如高山深穴，聚集了數百個軀體，動作一致。大家上下舞動，雙手緊緊扠腰，上下擺頭，宛若插在僵直脊椎上無生命的球莖。抓狂的舞迷從舞台跑步俯衝向群眾，降落在手臂形成的海上。人體像海灘球般被傳前傳後。頭上有脈衝光球，讓整個場面有如老式默劇。

在對面的牆邊，小貨車般大小的擴音器猛晃，連最癡迷的舞棍也不得不離開重低音喇叭三十呎。

貝克捂住耳朵，在人群中尋覓。往哪裡看，人人都有紅、白、藍頭髮。人擠人的情況下，他看不清他們穿什麼衣服。到處看不到英國國旗的跡象。無論往哪裡走，他都躲不開被踩的命運。附近有人開始嘔吐。

正點。貝克悶哼。他移往一處噴漆的走廊。

走廊轉彎變成貼有鏡子的狹窄隧道，然後進入開放式的院子，四處亂擺著桌椅。院子也擠滿了龐克搖滾族，但對貝克而言，這裡簡直是通往人間仙境——夏日夜空在他頭上開展，音樂聲淡去。

貝克不顧眾人好奇的眼光，走進院子裡的人群。他鬆開領帶，找身邊一張沒人坐的桌子，癱坐椅子上。史卓摩一大早那通電話，如今感覺恍若隔世。

貝克清開桌上的空酒瓶，將頭壓在雙手上。*幾分鐘就好*，他心想。

五哩外，戴鋼絲鏡框的男子坐在飛雅特計程車後座，飛速行駛在鄉間道路上。

「魔法師。」他咕噥著，提醒司機目的地。

司機點頭，看著後照鏡裡奇怪的乘客。「魔法師，」他對著自己嘟噥。「每晚上門的人越來越怪。」

53

在頂樓辦公室裡，沼高德源赤身趴在按摩桌上。專屬女按摩師揉捏著頸部痠痛點。她以手掌壓入肩胛骨周圍的肉窩，緩緩向下移動到遮臀毛巾。她的手繼續往下移……進入毛巾下面。沼高幾乎沒注意到。他的心思飄向他處。他一直在等私人專線鈴響，卻苦等不到。

有人敲門。

「進來。」沼高悶悶一喊。

女按摩師迅速將毛巾下的雙手抽出。

接線生進門，鞠躬。「敬愛的社長。」

「說吧。」

接線生再次鞠躬。「我跟電話公司通過電話了。那通電話的國碼是一，來自美國。」

沼高點頭。好消息。那通電話來自美國，他微笑。玩眞的。

「美國的哪裡?」他質問。

「他們還在查，社長。」

「很好。有進一步消息再報告。」

接線生鞠躬後退下。

沼高覺得肌肉鬆弛下來。國碼一，的確是好消息。

54

蘇珊・弗萊徹在密碼科洗手間來回踱步，心情煩躁，慢慢數到五十。她的頭隱隱作痛。再多待一下，她告訴自己。海爾居然是北達科他！

蘇珊揣測著海爾的計畫。他會公開密碼金鑰嗎？他會心生貪念，賣掉數位堡壘嗎？蘇珊再也等不下去了。時候到了，必須跟史卓摩報告。

她謹慎開門，只開一道縫，窺向密碼科另一邊牆壁的倒影。海爾是否仍在監看，她無從得知。她必須快速移動到史卓摩的辦公室。當然，不能走太快——不能讓海爾懷疑她在動歪腦筋。她伸手正要拉開廁所門，這時聽見了，人聲，男人對話的聲音。

聲音從地板附近的通風管冒出。她放開門，移往通風管。由於底下發電機嗡嗡悶響，對話很難聽清楚，地點好像是底層的走道。一人的嗓音尖銳憤怒，聽起來像是費爾・查楚堅。

「你不相信我？」

傳來繼續爭吵的聲音。

「我們中了病毒！」

隨後是激烈吼叫聲。

「必須趕快找賈霸！」

隨後是肢體掙扎的聲響。

「放開我！」

緊接而來的聲音幾乎不似人聲，是驚恐哀號的長音，宛如受虐而瀕死的動物。蘇珊在通風管旁僵住了。聲響開始得突然，結束得也突然。隨後一片死寂。

只過一會兒，時機配合得如同低成本的三流恐怖片，洗手間的燈光慢慢暗下來，然後閃動幾下，完全熄滅。蘇珊・弗萊徹發現自己伸手不見五指。

55

「你坐的是我的位子，痞子。」

貝克的頭從手上抬起。這個國家，怎麼沒人會講西班牙文？

低頭瞪他的人，是個滿臉青春痘的青少年，個子矮小，剃個大光頭，半邊紅半邊紫，看起來活像復活節彩蛋。「我說，你坐的是我的位子，痞子。」

「剛才就聽見了。」貝克邊說邊起身。他沒心情吵架。是該走的時候了。

「我的酒瓶，你擺哪了？」青少年咆哮。他的鼻子上有根別針。

貝克指著他放在地上的啤酒瓶。「空瓶子。」

「空瓶子，也是老子的空瓶！」

「是我不對。」貝克說完，轉身想走。

龐克族擋住去路。「撿起來！」

貝克眨眨眼，不太高興。「開什麼玩笑？」他比對方高出整整三十公分，也比他重五十磅。

「我他媽的像是在開玩笑嗎？」

貝克不搭腔。

「撿起來！」青少年的嗓音嘶啞。

貝克想繞過他，但青少年擋住去路。「叫你撿起來，耳聾是不是？」

醉醺醺的龐克族坐在旁邊幾桌，紛紛轉頭看好戲。

「小子，你會後悔的。」貝克輕聲說。

「我警告你！」青少年咬牙切齒。「這是我的桌子！我每天晚上都來。快撿起來！」

貝克耐性盡失。不是應該陪蘇珊到大煙山嗎？怎麼會來到西班牙，跟一個腦筋秀斗的青少年吵架？在沒有預警的情況下，貝克從腋下架住對方，將他抬高，然後重重讓他摔坐在桌上。「你聽好，乳臭未乾的臭小子，再鬧下去，看我敢不敢扯下你鼻子上的別針，別上你的嘴巴。」

青少年的臉色翻白。

貝克再抓緊他幾秒鐘，然後鬆手。小朋友嚇呆了。貝克視線停留在他身上，一面彎腰撿起酒瓶，放回桌上。「應該說什麼啊？」他問。

對方說不出話。

「不客氣！」貝克發飆。要宣導節育計畫，應該找這小子當作活動看板。

「下地獄去！」小朋友大喊，因為注意到同儕開始嘲笑他。「機歪！」

貝克沒有動作。對方剛才說的話，現在突然進入腦裡。我每天晚上都來。貝克心想，說不定這小子能幫上忙。「抱歉，」貝克說，「大名是？」

「雙色。」他咬牙切齒說，彷彿正在宣佈死刑。

「雙色？」貝克沉思著。「我猜猜看啊……是因為你頭髮的顏色？」

「廢話，大偵探。」

「很好聽的名字。是你自己取的嗎？」

「沒錯，」他驕傲地說。「我準備去申請專利。」

貝克拉長臉。「你想申請的是商標吧？」

小朋友糊塗了。

「取名要申請的是商標，」貝克說，「不是專利。」

「隨便啦！」龐克族氣得大叫。

附近幾桌坐滿了喝醉、嗑藥的青少年，這時陷入歇斯底里狀態。雙色站起來，對著貝克冷笑。「他媽的要我幹嘛？」

貝克想了一會兒。我要你把頭洗乾淨，戒掉講髒話的習慣，然後找份工作。貝克心知，頭一次見面，這樣要求未免太過分。「我需要一些消息。」他說。

「操你的。」

「我想找一個人。」

「沒鳥見。」

「沒看見。」貝克糾正他，舉手招來路過的女服務生。他買了兩瓶Aguila啤酒，一瓶遞給雙色。雙色表情驚訝。他灌了一口，然後有所警覺地看著貝克。

「先生，想釣我啊？」

貝克微笑。「我想找一個女孩。」

雙色尖聲大笑。「穿那身衣服，美眉會跟你上床才怪！」

貝克蹙眉。「我不是想上床，只想跟她講幾句話。也許你可以幫我找到她。」

雙色放下啤酒。「你是條子？」

貝克搖搖頭。

青少年瞇起眼睛。「打扮得像條子。」

「小朋友，我是馬里蘭州人。如果我是警察，距離轄區未免太遠了吧？」

這個問題似乎把他難住了。

「我的名字是大衛．貝克。」貝克微微一笑，一手伸向對方。

龐克族一臉嫌惡，向後退縮。「滾開，同性戀。」

貝克將手收回。

青少年冷笑著。「要我幫你可以，有錢好辦事。」

貝克陪他玩下去。「多少？」

「一百。」

貝克皺眉。「我只有西幣。」

「隨便啦！就給我一百西幣。」

外幣匯兌，顯然不是雙色的專業。一百西幣相當於美金八十七分。「成交，」貝克說著以酒瓶敲桌。

小朋友總算首度露出笑容。「成交。」

「好，」貝克繼續壓低嗓門說。「我要找的女孩，可能喜歡來這裡。她的頭髮是紅、藍、白色。」

雙色哼了一聲。「今天是猶大禁忌的忌日，大家都嘛——」

「她還穿了件有英國國旗的T恤，一邊耳朵掛著骷髏顱頭的耳環。」

雙色露出會意的表情，貝克看見了，心生一股希望。然而幾秒鐘後，雙色的神態轉嚴肅。他用力放下酒瓶，揪住貝克的襯衫。

「她是艾篤瓦多的馬子，你這個痞子！我可不敢動她！碰她一下，小艾會宰了你！」

56

蜜姬・密爾肯像生氣的貓咪一樣，走進辦公室對面的會議室，裡面有長達三十二呎的桃花心木長桌，以黑色櫻桃木與胡桃木鑲嵌著國安局標識。除了會議桌之外，會議室也有三幅瑪蓮・派克的水彩、一棵波士頓蕨、一個附洗手台的大理石吧檯、還有不可或缺的Sparklett's牌飲水機。蜜姬幫自己倒杯水，希望喝水能穩定情緒。

她一面啜飲著，一面朝對面的窗戶望去。月光滲入打開的軟百葉窗，照映出桌面的紋理。她一向認爲，這地方更適合當作局長辦公室。目前方天的辦公室位於大樓前半部，向外望是國安局的停車場。從會議室往外看，是一整排氣派的國安局附屬建築，包括密碼科的圓頂樓，如一座高科技孤島，飄浮在三英畝森林上，與主大樓隔離。密碼科刻意坐落於楓樹林之後，以林木作爲自然掩護，從國安局各單位的窗戶，很難一眼看到，但從局長辦事處卻能觀察得一清二楚。蜜姬個人認爲，如果國王想俯視領土，會議室是個絕佳的觀察點。她有一次向方天建議換辦公室，但局長只是回答，「後面，不要。」方天死也不肯屈居任何東西的後面。

蜜姬拉開百葉窗。她凝望著丘陵，嘆著氣，讓視線落在密碼科坐落之處。看到密碼科的圓頂，蜜姬總是感到安慰，因爲無論何時，圓頂總像一把烽火。然而今夜，她向外眺望時，卻得不到安慰。她發現，眼前竟空無一物。她將臉貼近玻璃，卻如小女生般驚恐起來。在她下方，只見一片漆黑。密碼科消失了！

57

密碼科的洗手間沒有窗戶，蘇珊・弗萊徹的四周百分之百黑暗。她文風不動站了幾秒，儘量恢復鎮定，卻敏銳感受到越來越強烈的恐慌制住全身。通風管傳來的驚叫，似乎迴盪在她四周。儘管她極力抗拒，襲上心頭的恐懼仍掃過全身肌肉，將她制伏。

蘇珊匆忙做出一陣不由自主的動作，慌忙捉住廁所門把與洗手台。失去方向感的她周旋黑暗中，兩手向前摸索，儘量了解四周的配置。她踢倒了垃圾筒，發現自己站在瓷磚牆壁邊。她一手順著牆壁走，倉皇走向出口，摸索著門把。她打開門，跌跌撞撞走出洗手間，來到密碼科地板上。

這時她再度靜止。

密碼科與剛才的模樣截然不同。譯密機成了灰色輪廓，背後是從圓頂樓透進來的微光。頭上所有照明都失效。連門上的電子按鍵都沒有燈光。

蘇珊的眼睛逐漸適應黑暗，看見了密碼科唯一的光線從打開的活板暗門照出──一道微弱紅光，來自底下的工作燈。她走向光源。空氣中有微弱的臭氧味。

她走到活板暗門時，向下望去。冷媒的通風口仍在紅光中吐出陣陣霧氣，從發電機的高頻運轉聲，蘇珊知道密碼科正在使用輔助電力。透過霧氣，她依稀見到史卓摩站在底下的平台上。他靠在欄杆上，往下盯著譯密機隆隆的機身。

「副局長！」

沒有回應。

蘇珊慢慢下梯子。熱空氣向上衝，吹起了裙襬。霧氣形成水珠，讓梯子變得濕滑。她向下來到粗糙的歇腳處。

「副局長？」

史卓摩並沒有轉頭。他繼續向下凝視，臉上是愣然無神的表情，魂不守舍。蘇珊順著他的視線，看著扶手。一時之間，她只看見縷縷蒸氣。接著，她忽然看見了。一個人形，在六層樓之下，在陣陣蒸氣之間短暫顯象。現在又看見了，彎曲的四肢，扭曲成一團，趴在底下九十呎的，是費爾．查楚堅，掉在主發電機銳利的鐵翼上。他的身體焦黑，墜落後造成密碼科的主電源短路。

然而，最令人心驚的並非查楚堅，而是另一個身影，下了長長的梯子一半，彎腰躲藏在陰影中。肌肉發達的身形，錯認不了。是葛列格．海爾。

58

龐克族對著貝克尖叫，「梅根是我朋友艾篤瓦多的人！你別去碰她！」

「她人在哪裡？」貝克的心跳快得失去控制。

「操你的！」

「有緊急狀況！」貝克發飆。他揪住青少年的袖子。「她拿了我要的戒指。我願意付錢買下來！很多錢！」

雙色陡然靜止，然後歇斯底里地狂叫。「你是說，那個醜不拉嘰的金大便是你的？」

貝克的眼睛睜大。「你看見過？」

雙色有所保留地點頭。

「哪裡？」貝克質疑。

「不知道。」雙色咯咯笑。「梅根來過這裡想脫手。」

「她想賣掉戒指？」

「別擔心，老兄，她運氣沒那麼好。你對首飾的品味眞遜。」

「沒人買，確定嗎？」

「開什麼玩笑？四百塊哪！我想出五十，不過她要更多錢。她想買機票回家——候補位子。」

貝克覺得血氣往臉上衝。「去哪裡？」

「他媽的康乃迪克，」雙色罵著。「小艾遜斃了。」

「康州？」

「廢話！回去媽咪和爹地在郊區的豪宅。她討厭西班牙的寄宿家庭。三個西班牙哥哥老是對她放電。連他媽的熱水也沒。」

貝克覺得喉嚨有個結，直往上升。「她什麼時候走？」

雙色抬頭看。「什麼時候？」他大笑。「早就走掉了。幾個鐘頭前就去機場了。戒指要脫手，機場最棒了——到處是有錢的觀光客。一弄到現金，她馬上飛走。」

貝克的胃腸起了一陣悶悶的嘔吐感。有人變態，在開我玩笑不成？他呆立良久。「她姓什麼？」

雙色思考著，然後聳聳肩。

「她搭哪一個班機？」

「她好像說是大麻班機。」

「大麻班機？」

「對啊。週末紅眼班機——塞維亞、馬德里、紐約拉瓜地亞。是綽號啦。大學生愛搭這班，因爲便宜。大概是可以坐在後排抽大麻吧。」

這下可好了。貝克悶哼，一手撩過頭髮。「飛機什麼時候起飛？」

「凌晨兩點整，每禮拜六晚上。現在大概飛到大西洋上空了。」

貝克看自己手錶。下午一點四十五分。他轉向雙色，一臉迷惑。「你是說，凌晨兩點的班機？」

龐克族點頭大笑。「老頭子，看來你完蛋了。」

貝克生氣地指著手錶，「可是，離兩點還有十五分鐘啊！」

雙色看看手錶，顯然迷糊了。「哇塞！」他大笑，「通常到四點，我才會醉到腦筋秀斗！」

「怎樣到機場最快？」貝克急著問。

「計程車，前面有。」

貝克從口袋掏出一千西幣，塞進雙色的手心。

「嘿，謝啦，老兄！」龐克族在他身後大喊。「看見梅根，幫我跟她問好！」但貝克早已揚長而去。

雙色嘆了一聲，以不穩的步伐走向舞池。醉醺醺的他沒有注意到，有個戴鋼絲鏡框的男子在跟蹤他。

來到外面，貝克掃瞄停車場找計程車。一輛也沒有。他跑向魁梧的守門人。「計程車！」

守門人搖搖頭，以西班牙文說，「太早了。」

太早了？貝克暗罵。凌晨兩點哪！

「替我叫一輛！」

守門人拉出對講機。他說了幾個字，然後關機。「二十分鐘。」他不問自答。

「二十分鐘？」貝克質問。「公車呢？」

守門人聳肩。「四十五分鐘。」

貝克高舉雙手。完了！

此時傳來小引擎的聲響，貝克轉頭看，聽起來像鏈鋸。有個大男孩與穿了鏈條的女伴騎著偉士牌250機車進停車場。女孩的裙子被吹到大腿上，卻似乎沒有注意到。貝克箭步衝過去。做這種事，我不敢相信，他心想。我最痛恨摩托車了。他對騎士大喊，「我付你一萬西幣，載我去機場！」

大男孩不理他，熄掉引擎。

「兩萬！」貝克脫口說。「我要趕去機場！」

大男孩抬頭看。「你說什麼？」他是義大利人。

「機場！拜託你。騎這輛偉士牌！兩萬西幣！」貝克以義大利文說。

義大利人看著自己的破爛小車，大笑起來。「兩萬西幣？這輛偉士牌？」

「五萬！」貝克出價。大約四千美元。

義大利人懷疑地笑著。「錢呢？」

貝克從口袋拿出五張一萬西幣的鈔票，朝他遞出去。義大利人看著鈔票，然後看看女友。女孩抓過鈔票，塞進上衣裡。

「謝啦！」義大利人露出微笑。他把機車鑰匙扔給貝克，然後握住女友的手，大笑走進舞廳。

「等一等啊！」貝克大喊。「等一下！載我一程啊！」

59

蘇珊對副局長史卓摩伸出手，讓史卓摩拉她從梯子爬上密碼科地板。費爾・查楚堅粉身碎骨，躺在發電機上的景象，深深映入她的腦海。一想到海爾躲在密碼科心臟地帶，更讓她暈眩。事實無可否認——推查楚堅下去的人是海爾。

蘇珊踉蹌走過譯密機的陰影，往密碼科的主要出口走去。這道出口，她幾小時前才走過。她慌張按著沒亮的鍵盤，對巨大的門絲毫沒有作用。她被困住了；密碼科成了監獄。圓頂樓有如衛星，距離國安局主建築一百又九碼遠，唯有透過這扇大門才可進出。由於密碼科電源自主，國安局的交換機可能還不知道他們有了麻煩。

「主電源被切掉了，」史卓摩說著來到她身後。「現在是用輔助電力。」

密碼科備用電源的設計概念，是讓譯密機與本身的冷卻系統優先，其餘系統包括燈光與電動門則待命。如此設計，可預防突如其來的斷電不至於干擾到譯密機進行解碼要務。在這種情況下，也意味著譯密機運轉時，氟里昂冷卻系統也能伴隨運作。因爲在沒有冷卻的密閉空間中，三百萬個處理器能產生危險的高熱，甚至可能引燃矽晶片，釀成大火，融解一切。其後果無人敢想像。

蘇珊拚命穩定情緒。單單一幅查楚堅倒在發電機上的影像，就佔據了她所有思緒。她再度猛按鍵盤，仍無回應。「中止運轉！」她要求。「命令譯密機停止尋找數位堡壘的密碼金鑰，可以中斷電路，釋放出足夠的備用電力，讓電動門自由開關。」

「別急嘛，蘇珊。」史卓摩說，以鎮定的手按在她肩上。

副局長這一碰具有寬心的作用，使得蘇珊一掃失神狀態。她忽然記起爲何一直想找史卓摩。她轉身，「副局長！葛列格・海爾就是北達科他！」

黑暗中似乎有漫無止境的靜默。最後史卓摩回應。他的嗓音中，疑惑的成分大於震驚。「什麼意思？」

「海爾……」蘇珊低聲說，「他就是北達科他。」

兩人再度沉默，史卓摩思忖著蘇珊的話。「是郵蹤嗎？」他似乎糊塗了。「指向海爾？」

「郵蹤還沒傳回消息。被海爾中止了！」

蘇珊接著解釋海爾如何中止郵蹤，也描述她如何在海爾的帳號裡找到丹角的來信。又是長長一陣沉默。史卓摩搖搖頭，不願相信。

「葛列格・海爾絕不可能替丹角提供保障！太荒謬了！丹角絕對信不過海爾。」

「副局長，」她說，「海爾陷害過我們一次—飛鮪計畫。丹角信得過他。」

史卓摩似乎找不出話來。

「中止譯密機，」蘇珊央求他。「我們逮到了北達科他。叫保警進來。我們出去吧。」

史卓摩舉起一手，要求讓他思考一下。

蘇珊緊張地朝活板暗門的方向望去。活板暗門正好被譯密機遮住，但紅紅的光線仍溢出黑色瓷磚，有如火在冰上燃燒。快嘛，叫保警來，副局長！中止譯密機！救我們出去！

頃刻間，史卓摩驟然做出動作。「跟我來。」他說。他往活板暗門的方向走去。

「副局長！海爾很陰險！他——」

但史卓摩已消失在黑暗中。蘇珊趕緊跟著他的輪廓過去。副局長繞過譯密機，來到地板的洞口。他向下凝視，蒸氣盤旋而上。然後他不吭一聲，四下看著無光的密碼科地板。接著他彎腰舉起沉重的活板暗門。門以低弧形上升，他一放手，門重重關上，發出震痛耳鼓膜的聲響。密碼科再度成爲寂靜而陰暗的山洞，看來北達科他被困住了。

史卓摩跪下，他轉動沉重的蝴蝶栓，旋至定位，底層就此封上。

三號節點的方向有微弱的腳步聲，他與蘇珊都沒聽見。

60

雙色走向貼有鏡子的走廊，想從外面的院子進入舞池。他轉頭照鏡子，檢查別針是否固定，這時感到有人高高站在背後。他轉身，可惜太遲了，一雙岩石般的手臂釘住他的身體，將他的臉壓在鏡子上。

雙色想轉身。「艾篤瓦多嗎？嘿，老兄，是你嗎？」雙色感覺有手伸向皮夾，然後緊緊壓住他的背部。「小艾！」雙色喊叫，「少鬧了啦！有人想找梅根。」

背後的人緊緊扣住他。

「嘿，小艾，老兄，別鬧了嘛！」但雙色抬頭看鏡子時，卻看見壓住他身體的人並非朋友。

那張臉痘疤處處，也有幾道傷痕，兩顆沒有生命的眼珠從鋼絲鏡框後盯視，有如煤炭一般。男子向前靠，將嘴貼在雙色的耳朵，以奇異的嗓音沉聲說，「他往哪裡去了？」他操西班牙文，發音有點古怪。

雙色僵住了，因恐懼而痲痺。

「哪裡去了？」對方再問。「那個美國人。」

「他……機場。去機場了。」雙色結結巴巴說。

「機場？」男子覆誦，深色的兩眼看著鏡子裡雙色的嘴唇。

雙色點頭。

「他拿到戒指了嗎？」

雙色驚恐之餘搖搖頭。「沒有。」

「你看過戒指了沒？」

雙色停頓一下。怎麼回答才對？

「看過戒指了沒？」對方質問。

雙色點頭表示看過，希望誠實能有所回報。可惜不然。幾秒鐘後，他滑向地板，頸骨斷裂。

61

賈霸半身躺進拆開的主機電腦中，嘴裡咬著電光筆，一手拿著烙鐵，一大張線路圖攤開在肚皮上。他替故障的主機板安裝一組新的衰減器。才剛安裝完畢，行動電話便響起。

「可惡，」他邊罵邊從一團電纜中伸出手接電話。「我是賈霸。」

「賈霸，是蜜姬啦。」

他心情好轉。「一晚找我兩回啊？別人會開始講閒話喲。」

「密碼科出問題了。」她的嗓音緊繃。

賈霸皺眉。「不是討論過了嗎，記得吧？」

「是電源的問題。」

「我又不是水電工。叫工程部去修。」

「圓頂黑漆漆的。」

「妳見鬼了。回家吧。」他轉頭看著線路圖。

「黑漆漆一片哪！」她高喊。

賈霸嘆了一口氣，放下電光筆。「蜜姬，首先，我們那邊有輔助電力，絕不會黑漆漆一片。第二，要觀賞密碼科的話，史卓摩的景點比我現在好一些些。爲什麼不打電話找他？」

「因爲這件事跟他有關。他有事隱瞞著。」

賈霸翻翻白眼。「蜜姬甜心，我在這裡被連接線纏到胳肢窩了，如果妳想找伴，我可以脫身；否則的話，叫工程部。」

「賈霸，這事很嚴重。我感覺得到。」

她感覺得到？果然沒錯，賈霸心想，蜜姬的姨媽來看她了。「如果史卓摩不擔心，我就不擔心。」

「密碼科黑漆漆一片啊，可惡！」

「史卓摩可能在觀星吧。」

「賈霸！我不是在開玩笑！」

「好吧，好吧，」他嘟噥著，以手肘撐起身體。「可能是發電機短路了。我這邊一處理完，立刻去密碼科——」

「輔助電力又怎樣？」蜜姬質問。「如果發電機短路，為什麼沒有輔助電力？」

「我不知道。說不定史卓摩讓譯密機維持運轉，佔光了輔助電力。」

「那他幹嘛不中止？說不定是病毒。你剛才不是提到病毒嗎？」

「該死，蜜姬！」賈霸情緒爆發。「我告訴過妳了，密碼科沒有病毒！別再他媽的疑神疑鬼！」

電話線上寂靜了半晌。

「哎呀，算了，蜜姬，」賈霸道歉。「讓我解釋。」他的嗓音緊繃起來。「首先，我們有鐵手套——沒有病毒能通過這關。第二，如果停電，問題出在硬體。病毒不會造成斷電。病毒攻擊的是軟體和資料。無論密碼科發生了什麼問題，絕不是病毒惹的禍。」

無言。

「蜜姬？妳在聽嗎？」

蜜姬的反應冰冷。「賈霸，我有任務在身。執行任務的時候，我不希望被人大小聲。我打電話是問你，為什麼價值好幾十億的設施漆黑一片，我期望得到專業的答覆。」

「我知道了，夫人。」

「簡單一個是或不是就可以了。密碼科的問題，是不是有可能是病毒引起的？」

「蜜姬……我說過了——」

「是或不是。譯密機是不是有可能中了病毒？」

賈霸嘆氣。「沒有，蜜姬。完全不可能。」

「謝謝你。」

他強擠出咯咯笑聲，儘量緩和氣氛。「除非妳認爲史卓摩自己寫了病毒程式，繞過我的過濾器。」

蜜姬震住了，不發一語。她開口時，嗓音變得弔詭而鋒利。「史卓摩可以繞過鐵手套？」

賈霸嘆氣。「蜜姬，我是開玩笑的。」但他知道再解釋也太遲了。

62

副局長與蘇珊站在關上的活板暗門旁，討論著下一步怎麼走。

「費爾・查楚堅死在下面，」史卓摩說，「如果打電話找人求救，密碼科會因此大亂。」

「不然你建議怎麼做？」蘇珊問道。她只想離開。

史卓摩思考了一陣子。「這事怎麼發生的，別問我，」他邊說邊向下瞄了鎖上的活板暗門，「不過看來我們在不經意間找出了北達科他，而且制住了他。」他不敢置信地搖搖頭。「運氣怎麼這麼好，我也不曉得。」他似乎仍因海爾涉入丹角的計畫而難以釋懷。「我猜啊，海爾把密碼金鑰藏在終端機裡——也許複製一份擺在家裡。不管怎麼說，他都被困住了。」

「這樣的話，為何不乾脆叫保警，讓他們架走他？」

「還不是時候。」史卓摩說，「如果系安組發現譯密機跑個不停，會扯出一堆新問題來。在開門之前，我希望刪除數位堡壘的一切痕跡。」

蘇珊不情願地點頭。這計畫不錯。等保警從底層拖出海爾，套上謀殺查楚堅的罪名，他可能放話對全球公開數位堡壘。到時候，證據全被消掉——史卓摩可以裝蒜。*跑個不停？無法破解的演算法？太荒謬了吧！難道海爾沒聽過柏葛夫斯基原理？*

「接下來這麼辦吧！」史卓摩冷靜規畫著。「我們刪除海爾跟丹角的所有通信；刪除我繞越鐵手套的所有紀錄；刪除查楚堅所有的系安分析，洗掉執行程式螢幕的紀錄，全部清得乾乾淨淨。數位堡壘就此消失，從沒進過國安局。我們埋掉海爾的金鑰，祈禱上帝讓大衛找到丹角的那份。」

大衛，蘇珊心想。她極力將他排除於心思之外。她需要專心處理眼前事務。

「我來應付系統安全室，」史卓摩說，「執行程式螢幕的數據、變異活動數據這一類的東西。妳去處理三號節點。刪除海爾所有電郵。任何和丹角通信的紀錄，任何提到數位堡壘的東西，一個也別留。」

「好，」蘇珊回應，努力專心。「我會洗掉海爾整個硬碟。全部格式化。」

「不行！」史卓摩的反應嚴肅。「別格式化。海爾那份密碼金鑰，很可能藏在硬碟裡。我想要。」

蘇珊錯愕得張口凝視。「你想要密碼金鑰？我還以爲忙了這麼久，爲的就是消滅密碼金鑰！」

「沒錯。不過我想留一份。我想破解這份可惡的檔案，看看丹角的程式怎麼寫的。」

史卓摩的好奇心，蘇珊感同身受，但直覺告訴她，打開數位堡壘的演算法並非明智之舉，無論再有意思也不行。目前，這份如毒蛇猛獸的程式好好鎖在加密的保險箱裡，全然無害，一旦他一解密……「副局長，如果乾脆——」

「我要金鑰。」他回應。

蘇珊不得不承認，打從聽見數位堡壘以來，她也抱持了一份學術好奇心，希望知道丹角如何編寫出這種程式。數位堡壘的存在，與密碼學的基本法則相互牴觸。蘇珊看了副局長一眼，「我們看過之後，你會馬上刪除數位堡壘，對吧？」

「一丁點也不留。」

蘇珊蹙眉。她知道，海爾的金鑰不是說找就能找到的。想在三號節點的硬碟中找出一組隨機密碼金鑰，有點類似在面積如德州大的臥房找一隻襪子。搜尋電腦資料時，唯有事先清楚目標才有可能找得到；這份密碼金鑰無跡可循。話說回來，幸運的是，由於密碼科處理很多隨機的資料，因此蘇珊與其他人共同開發出一道複雜的程序，稱爲非一致性搜尋。這種搜尋方法，基本上要求電腦搜尋硬碟上每組字元串，比對龐大字典的字彙，然後標出似乎無意義或隨機的字元串。這種做法必須巧妙修正參數，持續不斷修正，但最後仍有可能找出目標字元串。

蘇珊知道，尋找密碼金鑰，她是合乎邏輯的人選。她嘆了一口氣，希望自己不會後悔。「如果一切順利，我大概需要半個鐘頭。」

「那就開始進行吧。」史卓摩說著，一手放在她肩膀上，帶著她穿過黑暗，朝三號節點前進。他們上方星光滿天，延伸在圓頂樓背後。蘇珊心想，身在塞維亞的大衛是否能見到相同的星空。

兩人接近三號節點的厚重玻璃門時，史卓摩暗暗咒罵一聲。三號節點的鍵盤沒亮，門也鎖死了。

「可惡，」他說。「沒電。我忘了。」

史卓摩研究著滑動式的門。他以手心平貼玻璃，然後傾身試著開門。他的雙手濕滑，因此在長褲上擦乾，再試一次。這回玻璃門滑開一道細縫。

蘇珊看見有了進展，也加入史卓摩，站在他背後，兩人合力推門。門開了約莫一吋。兩人維持了幾秒，然後壓力太大，門砰然關上。

「等一下，」蘇珊說。她走到史卓摩前方。「好，再試試看。」

兩人用力推。門再度開啓大約一吋。三號節點內部傳來微弱藍光；終端機仍有電郵。設計電路時，工程師認爲終端機與譯密機息息相關，因此分到輔助電力。

蘇珊將義大利名牌鞋的鞋尖擠進裡面，更加使勁推門。門開始移動。史卓摩改變姿勢，換了較合適的角度。他將雙掌貼在左門的中心，往後直推。蘇珊則往反方向推開右門。逐漸地，兩人費盡力氣，兩扇門總算分開，如今相隔將近一呎。

「別放手，」史卓摩喘氣說，兩人更加用力。「再開一些。」

蘇珊改變位置，以肩膀頂住開口。她再推一下，這一次採取更好的角度。兩扇門合在她身上。

在史卓摩來得及制止之前，蘇珊將苗條的身軀擠進開口。史卓摩抗議，但她執意進去。她很想離開密碼科，但她對史卓摩了解透徹，知道除非找出海爾的密碼金鑰，她哪裡也別想去。

她將身體擠進開口，使盡全身力氣推開。門似乎被左右推開了。忽然間，蘇珊沒抓穩，兩扇門朝她擠過來。史卓摩拚命想拉住，但壓力過大。正當門快關上，蘇珊擠進了門縫，倒在另一邊。

副局長極力打開一條小縫，臉湊過去問，「天啊，蘇珊，妳還好吧？」

蘇珊站起來，撢撢身上的灰塵。「沒事。」

她四下看看。三號節點空無一人，光線只來自電腦螢幕。藍藍的陰影爲內部撒下鬼魅似的氛圍。她轉向湊近門縫的史卓摩。他的臉色慘敗，在藍光裡露出病容。

「蘇珊，」他說，「給我二十分鐘刪除系安的檔案。全部刪完了，我會上我的終端機，中止譯密機。」

「這樣做最好。」蘇珊說，望向厚重的玻璃門。她知道，只要譯密機霸佔輔助電源一分鐘，她就出不了三號節點。

史卓摩放開門，門啪一聲關上。蘇珊看著玻璃外的副局長沒入密碼科的黑暗中。

63

貝克騎在他新買的偉士牌機車上，吃力爬上塞維亞機場的入口道路。一路上，他的指關節發白。手錶指著當地時間凌晨兩點過幾分。

到了登機大廳，他騎上人行道，車還沒停，就跳下機車。機車鏗鏘倒在人行道上，噗噗熄火。雙腳麻木的貝克衝過旋轉門。再也不騎了，他對自己發誓。

登機大廳裡潔淨爽朗，燈光亮晃晃。除了拖地板的工友外，這地方空無一人。在大廳對面，有個票務正要關閉西班牙航空的櫃檯。貝克認爲是不妙的跡象。

他跑過去。「飛往美國的班機？」他以西語說。

櫃檯後是位安達魯西亞美女，抬頭微笑，面帶歉意。「可惜沒趕上。」她的話在空氣裡滯留半晌。

我沒趕上。貝克的肩膀下垮。「候補的人，有沒有上飛機？」

「很多，」美女微笑。「飛機幾乎沒人。不過明天早上八點的班機也——」

「我想知道有個朋友是不是上了飛機。她的機票是候補。」

美女皺眉。「對不起，先生。今晚是有幾個候補的旅客，不過本公司對隱私權的保護——」

「事情非常重要，」貝克催促。「我只想知道她有沒有上飛機。就這樣而已。」

美女對他點頭，表示同情。「跟女朋友吵架啦？」

貝克想了一下，然後露出做錯事般的淺笑。「有那麼明顯嗎？」

她對他眨眼。「她叫什麼名字？」

「梅根。」他難過地回答。

票務笑問，「您的女性友人姓什麼？」

貝克緩緩吐氣。不知道！「其實啊，狀況有點複雜。妳說班機幾乎沒人，也許可以——」

「不知道姓的話，恕我無法……」

「這樣吧，」貝克打斷她，因爲他心生一計。「妳是不是整晚值班？」

美女點點頭。「七點到七點。」

「這樣的話，妳或許看過她。她很年輕，大概十五六歲吧。髮型是——」話還沒說完，貝克了解自己犯了什麼錯。

票務小姐瞇起眼睛。「你女朋友十五歲？」

「不是！」貝克驚呼。「我是說……」可惡。「如果妳能幫我一下下，這事非常重要。」

「對不起。」美女口氣冰冷。

「別想歪了。如果可以的話——」

「晚安，先生。」票務拉下櫃檯上的鐵門，消失在後面的辦公室。

貝克哀號一聲，仰頭向上。搞砸了，大衛，搞了大飛機。他掃瞄開闊的大廳。什麼也沒看到。她一定是賣掉戒指，上了飛機。他往工友走去。「有沒有看到一個女孩？」他以西語大聲問話，希望蓋過瓷磚磨光機的聲響。

老人向下關掉機器。「什麼？」

「一個女孩子？」貝克再問一次。「頭髮紅、白、藍色。」

工友大笑起來。「好醜啊。」他搖搖頭，繼續幹活。

大衛・貝克站在無人的機場大廳，思忖著下一步。這一晚步步出錯，簡直是鬧劇一齣。史卓摩的話在腦袋裡重擊：找到戒指之前，別打電話過來。深重的疲憊感襲上心頭。如果梅根賣掉戒指，上了飛機，就沒有指望知道戒指的下落了。

貝克閉上雙眼，儘量集中精神。下一步該怎麼走？他決定待會兒再傷腦筋。首先，他必須上一趟耽誤了太久的洗手間。

64

蘇珊獨坐三號節點裡，光線黯淡，一片寂靜。現階段任務很簡單：進入海爾的終端機，找到他的金鑰，然後全數刪除他與丹角的通信。絕對不能留下任何數位堡壘的蹤影。

史卓摩命令蘇珊，必須留下金鑰，以便打開數位堡壘。如今蘇珊又開始覺得不安。這樣做等於在挑釁命運之神。到目前為止，他們一直很幸運；北達科他奇蹟似地出現眼前，也被困在底層。唯一待解決的問題是大衛；他必須找到另一份密碼金鑰。蘇珊希望他有所進展。

她往三號節點內部走去時，儘量想揮去雜念。在如此熟悉的環境，她竟然感到惶恐，實在匪夷所思。三號節點的每件東西，在黑暗中似乎成了外來物品。但隱約另有異狀。蘇珊遲疑了一下，回頭瞥了無法開啓的電動門一眼。無路可逃。二十分鐘，她心想。

她轉向海爾的終端機時，留意到一陣奇異而濕臭的氣味——絕對不是三號節點的氣味。她懷疑或許去離子機故障。這種氣味有點熟悉，同時令人心驚，忐忑不安。她想像著海爾被關在底層，困在巨大的蒸氣牢房裡。難道他放火燒東西？她抬頭看著通風口，嗅了一下。但臭味似乎來自附近。

蘇珊瞥向小廚房的格子門。剎那間，她認出了氣味，是古龍水……加上汗臭。

她看到了東西，因沒有心理準備而本能地退縮。在小廚房的格子門後，兩顆眼珠向外凝視著她。只過一秒，駭人的事實在她腦海明朗化。葛列格．海爾沒被困在底層——他在三號節點！他在史卓摩關上活板暗門前溜上來了。他力氣夠大，足以獨力打開電動門。

蘇珊曾聽過，深層恐懼感能使人癱瘓——現在她知道那是一種迷思。她一領會到狀況，立即做出動作

——在黑暗中跌撞後退，腦裡只有一個念頭：逃。

她身後的撞擊聲立時傳來。海爾一直靜靜坐在火爐上，兩腿如攻城槌般展開。格子門的鉸鏈爆開。海爾衝進辦公室，以強勁的步伐疾追而來。

蘇珊打翻身後一盞檯燈，希望能絆倒逼近中的海爾。她感覺到他毫不費力地跳過。海爾快速接近中。蘇珊的腰被他的右手從後摟住時，感覺像撞到鐵條，一時痛得無法呼吸。他的雙頭肌繃起，緊箍住蘇珊的肋骨架。蘇珊開始狂扭身體，抗拒海爾，手肘撞到海爾某處軟骨。海爾鬆手，雙手掩鼻，旋即跪倒在地，以手捧臉。

「妳這個賤——」他痛得慘叫。

蘇珊衝向門口的高壓金屬板，一面說著無濟於事的禱告辭，希望史卓摩能在緊要關頭恢復電源，讓門打開。事與願違，她發現自己猛敲著玻璃。

海爾向前飛撲，鼻子沾滿鮮血。不到幾秒，他的手再度抱住她——其中一手緊緊掐住蘇珊的左胸，另一手摟腰。他將蘇珊從門前猛拉回來。

她尖叫一聲，伸出一手想制止，卻徒勞無功。

他將蘇珊拉向後，腰帶扣環刺進她的脊椎。他力氣之大，令蘇珊無法相信。他拖著她向後走，她的鞋子在地毯上脫落。海爾將她抱起來，然後扔在他終端機旁的地板上，動作一氣呵成。

蘇珊轉眼間臉朝上躺下，裙子褪到臀部。她上衣最上面的鈕釦已鬆開，胸脯在藍藍的光線中起伏。她驚恐地看著海爾跨坐在她身上，使她動彈不得。海爾眼神裡的含意，她無法解讀。看似恐懼，或者是憤怒？他的視線直鑽入她的身體。一陣新的恐慌感再次襲來。

海爾穩穩坐在她的肚子上，以冰冷的眼神向下瞪著她。蘇珊有生以來學習到的自我防衛術，一一掠過腦海。她想抵抗，但身體沒有回應。她麻木了。她閉上雙眼。

噢，求求你，上帝。不要！

65

賓克霍夫在蜜姬的辦公室踱步著。「沒有人能繞過鐵手套。那是不可能的事！」

「錯了，」她回嘴。「我剛跟賈霸通過電話。他說去年他裝了繞越開關。」

私人助理賓克霍夫面露懷疑。「我從沒聽說過。」

「沒人聽說過。屬於機密。」

「蜜姬，」賓克霍夫語帶辯論意味，「賈霸對電腦安全最敏感了！絕不會放什麼繞越開關——」

「是史卓摩逼他的。」她插嘴。

賓克霍夫幾乎能聽見她的腦筋在運轉。

「記得去年嗎？」她問，「去年史卓摩不是在對付加州的反猶太恐怖分子？」

賓克霍夫點頭。那件案子，是史卓摩的大功之一。他利用譯密機破解一個攔截下來的密碼，發現有人密謀炸毀洛杉磯一所猶太學校。在炸彈引爆前十二分鐘，他才及時破解恐怖分子的密碼，然後迅速以電話聯絡，解救了三百名學童的性命。

「聽好了，」蜜姬說，多此一舉地壓低嗓門。「賈霸說，史卓摩在炸彈引爆前六個鐘頭，就已經攔截到恐怖分子的密碼了。」

賓克霍夫下巴往下落。「可是……他為何要等——」

「因為他沒辦法叫譯密機解密。他試過了，不過鐵手套一直拒絕。那個檔案啊，利用某種新的公開金鑰演算法加密過，而鐵手套的過濾器從沒見過這種演算法。賈霸花了將近六個鐘頭才調整過來。」

賓克霍夫愣住了。

「史卓摩氣炸了。他叫賈霸替鐵手套裝一個繞越開關，以免舊事重演。」

「天啊。」賓克霍夫噓了一聲。「我以前沒聽過。」然後他瞇起眼睛。「妳想講什麼？」

「我認爲史卓摩今天動用了那個繞越開關……以處理鐵手套拒絕的一個檔案。」

「那又怎樣？繞越開關的作用不是這樣嗎？」

蜜姬搖搖頭。「如果這檔案是病毒檔，那又另當別論。」

賓克霍夫跳了一下。「病毒檔？誰講到病毒了？」

「這是唯一的解釋，」她說。「賈霸說病毒是唯一能讓譯密機跑這麼久的東西，所以——」

「等一等！」賓克霍夫做出暫停的手勢。「史卓摩說一切正常啊！」

「他睜眼說瞎話。」

賓克霍夫無所適從了。「妳是說，史卓摩故意讓病毒進入譯密機？」

「不是，」她語帶怒意。「我不認爲他知道那檔案是病毒。我認爲他上了別人的當。」

賓克霍夫啞然無語。蜜姬・密爾肯絕對腦筋失常。

「這樣想，可以解釋很多現象，」她堅稱。「可以解釋他幹嘛整晚沒回家。」

「替自己的電腦灌病毒？」

「不是，」她動了肝火。「想掩飾他犯的錯啦！現在他無法中止譯密機，無法釋放輔助電力，因爲電腦把處理器全鎖住了！」

賓克霍夫翻翻白眼。蜜姬過去發瘋過，但從不像現在這麼瘋癲。他儘量安撫她。「賈霸好像不是太擔心。」

「賈霸是笨蛋。」她咬牙說。

賓克霍夫顯得驚訝。從來沒人稱呼賈霸是笨蛋——也許有人罵他是肥豬，但從沒人罵他笨蛋。「賈霸在反入侵程式方面受過高等教育，妳憑女性直覺就想推翻他？」

她狠狠瞪他。

賓克霍夫舉起雙手，表示投降。「算了，當我沒說。」他不需要蜜姬提醒，在災難方面，蜜姬的確料事如神。「蜜姬，」他央求，「我知道妳討厭史卓摩，不過——」

「這件事跟史卓摩沒關係啦！」蜜姬激動起來。「我們要做的第一件事，是確定史卓摩有沒有繞過鐵手套。然後再打電話給局長。」

「好。」賓克霍夫哀聲說。「我來打電話給史卓摩，叫他簽名寫一份聲明，然後送過來。」

「不用了，」她不理會他的諷刺。「史卓摩今天騙過我們一次了。」她抬起頭，眼睛細看著他。「你有方天辦公室的鑰匙吧？」

「當然。我是他的私人助理。」

「我要。」

賓克霍夫不敢相信，盯著她看。「蜜姬，說什麼，我也不肯放妳進方天的辦公室。」

「非讓我進去不可！」她要求。蜜姬轉身，開始在「老大哥」的鍵盤上打字。「我正在叫出一份譯密機的佇列表。如果史卓摩以手動的方式繞過鐵手套，證據會列印出來。」

「那跟方天的辦公室有什麼關係？」

她轉身瞪他。「佇列表只能從方天的印表機印出來。別裝糊塗！」

「因爲佇列表屬於機密啊，蜜姬！」

「狀況緊急。我必須看佇列表。」

賓克霍夫雙手搭在她肩膀上。「蜜姬，拜託，鎭定一下。妳知道我不能——」

她大大哼了一聲，轉頭繼續敲鍵盤。「我正在列印佇列表。我準備走進他辦公室，拿了列印出來的東西，然後走出來。快交出鑰匙。」

「蜜姬……」

她打完字，轉身面對他。「察德，三十秒後，報告就能印好。我們商量一下。你交出鑰匙。如果史卓摩的確繞過鐵手套，我們叫保警。如果我搞錯了，我就走人，你可以去找卡門・巫葉塔，在她身上塗滿橙皮醬。」她惡狠狠瞪了一眼，伸出雙手，等著拿鑰匙。「快呀。」

賓克霍夫悶哼著，後悔剛才叫她回來檢查密碼科的報告。他看著蜜姬伸出的手。「妳想進局長私人辦公室拿機密資料。如果被抓到，我們會有什麼下場，妳知道嗎？」

「局長人在南美。」

「對不起。我真的辦不到。」賓克霍夫交叉雙臂走出去。

蜜姬盯著他背後，灰眼珠快冒煙了。「要你辦，你就辦得到。」她低聲說。接著她轉回老大哥，叫出錄影帶檔案。

蜜姬待會兒氣就消了，賓克霍夫告訴自己，坐回辦公桌，開始檢查剩下的報告。總不能每次蜜姬起疑心，他就交出局長的鑰匙吧。

他才開始檢查「電腦安全」的細目表，就聽見另一辦公室傳來人聲，思緒因此中斷。他放下報告，走到門口。

辦事處裡漆黑一團，只剩微弱一道灰灰的光線，從蜜姬半開的門射出。他聆聽著。人聲持續飄來，當事人聽起來很興奮。「蜜姬？」

沒有回應。

他穿越黑暗，來到她的辦公室。那些人聲隱約耳熟。他推開門，蜜姬的辦公室沒人，她的椅子空著。聲音來自頭上。賓克霍夫抬頭看著閉路電視，立刻想吐。同樣的影像在十二個螢幕同步播出，宛如經過協調過的芭蕾，感覺變態。賓克霍夫靠在蜜姬的椅背穩住身體，驚恐地觀看著。

「察德？」聲音從背後穿來。

他轉身，瞇著眼睛望向暗處。蜜姬站在辦事處接待區的斜對面，在局長的雙扉門前。她伸出手，手心向上。「鑰匙，察德。」

賓克霍夫臉紅起來。他轉向螢幕。他極力想阻絕上方的影像，卻怎麼試也徒勞。到處都有他，愉悅呻吟著，興致勃勃撫弄著卡門・伍葉塔塗上蜂蜜的嬌小胸脯。

66

貝克穿越大廳，往洗手間走去，卻發現男廁前擺了一個紅橙色的圓錐，載滿清潔劑與拖把的推車擋在前面。他望向另一道門：女廁。他走過去，用力敲門。

「哈囉？」他大喊，推開女廁門一吋。「有人嗎？」

無聲。

他走進去。

這間廁所很典型，是制式的西班牙洗手間——格局方正，白色瓷磚，頂上一顆白熾燈泡。與其他廁所一樣，這裡也有一個隔間加一個小便斗。女廁配備小便斗，有沒有人使用並不重要——增加小便斗，讓承包商省略另建隔間的成本。

貝克望向廁所，感覺噁心。又髒又臭。洗手台阻塞，渾濁的褐水滯留。骯髒的紙巾扔得到處都是。地板濕透。牆上有老舊的吹風機，黏有綠綠的指紋。

貝克走到鏡子前嘆氣。以往總是炯炯有神的雙眼，今晚不太機敏。*我來這裡東奔西跑了多久？*他心想。他算不清楚。基於擔任教授的習慣，他搖搖領帶結向上拉。然後他轉向背後的小便斗。

他站在小便斗前，發現自己心想著蘇珊是否回家了。*她跑去哪裡了？難道不等我，自己去了石東莊園？*

「喂！」背後有女性在怒罵。

貝克嚇了一跳。「我——我是……」他支吾著，趕緊拉上拉鏈。「對不起……我……」

貝克轉身面對剛進來的女孩。她是個看似有教養的女孩，如同《十七歲》少女雜誌裡跳出來的女生，穿著保守的花格子長褲，白色無袖上衣，一手拎著紅色的L.L.Bean筒形旅行袋。金髮吹整得無懈可擊。

「對不起。」貝克手忙腳亂，趕緊扣上皮帶。「男生廁所正在……沒關係，反正我正要走。」

「混蛋色狼！」

貝克仔細再看她一眼。從她嘴裡吐出的髒話，似乎不太搭調——宛如從擦得晶亮的帶蓋酒瓶倒出的陰溝水。然而，正當貝克打量著她時，才發現她其實不如第一印象那麼有修養。她的眼睛浮腫充血，左手前臂腫脹，表面發炎，底下則發青。

天啊，貝克心想。皮下注射毒品。誰猜得到呢？

「滾出去！」她大叫。「快滾出去！」

貝克暫時忘卻了戒指、國安局，忘記了一切。他同情這女生。她的父母可能送她來上大學預備班，送她一張VISA卡，結果卻淪落公廁，半夜孤零零嗑藥。

「妳還好吧？」他朝門口後退，邊走邊問。

「還好。」她的嗓音高傲。「你可以走了！」

貝克轉身離去。他對她的手臂再看最後一眼，表情難過。大衛，你幫不上忙的。少管閒事了。

「快滾！」她咆哮。

貝克點頭。他離去時，給了她難過的微笑。「保重了。」

67

「蘇珊？」海爾喘著氣說，臉湊向她的臉。

他跨坐在她的肚子上，以全身體重壓住她，尾椎骨透過裙子的細布磨進她的恥骨，弄痛了她。他的鼻子流血，滴得她渾身都是。她隱隱作嘔，喉嚨深處嚐到穢物。他以雙手抵住她的胸口。

她沒有感覺。*在對我伸鹹豬手嗎？*蘇珊幾秒鐘後才理解到，海爾正替她釦上最上面的鈕釦，整理她的服裝。

「蘇珊，」海爾上氣不接下氣。「妳非帶我出去不可。」

蘇珊茫然。怎麼說都沒有道理。

「蘇珊，妳非幫我忙不可！史卓摩害死了查楚堅！我看見了！」

過了一會兒，這句話的意義才明朗化。*史卓摩害死了查楚堅？*海爾顯然不知道蘇珊看見他去了底層。

「史卓摩知道我看見了！」海爾說得口沫橫飛。「他會連我一起幹掉！」

若非蘇珊嚇得喘不過氣，她會當著海爾的面大笑。海爾從前是陸戰隊員，深諳分化擊破的心理戰術。編織謊言——讓敵人彼此攻擊。

「是真的！」他大喊。「我們非打電話求救不可！我認為妳跟我都有危險啊！」

海爾說的話，她一個字也不信。

海爾肌肉發達的雙腿抽筋，因此抬起臀部，微微轉移重心。他張口想講話，卻始終無緣說出。

正當他抬起身體，蘇珊感覺血液恢復循環，流入雙腿。在她回過神之前，一陣反射動作帶動她的左腿猛收，重擊海爾的鼠蹊。她覺得自己的膝蓋壓扁了海爾雙腿間的軟囊。

海爾疼得哀叫，身體立刻軟化，滾到一邊側躺著，緊揪下體。蘇珊從他身下扭動而出，踉蹌衝向門口。她知道自己力氣不夠破門而出。

剎那間蘇珊做出決定，站到楓木會議長桌後，雙腳踩進地毯。幸虧會議桌腳裝有滾輪，她使盡全力，將桌子推向拱形的玻璃牆。滾輪靈活，桌子很容易推動。才推過三號節點的一半，她已經全速前進。

距離玻璃牆五呎處，蘇珊奮力一推，然後放手。她跳到一旁，遮住眼睛。牆壁發出令人反胃的爆裂聲，頃刻間玻璃碎片如雨而下。完工至今，密碼科的聲響首度衝進三號節點。

蘇珊抬頭。會議桌撞出不規則的大洞，她看得見桌子持續滾動，在密碼科地板以大弧度前進，最後消失在黑暗中。

蘇珊的名牌鞋已不成鞋形，但她仍用力穿上，對仍痛得直不起身的葛列格·海爾看最後一眼，旋即箭步踩過廣大的碎玻璃區，衝向密碼科。

68

「早知道，乖乖交出來不就好了？」蜜姬冷笑著說。賓克霍夫交出方天辦公室的鑰匙。

賓克霍夫顯得頹喪。

「我走之前會洗掉帶子，」蜜姬承諾。「除非你跟老婆想留著欣賞。」

「去拿就是了，」他發飆。「拿到就走人！」

「是的，先生。」蜜姬以西班牙文咯咯笑著說，帶有濃濃的波多黎各口音。她眨眨眼，走過辦事處，來到方天的雙扉門前。

利藍德．方天的私人辦公室與局長辦事處截然不同，裡面沒有畫作，沒有塞得鼓鼓的椅子，沒有小榕樹，也沒有古董時鐘。他的空間講求效率，一切從簡。玻璃面的辦公桌與黑皮辦公椅擺在偌大的景觀窗正前方。三個檔案櫃立在角落，旁邊有張小桌，上面擺了一只法式壓濾咖啡壺。月亮已升起，高掛在密德堡上空，柔柔的月光滲入窗戶，強調局長辦公室裝潢的平淡感。

我在搞什麼飛機？賓克霍夫心想。

蜜姬走向印表機，拾起佇列表。她在黑暗中瞇眼。「看不清楚嘛，」她抱怨。「開燈。」

「要看，到外面去看。快走啊。」

但蜜姬顯然正在興頭上。她戲弄著賓克霍夫，走到窗前，調整印表的角度，讓內容更清楚。

「蜜姬……」

她繼續閱讀。

賓克霍夫在門口焦慮地挪動著身體。「蜜姬……快嘛，這是局長的私人辦公間哪。」

「一定在這上面。」她喃喃說，研究著佇列表。「史卓摩一定繞過了鐵手套，我知道。」她再向窗戶靠近。

賓克霍夫開始流汗。蜜姬繼續看。

過了幾秒，她驚聲說，「我就知道！史卓摩玩眞的！那個白癡！」她舉高佇列表搖著。「他繞過了鐵手套！不信自己看！」

賓克霍夫傻傻盯了一會兒，然後衝到局長辦公室的窗口。他挨著蜜姬身邊，蜜姬指出佇列表的最下面。

賓克霍夫看得不敢置信。「怎麼會……？」

佇列表列出了進入譯密機的最後三十六個檔案。每個檔案後面各有一組四位數的鐵手套編號，代表獲得鐵手套放行。然而，佇列表最後的檔案卻沒有編號——上面只以大寫字母印著：手動繞越。

天啊，賓克霍夫心想。又被蜜姬料中了。

「白癡一個！」蜜姬激動得口沫橫飛。「你看看！鐵手套拒絕了這檔案兩次！突變字串哪！他還不死心，動手繞過鐵手套！他頭殼壞去了不成？」

賓克霍夫感到腿軟。他納悶爲何蜜姬料事如神。兩人都沒有注意到，身旁的窗戶反射出巨大的身影。有個體型魁梧的人站在門沒關的方天辦公室門口。

「天哪，」賓克霍夫哽住了。「妳認爲我們中了病毒？」

蜜姬嘆氣。「沒有其他可能了。」

「可能不關你們屁事！」身後隆隆傳來重低音。

蜜姬的頭撞向窗戶。賓克霍夫跌向局長的辦公椅，往人聲來源推動。他一眼就認出這人的輪廓。

「局長！」賓克霍夫瞠目結舌。他走過去，伸出一手。「歡迎回來，局長。」

身材魁梧的這人不予理會。

「我——我還以爲，」賓克霍夫支支吾吾，縮手回來，「我以爲局長人在南美洲。」

利藍德・方天低頭怒視助理，兩眼如子彈。「沒錯……我回來了。」

69

「嘿，這位先生！」

貝克正走過大廳，往一列公用電話走去。他站住，轉身。追過來的是剛才在廁所被他嚇一跳的女生。她招手要他等一等。「先生，等一下！」

又怎麼了？貝克悶哼。難道想告我侵犯隱私？

女孩拖著行李袋走向他。來到他面前時，她笑逐顏開。「抱歉剛才對你大吼大叫，因爲你嚇了我一跳。」

「沒關係。」貝克請她安心，自己卻有點困惑。「是我不對。」

「我要講的話聽起來很無厘頭，」她說，佈滿血絲的眼睛眨呀眨。「你身上有沒有錢借我？」

貝克不敢相信地看著她。「錢？做什麼用？」他質問。如果要錢買毒品，我可不願資助妳。

「我想回家。」金髮的她說。「能幫忙嗎？」

「沒搭上飛機啊？」

她點頭。「機票弄丟了。他們不讓我上飛機。航空公司有時候超賤。我沒錢再買一張。」

「妳爸媽住哪裡？」貝克問。

「美國。」

「聯絡不上嗎？」

「對。電話也打過了。我想他們大概在誰的遊艇上度週末。」

貝克審視著女孩一身昂貴的服飾。「妳沒有信用卡？」

「有啊，不過被老爸取消了。他認爲我嗑藥。」

「妳有沒有嗑藥？」貝克一本正經地問，同時看著她腫脹的前臂。

女孩氣憤地瞪他。「當然沒有！」她接著對貝克嬌嗔一聲，讓貝克突然覺得對方正在耍心機。

「好嘛，」她說，「你看起來很有錢。不能給我一點錢，讓我回家嗎？我以後再寄還給你。」

貝克心想，給她再多錢，最後一定落到特里安納的藥頭手上。「更正，」他說，「我不是有錢人——我在學校教書。不如這樣好了……」怎樣呢？我來唬唬妳吧。「不如我用信用卡幫妳買機票吧？」

金髮女孩盯著她，全然愣住了。「眞的嗎？」她結巴說，睜大眼睛，充滿希望。「眞的要幫我買回家的機票？噢，老天爺，謝謝你！」

貝克啞然。他顯然誤判情勢了。

女孩舉臂抱住他。「這個夏天超爛的，」她哽咽地說，幾乎嚎啕大哭起來。「噢，謝謝你！我非離開這裡不可！」

貝克不太熱忱地摟住她。女孩放開他，他再盯著她的手臂。

她循著貝克的視線，看到手臂上青青的疹子。「超噁心，對不對？」

貝克點頭。「妳不是說沒有嗑藥？」

女孩大笑。「是馬克筆啦！我想搓掉，結果搓破了半層皮。墨水越刷越多。」

貝克再仔細一看，日光燈下，果然看到紅腫的皮膚上有模糊字跡，字體輪廓，塗在肌膚上。

「可是……妳的眼睛，」貝克說，神經麻木起來。「眼睛那麼紅。」

她笑著說，「我剛才哭過。跟你講過了，我沒搭上飛機。」

貝克再次看著她手臂上的字。

她蹙眉，感到不好意思。「糟糕，還是看得見，對不對？」

貝克湊近看，的確認得出字來，寫得清清楚楚。他看著四個模糊的字體時，過去十二個小時在眼前閃過。

大衛・貝克感覺自己重回艾方索十三世飯店房間，看見德國胖子碰碰自己的前臂，講著破破的英文：滾蛋去死。

「你沒事吧？」女孩問，看著神態恍惚的貝克。

貝克的視線仍停在她手臂上。他感覺暈眩。塗在女孩手臂上的字眼，意義非常單純：滾蛋去死。

金髮女孩低頭看，感到尷尬。「一個朋友寫的……超驢的，對不對？」

貝克說不出話。滾蛋去死。他無法相信。那時德國人並非出言不遜，只是想幫幫忙而已。貝克上移視線，看著女孩的臉。在大廳的日光燈下，他看得見女孩的金髮夾帶些許紅與藍。

「妳——妳……」貝克口吃起來，盯著她沒有穿耳洞的耳朵。「妳該沒有戴耳環吧？」

女孩以奇怪的眼神看他。她從口袋掏出一個小東西，朝他伸去。貝克盯著她捏在手上的骷髏頭耳環。

「夾式耳環？」他結結巴巴說。

「廢話，」女孩回答。「我超怕針的，怕到沒力。」

70

大衛・貝克站在無人的大廳裡，覺得兩腳發軟。他看著眼前的女孩，知道追查行動告一段落了。她洗過頭髮，換了衣服——也許希望這身打扮比較容易賣掉戒指——可惜仍無法搭上往紐約的班機。

貝克盡力保持鎮靜。他踏破鐵鞋，總算快有結果了。他看著她的手指，沒有戒指。他向下凝視著她的旅行袋。就在裡面，他心想。絕對錯不了！

他微微一笑，幾乎無法控制興奮之情。「聽起來一定很怪，」他說，「我認為妳有我要的東西。」

「是嗎？」梅根似乎忽然猶疑起來。

貝克伸手拿皮夾。「我當然很樂意付錢給妳。」他低頭開始從皮夾裡取出鈔票。

梅根看著他數錢，倒抽一口氣，顯然誤解了他的意圖。她嚇得朝旋轉門瞄一眼……算計著距離。距離五十碼。

「我可以給妳買機票的錢，條件是——」

「別說了，」梅根脫口而出，勉強擠出微笑。「我想我知道你要的是什麼。」她彎下腰，開始翻找著旅行袋。

貝克內心湧起一陣希望。戒指在她身上！他告訴自己。她有那個戒指！他並不清楚她怎麼知道他想要什麼東西，但他實在太累，管不著那麼多了。他全身每條肌肉都鬆懈下來。他想像自己拿著戒指，交給笑容滿面的國安局副局長。然後他與蘇珊可以高枕石東莊園的穹頂大床，彌補錯過的時光。

女孩終於找到東西——防身辣椒噴劑——是梅斯催淚瓦斯的環保代用品，原料混合了紅辣椒與朝天椒，效力強勁。她迅速轉身，一個動作對準貝克雙眼噴出，拎起行李袋往門口衝去。她回頭的時候，看見大衛・貝克躺在地板上，摀著臉，痛苦掙扎著。

71

沼高德源點燃第四根雪茄，繼續踱步。他攫起電話，打給主交換機。

「電話號碼查到沒？」他劈頭質問，接線生來不及說話。

「報告社長，還沒有。時間比預期久了點，因爲來電者使用行動電話。」

行動電話，沼高沉思著。*想也知道*。美國人對電子小玩意的飢渴有如無底洞，造福了日本經濟。

「強波站的方位，」接線生接著說，「區域碼是二〇二。但詳細號碼還沒有查到。」

「二〇二？什麼地方？」*美國幅員遼闊，神祕的北達科他究竟藏身何處？*

「在華盛頓特區附近，社長。」

沼高拱起眉頭。「查出號碼，立刻通知我。」

72

蘇珊．弗萊徹跌跌撞撞走過陰暗的密碼科地板，往史卓摩的窄梯走去。四處碰壁的蘇珊若希望盡可能遠離海爾，副局長辦公室是最理想的地點。

蘇珊拾級來到窄梯最上層，發現副局長的門沒關緊，電子鎖因停電而失效。她直接進入。

「副局長？」裡面唯一的光線來自史卓摩的電腦螢幕。「副局長！」她再次呼喚。「副局長！」

蘇珊頓時想起副局長人在系統安全室。她在他空蕩的辦公室裡轉身，方才與海爾搏鬥的恐慌仍在血液中流竄。她必須回到密碼科。無論能否保住數位堡壘，現在是行動的時刻——必須中止譯密機，逃出密碼科。她望向史卓摩沒關的螢幕，旋即箭步衝到他辦公桌前。她忙亂敲著鍵盤。中止譯密機！由於她用的是經過授權的終端機，下起指令很簡單。蘇珊叫出指令窗，鍵入：

中止執行

她的手指在「輸入」鍵上靜止一會兒。

「蘇珊！」門口有人吼叫。蘇珊錯愕之餘轉身，唯恐又是海爾。不是海爾，而是史卓摩。他站在門口，在電子光線中顯得蒼白詭異，胸腔上下起伏。「怎麼一回事？！」

「副……局長！」蘇珊驚聲說。「海爾在三號節點！還對我動拳腳！」

「什麼？不可能吧！海爾被鎖在——」

「沒有，他不在底層！他逃出來了。我們非叫保警馬上過來不可！我要中止譯密機！」蘇珊手伸向鍵盤。

「別亂來！」史卓摩狂吼，朝終端機衝過來，將蘇珊的兩手拉開。

蘇珊退縮，被嚇傻了。她盯著史卓摩看，再度認不出原來的他。這是今天第二次了。蘇珊忽然覺得孤單。

史卓摩看見蘇珊上衣的血跡，立刻後悔剛才對她動怒。「天啊，蘇珊，妳沒事吧？」

她沒有回答。

對蘇珊發脾氣並沒有必要，他希望能收回。他的心情煩躁。一下子處理太多事情，也有一些心事——是蘇珊・弗萊徹不知道的事——這些心事他還沒告訴她，也祈禱永遠不必說出。

「對不起，」他輕聲說。「發生了什麼事，告訴我。」

她轉頭。「沒關係了。這血不是我流的。讓我離開這地方就是了。」

「妳沒受傷吧？」史卓摩一手放在她肩膀上。蘇珊退縮一下。他放下手，移開視線。視線重回蘇珊臉上時，她似乎凝視著他背後牆上某個東西。

在黑暗中，牆上有個小鍵盤，全力發光。史卓摩循著她的視線望去，皺起眉頭。他原本希望蘇珊別注意到發光的控制面板。這個鍵盤控制他的私人電梯。史卓摩與大有來頭的訪客乘坐這電梯來去密碼科，以避開部屬的耳目。私人電梯直下圓頂樓五十呎，然後在結構強化過的地下隧道橫向移動一百又九碼，通往國安局主樓的底層。連接密碼科與國安局的電梯，電源來自主樓；即使密碼科停電，電梯仍能運作。

史卓摩一直知道這部電梯運作正常，但即使蘇珊在樓下出口狂敲猛打，他也一字未提。他還不能放蘇珊走——時機未到。他不清楚的是，還必須對她透露多少，她才肯留下。

蘇珊推開史卓摩，衝向後面的牆。她生氣地猛戳發光的按鈕。

「拜託。」她央求著。但門硬是不開。

「蘇珊，」史卓摩悄聲說。「電梯需要密碼。」

「密碼？」她憤怒地說。她瞪著控制面板。主鍵盤下另有一組鍵盤，面積較小，按鍵也很小，每個按鍵分別註明一個字母。蘇珊轉身面向他。「密碼是什麼？」她質問。

史卓摩思考了一陣子，重重嘆息。「蘇珊，妳坐下。」

蘇珊臉上的表情就好像她不敢相信自己的耳朵一樣。

「坐下。」副局長再說一遍，嗓音堅定。

「讓我出去！」副局長辦公室的門開著，蘇珊對門瞥一眼，心情七上八下。

史卓摩望著驚慌失措的蘇珊・弗萊徹。他鎮定地走出辦公室門口，步入樓梯轉角平台，望向黑暗。四處看不見海爾。副局長走回辦公室，拉上門。然後他搬來椅子堵住門，再走向辦公桌，從抽屜裡取出東西。在螢幕微光中，蘇珊看見他手上的東西。她的臉色轉白。是一把手槍。

史卓摩拉了兩張椅子到辦公室中間，將椅子面向關上的門，然後坐下。他舉起隱隱反射出光線的貝瑞塔半自動手槍，穩穩瞄準微開的門。過了幾秒，他將手槍放在大腿上。

他嚴肅地說，「蘇珊，我們在這裡很安全。我有事跟妳講。如果葛列格・海爾進門……」他拖長尾音。

蘇珊啞然無語。

史卓摩凝視著辦公室裡微光照亮的她。他拍拍身旁的椅子。「蘇珊，坐下。我有事想告訴妳。」她沒有動作。「等我講完，」他說，「我會給妳電梯的密碼。到時候想不想走，妳自己決定。」

兩人沉默良久。蘇珊恍惚地走過辦公室，在史卓摩身旁就座。

「蘇珊，」他開始說，「我對妳不是百分百誠實。」

73

大衛．貝克覺得彷彿松節油淋上臉，被人點火。他在地板上滾動，瞇著眼睛，視野縮小成隧道，只見女孩已快衝到旋轉門。她驚恐地跑著，跑一下停一下，拖著身後的行李袋。貝克拚命想起身，卻無可奈何。他被熱辣的火灼瞎了。不能讓她溜掉！

他拚命想喊叫，肺臟卻缺乏空氣，只有令他感到作嘔的痛楚。「不行！」他咳著，聲音幾乎沒離開嘴唇。

貝克知道，她一走出旋轉門，將永遠消失無蹤。他再拚命大喊，喉嚨卻灼燙無聲。

女孩眼看就要進入旋轉門。貝克跌跌撞撞地爬起，大口喘氣，跟著她蹣跚走去。女孩衝進旋轉門的第一格，拖著身後的行李袋。貝克在她後面二十碼，盲目往門跌撞過去。

「等一下！」他上氣不接下氣地說。「等一下！」

女孩生氣地推動旋轉門。門開始轉動，隨後卻卡住。金髮女生驚嚇之餘轉身，看到行李袋夾在門口。她跪下，氣沖沖地想拉開。

貝克將朦朧的視線鎖定露在門外的布料，向下飛撲，只見紅色尼龍布的一角落出門縫。他衝過去，雙手向前伸出。

大衛．貝克朝門落下時，雙手僅差紅布幾吋，這時紅布卻鑽進門縫，消失不見。門陡然轉動，他的手只捕捉到空氣。女孩與行李袋一起跌到外面的馬路。

「梅根！」貝克撞到門時哀號，感覺彷彿白熱的針頭刺穿眼眶。他的視野從狹窄的隧道轉爲漆黑一片，隨之而起的是一陣反胃感。他自己的聲音在黑暗中迴盪。梅根！

大衛・貝克不知躺了多久，才察覺到頭上日光燈泡嗡嗡響。其餘事物一切靜止。在寂靜中，一個人聲傳來。有人在呼喚。他儘量抬起地板上的頭。世界變得歪斜而水汪汪。又是同一個人聲。他瞇眼望向大廳，看見二十碼外有個人影。

「先生？」

貝克認出這嗓音。是金髮女生。她站在大廳較遠處的出入口，行李袋抱在胸前，模樣比剛才更加驚恐。

「先生？」她以顫抖的嗓音問，「我沒跟你說過名字。你怎麼知道的？」

74

利藍德・方天局長身形如山，現年六十三，理了軍人的小平頭，神態僵硬。他黑亮的眼珠在生氣時有如煤礦，而他幾乎無時不生氣。他步步升上國安局的位階，靠的是苦拚實幹、精心規畫、贏得歷任局長的尊敬。他是國安局首位非裔美籍局長，但沒人提過這項成就；方天的政策是看人絕對不看膚色，而他的部屬也很識相地順從。

方天讓蜜姬與賓克霍夫罰站，等他像往常一樣默默地替自己沖泡一杯瓜地馬拉的爪哇咖啡。然後他坐回辦公桌，繼續讓他們罰站，開始問話，把兩人當作被叫進校長室的學童。

回答的人是蜜姬。她解釋一連串不尋常的事件，最後逼他們侵犯方天辦公的聖殿。

「病毒？」局長語氣冰冷。「你們兩個認為我們中了病毒？」

賓克霍夫蹙眉。

「是的，局長。」蜜姬語帶怒意。

「因為史卓摩繞越鐵手套？」方天看著前方的列印資料。

「是的。」她說。「上面有個檔案，過了二十個鐘頭還無法破解！」

方天皺眉。「只有妳的資料這樣顯示吧。」

蜜姬正要抗議，但她讓舌頭煞車，卻沒擋住喉嚨。「而且，密碼科大停電。」

方天抬頭，顯然吃了一驚。

蜜姬快速點頭證實。「電力全部中斷。賈霸認為可能是——」

「妳打給賈霸了？」

「是的，局長，我——」

「賈霸？」方天起立，一身怒氣。「妳幹嘛不打給史卓摩？」

「我們打過啊！」蜜姬辯護。「他說一切正常。」

方天站著，胸膛上下起伏。「那我們就沒有理由懷疑他。」語氣中帶結束談話的意味。他啜飲一口咖啡。「現在，兩位如不介意，我還有公事要辦。」

蜜姬的下巴合不攏了。「什麼？」

賓克霍夫已經往門口走去，但蜜姬杵在原地。

「我已經說過再見了，密爾肯小姐，」方天說。「妳可以走了。」

「可是——可是，局長，」她結巴起來，「我……我想抗議。我認為——」

「妳想抗議？」局長質問。他放下咖啡杯。「想抗議的人是我才對！我抗議妳擅闖我辦公室。我抗議妳影射本單位副主官撒謊。我抗議——」

「局長，我們中了病毒！我的直覺告訴我——」

「好了，妳的直覺有錯，密爾肯小姐！就這麼一次，妳的直覺出錯了！」

蜜姬堅定不移。「可是，局長！史卓摩副局長繞過鐵手套啊！」

方天走向她，幾乎控制不住怒火。「那是他的特權！我對妳支薪，是要妳看管分析師和維修員工，不是叫妳監視副局長！要不是他，我們今天還拿紙筆破解密碼哩！還不快走！」他轉向賓克霍夫。賓克霍夫站在門口，面無血色，手足哆嗦。「你們兩個都走。」

「局長，恕我大膽建議，」蜜姬說，「應該派一組系安員到密碼科，以確定——」

「休想！」

過了緊繃的一個節拍，蜜姬點點頭。「好。局長晚安。」她轉身離去，走過賓克霍夫身旁。賓克霍夫從她的眼神看出，她不願就此罷休——非給直覺一個交代不可。

賓克霍夫望向辦公室另一邊的老闆。坐在辦公桌後的局長體型龐大，怒火衝天，不是他熟悉的局長。他熟悉的局長拘泥細節，凡事有頭有尾，講求完美。局長總是鼓勵部屬，日常程序若出現差池，必須檢查並澄清，問題再小也必須查到底。而現在的局長，卻命令他們忽略一連串古怪的巧合事件。

局長顯然有所隱瞞，但賓克霍夫的任務是輔佐，而非質疑。事實屢屢證明，方天一定替大家的好處著想；如果輔佐局長必須睜一眼閉一眼，賓克霍夫會乖乖閉上。不幸的是，蜜姬的任務是質疑，而賓克霍夫擔心她正要前去密碼科質疑個夠。

該拿出履歷表了，賓克霍夫轉往門口時心想。

「察德！」方天朝他背後大吼。蜜姬離開時的眼神，方天看見了。「別讓她離開這個辦事處。」

賓克霍夫點頭，往蜜姬的背影追去。

方天嘆了一口氣，低頭以雙手捧住。他黑貂般的雙眼沉重。回國的這一趟來得突然，讓他心力交瘁。過去一個月，利藍德・方天懷有很高的期望。目前國安局即將發生的事，將會改寫歷史。諷刺的是，方天局長發現得很偶然。

三個月前，方天得知史卓摩的妻子下堂求去的消息。他得到報告，知道史卓摩不分晝夜加班，似乎承受不住壓力，即將崩潰。方天儘管與史卓摩在很多事務上意見相左，但對副手總是心懷最高敬意；史卓摩頭腦聰穎，稱得上是國安局最優秀的人才。但話說回來，自從飛鮪事件爆發後，史卓摩一直承受極大的壓力。方天因此不安；副局長握有許多國安局的密碼——方天必須捍衛整個單位。

方天想派人監看狀況不穩的史卓摩，確定他百分之百沒事，但監看起來卻不簡單。史卓摩自視甚高，權力也很大；方天必須想辦法，在不影響信心與權威的情況下監視史卓摩。

方天決定，基於對史卓摩的尊敬，他必須親自處理。他在史卓摩的密碼科帳號暗藏情蒐軟體，舉凡史卓摩的電郵、辦公室間往來通訊、腦力激盪模擬的情境，方天一網打盡。如果史卓摩精神即將崩潰，局長能在他的工作表現中看出跡象。然而，方天沒看出崩潰的跡象，卻挖掘出他見過最不可思議的情報計畫的初步工作。難怪史卓摩有如拚命三郎；這計畫如果成功，足以彌補飛鮪事件一百倍。

方天的結論是，史卓摩一切正常，付出了百分之一百一十的心血，而且一如以往，既狡猾、精明又愛國。身為局長，方天的上策是放手旁觀，讓副局長施展魔法。史卓摩擬定了計畫……而方天無意擾亂他的計畫。

75

史卓摩撫摸著大腿上的貝瑞塔。即使血液中怒火沸騰，他仍有能力清晰思考。葛列格・海爾竟敢動蘇珊・弗萊徹一根汗毛，令他渾身不舒服，但令他更不舒服的是，這都是他的錯；叫蘇珊去三號節點的人是他。史卓摩理性得拋個人情緒——絕不能讓個人情緒影響到數位堡壘的處理。他是國家安全局的副局長。而今天的職責，比以往更加關鍵。

史卓摩放慢呼吸。「蘇珊，」他的嗓音澄明而有效率。「妳有沒有刪除海爾的電郵？」

「沒有。」她回答，一臉疑惑。

「妳有沒有找到密碼金鑰？」

她搖搖頭。

史卓摩蹙眉，咬咬嘴唇。他飛快動著腦筋。他進退維谷。他可以簡單輸入電梯密碼，讓蘇珊離去。但他需要蘇珊。他需要蘇珊幫忙尋找海爾的密碼金鑰。史卓摩仍未告訴她的是，那份密碼金鑰不僅能滿足學術上的好奇心，更是絕對必需品。史卓摩懷疑自己能否執行蘇珊的非一致性搜尋，自己來找密碼金鑰，但他使用過郵蹤，已經碰過麻煩。他不打算再碰釘子。

「蘇珊，」他堅定地嘆息。「我希望妳幫我找出海爾的密碼金鑰。」

「什麼！」蘇珊起立，眼睛睜大。

史卓摩抑制想隨她起立的動作。對於協商，他懂不少訣竅——掌控局面的一方總是坐著。他希望她能坐下。但她仍站著。

「蘇珊，坐下。」

她置之不理。

「坐下。」這是命令。

蘇珊仍站著。「副局長，如果你心癢難熬，想一探丹角的演算法有何奧妙，你自己請便。我不想插一腳。」

史卓摩垂下頭，深深吸進一口氣。顯然她想聽解釋。是應該跟她解釋，他心想。史卓摩做出決定——向蘇珊．弗萊徹全盤托出。他對天祈禱，希望這一步沒走錯。

「蘇珊，」他開始說，「事情發展至此，我始料未及。」他一手由左至右撫過頭皮。「有些事情，我還沒告訴過妳。有時候像我這種處境的人……」副局長猶疑著，彷彿正在忍痛告解。「有時候，像我這種處境的人不得不對自己心愛的人說謊。今天我就遇到這種情形。」他傷心望著她。「我接下來要告訴妳的，本來從沒打算說出來……給妳聽……也不想讓任何人知道。」

蘇珊感到一陣寒意。副局長一臉嚴肅至極。顯然他的計畫中，有些層面她無從祕密參與。蘇珊坐下。

史卓摩盯著天花板看，停頓了很久，希望釐清思緒。「蘇珊，」他最後說，嗓音虛弱。「我沒有家庭。」他轉頭凝視她。「婚姻也不算是婚姻。我的一輩子，等於是對國家的一份愛。我的人生等於是在國安局的工作。」

蘇珊默默聆聽。

「正如妳可能猜到的，」他繼續說，「沒過多久，我計畫退休。但我希望光榮退休。我希望退休時心安，知道自己真的做出貢獻。」

「可是，你的確做出貢獻了啊。」蘇珊聽見自己說。「你打造出譯密機。」

史卓摩似乎沒聽見。「過去幾年來，我們在國安局的任務越來越難執行。我們遇上了我從沒想像過的敵人，對我們挑戰。我談的是一般百姓。律師啦，民權狂熱分子啦，電子前線啦，全都想挑戰我們，不過問題不只出在他們身上。問題出在人民。他們失去了信心。他們變得疑神疑鬼。他們突然把我們當作敵人。像妳像我這樣的人，凡事眞心以國家福祉爲重，卻發現報效國家的這種權利，不爭取還得不到。我們不再是維護和平的人。我們成了竊聽人，成了偷窺狂，變成侵犯人民權利的罪人。」史卓摩挺胸嘆了一口氣。「可惜的是，這世上有些人很天眞。我們不出手干預的話，後果如何可怕，他們無法想像。我眞心相信，唯有靠妳我，才可以解救這些無知的民眾。」

蘇珊等著他說明重點。

副局長疲憊地盯著地板，然後抬頭。「蘇珊，聽我講完。」他邊說邊溫柔對她一笑。「就算聽了想阻止我，也請妳聽我講完。我一直想破解丹角的電郵，忙了大概兩個月。他寫給北達科他的信中提到，正在撰寫一種無法破解的演算法，稱爲數位堡壘，我第一次讀到時的震驚程度，妳可想而知。我不相信有這種可能性。但每次一攔截到新的電郵，丹角的口氣越來越令人信服。我讀到他利用突變字串來寫循環金鑰密碼，才了解到他超前我們好幾光年；那種手法，我們這裡從沒人試過。」

「我們爲何要試？」蘇珊問。「沒什麼道理可言。」

史卓摩起身，開始踱步，視線不離門口。「幾個禮拜前，我聽說數位堡壘公開競標，終於接受事實，認定丹角是玩眞的。我知道，如果他把演算法賣給日本軟體公司，我們肯定完蛋，所以希望想辦法阻止他。我考慮過找人暗殺他，不過這個演算法搞得沸沸揚揚，再加上他最近對外宣稱譯密機的存在，我們會成爲主嫌。所以我才忽然想出這個點子。」他轉頭對蘇珊說，「我了解到，不應該阻止數位堡壘的出現。」

蘇珊盯著他，顯然不懂他的意思。

史卓摩繼續說，「我忽然發覺到，數位堡壘是一生難得的機會。我想到，如果稍做修改，數位堡壘可以跟我們站在同一陣線，而不會成爲敵人。」

蘇珊從未聽過比這更荒謬的事。數位堡壘是無法破解的演算法；上市的話會毀了國安局。

「如果，」史卓摩繼續說，「如果能在演算法裡做出小小的修正……然後再釋出……」他對她使出狡猾的眼色。

就在那一瞬間。

史卓摩看見蘇珊露出訝異的神色。他興奮地解釋自己的計畫。「如果我能弄到密碼金鑰，就可以解開我們這份數位堡壘，加進修正程式。」

「加一個後門。」蘇珊說，忘記了副局長對她撒謊的事。她興起一股期待之情。「就跟飛鮪計畫一樣。」

史卓摩點頭。「然後以我們修改過的版本，取代丹角放在網路上贈送的那份。因爲數位堡壘屬於日本的演算法，沒人會懷疑國安局插過手。我們只要偷天換日就行。」

蘇珊這才了解，史卓摩的計畫不是巧妙兩字可形容的。簡直是……史卓摩的本色。他計畫釋出一個國安局能破解的演算法！

「自由下載，」史卓摩說。「數位堡壘一夜之間將成爲加密技術的標準。」

「一夜之間？」蘇珊說。「你怎麼知道？就算數位堡壘到處免費送，多數電腦用戶爲方便起見，仍會守著原有的演算法不放。他們何必改用數位堡壘？」

史卓摩微笑。「很簡單。我們洩露祕密。全世界發現了譯密機的存在。」

蘇珊的下巴往下掉。

「相當簡單，蘇珊。我們讓事實流入市井，告訴全世界，國安局有這麼一台電腦，可以破解數位堡壘以外的所有演算法。」

蘇珊難掩訝異。「這麼一來，大家紛紛改用數位堡壘……卻不知道我們可以破解！」

史卓摩點點頭。「完全正確。」兩人沉默良久。「我騙了妳，很對不起。改寫數位堡壘是件大祕密，我不想牽扯到妳。」

「我……能了解。」她緩緩回應，仍被史卓摩的高招震得無法回神。「你撒謊的技巧不賴嘛。」

史卓摩咯咯笑。「靠多年來的練習。唯有說謊，才不至於牽扯到妳。」

蘇珊點頭。「這個祕密有多大？」

「妳置身其中了。」

一個小時以來，蘇珊首次展露笑顏。「我就怕你這樣說。」

他聳聳肩。「一旦數位堡壘就定位，我就向局長報告。」

蘇珊感到佩服。史卓摩的計畫若成功，將是全球情報界的一大勝利，影響之深遠無人能想像。而他打算隻手應付。而且看來他有可能得手。密碼金鑰就在樓下。丹角已經死了。丹角的搭檔也已找到。

蘇珊停頓一下。

丹角死了。豈不是太省事了？她思考著史卓摩說過的所有謊言，頓時感到心驚。她以不安的眼神看著副局長。「丹角苑正是不是你害死的？」

史卓摩顯得驚訝。他搖搖頭。「當然不是。沒有必要殺死丹角。事實上，我倒寧願他活著。他一死，會讓人對數位堡壘起疑心。我希望調包的工作盡可能平順，盡可能不引起注意。原先計畫是先調包，讓丹角賣掉他的金鑰。」

蘇珊不得不承認，這樣說來不是沒道理。丹角沒有理由懷疑網路上的版本是否爲正版。除了他與北達科他之外，沒人能存取網路上的版本。除非丹角回頭，在數位堡壘公開後打開裡面的程式研究一番，否則絕不會發現後門。撰寫數位堡壘，已讓他累了很久，大概再也不想研究裡面的程式。

蘇珊靜靜思索。她忽然了解副局長爲何需要維護密碼科的隱私。手中這份任務既費時又敏感——既要在複雜的演算法裡加入隱藏式的後門，又要神不知鬼不覺地在網路上調包。隱瞞事實具有絕對的重要性。只要有人暗示數位堡壘遭人染指，就可能壞了副局長的大計。

她這才完全理解繼續讓譯密機運作的決定。如果數位堡壘即將成為國安局的新寶貝，史卓摩想先確定是否百攻不破！

「還想退出嗎？」他問。

蘇珊抬高視線。與偉大的崔沃・史卓摩同坐黑暗中，她的恐懼不知不覺一掃而空。重寫數位堡壘是創造歷史的機會，有機會創造無限福祉，而史卓摩需要她的協助。蘇珊勉強一笑。「接下來怎麼走？」

史卓摩笑逐顏開。他伸出一手，放在蘇珊肩上。「謝謝。」他微笑著，然後開始辦正事。「我們一起下樓去。」他舉起貝瑞塔。「妳負責搜尋海爾的終端機，我來掩護妳。」

一想到下樓，蘇珊渾身毛髮直豎。「等大衛拿到丹角的金鑰，打電話回來通報，不行嗎？」

史卓摩搖頭。「越早調包越好。大衛能不能找到另外那份金鑰，沒人能保證。如果一不小心，戒指落在別人手裡，我寧可先調包再說。那樣的話，不論最後誰拿到戒指，下載的都是我們的版本。」史卓摩撫摸手槍，站起來。「我們需要去找海爾的金鑰。」

蘇珊沉默不語。副局長說的有道理。他們需要海爾的密碼金鑰，而且現在就要。

蘇珊起身時，雙腳抖個不停。她但願當初踹海爾時能更用力。她望向史卓摩的武器，忽然感到心神不寧。「你眞的會對葛列格・海爾開槍嗎？」

「不會。」史卓摩皺眉，走向門口。「不過希望他別知道。」

76

在塞維亞機場大廳之外，一輛計程車停在路邊，沒有熄火，車錶繼續跳。戴鋼絲鏡框的乘客望向燈火通明的大廳，觀察厚板玻璃窗裡的動靜。他知道自己即時趕到。

他看見一個金髮女孩，正扶著大衛・貝克坐上椅子。貝克顯然感到痛苦。他還沒嘗到真正的痛苦呢，乘客心想。女孩從口袋取出一小件物品，伸向貝克。貝克舉起小東西，在燈光下端詳著。然後他戴在手指上。他從口袋取出一疊鈔票，付給女孩，兩人交談片刻後，女孩擁抱他，對他揮手，一肩挑起旅行袋，旋即往大廳另一邊走去。

終於，計程車上的男子心想。終於。

77

史卓摩步出辦公室，來到樓梯平台，平舉手槍。蘇珊緊緊尾隨在後，懷疑海爾是否仍在三號節點。背後的螢幕投射出光線，替兩人身體拉出影子，落在粗糙的平台上。蘇珊挨近副局長。

兩人離開門口後，光線淡去，如今置身黑暗中。密碼科地板唯一的光線來自星空，以及來自三號節點破窗後的淡淡霧氣。

史卓摩寸步前移，尋找窄梯的開端。他改以左手拿槍，以右手摸索著扶手。他知道，左手開槍也不比右手差到哪裡，而他需要右手保持重心。不愼失足掉下這座梯子的話，可能導致終身殘廢，而史卓摩夢想的退休生活並未考慮與輪椅共度。

密碼科圓頂樓幽暗，蘇珊視線不明，因此一手搭在史卓摩肩膀上，跟著下樓。即使距離只有兩呎，她仍無法看清副局長的輪廓。她每跨出一步，踩在金屬踏板上時，無不向前移動腳趾，以確定邊緣何在。

冒險到三號節點去找海爾的密碼金鑰，蘇珊如今開始三心兩意。副局長堅稱海爾沒膽對他們不利，但蘇珊不太確定。海爾已走投無路。他有兩個選擇：逃出密碼科，否則鋃鐺入獄。

蘇珊腦海深處不斷有聲音傳來，叫他們應該等大衛的電話，使用他那份密碼金鑰才對，但她清楚的是，大衛能不能找到仍在未定之天。她納悶著大衛爲何拖這麼久。蘇珊嚥下焦慮之情，繼續往前走。

史卓摩靜靜下樓。沒必要對海爾打草驚蛇。兩人接近樓梯底部時，史卓摩放慢動作，摸索著最後一階，找到後懶人鞋底踩上堅硬的黑瓷磚，敲出聲響。蘇珊感覺他的肩膀緊繃起來。兩人進入了危險地帶。海爾可能藏身任何地方。

在遠處，現在隱藏在譯密機之後，就是他們的目的地——三號節點。蘇珊祈禱著海爾仍在裡面，趴在地板上，像狗一樣嗚咽喊痛。蘇珊認爲他的確人賤如狗。

史卓摩放開扶手，將手槍換回右手。他不發一語，往暗處移動。蘇珊緊緊握住他的肩膀。如果鬆手，唯一能找到他的方式就是出聲。可能會被海爾聽見。兩人離開安全的樓梯時，蘇珊回憶起兒時的捉鬼遊戲——現在離開基地了，來到空曠地帶。她現在處境脆弱。

譯密機是茫茫黑海中的孤島。每走幾步，史卓摩會停下來，穩穩握住手槍，仔細聆聽。唯一聲響是來自底層的微弱嗡聲。蘇珊想拉他回來，走回安全地帶，回到基地。她四周的黑暗中，似乎處處有人臉。

前往譯密機的途中，密碼科的寂靜被劃破。在黑暗中某處，似乎在他們正上方，有陣高頻率的嗶聲穿透夜空。史卓摩轉身，蘇珊失去了他。驚恐之餘，蘇珊猛然伸出一手，希望摸索到他。但副局長已經走人。原本是他肩膀的地方，如今只剩空氣。她蹣跚向前，走進虛空。

嗶聲持續，就在附近。蘇珊在黑暗中轉身。有衣物摩擦聲，嗶聲突然停止。蘇珊怔住。一秒鐘後，彷彿有個影像從她最害怕的噩夢裡走出來，臉孔在她正前方現形。這張臉孔狀似幽靈，臉色發綠，是張惡魔的臉，尖銳的陰影從畸形的五官向上投射。她嚇得往後跳。她轉身想跑，卻被鬼臉抓住手臂。

「別動！」鬼臉命令。

一時之間，她認爲在鬼臉火熱的雙眼中看見海爾。但嗓音卻不屬於海爾。而且手的觸感也太柔軟。原來是史卓摩。他剛從口袋掏出一個亮亮的物體，光線由下照上他的臉。她的身體因放鬆而癱軟。她覺得自己恢復呼吸。史卓摩手中的物體有面ＬＥＤ螢幕，散發出綠綠的光輝。

「可惡，」史卓摩壓低嗓門咒罵。「是我新買的呼叫器。」他以嫌惡的表情看著手中的空中傳呼器，他忘記改成靜音功能。諷刺的是，他爲了買呼叫器，還專程到附近的電子商店，付現金以保持匿名。國安局看守自己人看得多緊，沒人比史卓摩更清楚，而這只呼叫器傳送接收的數位訊息，是史卓摩絕對想保密的東西。

蘇珊不安地四下看著。就算海爾剛才不知道他們要來，現在也一定知道了。

史卓摩按下幾個按鈕，讀取傳進來的訊息。他暗哼一聲。西班牙又傳回壞消息了——不是來自大衛・貝克，而是來自史卓摩派去塞維亞的另一方。

三千哩之外，有輛行動跟監車在陰暗的塞維亞市街疾駛而過。這組人受國安局委託，從羅塔的軍事基地派出，屬於「黑點」機密。車上兩人很緊張。密德堡交代緊急命令，這不是頭一遭，但命令的層級通常沒有這麼高。

負責駕駛的幹員回頭大聲問，「有沒有看見我們找的人？」

搭檔的眼睛片刻不離車頂廣角攝影機傳來的訊號。「沒有，繼續開。」

78

賈霸躺在纏繞成團的電纜下，汗流浹背。他仍咬著電光筆躺著。他習慣在週末加夜班；他只能趁國安局較不繁忙的時刻進行硬體維修。他左扭右轉，總算將紅熱的烙鐵穿過上方如迷宮般的電線，動作謹慎萬分；若不慎燙到任何一個垂掛下來的電線外皮，後果可能不堪設想。

再幾吋就好，他心想。這個任務花的時間，遠比他想像來得長。

正當烙鐵靠近最後一條焊錫時，他的行動電話尖聲響起。賈霸嚇了一跳，手臂抖動一下，一大團滾燙的焊錫滴在手臂上。

「該死！」烙鐵從手上掉落，他還差點吞下電光筆。「該死！該死！該死！」

他氣呼呼地揉掉冷卻中的那滴焊錫。焊錫滾落，留下一道顯著的灼痕。他想固定的晶片也掉下來，打中他的頭。

「可惡！」

賈霸的手機再次召喚。他置之不理。

「蜜姬。」他壓低聲音咒罵。去妳的！密碼科沒事！手機響個不停。賈霸繼續重新安裝晶片。一分鐘後，晶片總算固定好，但電話仍在響。拜託妳，蜜姬！適可而止嘛！

電話繼續響了十五秒，終於停止。賈霸大大鬆了一口氣。

六十秒後，頭上廣播嗶波作響。「請系安組長聯絡主交換機，聽取留言。」

賈霸揉揉眼睛，不敢相信。她死不放棄，是吧？他對呼叫置之不理。

79

史卓摩把空中傳呼器放回口袋，面對黑暗凝視著三號節點。

他伸手去拉蘇珊的手。「來吧。」

但兩人的手指始終沒接觸到。

從黑暗裡，有人以拖長的喉音呼喊著，出現了一個轟隆移動的身影，相當於未打頭燈的大卡車迎面駛來。剎那間，出現對撞聲，史卓摩滑過地板。

是海爾。呼叫器洩露了兩人行蹤。

蘇珊聽見手槍掉落。一時之間，她呆立原地，不確定往哪裡跑，不知道怎麼辦。本能告訴她應該逃走，但她不知道電梯的密碼。她的心叫她幫助史卓摩，但從何幫起？她情急之下轉身，預期將聽見地板上兩人生死決鬥，但卻毫無聲響。萬物突然歸於平靜——彷彿海爾突擊了史卓摩，然後遁入夜色中。

蘇珊等著，拚命注視著黑暗，希望史卓摩沒有受傷。經過了似乎一世紀，她低聲說，「副局長？」

話才出口，她就後悔了。瞬間海爾的體臭從背後湧上。她轉身時已經太遲。在沒有預警的情況下，她扭轉身體，拚命想呼吸。她發現有人以熟悉的動作扼住她的頸背，一臉壓在海爾的胸膛。

「我的蛋蛋痛死了。」海爾在她耳際喘氣說。

蘇珊的膝蓋無力。圓頂樓的星空開始在她上方旋轉。

80

海爾緊緊扼住蘇珊的脖子，對著黑暗大喊。「副局長，你的小甜甜被我逮到了。放我出去！」

他的要求無人回應。

海爾加重指力。「看我扭斷她脖子！」

在兩人正後方，一把手槍扣上扳機。史卓摩的嗓音鎮定而平穩。「放她走。」

蘇珊痛苦得蹙眉。「副局長！」

海爾轉過蘇珊的身體，面對聲音來處。「敢開槍，會打中你的寶貝蘇珊。你準備冒這個險嗎？」

史卓摩的聲音更靠近了。「放她走。」

「不要。你會殺了我。」

「我不會殺任何人。」

「是嗎？爲什麼不跟查楚堅講？」

史卓摩更加接近。「查楚堅已經死了。」

「廢話。被你害死了。我看見了！」

「別鬧了，葛列格。」史卓摩語氣平靜。

海爾緊揪住蘇珊，低聲在她耳邊說，「史卓摩把查楚堅推下去——我發誓！」

「你那套分化擊破的伎倆，她才不會相信。」史卓摩邊說邊挨近。「放她走。」

海爾對著黑暗咬牙切齒說，「查楚堅年紀那麼輕啊，老天爺！你爲什麼要害死他？爲了保護你小小的祕密嗎？」

史卓摩保持冷靜。「什麼小小的祕密？」

「你他媽的最清楚！就是數位堡壘！」

「哇，」史卓摩以帶有貶抑的口氣喃喃說，語調有如冰山。「這麼說來，你的確知道數位堡壘。我還以爲你連這一點也會否認。」

「操你的。」

「很機智的辯駁。」

「你是笨蛋一個。」海爾吐口口水。「告訴你好了，譯密機已經過熱。」

「眞的嗎？」史卓摩咯咯笑。「讓我猜一下——我應該開門找系安組來幫忙嗎？」

「沒錯。」海爾回敬。「不叫系安組進來，你就是個白癡。」

這一次，史卓摩縱聲大笑。「你就這麼一招而已？譯密機過熱，開門放我們出去？」

「是說眞的啊，可惡！我去過底層了！輔助電力沒有產生足夠的氟里昂！」

「謝謝提供建議。」史卓摩說。「我已經替譯密機設定自動關機了；如果過熱，數位堡壘會自動停擺。」

海爾冷笑。「你瘋了。譯密機爆不爆掉，我才不在意。反正那機器本來就應該被禁。」

史卓摩嘆氣。「兒童心理學只適用於兒童，葛列格。放她走。」

「方便你對我開槍？」

「我不會對你開槍。我只想要密碼金鑰。」

「什麼密碼金鑰？」

史卓摩再度嘆息。「丹角寄給你的那份。」

「你在胡說什麼，我聽不懂。」

「騙子！」蘇珊勉強說出。「我看見你的帳號裡有丹角的郵件！」

海爾僵住了。他將蘇珊轉過來。「妳偷看我的帳號？」

「你呢？中止我的郵蹤。」她發飆。

海爾感覺血壓扶搖直上。他以爲清除了腳印；他做出的事情，不知道已被蘇珊發覺。難怪她不聽信他說的任何一個字。海爾感覺四堵牆開始朝他進逼而來。他也知道，這下子任憑他再舌燦蓮花，也絕無逃避的可能。他以走投無路的口氣，低聲對她說，「蘇珊……查楚堅是被史卓摩推下去的！」

「放她走，」副局長語調平穩。「她不會信你的。」

「爲什麼她就應該相信？」海爾回敬。「你這個愛鬼扯蛋的狗雜種！她被你洗腦了！你只對她說方便你自己的東西！你真正想拿數位堡壘做什麼，告訴她了沒？」

「做什麼，說來聽聽？」史卓摩挑釁。

海爾知道他即將說出的，不是成爲他飛往自由的機票，就是他的死刑執行書。他深吸一口氣，放膽一搏。「你打算在數位堡壘裡加一道後門。」

這句話引起黑暗中一陣帶有困惑的沉默。海爾知道自己命中紅心。

史卓摩臨危不亂時的鎭靜，顯然正受到考驗。「是誰告訴你的？」他質問，嗓音粗暴。

「我看到的。」海爾驕傲地說，儘量乘勝追擊。「看到你用腦力激盪程式模擬的情境。」

「不可能。我從不列印腦力激盪的情境。」

「我知道。我直接進你的帳號看到的。」

史卓摩似乎懷疑著。「你進了我的辦公室？」

「沒有。我從三號節點偷看到的。」海爾擠出自信的一笑。他知道必須動用陸戰隊教他的所有談判技巧，才有辦法活著逃出密碼科。

史卓摩再挨近一步，手槍仍在黑暗中保持水平。「我想加後門，你怎麼知道？」

「我告訴過你了，我偷看你的帳號。」

「不可能。」

海爾擠出趾高氣揚的冷笑。「副局長啊，僱用最優秀的人才，問題之一就是你有時鬥不過他們。」

「年輕人，」史卓摩咬牙切齒說，「你從哪裡弄到情報的，我不清楚，不過你衝過頭了。如果再不立刻放弗萊徹小姐走，我就叫保警，讓你一輩子啃牢飯。」

「諒你不敢！」海爾說得理所當然。「叫保警來，會毀掉你的計畫。我會把你的祕密全爆出來。」海爾停頓一下。「不過啊，如果你無條件放我自由，我永遠不會說出數位堡壘的事。」

「不行，」史卓摩回敬。「我要密碼金鑰。」

「我才沒有他媽的密碼金鑰！」

「別再撒謊了！」史卓摩低吼。「放在哪裡？」

海爾掐緊蘇珊的脖子。「放我走，不然讓她死！」

崔沃・史卓摩一生中，經歷過多次高風險的討價還價，因此知道海爾的心境極爲危險。這位年輕的密碼員把自己逼到角落，而被逼進角落的對手是最危險的一種——走投無路又難以預測。史卓摩知道下一步具有關鍵意義，關係著蘇珊的性命，也關係到數位堡壘的未來。

史卓摩知道首先必須紓解狀況的張力。他沉默了很久後，不情願地嘆氣。「好吧，葛列格。你贏了。你要我怎麼做？」

無聲。副局長以合作的口吻求和，讓海爾似乎暫時無法確定應付之道。他稍微放鬆蘇珊的頸子。

「這——這個嘛……」他結巴起來，嗓音忽然飄移不定。「首先交出手槍。兩人跟我一起走。」

「押我們當人質？」史卓摩冷冷地大笑。「葛列格，這樣子你一定吃癟。從這裡到停車場，大概有十幾個武裝警衛。」

「我又不是笨蛋。」海爾發飆。「我要搭你的電梯。蘇珊跟我走！你呢，留下來！」

「我不想掃你興，」史卓摩回應，「可惜電梯停電了。」

「胡說八道！」海爾發飆。「電梯用的電，是主樓供應的！我看過電路圖！」

「我們已經試過了，」蘇珊哽著說，希望幫上忙。「不動就是不動。」

「你們兩個專門胡說八道，爛得不像話。」海爾加重手力。「如果電梯沒電，我就中止譯密機，恢復電力。」

「電梯要用密碼。」蘇珊勉強說，口氣叛逆。

「有什麼稀罕。」海爾大笑。「相信副局長肯分享，是不是啊？」

「休想。」史卓摩嘶聲說。

海爾怒氣沖沖。「老頭子，給我聽好——我跟你談條件！你讓我跟蘇珊從電梯走，我帶她開車幾個鐘頭，然後放她走。」

史卓摩覺得風險升高。把蘇珊拖下水的人是他，有必要救她脫身。他的嗓音平穩如岩石。「那我的數位堡壘計畫呢？」

海爾大笑。「儘管去寫後門程式——我一個字也不會說出去。」隨後他的語調轉爲陰險。「不過，如果哪天被我發現你在追蹤我，我就找媒體爆料。我會告訴新聞界，數位堡壘被人動過手腳。看我將這整個該死的單位搞垮！」

史卓摩考慮著海爾的條件。條件簡單明瞭。蘇珊能逃過一劫，數位堡壘也有了後門。只要史卓摩不追查海爾，後門的祕密無人知曉。史卓摩知道海爾不會保密太久，但話說回來……對數位堡壘的認識，是海爾的唯一保障——也許他的照子會放亮一點。無論發生什麼事，史卓摩知道有必要時，仍可稍後再解決他。

「老頭子，快下決定！」海爾挑釁著。「要不要放我們走？」海爾以鉗子般的手臂更加用力勒住蘇珊。

史卓摩知道，如果他馬上拿起電話找保警，蘇珊就有生路一條。他敢以自己生命做賭注。他能清楚意識到情境。打電話叫保警，會讓海爾措手不及。海爾會恐慌起來，最後在面對一小隊武裝人員時，海爾會無法行動。經過短暫對峙後，他會舉手投降。但如果我叫保警，史卓摩心想，我的計畫就毀了。

海爾再次用力勒緊，蘇珊痛得哀號。

「怎麼決定？」海爾大喊。「要我勒死她嗎？」

史卓摩考慮著選項。如果讓海爾帶蘇珊出密碼科，後續發展就沒人能保證。海爾可能會開車跑一陣子，然後停在樹林裡。他手上有槍……史卓摩的胃腸翻攪著。海爾放走蘇珊之前會做什麼事，誰也拿不準。海爾會不會放走蘇珊還是個問題。非打電話叫保警不可，史卓摩決定。不然怎麼辦？他想像海爾出庭的情景，一五一十說出數位堡壘的祕密。會毀了我的計畫。一定還有其他辦法。

「快決定啊！」海爾大喊，拖著蘇珊走向樓梯。

史卓摩沒聽進去。如果解救蘇珊會讓計畫泡湯，那就泡湯算了——再貴重的東西也換不回她。蘇珊·弗萊徹是崔沃·史卓摩拒絕付出的代價。

海爾將蘇珊的手臂扭到背後，脖子押向一旁。「老頭子，這是你最後的機會！把槍交出來！」

史卓摩的大腦繼續狂轉，搜尋著另一個辦法。辦法是人想出來的！最後他開口——聲音壓得很低，幾乎帶有哀傷的意味。「不行，葛列格，很抱歉，我不能放你走。」

海爾講不出話，顯然大爲震驚。「什麼！」
「我要通知保警。」
蘇珊大喘一口氣。「副局長！不要！」
海爾加強手力。「你打電話找保警，她就死定了！」
史卓摩取下皮帶上的手機，按下通話鈕。「葛列格，少唬我了。」
「諒你絕對不敢打！」海爾大喊。「我會說出來！我會毀了你的計畫！距離你的夢想只剩幾個鐘頭而已！能控制全世界所有資料啊！不用再搞譯密機了。再也沒有限制——有的只是自由的資訊。這是一生難得的機會啊！你才不會平白放手！」
史卓摩的嗓音如鋼鐵。「走著瞧。」
「可是——可是，蘇珊怎麼辦？」海爾結巴說。「你一打電話，她就死定了！」
史卓摩堅守立場。「我願意冒這個險。」
「胡說八道！你哈她的程度，比你對數位堡壘的愛更深！你的個性我清楚！諒你不會冒這個險！」
蘇珊開始做出憤怒的反駁，但史卓摩趕緊搶先發言。「年輕人，我的個性，你才不清楚！我這人靠冒險維生。如果想硬幹，我隨時奉陪！」他開始在手機上按鍵。「算你看走了眼，小子！沒人可以威脅我部屬的性命，還能大搖大擺走出去！」他舉起電話，開始吼叫，「交換機！替我接保警！」
海爾開始扭動蘇珊的頸子。「看我——我勒死她。我發誓！」
「你才不會！」史卓摩高聲說。「害死蘇珊，只會讓情況惡——」他停住話，將手機湊近嘴巴。「保警！我是副局長崔沃・史卓摩。密碼科發生了挾持人質事件！趕快派人過來！對，現在就派，可惡！還有，我們的發電機故障，把所有可調動的外部電源全引過來。五分鐘後，我要所有的系統連線！葛列格・海爾殺了系安組的資淺部屬。現在挾持資深密碼員當作人質。必要時，我准許你們對全體動用催淚瓦斯！

如果海爾先生不肯合作，找狙擊手斃了他。我願意承擔所有責任。馬上辦！」

海爾一動也不動地站著——顯然因不敢置信而四肢無力。他鬆開了蘇珊。

史卓摩關上手機，擯回皮帶上。「葛列格，換你出招了。」

81

視線朦朧的貝克站在機場大廳的電話亭旁。儘管臉孔灼熱，隱隱作嘔，他的情緒仍高昂。結束了。眞正結束了。他就要回家了。手指上的戒指是他尋找的聖杯。他舉起手來，湊著燈光，瞇眼端詳這枚金戒指。他的視線不太能聚焦，但上面刻的字似乎不是英文。第一個字母不是Q就是O，不然就是零。眼睛實在太痛，無法分辨。貝克研究前幾個字元。沒有意義。*這東西事關國家安全？*

貝克步入電話亭，撥給史卓摩。國際碼還沒撥完，他就聽到錄音：「所有線路忙線中，」對方以西班牙文說，「請掛斷電話，稍後再撥。」貝克皺皺眉頭，掛掉電話。他忘記了：從西班牙打國際電話就像賭輪盤，全靠時機與手氣。只好過幾分鐘再試試看。

貝克眼睛裡的辣椒刺痛感逐漸消去，他儘量不去理會。梅根告訴他，揉眼睛只會更痛；怎麼可能比現在更痛，他無法想像。等得不耐煩了，他再拿起電話試一次。仍然沒有線路。貝克無法再等了——他的眼睛有如著火似的，必須用水沖一沖。史卓摩也只好再等一兩分鐘了。半盲的貝克往廁所走去。

清潔推車的模糊影像仍在男廁前，所以貝克再度轉向女廁。他覺得裡面有聲音。敲敲門。「哈囉？」

無聲。

大概是梅根吧，他心想。在她的班機起飛前，她有五個小時可以消磨。她說準備刷洗手臂，直到乾淨爲止。

「梅根？」他呼喊。再敲一次門。沒有回應。貝克推開門，「哈囉？」他進去。廁所似乎沒人。他聳聳肩，走向洗手台。

洗手台依然污穢，但自來水冰涼。貝克潑水進眼睛，覺得毛細孔緊縮起來，眼裡的痛楚開始減輕，視野的霧氣也開始散去。貝克看著鏡子裡的自己，活像連續哭了好幾天。

他以西裝外套的袖子擦乾臉，接著忽然想到，由於情緒激動，他竟忘記自己置身機場！就在飛機場中，在塞維亞機場的三座私人停機棚之一，一架里爾噴射60等著送他回國。機長明確說過，上面命令我，在這裡待命，等你回來。

貝克心想，很難相信，這一趟奔波下來，最後居然重回原點。我還在等什麼？他大笑。機長一定可以用無線電呼叫史卓摩！

貝克自顧自地咯咯笑，照著鏡子，調整領帶。正要離開時，鏡子反射出背後一個東西，他不禁注意到。他轉身。顯然是梅根旅行袋的一角，從半開的隔間門下露出。

「梅根？」他呼喚。沒有回應。「梅根？」

貝克走過去。他重重敲著隔間的一邊，沒有回音。他輕輕推開門。門打開來。

貝克強忍住驚呼聲。梅根坐在馬桶上，眼珠朝天翻白。在額頭正中央，血液從彈孔汩汩流下她的臉孔。

「噢，天啊！」貝克驚呼。

「她死了。」背後有人以西班牙文說話，沙啞低沉，不太像人聲。

簡直像夢境。貝克轉身。

「貝克先生？」嗓音詭異的人問。

貝克精神恍惚，觀察著步入廁所的男子。有點眼熟，不知在哪裡見過。

「我是烏勒渥。」殺手說。五音不全的字眼似乎發自胃腸深處。烏勒渥伸出一手。「戒指。」

貝克面無表情地盯著。

男子伸手進口袋，取出手槍，抬起手來，對準貝克的頭部。「戒指。」

頃刻間，貝克頭腦清明起來，興起一陣前所未有的感受。全身上下每條肌肉，似乎受到潛意識的求生本能鼓舞，同一時間緊繃起來。子彈飛出時，他騰入空中，墜落在梅根身上，子彈在他背後的牆壁炸開。

「可惡！」烏勒渥咬牙說。就在最後關頭，大衛・貝克設法低頭躲開。殺手挺進。

貝克從無生命跡象的少女身上爬起。有腳步聲接近中。呼吸。武器扳動聲。

「再見。」男子低聲說著，如豹子猛撲而來，將手槍伸進隔間裡。

手槍開火。紅色一閃而過。但並非鮮血。是其他東西。有件物體似乎無中生有，飛出隔間，正中殺手的胸部，使手槍提早萬分之一秒發射。是梅根的旅行袋。

貝克從隔間爆衝而出。他以一肩抵撞男子胸部，將他推向洗手台。一陣裂骨的撞擊聲。鏡子破碎。手槍掉落。兩人跌在地上。貝克掙脫開來，箭步往門口奔去。烏勒渥忙著找手槍，轉身開火。子彈射中適時關上的廁所門。

空曠的機場大廳浮現在貝克眼前，猶如無法橫越的沙漠。身下的雙腿狂奔起來，遠超出自己的想像。

滑壘進入旋轉門時，身後響起一槍，前方的玻璃應聲爆開，玻璃如雨灑下。貝克以肩膀推著門框，讓門向前旋轉。片刻後，他跌撞在外面的人行道上。

一輛計程車在等人。

「讓我上車！」貝克尖叫，捶打著鎖上的車門。司機不從；戴鋼絲鏡框的乘客要他待命。貝克轉身，看見烏勒渥掠過大廳，一手持槍。貝克望向他丟在人行道上的小偉士牌。*我死定了。*

烏勒渥衝過旋轉門，正好看見貝克猛踩引擎踏桿，卻無法發動機車。烏勒渥微笑，舉起手槍。

*阻塞閥！*貝克忙著撥動油箱下的橫桿。他再次踩著引擎踏桿。機車咳了一聲，恢復平靜。

「戒指。」男子的聲音逼近。

貝克抬頭看。他看見槍管，槍膛正在轉動。他再一次猛踩引擎踏桿。

烏勒渥的子彈飛出時，小機車噗噗起動，向前猛衝，子彈從貝克頭顱旁邊飛過。貝克死命抓緊，騎著機車蹦跳經過青草叢生的路堤，重心不穩地繞過大廳的轉角，轉往跑道。

盛怒之下，烏勒渥衝向等候中的計程車。幾秒後，司機躺在路邊發愣，眼看自己的計程車疾駛而去，揚起一陣灰塵。

82

副局長電召保警，神情恍惚的葛列格・海爾逐漸了解將發生什麼事，心頭湧上一陣恐慌，不知不覺身體疲軟了下來。保警快來了！蘇珊開始掙扎。海爾回過神來，緊摟她的肚腰，不放她走。

「放我走！」她大叫，聲音在圓頂樓裡繚繞。

海爾的大腦高速運轉中。副局長這通電話令他全然措手不及。史卓摩打電話叫保警！他居然犧牲數位堡壘的計畫！

再想一百萬年，海爾也無法想透爲何副局長讓數位堡壘溜走。重寫後門的計畫，是一生難得一次的機會。

恐慌感襲來，海爾的頭腦似乎變得不靈光。無論他往何處看，都看到史卓摩的貝瑞塔槍管。他開始轉身，緊拖著蘇珊，儘量別讓副局長有機可乘。在恐懼的驅使下，海爾盲目拖著蘇珊往樓梯走。再過五分鐘，電燈會再度亮起，門也會打開，特攻隊也會一湧而入。

「弄痛我了啦！」蘇珊哽著說。她大口喘氣，一面蹣跚地隨海爾的亡命芭蕾起舞。

海爾考慮放她走，然後往史卓摩的電梯狂奔，但這樣做無異於自殺。他沒有密碼。此外，走出國安局外若無人質在手，海爾知道是死路一條。就算開著他的Lotus跑車，也不是國安局直升機部隊的對手。唯有留下蘇珊，史卓摩才不至於把我轟上半空中！

「蘇珊，」海爾脫口而出，一面拖著她往樓梯過去。「跟我走！我發誓不會傷害妳！」

蘇珊掙扎著，海爾理解到自己另有難題。即使他設法打開史卓摩的電梯，押走蘇珊，在離開國安局的途中，蘇珊必定一路抗拒。海爾也很清楚的是，史卓摩的電梯只停一站：地下公路，是嚴禁外人進入的地下通道，複雜如迷宮，讓國安局的權力仲介可祕密進出。海爾不打算在國安局地下走道迷路，還得應付不斷掙扎的人質。地下公路是死巷。他了解，就算他逃出國安局，手上沒有槍，怎麼押著蘇珊走過停車場？他又怎麼開車？

此時海爾聽見人聲，是陸戰隊期間軍事策略教授對他警告：

強迫對方出手，對方將正面反擊。如果說服對方依你的想法去思考，就贏得了盟友。

「蘇珊，」海爾聽見自己說，「史卓摩殺了人！妳在這裡很危險！」

蘇珊似乎沒有聽見。海爾知道，這種訴求的角度很荒唐；史卓摩絕不會傷害蘇珊，而蘇珊也很清楚這一點。

海爾對著黑暗猛睜眼，納悶著副局長躲藏何處。史卓摩忽然噤聲，讓海爾更加慌亂。他感覺時間緊迫。保警隨時可能趕到。

海爾鼓起一陣力氣，雙手環抱蘇珊的腰，用力拉她上樓梯。她以腳跟勾住第一階抵抗。沒有用，海爾的力氣比她大。

海爾謹慎地後退上樓，拖著蘇珊走。推她上樓或許比較輕鬆，但史卓摩電腦螢幕的光線照得到頂端樓梯拐角處的平台。如果蘇珊先到達，史卓摩就能對準海爾的背部開槍，不會連累到蘇珊。海爾只好拉著背後的蘇珊上樓，將蘇珊當作他與密碼科地板間的人肉盾牌。

大約剛向上走了三分之一，海爾察覺樓梯口有動靜。*史卓摩要出招了！*「副局長，別輕舉妄動。」他嘶聲說。「亂來的話，只會害死她。」

海爾等著。但四週依然寧靜。他仔細傾聽。毫無動靜。樓梯口很安靜。是幻覺嗎？沒關係了。有蘇珊在身邊，史卓摩絕不敢冒險開槍。

然而，正當海爾拖著蘇珊後退上樓時，發生了意料之外的事。背後的樓梯平台上傳出微微落腳聲。海爾停下來，腎上腺素急速分泌。難道史卓摩已經溜上樓了？直覺告訴他，史卓摩仍在樓梯底部。然而，突然間，又傳來一聲，這次更響亮，是上面平台處明顯的腳步聲！

恐懼之餘，海爾明瞭自己誤判情勢。史卓摩在我背後的平台！他可以對我背部開槍！情急之下，他將蘇珊轉過來，面對樓上，開始退下階梯。

來到樓梯底部時，他狂亂地望向上面的平台，大喊著，「退下，副局長！退下，不然我就扭斷她的——」

在樓梯腳，貝瑞塔的槍托劃過黑暗，向下重擊海爾的頭蓋骨。

海爾癱軟下去，蘇珊掙脫開來，迷糊之餘轉身過去。史卓摩捉住她，一把將她摟過來，搖搖她顫抖的身體。「噓……」他安慰著。「是我啦。妳平安了。」

蘇珊發抖著。「副……局長。」她喘著氣，失去方向感。「我以爲……我以爲你在樓上……我聽見……」

「慢慢來。」他低聲說。「妳聽見的是我把懶人鞋丟到平台的聲音。」

蘇珊不知不覺又哭又笑。副局長救了她一命。蘇珊站在黑暗中，如釋重負感令她承受不住。然而，她不能說沒有罪惡感；保警隨時會到。她竟傻到讓海爾抓住，被他用來對付史卓摩。蘇珊知道，副局長爲了救她，付出了極大的代價。「對不起。」她說。

「爲了什麼？」

「壞了數位堡壘的計畫……一切都完了。」

史卓摩搖搖頭。「哪裡的事。」

「可是……可是，保警呢？他們隨時會趕到。我們沒時間去——」

「保警不會來的，蘇珊。我們的時間多得是。」

蘇珊傻眼了。不會來？「可是，你不是打電話……」

史卓摩咯咯笑。「教科書裡最老的花招。那通電話是假的。」

83

在塞維亞機場跑道飛奔而過的交通工具，貝克的偉士牌無疑是最小的一部，加速到極限，時速只有五十哩，發出哀叫聲，聽起來不像機車，倒比較接近鏈鋸。可惜的是，如果想升空，這種速度還差得遠。

在後照鏡裡，貝克看見計程車轉進陰暗的跑道，距離四百碼，車速立即加快。貝克頭也不回地前進。在遠方，夜空襯托出飛機棚的輪廓，距離大約半哩。貝克心想，不知道計程車能否在這段距離追上。他知道蘇珊兩秒內能想出答案，也能計算他的成功機率。貝克忽然感覺到前所未有的恐怖。

他壓低頭部，盡可能將油門扭到極限。偉士牌絕對已經達到極限了。貝克猜後面的計程車時速將近九十哩，快了他一倍。他將視線放在遠處逐漸明顯的三棟建築。中間那棚。里爾飛機就停在裡面。一陣槍響。

子彈鑽入他身後幾碼的跑道。貝克往後看，殺手的頭手伸出車窗，希望瞄準他。貝克彎了一下，一面後照鏡爆裂成玻璃雨。子彈的威力強大，連把手都感覺得到。他平趴在機車上。上帝保佑，我恐怕到不了飛機棚了！

貝克的偉士牌前方的柏油路面如今稍顯明亮。計程車迫近中，車頭燈將鬼影投射在跑道上。再發一槍。子彈在機車外殼擦彈而出。

貝克拚命不讓車頭歪斜。非騎到停機棚不可！他懷疑里爾飛機的機長是否看得見他們過來。他有武器嗎？他會即時打開艙門嗎？然而在貝克接近打開的停機棚時，裡面燈火通明，空曠一片，這才了解剛才的問題是白想了。里爾飛機不見了。他瞇著視力模糊的雙眼，祈禱著自己出現幻覺。不是幻覺。停機棚空無一物。我的天啊！飛機哪裡去了！

機車與計程車如火箭般衝進空棚時，貝克焦急地尋找出口。沒有出口。機棚的後牆是一大片金屬浪板，無門無窗。計程車轟然來到身邊，貝克向左一看，瞧見烏勒渥舉起手槍。

反射作用之下，貝克猛踩煞車，速度只減緩些許。停機棚的地板油滑。偉士牌一路往前滑行。

計程車的煞車鎖死，在貝克身旁發出刺耳的尖響，磨平了的輪胎在滑溜的表面如水上飛機滑行。車子轉了一圈，激起一團煙霧，有橡膠燃燒的氣味，距離貝克滑行中的偉士牌左邊只有幾吋。

機車與計程車如今並肩而行，雙雙失控，眼看即將撞上飛機棚後牆。貝克死命捏緊煞車，卻產生不出摩擦力，簡直像在冰上騎車。在他前方，鐵牆隱然成形。快速接近中。計程車在他身邊亂轉，這時貝克面對後牆，準備正面撞擊。

一陣足以撕裂耳鼓膜的巨響，是撞擊鋼鐵與金屬浪板的聲音。居然沒有痛感。貝克發現自己忽然置身空曠地帶，胯下仍是偉士牌，在青草叢生的原野蹦跳前進，彷彿停機棚的後牆消失在眼前。計程車仍在身旁，歪歪斜斜疾駛著。從後牆扯下來的一大片金屬浪板飛出計程車引擎蓋，飄過貝克的頭上。

貝克心跳急促，猛加油門，往夜色裡飛奔。

84

賈霸烙完最後一點，滿意地大嘆一聲。他關掉烙鐵，放下電光筆，在漆黑的主機電腦裡躺了片刻。他累垮了。他的脖子好疼。維修內部的工作空間狹小，對他這種尺寸更加辛苦。

機器還越發明越小呢，他沉思著。

他閉上雙眼，享受辛苦掙來的輕鬆時刻，這時外面有人開始拉他的靴子。

「賈霸！出來啦！」有個女聲大喊著。

被蜜姬找到了。他呻吟一聲。

「賈霸！出來啦！」

他不情願地鑽出。「行行好嘛，蜜姬！不是告訴過妳——」對方不是蜜姬。賈霸抬頭看，一臉驚訝。

「創思？」

九田創思是九十磅重的小辣椒。她是賈霸的得力助手，出身麻省理工，是系安組的閃靈快手。她經常陪賈霸加班，是唯一不怕賈霸的部屬。她瞪著他質問，「幹嘛不接電話？呼叫半天也不應？」

「是妳在呼叫啊？」賈霸問。「我還以爲是——」

「別管了。主資料庫出現怪事。」

賈霸看了一下手錶。「怪事？」現在他開始擔憂。「講詳細一點行不行？」

兩分鐘後，賈霸在通往資料庫的走廊上箭步狂奔。

85

葛列格・海爾蜷縮躺在三號節點的地板上。史卓摩與蘇珊剛才將他拖過來，取下雷射印表機的粗電線，捆綁他的雙手與雙腳。

蘇珊還沒有從副局長剛才出神入化的表現中回神過來。那通電話是假的！史卓摩三兩下逮住海爾，解救蘇珊，替他自己爭取到改寫數位堡壘的時間。

蘇珊不安地看著被綁起來的密碼員海爾。海爾的呼吸沉重。史卓摩坐在沙發上，以不自然的姿勢在大腿上架起手槍。蘇珊將注意力轉回海爾的終端機，繼續進行隨機字串搜尋。

跑完第四次搜尋，仍一無所獲。「還是撲了個空。」她嘆氣。「可能非等大衛找到丹角的金鑰再說了。」

史卓摩看了她一眼，不表贊同。「如果大衛失手，而丹角的金鑰落入壞人手裡……」

史卓摩不需要說完。蘇珊能瞭解。在史卓摩修改過數位堡壘並上網調包前，丹角的密碼金鑰仍具危險性。

「調包之後，」史卓摩接著說，「外頭流落再多密碼金鑰，我都無所謂；越多越好。」他示意請她繼續搜尋。「但在調包之前，我們只能跟時間賽跑。」

蘇珊開口想表示認同，但話語被突如其來的警報聲淹沒，震耳欲聾。密碼科的寧靜被底層傳來的警報震碎。蘇珊與史卓摩交換吃驚的神色。

「什麼事？」蘇珊大喊。她算準警報聲的間隔發言。

「譯密機！」史卓摩大聲回應，表情煩躁。「溫度太高了！海爾說輔助電力產生的冷媒不夠，可能被他說中了。」

「要不要自動中止？」

史卓摩思考片刻，然後大喊，「一定有東西短路了。」密碼科地板上方的黃色警報燈轉動，一陣強光掃過他的臉。

「最好中止吧！」蘇珊大喊。

史卓摩點頭。矽處理器達三百萬片，如果過熱，同時燃燒，後果不堪設想。史卓摩決定上樓到自己的終端機，停止破解數位堡壘的程式——尤其要趕在密碼科以外人士發現問題之前，趕在外人派來救兵之前。

史卓摩對仍不省人事的海爾瞥一眼。他將手槍放在蘇珊附近的桌上，抬高音量大喊以蓋過警報聲，「我馬上回來！」他鑽出三號節點牆上大洞時回頭喊著，「給我找出密碼金鑰！」

蘇珊看著螢幕，搜尋密碼金鑰苦無結果，她希望史卓摩能快點中止譯密機。密碼科的警報聲與閃光活像飛彈即將發射。

在地板上，海爾開始蠢動。警報聲每響一下，他就蹙眉。蘇珊拿起手槍，把自己嚇了一跳。海爾睜開眼睛，看見蘇珊．弗萊徹高高站著，手槍瞄準他的鼠蹊。

「密碼金鑰在哪裡？」蘇珊質問。

海爾一時搞不清楚狀況。「發生了什麼事？」

「什麼事？你完蛋了。快說出密碼金鑰在哪裡。」

海爾想移動手臂，卻發現自己被捆住。他的臉恐慌得緊繃起來。「讓我走！」

「我需要密碼金鑰。」蘇珊再說。

「我沒有啊！放我走！」海爾想起身，卻連翻身都很困難。

蘇珊趁警報聲的空檔大喊，「你就是北達科他，丹角苑正給了你一份密碼金鑰。我現在就要！」

「妳發瘋了！」海爾喘著氣。「我不是北達科他！」他掙扎著想脫身卻無法得逞。

蘇珊氣呼呼地進逼。「別騙我。不然北達科他的郵件怎麼會出現在你的帳號裡？」

「不是告訴過妳了！」海爾在警報聲中懇求。「我偷看史卓摩的帳號！我帳號裡的電郵，是我從史卓摩那裡拷貝來的——全是國際情蒐科從丹角那裡偷來的電郵！」

「胡說！你絕沒辦法偷看副局長的帳號！」

「妳不知道啦！」海爾大喊。「在我偷看之前，已經有人在監看史卓摩的帳號！」海爾截斷句子，趁警報間斷時分批說出。「監看的軟體是別人放上去的。我認爲是方天局長！我只是搭便車而已！妳非相信我不可！就是這樣，我才發現他計畫改寫數位堡壘啊！我看過了史卓摩的腦力激盪！」

腦力激盪？蘇珊停頓一下。史卓摩無疑利用腦力激盪軟體來研擬數位堡壘的計畫。如果任何人偷看副局長的帳號，就能得到全部資訊……

「改寫數位堡壘太變態了！」海爾大喊。「接下來會發生什麼事，妳清楚得很——只有國安局能自由進出！」警報聲持續，淹沒他的話，但他有如中邪一般，繼續說著，「那種責任，妳認爲我們擔當得起嗎？妳認爲有誰擔當得起？他媽的太短視近利了吧！妳說我們的政府以人民最高福祉爲優先？那太好了！如果以後的政府不優先看待人民福祉的時候，情況又如何？這種科技能永永遠遠持續下去的！」

蘇珊幾乎聽不見他；密碼科的噪音令人耳聾。

海爾拚命想掙脫。他直視蘇珊雙眼，繼續喊叫。「如果變成了警察國家，而最高層能掌握全部通訊，人民怎麼自我防衛？人民怎麼策反？」

這種論調，蘇珊已經聽過多次。這套未來政府的論點，是電子前線的標準怨言。

「一定要阻止史卓摩！」海爾在警報聲中尖叫。「我發過誓，一定要阻止他不可。所以我才整天待在這裡——監看他的帳號，等他出招，記錄下調包的過程。我需要證據，證明他加了後門。所以我才拷貝他所有電郵，存進自己的帳號。裡面的證據，代表他一直在注意數位堡壘。我計畫拿這些資料，去跟新聞界爆料。」

蘇珊的心跳了一下。沒聽錯吧？忽然間，這的確像是葛列格．海爾的作風。可能嗎？如果海爾早知道史卓摩計畫釋出染指過的數位堡壘，他可以等全世界開始使用，然後才大爆新聞——手上握有完整的證據！

蘇珊想像著標題：美國密謀獨掌全球資訊　遭密碼專家海爾揭發！

飛鮪事件難道即將重演？再度挖掘出國安局的後門，將使葛列格．海爾紅得發紫，也會導致國安局垮台。她忽然不知不覺想著，也許海爾說的是事實。不是！她認定了。當然不是事實！

海爾繼續懇求。「我中止妳的郵蹤，是因爲我以爲妳找上我了！我以爲妳懷疑有人在監看史卓摩！我不想讓妳找出洩密點，追查到我身上！」

表面上說得通，卻不太可能。「那你幹嘛害死查楚堅？」蘇珊嗆聲。

「我沒有啊！」海爾嘶吼，蓋過警報聲。「推他下去的人是史卓摩啊！我在樓下看得一清二楚！查楚堅正要打電話找系安組，眼看就要破壞史卓摩寫後門的計畫！」

海爾很厲害，蘇珊心想。面面俱到。

「讓我走！」海爾央求。「我什麼也沒做！」

「什麼也沒做？」蘇珊喊叫，納悶著史卓摩怎麼拖這麼久。「你跟丹角拿國安局當人質。至少在你背叛他之前是如此。告訴我，」她追問，「丹角的死因眞的是心臟病，還是你找弟兄暗算他？」

「妳瞎了眼是不是？」海爾大喊。「難道看不出跟我沒關係？鬆開我！不然保警快來了！」

「保警不會來了，」她語氣平淡地說。

海爾臉色翻白。「什麼？」

「史卓摩那通電話是假的。」

海爾睜大眼睛，頓時似乎全身痲痺，旋即開始劇烈扭身。「史卓摩會殺我滅口！我知道他一定會！我知道的東西太多了！」

「別緊張，葛列格。」

海爾在警報聲中呼喊，「我是無辜的！」

「你在撒謊！我有證據！」蘇珊繞過圍成一圈的終端機。「記得你中止的郵蹤嗎？」她問，來到自己的終端機。「我又寄了一次！結果如何，要不要一起瞧瞧？」

果然，在蘇珊的螢幕上，一個圖樣閃爍著，提醒她郵蹤已傳回消息。她移動滑鼠，打開訊息。*這份資料會替海爾定罪*，她心想。*海爾就是北達科他*。她打開資料框。*海爾是——*

蘇珊停下來。郵蹤回來了，蘇珊默默站著，呆若木雞。肯定是出了差錯；郵蹤將箭頭指向別人——是最不可能的一個人。

蘇珊靠在終端機上，穩住身體，再讀一次眼前資料框裡的字句。史卓摩說過，他寄出郵蹤時，也接過這樣的訊息！蘇珊認爲史卓摩操作錯誤，但她自知自己設定郵蹤時一絲不苟。

然而螢幕上的訊息卻無法想像：

NDAKOTA = ET@DOSHISHA.EDU

「丹角苑正？」蘇珊質問，大腦恍惚起來。「丹角是北達科他？」

怎麼想也想不透。如果資料正確，丹角與他的搭檔竟是同一人。蘇珊的思緒頓時斷線。她但願鳴叫不停的警報能止住。史卓摩幹嘛不關掉？

海爾在地板上扭動，拚命想看蘇珊。「怎麼說？告訴我啊！」

蘇珊將海爾與周遭的混亂隔絕在外。丹角苑正是北達科他……

她擾亂拼圖，然後再試圖拼湊全貌。假如丹角就是北達科他，那麼他的電郵等於是寄給他自己……代表北達科他並不存在。丹角的搭檔是一場騙局。

北達科他是幽靈，她自言自語。是障眼法。

手法很高明。顯然史卓摩一直在觀察的網球賽，他只看到一邊。由於網球一直彈回來，他推定球網另一邊必定有人。只是丹角是對著牆壁打球。他宣揚數位堡壘的優點，是利用自己寄給自己的電郵。他寫了電郵，把信寄到匿名轉信站，幾個小時後，轉信站再把電郵寄回給他。

如今蘇珊了解到，事實原委其實顯而易見。丹角原本就希望副局長監看他……希望讓他偷看電郵。丹角苑正憑空捏造出一個護身符，不需將密碼金鑰託付任何人。當然了，爲了讓整件鬧劇顯得眞實，丹角使用的是祕密帳號……只祕密到足以減輕疑心，讓人不相信整件事是一樁騙局。丹角是自己的搭檔。北達科答不存在。丹角苑正唱的是獨角戲。

獨角戲。

一個駭人的想法震住蘇珊。假造書信往返；丹角想騙史卓摩的話，史卓摩幾乎照單全收。

她回想到，史卓摩提到無法破解的演算法時，她斬釘截鐵說過不可能。如今蘇珊開始釐清來龍去脈。他們握有什麼證據，足以證明丹角真的創造出數位堡壘？只有電郵裡自吹自擂而已。另外，證據當然包括……譯密機。電腦已經團團轉了將近二十小時。然而蘇珊知道，能讓譯密機忙這麼久的程式不是沒有，這些程式比無法破解的演算法更容易編寫。

病毒。

寒意橫掃全身。

病毒怎麼鑽進譯密機？

費爾・查楚堅的聲音宛如飄出墓穴，回答了問題。史卓摩繞越了鐵手套！

蘇珊頓悟，一時暈眩起來，理解著眞相。史卓摩下載了丹角的數位堡壘，想送進譯密機破解，但被鐵手套攔下，因爲裡面含有危險的突變字串。遇到突變字串，通常史卓摩會有心防，但他看過了丹角的電郵：祕訣是突變字串！史卓摩誤信輸入數位堡壘沒有問題，因此繞越鐵手套的過濾器，將檔案送進譯密機。

蘇珊幾乎無法言語。「這才不是數位堡壘。」她在持續的警報聲中哽咽著說。接著，她緩緩倚向終端機，身體虛脫。丹角想釣傻瓜……結果上鉤的是國安局。

隨後樓上傳來長聲哀號。是史卓摩。

86

蘇珊氣喘吁吁，來到崔沃・史卓摩的門口時，他駝背坐在辦公桌前。他低著頭，汗珠遍佈的頭在螢幕光線中閃爍。底層的警報聲大作。

蘇珊衝向他的辦公桌。「副局長？」

史卓摩沒有動作。

「副局長！我們一定要關掉譯密機！我們一定要——」

「我們中他的計了，」史卓摩頭也不抬。「丹角愚弄了我們所有人……」

從他的聲音中，她判斷出他瞭解眞相了。丹角宣揚著無法破解的演算法……拍賣密碼金鑰——全是一齣戲，一種障眼法。丹角讓國安局傻到偷看他的電郵，也讓大家相信他另有搭檔，還騙他們下載一個危險萬分的檔案。

「裡面的突變字串——」史卓摩講不下去。

「我知道。」

副局長緩緩抬頭。「我從網路下載的檔案……其實是……」

蘇珊儘量維持鎭定。棋盤上的棋子全部變動。根本沒有無法破解的演算法——從來沒有數位堡壘的存在。丹角上網的檔案是加密過的病毒，可能以市面上常見的演算法加密過，外殼強到足以讓大家免受毒害——但國安局例外。譯密機破解了保護層，釋出了病毒。

「裡面的突變字串，」副局長嗓音低沉沙啞。「丹角說是演算法的一部分。」史卓摩癱回桌面。

蘇珊能體會副局長的痛苦。他完全落入圈套。丹角從沒打算讓任何電腦公司買下他的演算法。根本沒有什麼演算法。整件事是個障眼法。數位堡壘是個幽靈，是齣鬧劇，是用來引誘國安局上鉤的誘餌。史卓摩出的每一招，丹角都在背後操縱。

「我繞越了鐵手套。」副局長悲鳴。

「你當時不清楚。」

史卓摩猛捶辦公桌。「我早該清楚！看看他的螢幕代號就知道！NDAKOTA！妳看看！」

「什麼意思？」

「他在嘲笑我們！NDAKOTA是個天殺的變位字謎！」

蘇珊一時不解。NDAKOTA是變位字謎？她腦海浮現字母，開始重組起來。Ndakota……Kadotan……Oktadan……Tandoka……她的膝蓋發軟了。史卓摩說的對。的確一清二楚。怎麼當初沒想到？北達科他完全與美國的那個州無關。丹角是在傷口裡撒鹽！他甚至寄給國安局一封警告信，擺明提供線索，說他就是NDAKOTA。郵件的簽名拼成TANKADO（丹角）。可惜全世界最優秀的密碼破解員沒看破，正如他原先的計畫。

「丹角在嘲笑我們。」史卓摩說。

「你一定要中止譯密機。」蘇珊高聲說。

史卓摩茫然盯著牆壁。

「副局長，快關機啦！裡面出了什麼事，只有老天爺知道！」

「我試過了。」史卓摩低聲說。蘇珊從未聽過他語氣如此薄弱。

「試過了，什麼意思？」

史卓摩將螢幕轉向她。螢幕亮度已減低成奇異的醬紫色，最下面有個對話框顯示數次關閉譯密機紀錄，卻得到以下的回應：

抱歉。無法中止。
抱歉。無法中止。
抱歉。無法中止。

蘇珊感覺一陣寒意。*無法中止？為什麼？*她擔心自己已經知道答案。*難道這就是丹角的報復？摧毀譯密機！*多年來，丹角苑正一直想讓全世界知道譯密機的存在，可惜沒人相信他。所以他決定親手摧毀這頭巨獸。他拚死捍衛自己的信念——個人隱私權。

樓下的警報持續大響。

「我們一定要切掉所有電源，」蘇珊要求。「快！」

蘇珊知道，如果動作快一點，就能解救譯密機這部平行處理器。世界上每部電腦，從電子商店賣的個人電腦，到航太總署的衛星控制系統，都內建一套安全機制，以應付這種狀況。這種做法雖然不光鮮，但每試必成。方法就是「拔插頭」。

切斷密碼科僅存的電力後，可以強迫譯密機關機，病毒稍後再解決。重新替譯密機的硬碟格式化很簡單。格式化會清光電腦的記憶，包括資料、程式、病毒，無一能倖免。在多數情況下，格式化導致無數檔案消失，有時候數年的心血也付諸東流。但譯密機不同。譯密機經過格式化後，幾乎不會損失任何東西。平行處理器是設計來思考，而不是記憶。譯密機裡面其實並沒有儲存東西。一旦破解密碼，立即將結果送進國安局的主資料庫，以便——

蘇珊僵住了。她這才恍然大悟，不禁以手掩口，避免尖叫出聲。「主資料庫！」

史卓摩望向黑暗，聲音宛若幽靈。他顯然早已想到這點。「沒錯，蘇珊。主資料庫……」

蘇珊面無表情地點頭。丹角利用譯密機，將病毒送進主資料庫。

史卓摩有氣無力地對著螢幕示意。蘇珊將視線轉回眼前的螢幕，看著對話框下方。螢幕最下面有兩行字：

對世界公開譯密機

唯有真相能解救你……

蘇珊感覺好冷。全國最機密的資訊儲存在國安局：軍事通訊協定、訊號情報確認代碼、海外間諜的身分、先進武器的藍圖、數位化的文件、貿易協定——無窮無盡。

「丹角才不敢！」她高聲說。「摧毀國家機密紀錄？」蘇珊無法相信丹角苑正膽敢攻擊國安局的資料庫。她盯著那句話。

唯有真相能解救你

「眞相？」她問。「什麼眞相？」

史卓摩此時呼吸沉重。「譯密機，」他低沉地說。「譯密機的眞相。」

蘇珊點頭。完全合理。丹角強迫國安局告訴世界譯密機的存在。到頭來，根本是勒索。他給了國安局一個選擇——不是向世界公開譯密機，就是等著資料庫報銷。她傻傻盯著眼前的文字。在螢幕最下面，有一行字閃動著，模樣猙獰。

輸入密碼金鑰——

蘇珊盯著脈動的字眼，了解到病毒、密碼金鑰、丹角的戒指、獨具巧思的勒索陰謀。密碼金鑰無關解開演算法，而是一種解藥。密碼金鑰能停止病毒爲害。蘇珊讀過很多關於這類病毒的研究——這種病毒程式能致電腦於死地，卻包含了內建的解藥，藉由輸入祕密金鑰來關閉程式。丹角從未計畫摧毀國安局的資料庫——他只想逼我們公開譯密機！然後他會交出密碼金鑰，讓我們阻止病毒發威！

如今蘇珊明瞭到，丹角的計畫發展得離譜。他沒料到自己會死。他計畫坐在西班牙酒吧，收看CNN轉播記者會，看國安局公開美國最高機密的破解密碼電腦。然後他計畫致電史卓摩，唸出戒指上的密碼金鑰，即時拯救資料庫。捧腹大笑一陣後，他會消失無形，爲人淡忘，卻成爲電子前線的英雄。

蘇珊捶著桌面。「我們需要那個戒指！密碼金鑰只有那一份！」她現在才想通——沒有北達科答，沒有第二份密碼金鑰。即使國安局公開譯密機的存在，丹角也無法現身救命。

史卓摩沉默不語。

狀況比蘇珊想像過的還嚴重。最令人震驚的，莫過於丹角放任情況惡化到這種地步。他顯然知道，國安局若沒有取得戒指將有何種下場，然而在他生命的最後幾秒，居然送走戒指。他刻意不讓他們取得戒指。但話說回來，蘇珊也了解到，她又能期望丹角怎麼做？難道爲他們留下戒指？畢竟他自認遭國安局下毒手。

儘管如此，蘇珊仍無法相信丹角允許這種事情發生。他愛好和平。他不想製造廢墟；他只想公開眞相。這件事與譯密機有關。他想讓大家有權利維持隱私。他想讓全世界知道國安局在偷聽。刪除國安局的資料庫屬於侵略行爲，蘇珊無法想像丹角苑正下得了手。

警報聲將蘇珊拉回現實。蘇珊望向沒有行動能力的副局長，知道他在想什麼。他苦心計畫替數位堡壘暗加後門，如今計畫不僅泡湯，也由於他個人的疏失，讓國安局瀕臨險境，勢必導致美國史上最嚴重的情資災難。

「副局長，這不是你的錯！」她壓過警報聲強調。「如果丹角沒死，我們還有討價還價的能力——我們還有選擇餘地！」

但副局長史卓摩沒有聽見。他這一生結束了。他花了三十年的歲月為國服務。若按計畫進度，現在應該是他的光榮時刻，是他畢生的傑作：在全球標準加密程式裡暗裝後門。然而事與願違，他將病毒送進了國安局的主資料庫。要阻止也來不及了——唯有切斷電源，全數刪除數十億位元的資料，無法復原。唯有那枚戒指能解救他們，如果大衛到現在還沒找到……

「不關掉譯密機不行！」蘇珊主動說。「我要下去底層，關掉斷路開關。」

史卓摩慢慢轉頭看她。他已心志消沉。「我去，」他沙啞地說。他起身，腳步蹣跚地從辦公桌後走出。

蘇珊將他壓回座位。「不行，」她咆哮。「我去就好。」她以不容爭辯的語調說。

史卓摩將臉埋回雙手。「好吧。最下面一樓。在氟里昂幫浦旁邊。」

蘇珊轉身往門口走去。走到一半，她回頭看。「副局長，」她大喊。「還沒走到絕路。我們還沒輸。如果大衛即時找到戒指，我們還是能解救資料庫！」

史卓摩不發一語。

「打電話給資料庫！」蘇珊命令。「警告他們有病毒入侵！你是國安局的副局長。你是求生專家！」

史卓摩以慢動作抬頭。宛如做出畢生最大的決定，他悲情地點點頭。

蘇珊心意堅決，往黑暗直奔而去。

87

偉士牌在韋爾瓦公路的慢車道向前衝刺。時辰已近破曉，但路上車流仍多——塞維亞的年輕人，在海邊通宵暢飲馬鞭草酒後，這時才紛紛回家。一輛滿載青少年的廂型車猛按喇叭，飆駛而過。在高速公路上，貝克的機車形同玩具。

在四分之一哩之後，一輛廢鐵般的計程車轉進公路，激起一陣火星，加速前進，擦撞到一輛標緻504，讓標緻車歪斜撞上長滿青草的安全島。

貝克騎過一處公路指標：**塞維亞市中心——兩公里**。只要他能抵達市中心，以建築物作爲掩護，他知道自己還是有機會逃生。他的時速表指著每小時六十公里。*兩分鐘後下交流道*。他自知時間沒有那麼充裕。就在他後方，計程車逐秒逼近。貝克望向越來越近的市區燈火，祈禱能平安抵達。

前往交流道半途中，金屬磨地的聲響越來越接近後方。他彎下腰，盡可能猛扭油門。傳來悶悶的槍響，子彈呼嘯而過。貝克往左傾，在車道間蛇行，希望爭取時間。沒有用。距交流道三百碼時，計程車已衝到背後幾個車距的地方。貝克知道再過幾秒，他不是中槍倒地，就是耗盡體力。他看著前方，想找出可能的逃生點，無奈公路兩側是砂石陡坡。又發射一槍。貝克做出決定。

一陣尖銳的橡皮摩擦聲與火星之中，他猛烈向右傾，轉出路面。機車的輪胎衝至路堤的底部。貝克極力維持平衡，偉士牌則抛出一團砂石雲，開始搖頭擺尾爬上斜坡，車輪狂旋亂轉，抓著鬆垮的土壤，小引擎可憐地哀叫著，拚命想往砂石堆裡鑽。貝克催促著機車往上走，希望不會因此抛錨。他不敢回頭看，因爲心知對方隨時可能停下計程車，子彈也將亂飛。

子彈卻沒有飛來。

貝克的機車爬到斜坡頂，總算看到了——市中心區。眼前是市區燈火，擴展開來，猶如星斗無垠的天空。他加油騎過林下灌木叢，再轉回路面。他的偉士牌感覺忽然快了起來。路易斯．蒙托托街似乎在輪胎下狂飆起來。足球場也從左邊飛奔而過。他脫離了險境。

這時貝克聽見熟悉的金屬摩擦水泥聲。他抬頭看。在前方一百碼處，計程車衝下交流道，滑行至路易斯．蒙托托街，直線朝他加速而來。

貝克自知應該感到恐慌才對。但他不怕。他確切知道前進的方向。他往左轉，進入曼能帝斯佩拉尤路，大扭油門。機車衝過小公園，進入馬條斯蓋果路，是條鋪滿鵝卵石的狹窄單行道，通往聖塔克魯絲區的城門。

再往前一點就好，他心想。

計程車跟過來，隆隆聲逼近，尾隨貝克穿越聖塔克魯絲的關口，側面鏡也被狹窄的拱門扯落。貝克自知打贏了這一場戰。聖塔克魯絲是塞維亞最古老的一區。建築物之間沒有馬路，只有羅馬時代鋪設的人行窄道，繁如迷宮，寬度僅供行人通過，偶爾會有小綿羊機車穿越其中。貝克曾經在這些窄道間迷路數小時。

貝克加速行駛過馬條斯蓋果最後一段，此時塞維亞的十一世紀哥德式大教堂如高山般聳立眼前。緊臨大教堂的是迴旋鐘塔，樓高四百一十九呎，伸入即將破曉的天色。這就是聖塔克魯絲，擁有全球第二大的教堂，也擁有塞維亞最久遠、最虔誠的天主教家族。

貝克高速穿越石地廣場。對方射擊一發子彈，但已經太遲。貝克與機車遁入小小的通道——聖母小巷。

88

貝克的偉士牌頭燈照亮小巷，在牆上投射出清晰的陰影。他設法換檔，在白漆建築間狂飆，在週日清晨喚醒聖塔克魯絲的居民。

貝克從機場逃出，至今還不到三十分鐘，一路不斷逃命，腦海裡翻攪著無盡的問號：是誰想殺我？這戒指有何特別？國安局的噴射機哪裡去了？他想到枉死廁所的梅根，反胃感再起。

貝克原本希望直接穿越這一區，從另一端出去，但聖塔克魯絲由無數巷弄組成，走來令人迷糊，到處轉錯地方，誤入死巷。貝克很快便迷失方向。他抬頭尋找迴旋鐘塔，以確立方位，但四周的牆壁太高，他只看得見上方一小縫破曉的晨空。

貝克納悶這個戴鋼絲鏡框的男子是誰。他不會傻到以為殺手已經放棄；殺手可能正徒步尾隨而來。有些巷弄轉角太窄，貝克極力控制偉士牌穿過，噗噗的引擎聲在巷弄間迴盪。貝克知道，在寂靜的聖塔克魯絲，他很容易被鎖定。這個階段，他僅有的優勢是速度。非找到另一邊不可！

連續轉了無數個彎，走了無數條直路後，貝克煞車進入一個標識著「眾王角」的三岔路口，自知麻煩大了——剛才已經來過這裡。他跨站在未熄火的機車上，想決定往哪裡轉彎，此時引擎噗噗停下。油標指向「空」。說時遲那時快，他左邊一條巷子出現人影。

人腦是世上運作最快的電腦。接下來萬分之一秒間，貝克的大腦接收到男子眼鏡的形狀，搜尋記憶，找到符合條件的資料，發出危險訊號，要求決策。他做出了決定。他扔下沒用的機車，以百米速度起跑。

對貝克而言很不幸的是，如今烏勒渥雙腳著地，不再位於猛衝的計程車上。他鎮定地舉起手槍，發射。

貝克蹣跚繞過轉角，正要離開射擊範圍時，子彈打中腰部。他繼續跑了五六步，大腦才開始感覺到。

起初，感覺像是扭到腰，就在臀部上方。接著轉爲暖麻感。貝克看見鮮血時，他才知道。不痛，一點也不痛，只是往前狂奔，穿越聖塔克魯絲蜿蜒的迷宮。

烏勒渥快步追著目標前進。他很想射擊貝克頭部，但以他的專業知識而言，他注重的是機率。貝克是移動目標，瞄準中間部位，無論水平或垂直，都能提供最大的誤差範圍。他下的賭注回本了。貝克在最後關頭轉彎，烏勒渥雖沒射中頭部，仍削掉他腰部一小塊皮。雖然他知道子彈僅僅擦過貝克，不至於造成長時間的傷害，但子彈已達到目的，接觸到目標物。獵物已被死神觸摸過。遊戲就此改頭換面。

貝克盲目往前奔跑。轉彎。繞路。避開直路。身後的腳步聲似乎毫無間斷。貝克的大腦一片空白，包括身在何地、誰在追殺他，都不清楚。大腦僅存的，只有本能、自救。沒有痛苦，只有恐懼與蠻力。

一槍打中背後的藍花磚，玻璃碎片爆開來，從他的頸背飛撒而過。他往左轉，跑進另一條巷子。他聽見自己喊救命，然而除了腳步聲與吃力的呼吸聲外，清晨的空氣仍一片死寂。

貝克的腰如今感到灼熱。他擔心在步道的白漆上留下深紅色的軌跡。他四處尋找沒關的房門，沒關的外門，任何出口都行，只求逃離這個令人窒息的峽谷。找不到。步道縮窄。

「救命！」貝克以西班牙文說，音量小到聽不見。

兩側的牆壁越來越靠近。步道轉彎。貝克尋找交叉路口、支道，什麼都行。巷子越來越狹窄。門鎖著。越來越窄。鎖上的外門。腳步聲越來越近。他來到一條直路，忽然巷子開始往上升。越走越陡峭。貝克覺得兩腿很吃力。他放慢速度。

結果他來到這裡。

如同鋪到一半資金不足的公路，這條長長的巷子到此爲止。前面是一堵高牆，一張木製長椅，別無他物。無路可逃。貝克向上看，樓高三層，然後轉身，開始往下坡走，但他只跨出幾步就倏然停住。

在這條筆直的斜坡道底部，有個人影出現。男子往貝克走來，帶有篤定的決心。手上的槍，在清晨日光中閃亮。

貝克背對牆壁後退時陡然清醒。大腦忽然察覺腰部的痛處。他碰碰傷口，向下看。鮮血塗在手指上，沾上丹角的金戒指。他感覺暈眩。他盯著刻字的戒指，無法理解。他已忘記戒指怎麼戴在手上，他已忘記爲何來到塞維亞。他抬頭看接近中的人影。他低頭看著戒指。梅根的死，爲的就是這東西？他也會爲同一個東西而死嗎？

人影往上坡走動。貝克看見三面牆壁，身後是死巷。兩人之間有幾道關上外門的通道，但想喊救命也已來不及。

貝克將背部貼緊牆壁。忽然間，他能感覺鞋底下的每顆細沙，能感受到背後粉飾灰泥牆面的每粒凸起。他的頭腦往後倒轉，童年，雙親……蘇珊。

噢，上帝啊……蘇珊。

長大後，這是貝克首度祈禱。他不求逃生；他不相信奇蹟。他祈求的是身後留下的女人能找到精神支柱，祈求她毫無疑問地知道，有人曾經愛過她。他閉上眼睛。往事如激流般湧上。這些往事，不是系會議、大學校務，也不是構成人生九成的往事，而是她。簡單的往事：教她如何使用筷子、兩人到鱈角開帆船。我愛妳，他心想。要記得……永生永世。

彷彿他的人生中每道防線、每片門面、每一種因自卑而浮誇的假象都被剝光。他一絲不掛地站著，以血以肉站在上帝面前。我是一個人，他心想。一時起了諷刺的念頭，他又想到，一個無蠟的男人。他站著，雙眼緊閉，等著鋼絲鏡框男子靠近。附近某處有鐘聲響起。貝克在黑暗中等待，等著即將結束他生命的聲音到來。

89

晨曦正突破塞維亞的屋頂，向下照耀著峽谷似的巷道。迴旋鐘塔的鐘聲大鳴大放，提醒大家參加旭日彌撒。全體居民等待的就是這一刻。在古老的聖塔克魯絲區上上下下，大門紛紛開啓，家族紛紛湧進巷弄，人潮如血液流過老聖塔克魯絲的血管，往本區的心臟地帶前進，往歷史的核心湧去，走向上帝，走向聖殿，走向他們的大教堂。

貝克的腦海深處，也響起了鐘聲。我死了嗎？近乎滿心不情願地，他睜開眼睛，在第一道日光中瞇眼。他完全知道置身何處。他將視線擺向前方，搜尋著巷道，尋找殺手。然而鋼絲框男子已經走了。巷道裡另有他人。西班牙家庭，穿上最稱頭的服飾，走出外門，進入巷弄中，有說有笑。

在斜坡巷的底部，避開貝克的視野的地方。烏勒渥氣得直罵，起初只有一對男女隔開他與目標。烏勒渥原本確定男女會走開，然而，鐘聲在巷弄中持續迴盪，更多人從家中走出。又有一對男女，帶著小孩。兩對夫婦相互打招呼，有說有笑，在臉頰上親吻三次。另一群人跟著出現，烏勒渥再也看不見獵物。此時，怒氣蒸騰的他衝進暴增的人群中，必須趕到大衛・貝克面前！

殺手往巷尾掙扎前進。茫茫人海中，他頓時迷失方向，男人穿西裝打領帶，女人穿黑衣，佝僂的婦女披上蕾絲斗篷。大家似乎無視烏勒渥的存在，只是隨興漫步，一身黑衣，拖曳雙足，方向一致，擋住他的去路。烏勒渥鑽進人群，衝上巷尾，舉起武器。接著他啞然，發出非人的尖叫。大衛・貝克不見了。

貝克跌跌撞撞，側身隨著人群走。跟著大家走，他心想。他們知道出路。來到路口時，他往右轉，巷子放寬。四處的大門紛紛打開，人群也開始湧進。鐘聲越敲越響亮。

貝克的腰仍有灼熱感，但他覺得血已止住。他繼續奔跑。在他背後某處，有名持槍男子，正快速接近。

貝克在一群群上教堂民眾中穿梭，儘量低頭前進。不用再走太遠，他感覺得到。人群密度加大，巷子也變寬了。人潮再也不是小小的支流，如今已匯聚成大河。貝克繞過彎道，忽然看見了，高高聳立在眾人面前——大教堂與迴旋鐘塔。

鐘聲如雷灌耳，回音被困在四處是高牆的廣場中。群眾聚集，人人一身黑衣，推擠過廣場，往塞維亞大教堂敞開的大門前進。貝克想脫離人潮，往馬條斯蓋果走去，但他被困住了。他已經與推擠的人群連成一氣。西班牙人對個人空間的觀念異於其他國家。貝克被擠在兩個福態女人之間。兩位婦女都閉上眼睛，任人潮帶領她們前進，喃喃唸經，手指纏著玫瑰珠。

人潮最後流進巨大的岩石教堂，這時貝克再度想左轉，但流速如今轉強。期待、推擠、閉眼、喃喃祈禱。他轉入人群，儘量在急切的人潮中逆向前進，卻有如在深達一哩的大河裡逆流而上。他轉身。大教堂的門聳立眼前——宛如置身園遊會，卻來到他不願坐上的恐怖遊戲機入口。大衛・貝克頓時領悟到，他正要進教堂。

90

密碼科的警報高聲響著。史卓摩不清楚蘇珊走了多久。他獨自坐在陰影裡，譯密機嗡嗡對他呼喚。你是求生專家……你是求生專家……

沒錯，他心想。我是求生專家——但少了榮譽，生存有何意義？我寧死不願活在恥辱的陰影中。

而眼前等待他的正是恥辱。他對局長隱瞞事實。他將病毒送進全國最穩固的電腦。毫無疑問，他的下場勢必很慘。他的出發點是愛國，但事事卻偏離計畫。有人死亡，有人背叛。未來勢必有審判、指控、群情激憤。他本著榮譽心與廉潔心爲國效命多年，不能以這種方式畫下句點。

我是求生專家，他心想。

你是個騙子，他自己的思緒回應。

沒錯。他的確是個騙子。對有些人，他沒有說出實話。蘇珊・弗萊徹是其中之一。有許多事，他沒告訴過她——這些事，如今令他羞愧得無地自容。多年來，她一直是他的幻想，讓他的春夢成眞。晚上夢見她；睡夢中哭喊著她的名字。他情不自禁。他心海中最聰明美麗的女人，非她莫屬。髮妻本想耐心相待，最後見到蘇珊，立刻失去希望。她從未怪罪丈夫的心另有所屬。她儘量忍受痛苦，但現在已忍無可忍。她告訴丈夫，兩人的婚姻即將結束；她無法在另一個女人的陰影下度過餘生。

逐漸地，警報聲讓史卓摩回過神來。他憑分析能力搜尋另一出路。他的大腦很不情願地證實內心懷疑過的事。眞正的出路只有一條，只有一種解決之道。

史卓摩低頭凝視鍵盤，開始打字，懶得將螢幕轉過來。他的手指敲出字句，態度緩慢而堅決。

最親愛的朋友，我於今日結束生命……

這樣做，絕不會有人納悶。沒有人會質疑，也不會有人指控。事情原委，他可以對外界娓娓道來。很多人犧牲了性命……卻仍有一條性命等待犧牲。

91

大教堂裡，不分時辰，總是黑夜。日光下的外面炎熱，教堂裡則轉為潮濕清涼。花崗岩的厚牆隔絕車流聲。再多燭台，也無法照亮頭頂大片幽暗。陰影投射四方。唯有最上方的彩色玻璃，濾淨外界的醜惡，放行無聲的紅藍光線。

塞維亞大教堂一如歐洲各大教堂，格局設計為十字形。聖殿與祭壇在交叉點稍上方，向下對大聖殿開展。木質長椅排滿垂直軸，從祭壇到十字底端長達一百一十三碼。祭壇左右邊是耳堂，裡面設有告解室、聖墓，以及額外的座位。

貝克發現自己被擠進一長排長椅的中間，約莫在後半部中央，頭上是令人看了暈眩的虛無空間，一只銀爐大如冰箱，以脫散的麻繩懸掛在上，擺動幅度極大，留下一道乳香。迴旋鐘塔的鐘聲持續鳴放，透過石材傳送低沉的隆隆震波。貝克視線往下移動，凝望祭壇後的鍍金牆。他有很多事必須謝天。他還在呼吸。他還活著。眞是奇蹟。

神父準備帶領禱告時，貝克檢查腰部。襯衫上沾了紅色血跡，但流血已停止，傷口很小，稱不上穿孔，只算撕裂傷。貝克將襯衫塞進長褲，拉長脖子。在他後方，大門吱嘎關上。他知道對方尾隨過來，如今他被困在教堂裡。塞維亞大教堂可供出入的門只有一道。古時為了抵擋摩爾人的入侵，教堂多半設計為城堡，為民眾提供庇蔭。出入口只有一道，必須抵擋的僅有一扇門。如今單一出入口另有功能——確定所有進入大教堂的觀光客人手一票。

二十二呎高的鍍金門關上，發出安穩的碰撞聲。貝克被封在上帝之家。他合上雙眼，儘量壓低坐在長椅上的身體。教堂裡，他是唯一沒穿黑衣的人。某處有人開始吟唱。

教堂後面，有個身影緩緩走在側面走道，專挑陰影處，向前走來。他在關門前乘機溜進來。他對自己微笑。這次追捕行動越來越有意思。貝克在裡面……我感覺得到。他依序移動，一次一排。頭上的乳香爐懶懶擺盪出長長的弧形。死在這裡算是幸運，烏勒渥心想。但願我有這種福氣。

貝克跪在冰冷的教堂地板上，低頭避開視線。坐在身旁的男子向下盯著他——在上帝之家，這種舉止極爲反常。

「我不舒服。」貝克語帶歉意。

貝克自知必須保持低調。他瞥見側走道有個眼熟的輪廓，向前走來。是他！他跟進來了！

儘管置身廣大信眾之中，貝克仍擔心自己是醒目的目標——在一派黑衣中，他的卡其西裝外套宛如路邊警示燈。他考慮脫下，但裡面穿的是白色牛津布襯衫，也好不到哪裡。最後只好彎腰壓低。

身旁的男子皺眉。「觀光客。」他悶哼。接著他低聲以西語說，帶有半諷刺意味，「要不要叫醫生？」

貝克朝上看著老人長滿痣的臉孔。「不必了，謝謝。我沒事。」

老人生氣地看著他。「沒事就坐好！」周遭傳來零星噓聲，老人閉嘴，面向前方。

貝克閉上眼睛，再向下彎腰，不知儀式將維持多久。貝克從小信奉新教，印象中天主教的儀式拖得很長。他祈禱著越長越好，因爲一旦儀式結束，他將被迫起立，讓其他教徒離席。身穿卡其，他必死無疑。

貝克知道目前別無選擇。他只是跪在大教堂冰冷的岩地上。最後，身旁的老人對他失去興趣。信眾現在起立了，合唱讚美詩。貝克繼續跪著。兩腿開始抽筋，沒有伸展的餘地。沉住氣，他心想。要沉住氣。他合上眼睛，深深呼吸。

感覺僅過數分鐘，貝克覺得有人在踢他。他抬頭看。痣臉老人站在他右邊，不耐煩地想離開長椅。

貝克慌了。已經想走了？我不得不站起來！貝克示意請對方跨過去。老人差點無法控制怒火。哼的一聲，他用力向下拉黑外套的下襬，然後往後傾身，讓貝克看看等候離去的整排教徒。貝克往左看，發現剛才坐在左邊的女人已經走了。左邊的位子到中央走道間空無一人。

彌撒不可能結束了！不可能的！我們才剛進來啊！

然而貝克見到最後一排的輔祭童走過來，兩條單行的信徒也走進中央走道，往祭壇魚貫走去，他總算明瞭。

聖餐禮。他暗暗慘叫。該死的西班牙人，習慣在彌撒前領聖餐！

92

蘇珊爬下梯子，進入底層。濃密的蒸氣如今沿譯密機外殼滾滾上升。窄道也因水珠凝結而潮濕。她差點摔跤，因爲平底鞋抓地力太小。她懷疑譯密機還能撐多久。警報繼續發出間歇聲響，緊急燈也每隔兩秒閃一次。在地下三樓，輔助發電機深受壓力，搖動呻吟著。蘇珊知道，斷路開關就在霧濛陰暗的底部某處。她感覺時間緊迫。

史卓摩在樓上握住手槍。他再讀一遍留言，放在腳下的地板上。他準備做出的是懦弱的舉動，無庸置疑。我是求生專家，他心想。他想起國安局資料庫裡的病毒，想起人在西班牙的大衛‧貝克，想起後門計畫。他編織了很多謊言。他身受多項罪名。他自知這是規避責任的唯一方法……規避恥辱的唯一方法。他謹愼瞄準手槍。然後閉上眼睛，扣動扳機。

蘇珊只下了六道階梯就聽到槍聲悶響，距離很遠，在發電機隆隆聲中幾乎聽不見。她只聽過電視上的槍聲，但剛才的悶響的確是槍聲錯不了。

她陡然止步，槍響在耳際縈繞，心頭湧起一股恐懼，擔心發生了最可怕的事。她的腦海浮現副局長的美夢：數位堡壘的後門，將成爲超乎想像的一大勝利。她的腦海浮現資料庫裡的病毒，他即將崩解的婚姻，剛才點頭時怪異的神態。她腳步不穩。她在平台處轉身，伸手抓住欄杆。副局長！不行！

蘇珊僵住片刻，大腦一片空白。槍聲的回音似乎淹沒了周遭的混亂。她的頭腦叫她繼續走，雙腿卻不聽使喚。副局長！頃刻後，她發現自己蹣跚攀上樓梯，全然忘卻周遭的危險。

她盲目地往回跑，不斷在濕地上打滑。濕氣凝聚頭頂，如雨水般落下。走到梯子開始向上爬時，她感覺身體被猛升的蒸氣向上推動，簡直將她一舉拋出活板暗門。她滾上密碼科地板，感覺冷空氣掃過身體。她的白襯衫貼住身體，完全濕透。

四周漆黑。蘇珊停頓一下，儘量摸清方位。槍聲在她腦裡形成永無終止的循環。熱氣從活板暗門竄起，彷彿火山即將爆發時冒出的氣體。

蘇珊咒罵自己，不該把手槍留給史卓摩。槍的確留給了他，是嗎？或是留在三號節點裡？她的眼睛適應了黑暗後，視線瞟向三號節點牆上的大洞。電腦螢幕的光線微弱，但她遠遠就能看見海爾，一動也不動地躺在原地。四處沒有史卓摩的人影。不知會看見什麼，讓她心生畏懼，因此轉往史卓摩的辦公室。

但當她開始移動，大腦察覺出異狀。她後退幾步，再度望向三號節點。在柔光中，她看見海爾的手臂，並沒有綁在腰間。方才被捆綁成木乃伊的海爾，如今趴在地板上，一手指向頭。他掙脫了電線？沒有動靜。海爾靜如死屍。

蘇珊抬頭望向史卓摩的辦公台，高高立在牆上。「副局長？」

無聲。

她試探性地往三號節點走去。海爾手中握了一個東西，在螢幕光線下閃閃發光。蘇珊靠近……再靠近。忽然間，她看見了海爾手握的東西。是那把貝瑞塔。

蘇珊倒抽一口氣。她的眼光順著海爾手臂的弧線移到他的臉。她見到的景象不堪入目。葛列格·海爾的半個頭浸泡在鮮血中。深色的血跡在地板上擴散開來。

噢，我的天啊！蘇珊向後踉蹌。她聽見的不是史卓摩的槍聲，而是海爾！

蘇珊在恍惚之中往屍體移動。看樣子海爾設法替自己鬆綁，印表機的電線堆在身邊地板上。我一定是把槍留在沙發上，她心想。鮮血從他頭顱的洞口流出，在藍藍的光線中呈現黑色。

海爾身旁的地板上留了一張紙。蘇珊步伐不穩地走過去拾起。是一封信。

最親愛的朋友，我於今日結束生命，藉此懺悔以下罪過……

蘇珊完全不敢相信，盯著手上的自殺遺書直看。她一字一句看著。不是眞的——太不像海爾的作風——以流水帳的方式寫下罪名。他坦承了一切：發覺NDAKOTA是場騙局，僱用殺手暗算丹角苑正，搶走戒指，將費爾・查楚堅推下樓，計畫出售數位堡壘。

蘇珊看到最後一行。她沒有心理準備。最後這行對她造成打擊，令她頓時麻木。

此外，我對大衛・貝克感到萬分歉意。原諒我，我的良知被野心蒙蔽了。

蘇珊顫抖著，站在海爾屍體旁，跑步聲從背後接近。她以慢動作轉身。

史卓摩出現在破窗裡，臉色蒼白，氣喘吁吁。他向下盯著海爾的屍體看，顯然大爲震驚。

「噢，我的天啊！」他說，「發生了什麼事？」

93

聖餐禮。

烏勒渥一眼揪出貝克。卡其外套很難看走眼，一側沾有小片血跡更加醒目。在黑色汪洋中，西裝外套往中央走道流去。他一定不知道我在這裡。烏勒渥微笑。他死定了。

他搖搖指尖的小型金屬觸片，急著想向美國的聯絡人報告好消息。快了，他心想，很快就能報捷了。

烏勒渥宛如獵食動物，往下風處移動，來到教堂後面。然後開始往前走，直接朝中央走道進擊。烏勒渥沒有心情讓貝克隨信眾離開教堂，然後追殺。對象受困教堂中，對殺手而言是幸運的轉折點。烏勒渥只需要想辦法悄悄解決他。手上的消音器是市面上最精良的一種，產生的分貝不比小小的咳痰聲響亮。應該沒問題。

烏勒渥逼近卡其外套，沒有察覺身邊的人喃喃唸叨著。即將接受上帝的祝福，難免興奮難抑，這一點信眾都能了解，但再怎麼說，規矩就是規矩，單行排成兩列，沒有例外。

烏勒渥繼續移動。他快速近逼，撫摸著外套口袋裡的左輪。緊要關頭終於來臨。大衛．貝克目前為止運氣好得出奇；沒有必要再逗弄幸運之神了。

卡其外套只距離他十人，面朝前，低著頭。烏勒渥在腦中演習暗殺的步驟。腦中的影像清晰——插隊來到貝克背後，手槍低放，避人眼線，對準貝克背部開兩槍，貝克癱下去，烏勒渥抱住他，佯裝是關心他的友人，抱他坐上長椅。接著烏勒渥快速移動到教堂後面，假裝求救。在混亂中，在眾人還沒了解狀況之前消失。

五個人。四個。三個。

烏勒渥握著口袋裡的手槍，壓低身體。他會從坐骨的高度向上射入貝克的脊椎。如此子彈不是射中脊椎就是射穿肺臟，然後侵襲心臟。就算子彈錯過心臟，貝克仍是死路一條。在醫藥較先進的國家，肺臟穿孔或許不至於喪命，但在西班牙可是性命不保。

兩個人……一個。烏勒渥總算到了。他猶如舞者展現演練無數次的舞步，轉向右邊，一手搭在卡其外套的肩膀上，另一手瞄準，然後……開槍。啪啪兩聲悶響。

對方身體立刻僵住，然後往下倒。烏勒渥攙扶著受害人的胳肢窩，一個動作就把身體甩上長椅，以免血跡在背後蔓延開來。周遭信徒紛紛轉頭。烏勒渥不予理會——轉眼間他就走人。

拉法艾．迪拉馬沙家住塞維亞郊區，從事銀行業，他幾乎是瞬間斃命，死時手裡仍握有五萬西幣，是一位陌生的美國人買下他身上廉價黑外套的代價。

94

在會議室門口附近，蜜姬．密爾肯氣呼呼站在飲水機前。方天在搞什麼鬼？她揉爛紙杯，用力甩入垃圾筒。密碼科肯定發生了什麼事！我感覺得出來！蜜姬知道唯有一個辦法能證明自己。她想親自去密碼科一探究竟，有必要的話，也要找出賈霸的下落。她以腳跟爲圓心向後轉，往門口走。

賓克霍夫忽然出現，擋住去路。「妳想上哪裡？」

「回家！」蜜姬胡謅。

賓克霍夫拒絕讓她通行。

蜜姬兇巴巴地瞪他。「方天叫你別讓我走，對不對？」

賓克霍夫移開視線。

「察德，我告訴你，密碼科出了事，很嚴重的事。方天爲何裝蒜，我不知道，不過譯密機的確有了麻煩。今晚那下面肯定不對勁！」

「蜜姬，」他安撫著她，走過她身邊，往合上窗簾的會議室窗前走去，「就讓局長去處理吧。」

蜜姬瞪得更兇了。「如果冷卻系統失靈，譯密機會發生什麼事，你有沒有概念？」

賓克霍夫聳聳肩，靠近窗戶。「反正現在應該恢復電力了吧。」他拉開窗簾，向外望去。

「還是停電嗎？」蜜姬問。

賓克霍夫沒有回應。他有如魔咒纏身。密碼科圓頂樓的景象難以想像。整個玻璃圓頂充滿旋光與閃光，還有盤旋而上的蒸氣。賓克霍夫無法移動身體，頭重腳輕地靠在玻璃窗上。隨後在一陣恐慌中，他奪門而出。「局長！局長！」

95

耶穌之血……救贖之杯……

信眾聚集在癱軟長椅上的屍體旁。頭頂的乳香爐安詳地以弧形擺盪。烏勒渥在中央走道猛轉身，掃視教堂內部。*他一定在這裡！*他旋身往祭壇走去。

三十列之前，聖餐禮未受干擾，持續進行。古斯塔貝・艾瑞拉神父主持聖餐杯，好奇地瞄向中間一排長椅默然騷動的場面；他並不擔心。有時候，部分年長信徒因承受不住聖靈而暈倒。呼吸一點新鮮空氣就沒事。

此時烏勒渥急忙搜尋，四處不見貝克的蹤影。一百名左右的信眾跪在長長的祭壇上，領受聖餐。烏勒渥懷疑貝克是否混在其中。他掃視著信眾的背部。他準備在五十碼外開槍，然後快跑逃逸。

耶穌之聖體，天堂之麵包。

賜給貝克聖餐的年輕神父以責怪的眼神看他。這位陌生的信徒急著想領受聖餐，他能體會，但信徒不能因此插隊。

貝克低下頭，咀嚼聖餅的速度盡可能放慢。他感覺背後出了事，起了騷動。他想起剛才這身外套的原主，希望他聽從警告，沒有換上貝克的外套。他開始轉頭，想向後一看究竟，卻擔心被鋼絲鏡框男子盯上。他彎腰駝背，希望黑色外套能遮住卡其長褲的後面。然而並沒有遮住。

聖餐杯很快出現在他右邊。信眾已經一一嚥下紅酒，在胸前畫十字，起身準備離去。*慢一點！*貝克不急著離開祭壇。然而，有兩千人等候領受聖餐，助祭的神父只有八名，若爲了喝一口紅酒而徘徊不去，難免有失體面。

・・・

聖餐杯在貝克正右邊時，烏勒渥看出了不搭調的卡其長褲。「你已經死了。」他咬著牙，輕輕地說。烏勒渥在中央走道往前移動。沒有必要含蓄了。對背部開兩槍，拿了戒指就跑。塞維亞最大的計程車招呼站在馬條斯蓋果，只有半條街遠。他伸手取出武器。

再見了，貝克先生……

耶穌之血，救贖之杯。

艾瑞拉神父放下親手擦拭的聖餐銀杯，紅酒濃郁的香味灌滿貝克鼻孔。*一大早就喝酒*，貝克傾身向前時心想。但正當銀杯下移至與視線等高處，反射出一閃而過的動作。有個身影，快速前進，身形在銀杯倒影中扭曲。

貝克看見金屬閃光，有武器拔出，立即在無意識間向前騰躍，猶如賽跑健將聽見槍響起跑。神父一驚，上身往後仰，聖餐杯飛過空中，紅酒如雨灑落白色大理石地。貝克跳過聖體欄杆，神父與輔祭童四散奔逃。消音器咳出一發子彈。貝克重重落地，子彈炸在他身旁的大理石地板上。片刻後，他跌下三階花崗石梯，跌進「谷巷」。谷巷是供神職人員進出的窄道，讓他們宛若身蒙天恩，升上祭壇。

在台階底部，貝克踉蹌飛撲。他感覺自己失控滑過光溜的石地。側身降落時，他感覺一陣刺痛如匕首般穿透胃腸。幾秒後，他跌撞走過窗簾圍起的通道，走下一道木梯。

痛。貝克跑著，穿越更衣室。陰暗一片。祭壇傳來尖叫聲。重重的腳步聲追過來。貝克撞開一道雙扉門，跌進類似書房的地方，裡面很暗，裝飾著貴重的東方家具與塗上亮光漆的桃花心木。距離他最遠的牆上，掛著眞人大小的耶穌受難十字架。貝克踉踉蹌蹌停住腳步。此路不通。他來到十字形建築的末端。他聽見烏勒渥快速逼近。貝克盯著十字架，咒罵著自己運氣眞背。

「該死！」他尖叫。

貝克左邊忽然傳出玻璃碎裂的聲響。他轉身。身著紅袍的男子嚇了一跳，轉身看著貝克。這位神職人員如同偷吃金絲雀被逮個正著的貓咪，忙著擦嘴，儘量將聖餐酒的破瓶子藏在腳下。

「放我出去！」貝克要求。「放我出去！」

紅衣主教蓋拉依直覺反應，有惡魔闖入他的聖室，尖聲要求上帝之家拯救。蓋拉願立刻滿足他的心願。惡魔在最不恰當的時刻闖了進來。

臉色蒼白的紅衣主教指向左邊牆上的簾幕，有扇門隱藏在後。三年前他安裝了這道門，直接通往外面的庭院。老是跟著罪人百姓進出教堂前門，紅衣主教已經厭倦了。

96

濕淋淋的蘇珊正在顫抖，駝背坐在三號節點的沙發上。史卓摩替她披上自己的西裝外套。海爾的遺體躺在幾碼外。警報聲持續。譯密機有如結冰的池塘開始融化，外殼發出尖銳的爆裂聲。

「我下去切掉電源，」史卓摩說，一手放在她肩膀上，請她安心。「馬上回來。」

蘇珊無神地看著副局長的背影。副局長跑步橫越密碼科樓層，不再是十分鐘前精神分裂的模樣。崔沃．史卓摩副局長恢復原態，講究邏輯，不溫不火，爲完成任務不計心血。

海爾自殺遺書的最後幾字，在蘇珊腦海裡狂奔，如同失控的火車：此外，我對大衛．貝克感到萬分歉意。原諒我，我的良知被野心蒙蔽了。

證實了蘇珊．弗萊徹的夢魘。大衛有危險……或者更可怕。也許已經太遲了。我對大衛．貝克感到萬分歉意。

她盯著遺書。海爾甚至沒簽名，只在底下打出姓名：葛列格．海爾。他吐盡罪狀，按下列印，然後開槍自戕。就這麼簡單。海爾發誓絕不回監獄；他遵守了誓言——選擇走上絕路。

「大衛……」她啜泣著。大衛！

同一時間，在密碼科之下十呎，史卓摩副局長步下梯子，踏上第一層轉角平台。今天挫敗連連。原本是愛國任務，狀況卻急轉直下，失去控制。副局長被迫做出不可能的決定，做出駭人聽聞的事——而他未曾想像過自己有此能耐。

只是一種解決辦法！只是唯一的解決辦法！

他必須考慮到職責：國家與榮譽。史卓摩知道還有時間。他可以關掉譯密機。他可利用戒指來拯救全國最寶貴的資料庫。*沒錯，他心想，還有時間。*

史卓摩四下看著周遭的災難。頭上的灑水器已打開。譯密機在呻吟。警報聲大作。旋燈看似直升機，穿透濃霧而下。每走一步，他只看見葛列格・海爾——年輕的密碼員海爾抬頭，以雙眼懇求，然後槍響。海爾爲國捐軀……爲榮譽而死。再發生醜聞，國安局承擔不起。史卓摩需要代罪羔羊。更何況，葛列格・海爾遲早會闖出大禍。

手機鈴響，史卓摩的心思因此被拉開。在警報聲與蒸氣嘶聲中，鈴響幾乎聽不見。他從皮帶上扯下手機，沒有慢下腳步。

「快說。」

「我的密碼金鑰呢？」耳熟的聲音質問著。

「你是誰？」史卓摩高喊，希望蓋過噪音。

「我是沼高！」對方生氣地嗆聲。「你答應要給我密碼金鑰！」

史卓摩繼續前進。

「我要數位堡壘！」沼高咬牙切齒。

「沒有數位堡壘這東西！」史卓摩頂回去。

「什麼？」

「沒有什麼無法破解的演算法！」

「怎麼沒有！我在網路上親眼看到了！我的手下試了好幾天也無法破解！」

「你眞笨，那是加密的病毒檔——沒有打開，算你走狗運！」

「可是——」

「交易吹了！」史卓摩大喊。「我不是北達科他。根本沒北達科他這人！就當我從沒提過！」他合上行動電話，關掉鈴聲，扣回皮帶上。這下子不會有人干擾了。

一萬兩千哩外，沼高德源呆若木雞站在厚板玻璃窗前，嘴上無力叼著旨味雪茄。終生難得的生意在眼前幻化成灰。

史卓摩繼續下樓。*交易吹了。*沼科企業永遠也拿不到無法破解的演算法……國安局的後門也永遠無法成功。

史卓摩的美夢已計畫多時——沼科企業是他精心挑選的結果。沼科企業多金，可能在密碼金鑰的競標中脫穎而出，如果沼高得標，沒有人會懷疑。湊巧的是，外界認爲該公司最不可能與美國政府掛鉤。沼高德源是老派的日本人，座右銘是寧死不屈。他痛恨美國人，討厭美國飲食、討厭美國風俗；而他最討厭的，莫過於美國人對全球軟體市場的掌控。

史卓摩的願景很大膽——全球一致的加密標準，替國安局開了一道後門。他渴望與蘇珊共享這份美夢，希望與她攜手實現，但他知道不能這樣做。儘管犧牲丹角苑正，未來可以拯救數千條人命，蘇珊絕不會贊同；她愛好和平。*我也愛好和平啊，*史卓摩心想，*只是沒裝模作樣的閒情逸致罷了。*

誰來暗算丹角，副局長心目中只有一個人選。丹角人在西班牙，而西班牙是烏勒渥的地盤。烏勒渥現年四十二，生長於里斯本，是副局長最看重的職業殺手之一。他已替國安局效命多年，曾代國安局跑遍歐洲執行任務，卻從未有人懷疑到密德堡的頭上。唯一不便之處是烏勒渥耳聾，無法以電話溝通。最近透過史卓摩的安排，烏勒渥取得國安局最新玩意：單眼電腦。史卓摩替自己買了一個空中傳呼器與他調整到同一頻率。從那時起，他與烏勒渥的通訊不僅同步，也完全無從追查。

史卓摩發給烏勒渥的第一份訊息預留很少誤解的空間。他們事先討論過了。殺死丹角苑正，取得密碼金鑰。

烏勒渥的手法向來出神入化，史卓摩從未過問，這次同樣也達成任務。丹角苑正身亡，警方還認定死因是心臟病發作。可圈可點，只可惜烏勒渥錯判地點。顯然丹角有必要死在公共場合，以造成錯覺，但他沒料到，民眾居然過早出現。烏勒渥被迫先藏匿起來，來不及搜出丹角身上的密碼金鑰。等到塵埃落定，丹角的遺體也落入塞維亞驗屍官手裡。

史卓摩火冒三丈。烏勒渥從未失手過，這次卻偏挑緊要關頭出錯。取得丹角的密碼金鑰很重要，但史卓摩知道，派耳聾的刺客去塞維亞停屍間無異飛蛾撲火。他衡量過其他方法，想出了第二套詭計。史卓摩忽然看出一石二鳥之計，可以一次實現兩個夢想。那天早晨六點三十分，他打電話給大衛・貝克。

97

方天全速衝進會議室。賓克霍夫與蜜姬緊跟在後。

「看！」蜜姬上氣不接下氣，慌張地朝窗口示意。

方天望向窗外，看到密碼科圓頂樓閃光大作。他睜大眼睛。原先的計畫，絕沒有這一部分。

賓克霍夫口沫橫飛說，「下面簡直像舞廳！」

方天向外看，儘量理解出道理。譯密機正式運作短短幾年，從未發生過這種事。過熱了，他心想。他納悶史卓摩爲何還不斷電。方天只想一秒，就做出決定。

內部電話擺在會議桌上，他抓起電話，按下密碼科的分機，聽到嘟嘟聲，彷彿該分機故障。

方天放下聽筒。「可惡！」他立刻再拿起來，撥了史卓摩的個人手機。這一次，電話開始鈴響。響了六次。

賓克霍夫與蜜姬看著方天踱步，電話線拉得很長，彷彿他是被鏈條牽住的老虎。經過整整一分鐘，方天氣得臉色深紅。

他用力放下聽筒。「不可思議！」他低吼。「密碼科都快爆炸了，史卓摩居然不接電話！」

98

烏勒渥衝出蓋拉紅衣主教的房間，進入刺眼的晨光中。他遮住眼睛咒罵著。他站在大教堂外的小庭院，一邊以高高的石牆隔開，一邊是迴旋鐘塔的西面，另外兩邊是鑄鐵圍牆。大門沒關。大門外是廣場，空無一人。聖塔克魯絲的城牆在遠方。貝克不可能動作這麼快，一下子跑那麼遠。烏勒渥轉身掃視庭院。

他在這裡，一定在這裡！

這座庭院是塞維亞知名的柳橙園，種植二十株柳橙樹，正在開花，據說是英式橙皮醬的起源地。十八世紀時，有位英國貿易商向塞維亞大教堂買下三十幾箱柳橙，運回倫敦，卻發現苦得難以入口。他想以柳橙皮製作果醬，卻必須攙進大量砂糖才變得可口。柳橙果醬就此誕生。

烏勒渥平舉手槍，在果園裡前進。柳橙樹年代久遠，葉子越長越高，最下方的枝椏已無法搆到，因此樹下毫無掩護作用。烏勒渥很快看出庭院無人。他抬頭往上看。迴旋鐘塔。

迴旋鐘塔的入口以繩子封鎖住，掛著小木牌，文風不動。烏勒渥的視線爬上四百一十九呎的高塔，立即知道這種想法太荒唐。貝克絕不會那麼笨。迴旋鐘塔內只有一道樓梯，迴旋而上，最後通往一個正方形的石室。登塔途中，牆上有狹窄的觀景縫隙，但沒有出口。

樓梯陡峭，大衛．貝克爬完最後幾階，氣喘不已，蹣跚走進一個小石室。四周是高牆，牆上開了小縫。沒有出口。

命運之神今早不眷顧貝克。他衝出大教堂，進入露天庭院，外套被門夾住，將跨步奔跑的他猛拉向左，然後扯裂外套。貝克忽然跌跌撞撞走進刺眼的陽光裡。他一抬頭，就直接往樓梯上去。他跳過繩索，箭步上樓。等到他發現樓梯通往何處，已經後悔莫及。

現在他站在無處可逃的密室，大口喘著氣。他的腰傷灼痛。晨光從牆上的開口呈條狀灌入。他向外望去。鋼絲框男子在遠遠的下方，背對著貝克，望向廣場。貝克在縫口移動身體，希望看得更清楚。走過廣場吧，他希望著。

迴旋鐘塔的陰影橫躺在廣場上，猶如被砍下的巨大的紅杉。烏勒渥盯著塔影。在最遠的一端，日光射穿迴旋鐘塔的三條觀景縫，將整齊的長方形影子打在鵝卵石地面上。其中一個長方形正好被人影擋住。烏勒渥一眼也不必看，轉身就往迴旋鐘塔的樓梯直奔而上。

99

方天一拳捶進掌心。他在會議室踱步，向外盯著密碼科的迴旋警示燈。「中止！可惡！中止！」

蜜姬出現在門口，揮舞著一份新報告。「局長！史卓摩沒辦法中止！」

「什麼！」賓克霍夫與方天同時驚呼。

「他試過了，局長！」蜜姬舉起報告。「試過四次了！譯密機被纏上，不停繞著圈打轉。」

方天旋身過去，繼續望向窗外。「天啊！」

會議室的電話尖聲響起。局長舉起雙手。「一定是史卓摩！拖這麼久！」

賓克霍夫撈起話筒，「局長辦公室。」

方天伸手想接電話。

賓克霍夫露出不安的神色，轉向蜜姬。「是賈霸。他想找妳。」

局長將視線轉向蜜姬。她已經走過來，按下免持聽筒鍵，「講吧，賈霸。」

賈霸帶有金屬味的嗓音傳進會議室。「蜜姬，我在主資料庫。我們這裡出現了奇怪的東西，不知道妳可不——」

「該死，賈霸！」蜜姬情緒失控。「我不是一直告訴你嗎？」

「可能沒什麼，」賈霸閃躲著，「不過——」

「亂說！才不是沒什麼！不管那下面發生什麼事，都要認眞看待，非常認眞！我的資料沒有出錯，從來沒有，永遠也不會發生。」她正要掛掉，突然想到，「對了，賈霸？一切講明白比較不會嚇到你……史卓摩繞越鐵手套了。」

100

烏勒渥登上迴旋鐘塔，一次三階（譯註：迴旋鐘塔並無階梯，只有三十五層緩升坡道）。塔裡唯一的光線來自小窗口，每隔一百八十度開一扇。他被困住了！大衛・貝克死定了！烏勒渥迴旋直上，拔出手槍。他靠著外牆走，以防貝克決定向下進攻。每個歇腳平台都有鐵燭台，如果貝克決定善用，會成爲不錯的武器。但由於烏勒渥靠外圍站，能夠即時看見他。烏勒渥的射擊範圍遠比五呎長的燭台大。

烏勒渥移動得快速卻不失謹慎。樓梯很陡；這裡曾發生過遊客死亡意外。這裡不是美國：沒有安全警語，沒有扶手，沒有「恕不負責」的告示。這裡是西班牙。如果你笨到跌倒，是你自己的錯，別管樓梯是誰砌成的。

窗口的高度及肩，烏勒渥在其中一個窗口稍停，向外眺望。他在北面，從外面景觀來判斷，大約走完了一半。

從轉角處，可以看見觀景台的開口。通往頂端的樓梯空蕩蕩。大衛・貝克並未出手挑戰他。烏勒渥了解，貝克或許沒有看到他進入迴旋鐘塔，表示烏勒渥具有突襲的優勢。這種優勢對烏勒渥只算錦上添花，因爲他手上握有所有好牌。連迴旋鐘塔的配置圖也對他有利；樓梯在西南角連接觀景台——石室裡每一角落都一目了然，貝克不可能繞到背後。更絕的是，烏勒渥將從暗處突襲。密室謀殺案，他沉思著。

烏勒渥測量著這裡到門口的距離。七步。他在腦海裡演練殺法。如果他靠右走，接近門口，他可以在抵達前看見觀景台最左邊角落。如果貝克在觀景台，烏勒渥會開槍。如果不在，他會轉進門口，往東移動，面對右角落，而貝克唯一可能立足的地方只剩這個角落。他微微一笑。

目標：大衛．貝克——已終結

時候到了。他檢查武器。

烏勒渥猛力向上衝刺。轉台後，觀景臺映入眼簾。左角無人。烏勒渥依腦中模擬的情境衝進門，面向右邊。他對著角落開槍。子彈打在空白的牆上，彈射回來，差點打中自己。烏勒渥慌忙轉身，暗暗慘叫。這裡沒人。大衛．貝克蒸發了。

在三層歇腳台以下，大衛．貝克懸空三百二十五呎，吊在柳橙園上空。他緊抓迴旋鐘塔外沿窗檯彷彿在練習引體向上。烏勒渥狂奔上樓時，貝克已經下了三層，彎腰爬出窗口，吊在外面，適時落出視線之外，殺手經過時沒有注意到。他來得太匆忙，沒看到緊抓窗檯的蒼白指關節。

貝克吊在窗外，感謝著上帝，練身總算沒白費苦心。他每天打壁球之前，必先花二十分鐘，利用健身機來鍛鍊雙頭肌，期望過頭發球的威力更猛。可惜的是，儘管貝克手臂強健，想把自已拉回窗口卻成了問題。他的肩膀痠痛，腰傷彷彿即將裂開。窗檯的石磚切割粗糙，很難抓緊，而且如碎玻璃般刺入指尖。

貝克知道，再過幾秒鐘，殺手一定會由上往回跑。從高處，殺手無疑將看見窗檯上的手指。

貝克緊閉眼睛向上拉。他知道除非奇蹟出現，否則難逃一死。手指的槓桿作用正逐漸流失。他向下看，視線穿過晃動的兩腳。從這裡到下面的柳橙樹，高度相當於美式足球場的長度。沒有倖存的機會。腰傷越來越痛。腳步聲從頭上隆隆傳來，下樓的跳躍步伐發出巨響。貝克閉上眼睛。不趁現在就來不及了，他咬緊牙關硬拉。

往上拉時，石磚劃破手腕皮膚。腳步聲快速趕來。貝克扣住窗口內緣，儘量抓緊，雙腳向下踢，身體如鉛般沉甸甸，彷彿有人綁住他的腳，向下拉著他。他拚命抗拒，用力撐起手肘，現在可以完全看見塔內，頭已伸進窗口一半，像上了斷頭台似的。他扭動雙腿，蹬牆將身體引上窗口。成功了一半。他的上身掛在樓梯間，腳步聲很近了。貝克抓住窗口邊緣，一個動作跳進窗戶，重重跌在樓梯上。

烏勒渥察覺貝克的身體觸及下方不遠的地面。他跳向前去，平舉手槍，轉彎後看見窗口。果然！烏勒渥移往外圈，對準下面的樓梯。貝克的兩腿正好轉個彎，跑出視線範圍。烏勒渥氣得開槍。子彈打在樓梯間，彈射而下。

烏勒渥快步下樓，跟蹤獵物，緊貼外牆以獲得最廣角的視野。每回一轉彎，貝克似乎總是正好在他前方一百八十度，正好不在視線範圍內。貝克貼近內圈跑，截彎取直，一次四五階向下跳。烏勒渥緊跟在後。一槍就好。烏勒渥逐漸接近，他知道，即使貝克跑到塔底也無處可逃；等貝克橫越開闊的庭院，他可以瞄準背後開槍。亡命追逐賽向下迴轉。

烏勒渥轉進內圈以加快速度。他感覺到距離正在拉近。每次通過一道窗口，他可以看見貝克的影子。下樓。下樓。轉彎。似乎貝克總是在轉角處。烏勒渥一眼盯著影子，一眼盯著樓梯。

忽然間，烏勒渥認爲貝克的身影似乎停頓了一下，向左以奇怪的姿勢衝了一下，然後好像騰空轉一圈，飛回樓梯中間。烏勒渥跳向前去。被我逮到了吧！

在烏勒渥前方的樓梯上，出現了一陣鋼鐵閃光，從轉角處戳入空氣，如西洋劍朝腳踝刺來。烏勒渥儘量偏左，反應卻太慢，東西已經穿進兩腳踝之間。他的後腳向前，被硬物絆住。一根鐵柱重擊小腿。烏勒渥伸出雙臂尋求支撐，卻只摸到空氣。他陡然升空，側身旋轉，向下飛去，飛越大衛．貝克頭上。貝克俯伏向下，雙手向外伸展。手中的燭台如今卡在烏勒渥雙腿間，隨著他向下滾去。

烏勒渥先撞向外牆，再撞上樓梯。總算落地後，他開始滾動，手槍鏗鏘掉在地上，身體繼續倒栽蔥向下翻轉，以三百六十度的圓圈翻了五次後，他終於停下。只差十二階，他就滾到庭院上。

101

大衛・貝克從未拿過槍，但他現在手裡拿了一把。烏勒渥的身體扭曲而變形，躺在迴旋鐘塔漆黑的樓梯間。貝克以槍管抵住殺手的太陽穴，小心翼翼地跪下，如果對方稍微抽動一下，貝克就會開槍。但烏勒渥沒有抽動。烏勒渥已經死了。

貝克放下手槍，癱在樓梯上。淚水多年來首度湧上眼眶。他強忍著。他知道，想發洩情緒，以後機會多的是。現在是回家的時候。貝克想站起來，但實在累得無法移動。他筋疲力竭，在石階上坐了很久。

他心不在焉地打量著身邊這具扭曲的屍體。殺手的眼睛開始蒙上薄膜，漫無目標凝視著。不知何故，眼鏡居然毫髮無傷。這副眼鏡眞怪，貝克心想。有根電線從鏡架伸出，連接到皮帶上的一包東西。貝克疲倦到懶得好奇。

他獨自坐在樓梯上，整理著思緒，這時眼光轉移到手指上的戒指。他的視力已稍微清朗，終於可以看清上面刻的字。正如他當初懷疑的，上面的字並非英語。他盯著刻字半晌，然後皺眉。為了這東西殺人？

貝克終於步出迴旋鐘塔，來到庭院，晨光刺眼。腰傷的痛已經減輕，視力也逐漸恢復正常。他站了片刻，神情恍惚，享受著柳橙花的清香，然後開始慢慢走過庭院。

貝克離開迴旋鐘塔之際，一輛廂型車在附近緊急煞車停下。兩名年輕男子跳下車，身穿迷彩軍裝。他們朝貝克前進，動作僵硬，講求準確度，宛如維修精良的機器。

「大衛・貝克？」其中一人質問。

貝克陡然停下，訝異對方竟知道他的姓名。「你……你們是誰？」

「請跟我們走。立刻。」

這兩個人，帶給他一種不眞實的感受——使得貝克的神經末梢再次開始發麻。他不知不覺後退。

較矮的男子冷冷盯著貝克。「這裡走，貝克先生。立刻。」

貝克轉身就跑。但他只跑出一步。其中一人拔出武器，發射一槍。

一陣火熱如長矛的痛楚在貝克胸口爆發，直衝腦殼，手指僵直，最後不支倒地。過了片刻，只見一片漆黑。

102

史卓摩抵達譯密機的所在地，步下窄道，踏進一吋深的水窪。巨大的譯密機在他身邊發抖。斗大的水珠如雨般穿過滾滾霧氣落下。警報聲猶如雷鳴。

副局長望向故障的主發電機。費爾．查楚堅在那裡，燒成焦炭的屍首呈大字形落在一組冷卻翼上。這場景有如某種變態的萬聖節佈置。

雖然史卓摩對他的死感到遺憾，但他無疑屬於「正當傷亡」。費爾．查楚堅逼得史卓摩別無選擇。身爲系安員的他從底層跑上來，嚷嚷著有病毒，史卓摩在轉角平台碰上他，想跟他講道理，但查楚堅已經失去理性。我們中了病毒！我要打電話找賈霸！他想推開史卓摩時，史卓摩硬是擋住去路。轉角平台很窄。兩人動手。欄杆很矮。史卓摩現在心想，說來也諷刺，查楚堅認爲中了病毒，其實從一開始就讓他料中了。

查楚堅的墜落令人不寒而慄——驚恐地短短號叫一聲，旋即回歸寂靜。然而，更加令人戰慄的是接下來一幕。史卓摩看到葛列格．海爾站在下方陰影處，抬頭看著他，一臉驚懼。就在那個時候，史卓摩知道葛列格．海爾非死不可。

譯密機發出崩裂聲，史卓摩將注意力轉回眼前的任務。斷路開關在氟里昂幫浦的另一邊，而氟里昂幫浦在譯密機的左面。史卓摩可以清楚看到。他只需拉下開關，密碼科剩餘的電力立刻中斷。然後，經過幾秒，他可以重開主發電機；所有電動門與日常機能會恢復連線；氟里昂也會再次流動；譯密機也會安然無恙。

然而，就在史卓摩涉水走向斷路開關時，他理解到最後一道難題：查楚堅的屍體仍在主發電機的冷卻翼上，如果關掉主發電機再開，只會導致再度停電。非先移開屍體不可。

史卓摩看著，往醜陋的遺體過去。他伸手揪住一邊手腕。皮肉有如保麗龍，組織已被炸酥，整個軀殼了無水分。副局長閉上眼睛，用力握住手腕拉過來。屍體滑動一兩吋。史卓摩再使勁拉，屍體又滑動一下。副局長壓低身體，使出全力拉動，卻忽然往後跌倒。他一屁股重重撞在電路罩殼上。他掙扎著在水位漸深的地板坐起來，驚恐地低頭看著手中緊握的物體。是查楚堅的前臂；從手肘處脫落。

樓上的蘇珊繼續等待。她坐在三號節點的沙發上，全身痲痺。海爾躺在腳邊。她無法想像副局長爲何去了那麼久。過了好幾分鐘。她儘量將大衛從思緒裡推開，卻無可奈何。警報聲每響一次，海爾的話便在腦裡迴盪：我對大衛・貝克感到萬分歉意。蘇珊認爲自己快精神崩潰了。

她正要跳起來，衝向密碼科樓層時，終於發生了。史卓摩按下開關，切斷所有電源。

寂靜立刻籠罩密碼科。警報響了半聲，嘎然止息，三號節點的螢幕閃了一下，轉爲黑幕。葛列格・海爾的屍體消失在黑暗中，蘇珊本能地將兩腿收上沙發。她裹在史卓摩的西裝外套內。

漆黑。

寂靜。

密碼科如此安靜，她從未碰過。以往，發電機的低嗡聲從不間斷。現在卻無聲無響，只有巨獸如釋重負、喘氣、嘆息的聲音。崩裂聲，嘶嘶聲，徐徐冷卻。

蘇珊閉上眼睛，替大衛祈禱。她的禱告很簡單——願上帝保佑她心愛的男人。

蘇珊不信教，因此從不期望有人回應她的祈禱。但忽然間，她胸口出現顫動，令她陡然坐直。她緊抓胸口。過了一會兒，她明瞭了。她感受到的震動，並非出自上帝之手，而是來自副局長的外套口袋。他將呼叫器設定爲無聲震動功能。有人捎給史卓摩一份訊息。

六層樓以下，史卓摩站在斷電器前。密碼科底層如今漆黑如最深沉的夜晚。他站了片刻，享受周遭的黑暗。水從上傾瀉而下。是一場午夜暴雨。史卓摩向後仰頭，讓溫暖的水滴滌清罪惡。我是求生專家。他跪下來，洗去手上最後一塊查楚堅的肌膚。

他對數位堡壘的憧憬已然幻滅。他無法接受事實。如今他只在意蘇珊。數十年來，他首度眞心理解到，除了國家與榮譽之外，人生其實還有其他意義。我犧牲了一生最寶貴的年華，為的是國家與榮譽，結果，換回了什麼？眼睜睜看著小教授搶走他的美夢？史卓摩栽培了蘇珊，他保護她，他贏得了她。現在，他總算擁有了她。蘇珊求援無門，最後會在他懷抱裡尋找避風港。無助的她，哀痛的她，會向他走來，而他會即時點醒她，愛能治療一切傷痛。

榮譽。國家。愛情。大衛·貝克準備爲上述三項而死。

103

副局長從活板暗門爬出，宛若《聖經》裡的拉撒路死而復生。儘管衣服濕黏，他的腳步輕盈。他走向三號節點——走向蘇珊。走向他的未來。

密碼科地板再次沐浴在光線中。氟里昂有如充滿氧氣的鮮血，向下流過冒煙的譯密機。史卓摩知道，冷媒必須再過幾分鐘才會流向外殼底部，才能預防最下面的處理器起火，但他確定自己即時挽救了譯密機。他滿懷勝利感，吐了一口氣，一刻也沒有懷疑到眞相——其實他的動作晚了一步。

我是求生專家，他心想。他無視三號節點的大洞，向電動門走去。門嘶嘶開啓。他走進門。

蘇珊站在他面前，披著他的外套，潮濕蓬亂。她看似淋到雨的大一女生，而他感覺則是大四學長，把自己的校隊運動衣借給她保暖。他感覺年輕起來，是多年來首嘗年輕滋味。他的夢想即將成眞。

然而，史卓摩在向她靠近時，卻發現自己認不出眼前的女子。她的視線冷若冰霜，眼中的溫柔不見了。蘇珊．弗萊徹僵立著，活像不動如山的雕像。唯一可察覺的動作是眼眶裡湧聚的淚水。

「蘇珊？」

一顆淚珠流下皮顫的臉頰。

「怎麼了？」副局長懇切地問。

海爾屍體下的血塘在地毯上擴散，猶如海上石油外洩。史卓摩不安地瞥了屍首一眼，然後視線轉回蘇珊。有可能被她發現嗎？不可能。史卓摩自知掩飾工夫做得面面俱到。

「蘇珊？」他邊說邊靠近。「怎麼了？」

蘇珊沒有動作。

「妳是在擔心大衛嗎？」

她的上唇略微顫動。

史卓摩再向前一步。他準備伸手碰她，卻遲疑起來。大衛兩字，顯然敲破了哀傷的水壩。起初，緩緩出現了——顫動，抖動。然後是一波悲苦的浪潮，似乎轟然竄遍全身血管。蘇珊幾乎控制不住瑟瑟抖的雙唇，張開嘴巴想說話，卻說不出一個字。

她一眼不眨地直盯史卓摩，眼神冰冷，一手伸出史卓摩的外套口袋。她手裡拿著一件物品，哆嗦地向他伸去。

史卓摩向下移動視線，多少預期看見貝瑞塔對準自己腹部。然而，手槍仍在地板上，安然抵在海爾手中。蘇珊握著的物體較小。史卓摩向下看了片刻，總算了解。

史卓摩盯著看時，現實世界扭曲起來，時光慢如蝸步。他聽得見自己的心跳。多年來戰勝巨人無數的他，頃刻間被打敗了。被愛屠宰——被自己的愚昧擊倒。爲了表現騎士風度，他沒有多想就將外套借給蘇珊。連呼叫器也一起交出。

如今僵住的人是史卓摩。蘇珊的手在顫抖。呼叫器落在海爾腳邊。蘇珊・弗萊徹臉上充滿訝異與被人出賣的神色，從他身邊狂奔而過，跑出三號節點。他永生難忘蘇珊的表情。

副局長讓她跑開。他以慢動作拾回呼叫器。沒有新訊息——全被蘇珊讀取一空。史卓摩焦急萬分，上下讀取儲存訊息。

目標：丹角苑正——已終結

目標：皮耶・克盧夏——已終結

目標：漢斯・胡伯——已終結

目標：蘿喜歐・伊娃・葛納答——已終結……

他繼續讀取儲存訊息。一波驚恐湧上來。我可以解釋！她一定能諒解！榮譽！國家！然而，有一條訊息他尚未讀取過——是他絕對無法解釋的訊息。他以抖動的手查閱最後一條。

目標：大衛・貝克——已終結

史卓摩垂下頭。他的美夢幻滅了。

104

蘇珊蹣跚跑出三號節點。

目標：大衛・貝克——已終結

她恍如置身夢境，朝密碼科大門移動。葛列格・海爾的聲音在腦中迴盪：*蘇珊，史卓摩會殺我滅口！*

蘇珊，副局長愛上妳了！

蘇珊來到巨大的圓門前，開始拚命戳著鍵盤。門沒有動作。她再試一次，但巨大的門板仍拒絕轉動。

蘇珊失聲尖叫——顯然停電時出口密碼也被洗掉。她仍舊受困。

在毫無預警的情況下，兩條手臂從後摟住她，緊抱她半麻木的身體，觸感很熟悉，卻令她反胃。這種抱法欠缺葛列格・海爾的蠻力，卻具有一種迫切猴急的粗魯，一種如鋼似鐵的決心。

蘇珊轉身。箝住她的男子神情落寞害怕，是她從未見過的一張臉。

「蘇珊，」史卓摩抱住她，乞求著。「聽我解釋。」

她想掙脫。

副局長緊緊抱住。

蘇珊想尖叫，卻喊不出聲音。她想逃跑，強壯的兩手卻箝制住她，將她拉回。

「我愛妳，」他低聲說。「我一直愛著妳。」

蘇珊的胃不停翻攪。

「留在我身邊。」

血腥的畫面掠過蘇珊的腦海：大衛亮綠的兩眼，緩緩閉上最後一次；葛列格・海爾的屍體滲血在地毯上；燒焦零碎的費爾・查楚堅倒在發電機上。

「再痛苦，總有一天會結束，」對方說。「妳會再談戀愛的。」

蘇珊一個字也沒聽進去。

「留在我身邊，」對方懇求。「我會替妳療傷。」

她掙扎著，感覺無助。

「我這麼做，都是爲了我倆。我們是天造地設的一對。蘇珊，我愛妳。」言語自然流出，彷彿他等待十年就爲說這一句話。「我愛妳！我愛妳！」

就在此時，在三十碼外，譯密機彷彿在斥責史卓摩的無恥告白，發出野蠻無情的嘶嘶聲。這種聲響前所未聞，是遙遠而不祥的油炸聲，越來越大，有如盤據圓倉底部的巨蟒。看情形，氟里昂並未即時抵達目的地。

副局長放開蘇珊，轉向造價二十億的電腦。他的雙眼大睜，充滿驚怖。「不行！」他抓住自己的頭。「不行！」

高達六層樓的火箭開始抖動。史卓摩朝隆隆響的外殼蹣跚跌跨一步，然後跪下，宛如在憤怒神明前懺悔的罪人。沒有用。在圓倉底部，譯密機的鈦鍶處理器已經起火燃燒。

105

一團火球向上衝過三百萬塊矽晶片，發出獨特的聲響。森林大火的爆裂聲，龍捲風的號嘯聲，溫泉隨蒸氣噴出的迸發聲……全困在外殼內，相互衝擊著。是魔鬼在呼吸，在密封的洞穴中竄動，尋找逃生口。恐怖的聲響朝他們襲來，史卓摩跪著，無法動彈。全世界造價最高的電腦即將成爲八層樓高的煉獄。

史卓摩以慢動作向後轉，面對蘇珊。她全身痲痺，站在密碼科大門邊。史卓摩盯著她涕泗縱橫的臉。在日光燈中，她似乎微微發亮。她是天使，他心想。他在她眼神中尋覓天堂，卻只看見死亡。他看見的是已死的信任感。愛情與榮譽不見了。多年來激勵他前進的春夢已經死去。他永遠無法佔有蘇珊·弗萊徹。永不可能。空虛感突如其來，箝住了他，令他難以招架。

蘇珊茫然望向譯密機。她知道，火球雖困在陶瓷外殼內，但隨時可能向他們直撲而來。她感受到火球越升越快，吸收著晶片燃燒後釋出的氧氣。再過片刻，密碼科圓頂樓將遭火舌吞噬。

蘇珊的大腦命令她開始跑，但大衛沉甸甸地壓住她的周遭。她彷彿聽見大衛對她呼喚，叫她逃命，但她無處可逃。密碼科是封閉的墓穴。沒有關係；死亡的念頭嚇不了她。死亡可以止痛。她願與大衛同在。

密碼科的地板開始顫動，彷彿憤怒的海底怪獸即將竄出海面。大衛的嗓音似乎在呼喚。跑啊，蘇珊！跑啊！

史卓摩向她走來，臉孔成了遙遠的往事。他冷冷的灰眼珠了無生機。她腦裡的愛國英雄如今已死——

竟是殺人兇手。他的手臂突然再次抱住她，死命緊抓不放。他親吻她的臉頰。「原諒我。」他乞求。蘇珊想掙脫，史卓摩卻不鬆手。

譯密機開始震動，如同蓄勢待發的飛彈。密碼科的地板開始動搖。史卓摩抱得更緊了。「擁抱我，蘇珊。我需要妳。」

強烈的怒氣竄入蘇珊的四肢。大衛的聲音再度呼喚。我愛妳！逃命啊！蘇珊陡然力氣大增，掙脫出掌握。譯密機的吼聲變得震耳欲聾。大火已延燒至圓倉頂端。譯密機呻吟著，接縫處緊繃。

大衛的聲音似乎抱起蘇珊，引導著她。她衝過密碼科樓層，開始走上史卓摩的窄梯。在她背後，譯密機發出一聲巨響。

最後幾塊矽晶片燒盡後，一股強烈熱流上升，衝破圓倉上面的外殼，陶瓷的破片被拋向空中三十呎。一瞬間，密碼科裡氧氣充足的空氣竄進，塡滿巨大的眞空。

蘇珊來到樓上的轉角平台，握住欄杆時，強烈氣流橫掃她的身體，她不支轉身，正好看見副局長，遠遠站在下面，譯密機旁邊，抬頭看著她。副局長四周風暴肆虐著，但他眼中卻是寧靜祥和。他嘴唇分開，最後的嘴形是「蘇珊」。

空氣一灌進譯密機立刻自燃。在耀眼的一閃之中，副局長崔沃．史卓摩從人轉爲輪廓，再轉爲傳奇。怒火衝擊蘇珊時，撞得她後退十五呎，將她轟進史卓摩的辦公室。她只記得一股熾灼的熱氣。

106

在局長辦事處的會議室窗前，出現三張面孔，上氣不接下氣，高高看著底下的密碼科圓頂樓。爆炸聲震撼了全國安局。利藍德・方天、察德・賓克霍夫、蜜姬・密爾肯全向外啞然凝視，充滿驚恐。

七十呎下，密碼科圓頂正在燃燒。聚碳酸酯屋頂仍安然無恙，但透明外殼下的火勢凶猛。圓頂內的黑煙翻滾。

三人不發一語，向下盯著。眼前景象竟有一種奇異而盛大的美感。

方天佇立了很久。他終於開口時，嗓音微弱卻堅定。「蜜姬，派一組人下去……快。」

在辦事處另一邊，方天的電話響起。是賈霸。

107

時間過了多久，蘇珊毫無概念。喉嚨的燒灼感痛得她恢復知覺。失去方向感的她打量著周遭環境。她坐在地毯上，前面是一張辦公桌，空氣有塑膠燃燒的氣味。她置身的地方嚴格說來不算是辦公室，而是被徹底搗毀的空殼。窗簾著了火，樹脂玻璃牆也在冒煙。

然後她回想起一切。

大衛。

恐慌感席捲而上，她趕緊起身。氣管裡的空氣有燒燙感。她蹣跚走到門口，尋找逃生之路。跨越門檻後，她一腳騰空，在深淵之上擺盪；幸好她即時抓住門框。窄梯已經消失。五十呎以下，扭曲的金屬垮成一團，冒出蒸氣。蘇珊嚇得掃視密碼科地板。一片火海。三百萬塊矽晶片融化後，如熔岩般竄出譯密機。辛辣的濃煙向上冒出。蘇珊聞得出這種氣味。矽煙，毒性足以致命。

她退回史卓摩殘缺的辦公室，開始感到虛弱。她的喉嚨灼痛。整個辦公室灌滿火光。密碼科即將死去。我也是，她心想。

她想到唯一可能的出口，考慮了一下。史卓摩的電梯。但她知道電梯一定失靈了；電子儀器絕對撐不過爆炸。

蘇珊穿過越來越濃的黑煙，這時卻想起海爾的話。電梯用的電，是主樓供應的！我看過電路圖！蘇珊知道他此言不假。她也知道，整個電梯間的原料是強化處理的鋼筋水泥。

黑煙在她四週翻騰。她蹣跚走向電梯門，卻發現電梯按鈕漆黑。蘇珊猛按著被燒黑的面板，毫無動靜，然後跪下來，用力捶門。

她幾乎立刻停手。門後傳來嗚嗚運轉聲。驚喜之餘，她抬頭看。聽來像是電梯就在門後！蘇珊再度戳著按鈕。門後又傳來嗚嗚運轉聲。

她忽然明白了。

電梯鈕其實沒有失靈，只是蒙上黑灰而已。如今按鈕在她髒污的指紋下微微發光。

還有電！

她希望大增，猛捶按鈕。一次又一次，她聽見門後有東西動了一下。她聽見電梯裡的風扇運轉。電梯在裡面！可惡的門為什麼不開！

在黑煙中，她瞧見另有一個小小的鍵盤，按鈕上有A到Z的字母。蘇珊在絕望之餘回想起來。密碼。

黑煙開始從融化的窗框捲進來。她再次猛敲電梯門。門硬是不肯打開。密碼！她心想。史卓摩一直沒說出密碼！矽煙如今充滿辦公室，蘇珊被嗆得靠在電梯門上認輸。咫尺之外，風扇正在運作。她癱在地上，魂不守舍，大口吸氣。

她閉上雙眼，但大衛的聲音再度喚醒她。逃命啊，蘇珊！把門打開！逃命啊！她睜開眼睛，以爲看得見大衛的臉，兩顆狂野的綠眼珠，調皮地笑。但聚焦眼前的卻是A到Z的字母。密碼……蘇珊直盯鍵盤上的字母。她幾乎無法集中視線。在鍵盤下的顯示幕上，有五個空格等待輸入。五個字母的密碼，她心想。她立刻知道機率多渺茫：二十六的五次方；一千一百八十八萬一千三百七十六分之一。每秒猜一次，也要花上十九星期。

蘇珊．弗萊徹躺在地板上咳嗽，鍵盤就在上面，副局長可憐兮兮的聲音重返耳際。他再次對她呼喚。

我愛妳，蘇珊！我一直愛著妳！蘇珊！蘇珊！蘇珊……

她知道他已經死了，然而聲音卻縈繞不去。她一次又一次聽見自己的名字。

蘇珊……蘇珊……

接著，冷冽而清明的念頭閃過，她明白了。

她無力顫抖著，向上伸手，在鍵盤上輸入密碼。

S…U…S…A…N

一秒後，電梯門滑開。

108

史卓摩的電梯下樓速度很快。在電梯內，蘇珊深吸幾口新鮮空氣進入肺葉。恍惚間，她靠向電梯，穩住身體，這時電梯慢慢停下。沒過多久，發出齒輪喀嚓聲，運輸帶再動起來，這一次水平運轉。蘇珊覺得電梯加速，開始隆隆往國安局主樓奔去。最後電梯嗚嗚停下，電梯門打開。

蘇珊・弗萊徹邊咳邊蹣跚走進漆黑的水泥走廊。她發現自己置身隧道內——格局狹窄，天花板低矮。眼前有雙黃線向前伸展，消失在陰暗而虛無的空間。

地下公路……

她跌跌撞撞走向隧道，扶著牆壁前進。身後的電梯門關上。蘇珊再次陷入黑暗。

寂靜。

唯一聲響來自牆內，是微弱的嗡聲。

嗡嗡聲轉強。

忽然間，宛如旭日即將東升，黑幕淡成霧濛濛的灰色。隧道壁開始現形。轉眼間，一輛小車轉過角落，頭燈照得她張不開眼睛。蘇珊後退靠牆，遮住雙眼。一股氣流掃來，車子呼嘯而過。

只過一秒，橡皮在水泥上摩擦出刺耳的尖響。嗡聲再度接近，這一次是倒車。幾秒後，車子在她身邊停下。

「弗萊徹小姐！」有人驚呼一聲。

這人坐在電動高爾夫球車的駕駛座上，蘇珊望過去，覺得身形略顯眼熟。

「天啊，」男子訝然。「妳沒事吧？我們還以爲妳死了！」

蘇珊兩眼無神地盯著。

「我是察德．賓克霍夫，」他噴著口水說，端詳著被震傻的密碼員蘇珊。「局長私人助理。」

蘇珊只能擠出恍惚的嗚咽聲。「譯密機……」

賓克霍夫點頭。「忘掉吧。上車！」

球車的車燈掃過水泥壁。

「主資料庫出現病毒。」賓克霍夫脫口而出。

「我知道。」蘇珊聽見自己低聲說。

「我們需要妳的幫忙。」

蘇珊強忍淚水！「史卓摩……他……」

「我們知道了，」賓克霍夫說。「是他繞過鐵手套。」

「對……而且……」她想說的話卡在喉嚨。他殺了大衛！

賓克霍夫一手放在她肩膀上。「快到了，弗萊徹小姐。別急。」

肯辛頓高速球車繞過一個轉角，煞車停下。他們身邊有一條與隧道垂直的走廊，由紅色的地板燈微微照亮。

「來吧。」賓克霍夫說著攙扶她下車。

他帶蘇珊走進走廊。蘇珊宛如置身迷霧，在他背後飄動前進。鋪了瓷磚的走道向下陡降。蘇珊抓住扶手，跟著賓克霍夫下去。空氣開始轉涼。兩人持續向下走。

越走越深，隧道也隨之變窄。背後某處傳來腳步聲的回音，步伐堅強、來意明確。腳步聲越來越大。

賓克霍夫與蘇珊都停下來轉身。

往兩人大步走來的是身材高大的黑人，蘇珊從未見過。他接近時，視線鎖定在她臉上，似乎能看穿人。

「她是誰？」他質問。

「蘇珊・弗萊徹。」賓克霍夫回答。

高大的男子拱起眉毛。蘇珊・弗萊徹儘管沾滿灰渣，全身濕透，仍然比他想像中美艷。「副局長呢？」他質問。

賓克霍夫搖搖頭。

男子不多說什麼。他移開視線一陣子，然後轉向蘇珊。「我是利藍德・方天，」他說著伸出一手。「很高興妳沒事。」

蘇珊盯著他看。她一直知道總有一天能見局長，但卻沒想到會是這種場合。

「來吧，弗萊徹小姐，」方天說著走在前頭。「誰能幫忙，我們都歡迎。」

隧道底部幽幽紅光中，一道鋼鐵牆擋住去路。方天走向前去，在一個鑲嵌式的密碼盒裡輸入開門密碼，然後將右手按在一小片玻璃板上。閃光一現。沒過多久，大牆隆隆向左打開。

國安局上下，只有一個辦公室比密碼科更神聖不可侵犯，而蘇珊・弗萊徹感到自己即將見識到。

109

國安局主資料庫的主控中心有如小型航太總署的控制室。主控中心最遠一端的牆壁可播放影片，長四十呎，寬三十呎，有十幾張電腦工作台面對這堵牆。牆壁的螢幕上連續出現數字與圖表，來來去去，彷彿有人亂轉電視頻道。幾名技術人員在工作台之間狂奔，拿著長長的列印資料大喊指令。現場一片混亂。

蘇珊盯著令人眼花撩亂的主控中心。她依稀記得，當初爲了開鑿出這個設施，挖掘了兩百五十公噸的泥土。這裡位於地底兩百一十四呎，磁通彈與核子彈威力再強也無法撼動。

主控中心的中央有座高出其他地方的平台，賈霸站在那裡大聲發號施令，有如國王在指揮子民。他正後上方的螢幕亮著一道訊息，大如廣告招牌，大有來意不善的味道。蘇珊對這訊息太眼熟了。

唯有真相能解救你

輸入密碼金鑰——

蘇珊彷彿受困虛幻夢魘中，跟著方天走上平台。她的世界是一抹慢動作的模糊景象。

賈霸看見他們過來，如憤怒的鬥牛般轉身。「我創造鐵手套，不是沒有原因的！」

「鐵手套完蛋了。」方天語氣平緩。

「老新聞了，局長。」賈霸口沫橫飛。「爆炸的威力，害我跌了一屁股！史卓摩人在哪裡？」

「副局長史卓摩死了。」

「他媽的死了活該。」

「賈霸，別激動。」局長命令。「最新狀況怎樣，說來聽聽。這隻病毒有多厲害？」

賈霸盯了局長半晌，旋即冷不防地爆笑起來。「病毒？」刻薄的狂笑聲在地下主控中心裡激起回音。「你真以爲是病毒啊？」

方天耐著性子。賈霸如此無禮，有違階級倫理，但方天知道此時此刻不宜糾正他。在主控中心，賈霸的階級高過上帝。電腦出問題時，平常的階級架構可置之不理。

「不是病毒嗎？」賓克霍夫充滿希望地驚嘆。

賈霸很不屑地哼了一聲。「帥哥，病毒啊，帶有複製字串！這一隻沒有！」

蘇珊在附近晃蕩，精神無法集中。

「不然是什麼？」方天質問。「我還以爲我們中了病毒。」

賈霸長長吸了一口氣，壓低聲音。「病毒啊……」他邊說邊以手擦掉臉上的汗。「病毒會繁殖，會製造一模一樣的後代。病毒生性虛榮愚昧，是二進位的自大狂。它們生小孩比兔子還快。病毒的弱點就在這裡。如果懂得訣竅，可以讓它們雜交，藉此消滅它們。可惜啊，我們碰上的這程式不是自大狂，沒有繁殖的必要。這東西頭腦很清楚，目標單純。事實上，這東西一旦達成目標後，可能會在電腦上自殺。」賈霸的雙臂敬畏地伸向大螢幕，指著投影在牆上的亂象。「各位女士先生，」他嘆氣。「掌聲鼓勵電腦入侵者的神風特攻隊……蠕蟲。」

「蠕蟲？」賓克霍夫悶哼。入侵者這麼陰險，怎麼用如此世俗的名字來稱呼？

「蠕蟲。」賈霸壓住心中一把火。「沒有複雜的結構，只有本能——吃、拉、爬。就這樣。簡簡單單，單純得要人命。設定它怎麼做，它就照做，做完後自殺。」

方天以嚴厲的眼光看著賈霸。「這隻蠕蟲被設定來做什麼？」

「沒概念。」賈霸回答。「現階段，它只是向外擴張，附著在所有機密資料上。之後呢，它什麼事都幹得出來。可能會決定刪除所有檔案，或者呢，只決定在白宮演講稿上印幾個笑臉。」

方天的音調維持冷靜。「你能制止嗎？」

賈霸長長嘆了一口氣，面對大螢幕。「我不知道。要看蠕蟲作者的火氣多大。」他指向大螢幕上的訊息。「那句話什麼意思，有沒有人知道？」

唯有真相能解救你
輸入密碼金鑰——

賈霸等候回應，卻無人發言。「看來有人想整我們，局長。我是沒接過勒贖信件，不過勒贖信件一定長這個樣子。」

蘇珊低聲說話了，語調虛無而空洞。「是……丹角苑正。」

賈霸轉向她。他睜大眼睛看了一陣子。「丹角？」

蘇珊虛弱地點點頭。「他要我們承認……譯密機的存在……卻害自己——」

「承認？」賓克霍夫插嘴，表情驚訝。「丹角要我們承認譯密機的存在？晚了一步嘛！」

蘇珊張嘴想講話，但賈霸接著說，「看來丹角設定了一個終止碼。」他邊說邊抬頭看著大螢幕上的訊息。

大家跟著轉頭。

「終止碼？」賓克霍夫問。

賈霸點頭。「對。是能阻止蠕蟲的一把密碼金鑰。簡而言之，如果我們承認譯密機的存在，丹角就會給我們終止碼。我們輸入終止碼，就能解救資料庫。這是數位勒索。」

方天如岩石般呆立，文風不動。「我們有多少時間？」

「大概一個鐘頭。」賈霸說。「只夠召開記者會，說出祕密。」

「有何建議？」方天問道。「你提議我們怎麼辦？」

「建議？」賈霸以不敢相信的口吻脫口說，「你要我建議？我就建議給你聽！別他媽的亂來，這就是我的建議！」

「別激動。」局長警告。

「局長，」賈霸口沫橫飛。「現階段，丹角苑正成了資料庫的主人！他要什麼，全給他就是了。如果他想讓全世界知道譯密機，就打電話給CNN，遛鳥給大家看。反正譯密機已經成了一個大洞——還有什麼必要隱瞞？」

現場一片安靜。方天似乎考慮著可行之道。蘇珊正要開口，卻被賈霸搶先一步。

「局長！還等什麼呢？快打電話找丹角啊！告訴他，你願意陪他玩玩！我們需要終止碼，不然這整個地方會死得很慘！」

沒有人出現動作。

「你們全瘋了是不是？」賈霸大罵。「打電話找丹角啊！告訴他，我們奉陪！給我弄到終止碼！快！」賈霸一把抽出行動電話，按下開關。「算了！號碼給我！我親自打給那個小混帳！」

「不用了，」蘇珊低聲說。「丹角已經死了。」

賈霸既驚訝又迷惑，過了一陣子才會意過來，巨無霸的他猶如腹部中槍即將倒地似的。「死了？那樣的話……不就表示……我們不能……」

「表示我們需要重新擬定計畫。」方天說得理所當然。

賈霸的雙眼仍因震驚而無神，這時中心後面有人開始狂叫。

「賈霸！賈霸！」

是九田創思，賈霸的首席技術人員。她奔向平台，手裡拿著一長條列印資料，模樣驚恐。

「賈霸！」她喘著氣說。「那隻蠕蟲……我剛發現它的作用是什麼了！」創思將列印紙用力交到賈霸手上。「我剛從系統活動探測裡抓出來的！我們找出了蠕蟲的執行指令——你看看裡面的程式！看看它計畫做什麼！」

系安組長賈霸怔住，閱讀著資料。然後他抓住扶手，以免跌倒。

「噢，天啊，」賈霸倒抽一口氣。「丹角……你這個狗雜種！」

110

賈霸兩眼無神地盯著創思給他的資料。臉色蒼白的他以袖子擦拭額頭。「局長，我們別無選擇，必須切斷資料庫的電源。」

「不行！」方天回應。「切斷電源，後果太慘烈了。」

賈霸知道局長說的有道理。全球各地共有三千多條ISDN（譯註：整合服務數位網路，爲多功能的公眾通信網路）連結到國安局的資料庫，每天軍事首長必須存取即時衛星相片，觀察敵軍行動。洛克希德的工程師也藉ISDN下載新武器的分解藍圖。外勤情報員由此取得最新任務指示。國安局的資料庫是美國政府行動的骨架，如果無預警關機，將導致全球情資界大混亂。

「後果怎麼樣，我很清楚，局長，」賈霸說，「不過我們別無選擇了。」

「解釋來聽聽，」方天命令。他向站在身邊的蘇珊迅速瞄了一眼，蘇珊的心思似乎遠在天邊。

賈霸深深吸了一口氣，再度擦拭額頭。從他的表情來看，平台上的人清楚知道，他即將報出噩耗。

「這個蠕蟲，」賈霸開始說，「這個蠕蟲運用的不是普通的衰退性循環，而是選擇性循環。換句話說，這隻是有品味的蠕蟲。」

賓克霍夫張口想說話，但方天揮手要他閉嘴。

「多數具摧毀力的應用程式，會清光整個資料庫，」賈霸接著說，「不過這一隻比較複雜，只會刪除某個範圍之內的檔案。」

「你的意思是，它不會攻擊整個資料庫？」賓克霍夫滿懷希望地問。「應該是好消息，對吧？」

「不對！」賈霸爆發了。「是壞消息才對！天大的壞消息！」

「別激動！」方天命令。「這隻蠕蟲找的是什麼範圍？軍事機密？地下行動？」

賈霸搖搖頭。他看著仍未回神的蘇珊，旋即上移視線，與局長相接。「局長，就你所知，任何人如果想從外面跟資料庫連結，必須通過一連串安全關卡，才有辦法進入。」

方天點頭。資料庫的存取階級設計得精巧；經過授權的人員可透過網際網路與全球資訊網撥接進入，然後依個人授權的序列，可以進出各自的區格。

「因爲我們連接的是網際網路，」賈霸解釋，「駭客、外國政府、電子前線的鯊魚，無不全天候徘徊在資料庫外面，希望能鑽進來。」

「對，」方天說，「我們的安全過濾器也全天候抵擋這些人。你想說的是什麼？」

賈霸低頭注視著列印資料。「我想說的是，丹角的蠕蟲不是衝著我們的資料而來，」他清清喉嚨。「而是衝著安全過濾器而來。」

方天的臉色轉白。箇中的意義，他顯然了解——這隻蠕蟲針對的是保護國安局資料庫的過濾器。沒有過濾器，任何外人都能自由進出資料庫。

「我們非關機不可，」賈霸重申。「大概再過一個鐘頭，每個三年級小學生只要有數據機，都能得到美國的安全授權。」

方天不發一語地站了很久。

賈霸等得不耐煩，最後轉向創思。「創思！**VR！快放出來！**」

創思快步離開。

VR是賈霸的得力助手。在多數電腦圈裡，**VR**指的是「虛擬實境」，但在國安局則代表視覺簡報。由於許多技術人員與政治人物對科技的了解程度不一，爲了說明重點，圖像通常是唯一可行的解說方式；簡單一個直線下降的箭頭所能達到的效果，往往是一疊疊列印表的十倍。賈霸知道，以視覺簡報來呈現，能讓眼前的危機一目了然。

「VR！」創思從中心後面的終端機大喊。

牆上的大螢幕閃現一幅電腦製作的圖表。蘇珊心不在焉地抬頭看，對周遭狂亂的情緒渾然未覺。主控中心的所有人順著賈霸的視線，轉向大螢幕。

大家眼前的圖表類似標靶，中間有個紅色圓圈，標明資料，外面畫了五個同心圓，厚度與顏色互異。最外層的圓圈褪色，幾乎轉為透明。

「我們共有五層防衛，」賈霸解釋。「包括一座防禦主機，兩套封包過濾器：FTP與X-11，一座隧道墩，最裡面是松露計畫研發出的PEM授權窗。外層快消失的是暴露在外的主機。那層幾乎完蛋了。在一個鐘頭內，全部五層會跟著報銷。之後呢，全世界會一起撲過來。國安局每一位元的資料會成為公眾資訊。」

方天研究著視覺簡報，眼中怒火悶燒。

賓克霍夫虛弱地唉哼一聲。「這隻蠕蟲會打開我們的資料庫給全世界看？」

「是丹角的三歲小孩把戲。」賈霸發火。「鐵手套本來萬無一失，被史卓摩搞砸了。」

「簡直是對我們宣戰。」方天低聲說，語氣尖銳。

賈霸搖搖頭。「我不太相信丹角的心機這麼深。我懷疑他原本的計畫是現在活得好好的，可以出手制止。」

方天抬頭注視大螢幕，看著五層防護罩的第一層完全消失。

「防禦主機掛了！」一位技術人員從中心後面大喊。「露出第二層了！」

「非開始進入關機程序不可，」賈霸催促。「從視覺簡報看來，我們大概有四十五分鐘。關機程序很複雜。」

沒錯。國安局資料庫的設計概念是保證絕不會斷電，無論是發生意外或被人攻擊。電話線與電源具有多重保障機制，埋在地底深處的管道裡，以強化鋼筋裹住。除了來自國安局的電源外，萬一斷電時可以向外界的主發電廠借電，備用電源不虞。關機牽涉到一連串複雜的驗證與協議，遠比普通核子潛艇發射飛彈來得費事。

「如果加快速度的話，」賈霸說，「我們還有時間。手動關機大概花三十分鐘。」

方天繼續盯著視覺簡報，顯然正在斟酌。

「局長！」賈霸爆發了。「這些防火牆倒下了，地球上每個人都能取得最高機密的授權！最高機密啊！地下行動的紀錄！海外情資人員！聯邦證人保護計畫的所有姓名和地址！飛彈發射密碼驗證！非關機不可啊！現在就要！」

局長似乎不爲所動。「一定想得出其他辦法。」

「對，」賈霸口沫橫飛，「是有其他辦法！終止碼！可惜唯一知道終止碼的人正好翹辮子了！」

「用蠻力攻擊呢？」賓克霍夫脫口而出。「能猜中終止碼嗎？」

賈霸高舉雙手。「拜託啊！終止碼就像加密金鑰——是隨機碼啊！不可能猜中的！如果你自認可以在四十五分鐘內輸入六百兆個密碼，請便！」

「終止碼在西班牙。」蘇珊主動說，聲音虛弱。

平台上的所有人轉頭。她已經很久沒有發言了。

蘇珊抬頭，兩眼模糊。「丹角死前送給別人了。」

人人一臉不解。

「密碼金鑰……」蘇珊講話時身體在抖。「副局長史卓摩派人去找了。」

「結果呢？」賈霸質問。「史卓摩派的人找到了沒？」

蘇珊努力克制，但淚水仍開始湧上。「有，」她哽咽地說，「應該有吧。」

111

控制中心有人大喊，尖銳的聲音幾能刺破耳膜。「鯊魚！」喊話的人是創思。

賈霸轉向視覺簡報。兩條細線出現在同心圓外，狀似精蟲，拚命想鑽破不情願的卵。

「聞到血了，各位！」賈霸轉向局長。「對我下命令吧。不開始關機的話，我們絕沒辦法撐過去。這兩個入侵者一發現防禦主機掛掉了，會登高一呼，叫來所有人。」

方天沒有回應。他陷入長考。蘇珊．弗萊徹提到的密碼金鑰，他似乎認爲可行。他對站在中心後面的蘇珊看了一眼。蘇珊看起來與世隔絕，癱坐在椅子上，雙手捧頭。爲何出現如此反應，方天不太確定，但無論原因是什麼，他現在無暇追究。

「對我下命令！」賈霸要求。「快！」

方天抬頭看。他以平靜的語氣說，「好吧，要命令，就給你一個命令。我們不準備關機。我們要等下去。」

賈霸瞠目結舌。「什麼？可是那樣等於是——」

「豪賭，」方天插嘴。「是一場勝算不小的豪賭。」他取走賈霸的手機，按下幾個按鍵。「蜜姬，」他說，「我是利藍德．方天。仔細聽好……」

112

「局長，你在搞什麼鬼，自己最好心裡明白！」賈霸咬牙說。「再拖下去，連關機的能力都會喪失。」

方天不予回應。

這時控制中心的後門適時打開，蜜姬快步走進來。來到平台時，她氣喘不已。「局長！交換機馬上幫你轉過來！」

方天以期待的態度，轉身面對牆上的大螢幕。十五秒後，螢幕嗶波響，出現影像。

大螢幕上的影像起初佈滿雪花，畫面不甚自然，但解析度逐漸改善。影像以QuickTime數位傳輸，每秒只有五格畫面。畫面上出現兩名男子，其中一人理小平頭，臉色蒼白，另一名男子是一頭金髮的典型美國白人。兩人面對攝影機坐著，有如等著上鏡頭的主播。

「什麼鳥東西嘛？」賈霸質問。

「乖乖坐下。」方天命令。

畫面上的男子似乎坐在廂型車內。電子纜線掛得四周都是。聲音傳輸嗶波一聲，開始傳送。忽然間出現了背景嘈雜聲。

「聲音傳入，」技術人員從背後高呼。「五秒後雙向。」

「他們是誰？」賓克霍夫問，口氣不安。

「監視員。」方天回答，抬頭注視著他派去西班牙的兩人。這是必要的預防措施。史卓摩的計畫，方天幾乎全盤贊同。除掉丹角苑正令人惋惜，卻有其必要性。他也贊同改寫數位堡壘。全都是穩健的做法。

但有一件事讓方天緊張：動用烏勒渥。烏勒渥技巧純熟，但他畢竟是拿錢辦事的人。值得信賴嗎？會不會暗槓密碼金鑰？方天希望找人看緊烏勒渥這關，以防萬一，因此採取了必要措施。

113

「絕對不行！」理小平頭的男子對著鏡頭大喊。「我們收到命令，只能對利藍德·方天局長報告！」

方天露出微微好笑的神色。「你不知道我是誰吧？」

「你是什麼人，並不重要吧？」金髮男子嗆聲。

「我來解釋，」方天插嘴。「先讓我解釋一下。」

幾秒後，兩人紅著臉，對著國安局局長挖心掏肺。「局——局長，」金髮男子結結巴巴，「我是幹員寇連德，他是幹員史密斯。」

「好，」方天說。「快報告。」

蘇珊·弗萊徹坐在中心後面，寂寞感壓得她喘不過氣，她極力抗拒著。她雙眼緊閉，耳朵嗚嗚作響，哭了起來。她的身體已經麻木。控制中心裡鼎沸的人聲淡成悶悶低語。

聚集平台上的人聆聽著史密斯幹員報告，聽得心浮氣躁。

「我們奉局長命令，」史密斯開始說，「兩天前來到塞維亞，跟蹤丹角苑正先生。」

「暗殺過程，說來聽聽。」方天不耐煩地說。

史密斯點頭。「我們在車上觀察，距離大約五十公尺。暗殺過程順利。烏勒渥顯然是專業。不過事後出了差錯，有人出現，烏勒渥沒機會拿到物品。」

方天點頭。他在南美洲時，幹員曾聯絡過，向他報告烏勒渥失手的消息，方天因此結束行程返國。

寇連德接著說，「我們依局長指示，跟蹤烏勒渥。不過他一直沒去停屍間，反而轉爲追蹤另外一個人。應該是平民，穿西裝打領帶。」

「平民？」方天沉思著。聽來像是史卓摩的招數——明智地將國安局排除在外。

「FTP過濾器快撐不住了！」技術人員高呼。

「我們需要那件物品，」方天追問。「烏勒渥人在哪裡？」

史密斯看著背後。「他嘛……人在這裡，局長。」

方天呼了一口氣。「哪裡？」今天他聽到的消息，就屬這件最好。

史密斯的手伸向鏡頭，做出調整。攝影機掃過廂型車內部，帶出兩個癱軟的身體，倚在後門上。兩人沒有動作。其中一個身材高大，戴著扭曲的鋼絲框眼鏡。另一人年輕，黑髮亂成一團，襯衫沾滿血跡。

「烏勒渥是右邊那個。」史密斯說。

「烏勒渥死了？」局長質問。

「是的，長官。」

方天知道，以後再說明也不遲。他抬頭瞥了一眼逐漸薄弱的防護層。「史密斯幹員，」他說得緩慢清晰。「那件物品，我現在需要。」

史密斯露出做錯事的神態。「長官，那件物品是什麼，我們到現在還不清楚。那是我們不需要知道的訊息。」

114

「那就再找啊！」方天高聲說。

局長失望地看著動作不自然的畫面，看著兩名幹員在車上對癱軟的兩人搜身，希望找出一份隨機的號碼與字母。

賈霸臉色蒼白。「噢天啊！他們找不到。我們死定了！」

「FTP過濾器快掛了！」有人大喊。「暴露第三層防護罩！」再起一陣騷動。

前方的大螢幕上，小平頭幹員舉起雙手，做出莫可奈何的動作。「長官，密碼金鑰不在這裡。我們搜遍了這兩人。口袋、衣物、皮夾，完全找不到。烏勒渥戴了一副單眼電腦，我們也搜過了，好像沒有傳過任何接近隨機字元的東西，只有一份暗殺名單。」

「可惡！」方天怒氣沖沖，忽然失去了鎮定。「一定在身上。再給我搜！」

賈霸顯然看不下去了——方天豪賭一場輸掉了。賈霸接手。體型龐大的系安組長走下平台，有如一陣暴風雨從山上移下。他掃過手下的程式設計師部隊，發號施令。「存取輔助關閉！開始關機！趕快動手！」

「絕對來不及了！」創思大喊。「我們需要半小時哪！等到我們完成關機手續，一切都太遲了！」

賈霸開口想回應，卻被中心後面的一聲哀號打斷。

眾人回頭看。蘇珊．弗萊徹猶如幽靈般，改變原本的蜷身姿勢站起來，臉色發白，雙眼目不轉睛，看著大衛．貝克的定格影像，看見他沒有動作，渾身是血，靠在廂型車上。

「你們害死了他！」她大罵。「你們害死了他啊！」她蹣跚走向螢幕，伸出雙手。「大衛……」

大家看得一頭霧水。蘇珊往前走，邊走邊呼喚著，兩眼片刻不離大衛身體的影像。「大衛。」她喘著氣喊，踉蹌向前。「噢，大衛……他們怎麼狠心——」

方天似乎糊塗了。「那個人，妳認識？」

蘇珊走過平台，腳步不穩，身體搖晃著。她在大螢幕前停住腳步，抬頭凝視，既迷惘又麻木，一次又一次呼喚著心愛的男人。

115

大衛・貝克的腦海百分之百空白。我死了。可是，卻聽得到聲音。遙遠的聲音……

「大衛。」

手臂下方有陣令他暈眩的灼痛感。他的血管灌滿了熱火。我的身體不聽使喚了。然而他卻聽見人聲，對他呼喚。聲音聽來單薄、遙遠，卻是他的一部分；也有其他人聲——不熟悉，也不重要；呼喚著。他拚命想隔絕其他聲響。他只在意一個聲音，而這個聲音不停淡入淡出。

「大衛……我好難過……」

出現光斑。起初微弱，是一小縫隙的灰色。越來越大。貝克想移動。痛楚。他想開口。無聲。人聲持續呼喚。

有人在他身邊，將他抬起來。貝克往人聲的方向前進。或者是被人抬過去？人聲呼喚著。他無神地凝望著光亮的影像。他看見她出現在小螢幕上。是一名女子，抬頭從另一世界望著他。她是在看著我死去嗎？

「大衛……」

聲音很耳熟。她是天使。她是來接他上天堂的。天使說話了，「大衛，我愛你。」

他頓時明瞭。

蘇珊對螢幕伸手，又哭又笑，迷失在一陣錯綜複雜的情緒中。她猛擦眼淚。「大衛，我——我以爲……」

外勤幹員史密斯輕輕放下大衛・貝克，扶他坐在面對螢幕的椅子上。「他的神智有點迷糊，小姐。給他一點時間。」

「可——可是，」蘇珊口吃起來，「我看到傳回來的訊息，上面寫著……」

史密斯點頭。「我們也攔截到了。烏勒渥性急了一點。」

「可是，身上的血……」

「皮肉之傷，」史密斯回答。「我們包上紗布了。」

蘇珊說不出話來。

寇連德幹員從鏡頭外插嘴，「我們拿新型J23射中他。J23是長效型的電擊槍。可能痛到不行，不過總算把他押走。」

「別擔心了，小姐。」史密斯請她安心。「他不會有事的。」

大衛・貝克凝視眼前的電視螢幕。他失去方向感，頭重腳輕。螢幕顯示出一個辦公室——亂成一團。蘇珊在裡面。她站在空曠的一塊地板上，抬頭注視他。

她又哭又笑。「大衛。謝天謝地！我還以爲你就這樣走了。」

他揉揉太陽穴。他在螢幕前移動，將鵝頸型麥克風拉近嘴巴。「蘇珊？」

蘇珊驚奇地抬頭凝視。大衛稜角分明的五官如今佔滿整面牆壁。他的聲音轟然傳來。

「蘇珊，我非問妳一件事不可。」貝克的回音與音量，似乎暫時中止了資料庫的危機處理。大家停下手邊動作，轉頭過來。

「蘇珊・弗萊徹，」他說，「嫁給我好嗎？」

中心的人聲紛紛靜下。一片筆記夾板掉在地上，一個鉛筆盒也跟著落地。沒有人彎腰拾起。只聽見終端機風扇微弱的嗡聲，以及大衛・貝克對著麥克風的穩定呼吸聲。

「大——大衛……」蘇珊結結巴巴說，忘記了周遭站定的三十七人。「你已經問過了，記得吧？五個月以前。我答應了。」

「我知道。」他微笑。「不過這一次啊，」——他將左手伸向鏡頭，展示無名指上一枚金戒指——「這一次，我準備了戒指。」

116

「唸出來，貝克先生！」方天命令。

賈霸滿頭大汗坐著，雙手停在鍵盤上空。「對，」他說，「唸出上面刻的好字！」

蘇珊．弗萊徹站在他們之間，膝蓋無力，滿臉通紅。中心所有人停下手邊動作，抬頭盯著大螢幕上的大衛．貝克。他扭動手上戒指，仔細看著刻字。

「小心一點唸！」賈霸命令。「打錯一個字，我們就完蛋了！」

方天兇巴巴地瞪了賈霸一眼。國家安全局的局長最懂得應付高壓狀況；製造額外的壓力絕非明智之舉。「放輕鬆，貝克先生。如果唸錯，再重新輸入就是了，總會有對的一次。」

「別聽他亂講，貝克先生，」賈霸發飆。「第一次就給我唸對。終止碼通常帶有懲罰條款——避免有人以嘗試錯誤的方法猜測。輸錯一次，可能加速蠕蟲的運作。再錯一次，可能完全鎖住。遊戲結束。」

局長皺眉，轉向螢幕。「貝克先生？算我說錯了。小心唸——務必萬分謹慎。」

貝克點頭，研究了戒指一會兒。然後開始開始以平靜的語氣唸出刻字。「Q…U…I…S…空格…C…」

賈霸與蘇珊同聲插嘴。「空格？」賈霸停止鍵入。「有空格？」

貝克聳聳肩，再細看戒指。「對啊。有好幾個哩。」

「怎麼了？」方天質問。「還在等什麼？」

「局長，」蘇珊說，顯然也感到迷惑。「是……只是……」

「我附議，」賈霸說，「很怪。密碼絕對沒有空格。」
賓克霍夫猛瞧一下。「什麼意思？」
「他的意思是，」蘇珊替賈霸回答，「這可能不是終止碼。」
賓克霍夫驚呼，「當然是終止碼啊！不然是什麼？不然丹角幹嘛要送掉？不然幹嘛沒事在戒指上刻一堆不規則的字母？」
方天狠狠瞪他一眼，賓克霍夫乖乖閉嘴。
「啊……各位？」貝克插進來，顯然不太願介入。「你們一直提隨機字母。我最好讓大家知道……上面的字母並不是沒有意義的字母。」
平台上的每個人同聲脫口而出。「什麼？」
貝克面露不安。「抱歉，這上面的字絕對有意義。我承認，刻得確實很擠，一眼看去，好像是隨機字串，不過如果細看，就能看出其實是……是……拉丁文。」
賈霸張開嘴巴。「開什麼玩笑！」
貝克搖搖頭。「沒有。上面寫的是，Quis custodiet ipsos custodes. 大致上可翻譯成——」
「誰來監督守門人！」蘇珊插嘴，替大衛完成句子。
貝克對蘇珊再看一眼。「蘇珊，我不知道妳居然——」
「出處是朱韋納爾的《時政諷喻錄》。」她感嘆道。「誰來監督守門人？如果國安局守衛全世界，誰來看管我們？這是丹角最喜歡的名言！」
「所以說，」蜜姬質問，「這到底是不是密碼金鑰嘛？」
「肯定是密碼金鑰。」賓克霍夫高聲說。
方天默默站著，顯然處理著這份資訊。

「是不是金鑰，我不知道。」賈霸說。「以非隨機的字串作爲密碼，我覺得丹角不太可能這麼做。」

「乾脆去掉空格嘛，」賓克霍夫大叫，「趕緊輸入就是了！」

方天轉向蘇珊。「弗萊徹小姐，妳認爲呢？」

她思考了片刻。總覺得什麼地方不對勁，但她說不上來。蘇珊還算熟知丹角，知道他凡事講求簡單。他的驗算與程式總是寫得俐落而絕對。需要去除空格，似乎有點怪怪的。這個細節很小，但總是個瑕疵，絕對不清爽——不像蘇珊心目中的丹角嘔心瀝血之作。

「感覺不太對。」蘇珊最後說，「我不認爲這是我們要的金鑰。」

方天長長吸了一口氣，深色的眼珠端詳著她雙眼。「弗萊徹小姐，就妳所見，如果這不是金鑰，丹角苑正爲何急著送走？如果他知道我們派人謀殺他——他難道不想讓戒指消失，用來懲罰我們？」

這時有人打斷對話。「啊……局長？」

所有人轉回螢幕。是塞維亞的寇連德幹員。他靠往貝克的肩膀上方，湊近麥克風講話。「也不知道這一點重不重要，不過丹角先生好像不曉得他被人謀殺。」

「你說什麼？」方天質問。

「烏勒渥是專業高手，長官。暗殺過程，我們看見了，只距離五十公尺。所有證據顯示，丹角並不知情。」

「證據？」賓克霍夫質問，「什麼證據？丹角送走了戒指，這個證據還不夠嗎？」

「史密斯幹員，」方天插話。「憑什麼認爲丹角苑正不知道自己被暗殺？」

史密斯清清喉嚨。「烏勒渥用NTB暗殺他，那是一種非侵入式重創子彈，是一種橡膠彈殼的子彈，子彈擊中胸部後散開。沒有聲響。非常乾淨。丹角先生只會感覺到刺痛，接著心臟負荷不住。」

「重創子彈，」貝克自顧自地沉思。「難怪會有瘀青。」

「所以說，」史密斯補充，「丹角先生不太可能聯想到槍手。」

「而他卻送走了戒指。」方天說。

「沒錯，長官。不過他從頭到尾沒有尋找兇手。受害人中槍後，一定會四下看看兇手是誰。這是天性。」

方天一臉狐疑。「你是說，丹角並沒有找烏勒渥？」

「對，長官。我們有錄影帶，如果想看的話——」

「X-11過濾器快報銷了！」技術人員大喊。「蠕蟲進了一半！」

「別管錄影帶了，」賓克霍夫高聲說。「趕緊輸入該死的終止碼，解決一切！」

賈霸嘆氣，忽然成了最冷靜的一個。「局長，如果輸入的密碼錯了……」

「對，」蘇珊插嘴，「如果丹角沒有懷疑我們派人殺他，我們必須回答一些疑問。」

「賈霸，時間還剩多少？」方天問。

賈霸抬頭看視覺簡報。「大概二十分鐘。我建議善用這段時間。」

方天沉默了半晌，然後重重嘆息。「好吧，放帶子。」

117

「十秒後傳輸影片，」史密斯幹員的聲音爆出。「我們跳格處理，聲音也一樣——盡可能接近眞實情況播放。」

平台上所有人默默站著，看著，等著。賈霸輸入幾個字母，重新調整大螢幕。丹角的訊息被移到最左邊：

唯有真相能解救你

大螢幕的右邊是靜止畫面，貝克與兩名幹員湊在車上的鏡頭前。大螢幕中央出現了模糊的方格，慢慢靜止，然後出現黑白的公園景象。

「傳輸中。」史密斯幹員宣佈。

影片看似老電影，動態彆扭而不自然——是跳格處理的副作用。如此處理可減少一半資訊量，加快傳輸速度。

鏡頭轉過一片廣大的中央廣場，一邊是半圓形的建築物正面，是塞維亞的市政廳。前景有幾棵樹。公園無人。

「X-11掛了！」技術人員呼喊。「這條害蟲肚子很餓！」

史密斯開始旁白。他的語調不帶感情，是經驗老到的幹員。「從車上拍到的，」他說，「距離暗殺區大約五十公尺。丹角從右邊接近。烏勒渥在左邊樹林。」

「時間緊迫，」方天口氣很急。「快轉到重點。」

寇連德幹員按下幾個按鈕，影帶速度加快。

平台上的每個人滿心期待，看著以前的同事丹角苑正走進鏡頭。影片加速後，影像顯得滑稽。丹角以彆扭的動作走進中央廣場，顯然欣賞著沿途風景。他遮住太陽，抬頭仰望四周建築的尖頂。

「就是這裡，」史密斯預告。「烏勒渥是專業高手。這時他發射第一發子彈。」

史密斯說的沒錯。螢幕左邊的樹木後面出現閃光，丹角立刻抓緊胸口，踉蹌了片刻。鏡頭拉進他。鏡頭晃動著，不斷失焦聚焦。

畫面高速播放時，史密斯繼續以冰冷的語氣旁白。「各位可以看見，丹角立刻心臟病發作。」

眼前的畫面，讓蘇珊看了反胃。丹角以畸形的雙手緊抓住胸口，臉上盡是恐懼與不解。

「各位會注意到，」史密斯接著說，「他的眼睛往下看，看著自己。一眼也沒看四周。」

「那算重要嗎？」賈霸說，半帶陳述，半帶詢問。

「非常重要，」史密斯說。「如果丹角懷疑遭人毒手，本能會搜尋四周。但是如各位所見，他並沒有四處看。」

在螢幕上，丹角跪下來，仍緊抓自己胸口。眼神一次也未上移。丹角苑正獨自一人，靜靜死於自然因素。

「奇怪的是，」史密斯說，口氣疑惑。「橡膠彈殼子彈的致命時間通常沒這麼快。有時候，如果目標物的體型夠大，根本死不了。」

「心臟不好。」方天淡然說。

史密斯拱起眉毛，露出欽佩神情。「好吧，武器選對了。」

蘇珊看著丹角從跪姿改爲側臥，最後躺下來，面朝上，抓住胸口。忽然間，鏡頭轉開，轉回樹林區，一名男子出現。他戴著鋼絲框眼鏡，手提著超大型的公事包。他接近廣場，靠近痛苦掙扎的丹角，這時手指開始靜靜舞動著連接手上的器材，姿勢怪異。

「他是在打著單眼，」史密斯大聲說。「傳送訊息，報告丹角已經被終結。」史密斯轉向貝克，對他咯咯笑。「看來烏勒渥有個壞習慣，喜歡在受害人眞正斷氣前傳回死訊。」

寇連德再次加快影片速度，鏡頭對準烏勒渥，跟著他逼近受害人。轉眼間，一名老人從附近庭院衝出，朝丹角跑過來，跪在他身邊。烏勒渥慢下腳步。沒過多久，另外兩人從庭院走過來，一個是體型肥胖的男子，另一個是紅髮女郎。兩人也來到丹角身邊。

「刺殺地點選擇錯誤，」史密斯說。「烏勒渥以爲受害者在此地孤立無援。」

在螢幕上，烏勒渥旁觀了一陣子，然後退回樹林，顯然想伺機而動。

「看著他伸出手，」史密斯提示。「第一次觀察的時候，我們沒有注意到。」

蘇珊抬頭注視著螢幕上令人作嘔的影像。丹角張口喘氣，顯然想傳達訊息給跪在身邊的善心人士。然後在絕望之中，他高舉左手，差點戳到老人的臉。他舉出殘障的手，伸到老人的眼前。鏡頭拉進到丹角的三根畸形手指，然後帶到其中一根，戴著金戒指，在西班牙艷陽下清晰閃耀。丹角再次伸出手。老人退縮。丹角轉向女郎。他舉起三根畸形的手指，直接伸到她的臉前，彷彿乞求她能了解。戒指在太陽下閃爍。女郎移開視線。丹角這時噎住了，無法發出聲音，轉向肥胖男子，再試最後一次。

老人忽然站起來跑開，據推斷是向人求救。丹角似乎越來越虛弱，但仍對著胖子的臉舉起戒指。胖子伸出手，握住垂死的丹角手腕，讓他的手維持高舉。丹角似乎向上凝視著自己的手指，凝視著戒指，然後看著男子的眼睛。接著，丹角苑正在死前做出最後懇求，對男子點頭，動作幾乎無法察覺，彷彿在說，對。

然後丹角癱下去。

「天啊。」賈霸唉聲說。

忽然間，鏡頭轉向殺手烏勒渥躲藏處。他已經走了。警察騎著摩托車出現，從費勒意街飛馳而來。鏡頭轉回丹角躺下的位置。跪在身邊的女郎顯然聽見了警笛；她緊張地四下看看，然後開始拖著同行的胖子，乞求他快走。兩人快步離開。

鏡頭拉近丹角，雙手握在無生命跡象的胸口。手上的戒指已經不見。

118

「證據在這裡。」方天果斷地說。「丹角拋棄了戒指。他希望戒指離他越遠越好——讓我們永遠找不到。」

「可是，局長，」蘇珊反駁，「沒道理吧。如果丹角沒察覺自己被暗殺，為什麼要送走終止碼？」

「我有同感。」賈霸說。「那小子很叛逆，不過叛逆得有良心。逼我們承認譯密機的存在是一回事；害我們公開機密的資料庫又是另一回事。」

方天盯著看，臉上寫滿了不相信。「你們認爲丹角希望阻止這隻蠕蟲？你們認爲，他死前的心願是保護可憐的國安局？」

「隧道墩開始剝落！」技術人員大喊。「十五分鐘後完全無法招架。最多十五分鐘！」

「我告訴你們，」局長高聲說，掌控全場。「再過十五分鐘，地球上每個第三世界國家都將學會製造洲際導彈的祕密。如果這辦公室有人自認可以想出比這戒指更好的終止碼，我洗耳恭聽。」局長等著。沒人開口。他將視線轉回賈霸，然後鎖定他的眼睛。「賈霸，丹角送走那個戒指，不是沒有原因。不管他是想埋掉，或認爲胖子會跑去公用電話亭向我們通報消息，我才不在意。不過我已經做出決定。我們要輸入戒指上那句話。快。」

賈霸長長吸了一口氣。他知道方天說的對——沒有更好的辦法了。快沒時間了。賈霸坐著。「好吧……那就輸入這句。」他湊近鍵盤。「貝克先生？請唸出刻字。慢慢唸。」

大衛．貝克讀出刻字，賈霸一字字鍵入。輸入完畢後，大家再檢查拼音，省略掉空格。大螢幕中央面板接近最上方之處，有以下的字串：

QUISCUSTODIETIPSOSCUSTODES

「我不喜歡，」蘇珊喃喃輕聲說。「看起來不清晰。」

賈霸遲疑著，手指在輸入鍵上猶豫。

「輸入啊。」方天命令。

賈霸按下按鍵。幾秒鐘後，整個主控中心知道失策了。

119

「速度加快了！」創思從中心後面大喊。「密碼錯誤了！」

大家默默站立，心裡恐慌著。

眼前的螢幕出現錯誤訊息：

輸入錯誤。此區僅可輸入數碼。

「該死！」賈霸大罵。「只有數字！我們要找的，是該死的數字！這下完蛋了！那戒指是爛貨！」

「蠕蟲的速度增加一倍！」創思喊叫。「作爲懲罰！」

中央螢幕上，在錯誤訊息的正下方，視覺簡報畫出令人膽寒的影像。第三層防火牆被攻下後，代表駭客入侵的六七條黑線往前猛衝，毫不留情地往核心逼近。每隔片刻就增加一條。然後再出現一條。

「他們聚集過來了！」創思大叫。

「正在驗證海外連線！」另一名技術人員大呼。「消息傳開了！」

蘇珊移開視線，不想再看著一一倒下的防火牆，目光轉向旁邊的螢幕。暗殺丹角苑正過程的影片反覆播放著，同樣的畫面一次又一次出現——丹角緊抓胸口，倒下，表情絕望而恐慌，對著一群沒有疑心的觀光客強迫推銷戒指。沒有道理，她心想。如果他不知道被人暗算……蘇珊腦海一片空白。太遲了。我們錯過了某個東西。

在視覺簡報上，敲著大門的駭客數目在五分鐘內增加一倍。從現在起，數目將以倍數暴增。駭客好比郊狼，屬於群集動物，遇上新獵物，必定急著廣播消息。

利藍德・方天顯然看夠了。「關掉，」他高聲說，「把整個東西關機。」

賈霸直盯著前方，宛如沉船中的船長。「太遲了，長官。我們快被攻下了。」

120

四百磅重的系安組長呆呆站著，雙手抱頭，如定格般保持不敢置信的表情。他已經下令關機，但已經整整遲了二十分鐘。鯊魚般的駭客若具備寬頻數據機，將能乘機下載數量驚人的機密資訊。

賈霸的噩夢被創思驚醒。創思拿著新的列印資料，衝上平台。「長官，我找到東西了！」她興奮地說。「來源碼裡的孤兒！字母組。到處都是！」

賈霸仍無動作。「我們找的是數字啦，該死！不是字母啦！終止碼是數字！」

「可是我們找到了孤兒啊！丹角這人太精，不會留下孤兒的——而且還這麼多！」

「孤兒」一詞指的是程式設計中多餘的程式，完全無法幫助程式達成目標，既幫不上忙，也沒有任何指涉，也毫無因果關係，通常在最後除蟲與編譯程序中被刪除。

賈霸接過資料研究起來。

方天默默站著。

蘇珊從賈霸背後看著資料。「攻擊我們的敵人，居然是丹角的蠕蟲程式草稿？」

「草稿或完稿，」賈霸反駁，「都把我們殺得落花流水。」

「我不相信，」蘇珊爭論。「丹角事事講求完美。你也知道。他才不會在程式裡留下不清爽的東西。」

「多得很哪！」創思高喊。她從賈霸手上搶過資料，推向蘇珊面前。「看！」

蘇珊點頭。果然，程式每隔約莫二十行，便出現四個一組的字串，無依無靠。蘇珊掃瞄著這些字串。

PFEE
SESN
RETM

「四個一組的字母串，」她疑惑起來。「絕對不是程式的一部分。」

「算了吧，」賈霸咆哮。「妳只是想在淹死前抓住稻草。」

「那可說不定，」蘇珊說。「很多加密方法使用四個一組的字串。這可能是一種密碼。」

「才怪。」賈霸悶哼一聲。「指的是——哈哈，你們慘了。」他抬頭看視覺簡報。「再過十分鐘左右。」

蘇珊不理會賈霸，盯著創思。「有多少孤兒？」

創思聳聳肩。她接管賈霸的終端機，鍵入所有字串。輸入完畢後，她從終端機後退。全主控中心抬頭看著螢幕。

PFEE SESN RETM MFHA IRWE OOIG MEEN NRMA
ENET SHAS DCNS IIAA IEER BRNK FBLE LODI

蘇珊是唯一面露微笑的人。「看起來真的很眼熟，」她說。「四字一組，就跟隱碼機一樣。」

局長點頭。隱碼機是歷史上最出名的編碼機器，是納粹政府的加密大機器，重達十二噸。加密的方式以四字母編組。

「太絕了。」他唉聲說。「妳該不會碰巧手邊擺了一台吧？」

「重點不是這個！」蘇珊說著，忽然恢復生機。這是她的專長。「重點是，這是一個密碼。丹角留給我們一條線索！他在向我們炫耀，挑釁我們，看我們有沒有辦法及時理解出密碼金鑰。他把線索留在我們正好碰不著的地方！」

「荒唐！」賈霸發飆說。「丹角只給我們一個解決之道——公開譯密機。就這麼簡單。就這麼一條生路。被我們搞砸了。」

「我同意他的看法，」方天說。「丹角怎麼肯冒險留下終止碼的線索，我很懷疑。」

蘇珊不置可否地點頭，心中卻回想起丹角留給他們NDAKOTA這條線索。她抬頭盯著字母群，心想是否他又在玩遊戲。

「隧道墩去了一半！」技術人員呼喊。

在視覺簡報上，大批黑色連結線往剩下兩層防火牆猛竄，越鑽越深。

大衛一直默默坐著，觀賞著眼前螢幕上演好戲。「蘇珊？」他主動提出。「我有個想法。那些四個一組的文字，是不是總共十六組？」

「噢，拜託啦，」賈霸壓低嗓門說。「大家都想來玩一手囉？」

蘇珊不理會賈霸，數一數字串。「對。十六組。」

「空格拿掉。」貝克口氣堅定。

「大衛，」蘇珊回應，微微感到尷尬。「你大概不了解吧，四個一組的字串是——」

「拿掉空格。」他重申。

蘇珊遲疑片刻，然後對創思點頭。創思迅速刪除空格。結果如下，並不比剛才更清楚。

PFEESESNRETMMFHAIRWEOOIGMEENNRMAENETSHASDCNSIIAAIEERBRNKFBLELODI

賈霸爆發了。「夠了！遊戲時間結束！這東西加速在跑咧！我們這裡只剩大概八分鐘！我們找的是數字，不是一堆亂七八糟的字母！」

「十六乘以四，」大衛語氣平靜。「蘇珊，算算看。」

蘇珊盯著螢幕上的大衛。算算看？他數學真菜！她知道大衛背起動詞變化與字彙，有如影印機一般，不過數學？……

「乘法表。」貝克說。

乘法表，蘇珊納悶著。他在講什麼東西啊？

「十六乘以四，」身為教授的大衛重複。「我四年級時背過乘法表。」

蘇珊想像著小學的標準乘法表。十六乘以四。「六十四，」她淡淡說。「那又怎樣？」

大衛挨近鏡頭。他的臉佔滿整個螢幕。「六十四個字母……」

蘇珊點頭。「對，可是這些是——」蘇珊愣住了。

「六十四個字母。」大衛重複。

蘇珊震住了。「噢，我的天啊！大衛，大天才！」

121

「七分鐘！」技術人員呼喊。

「八行八列！」蘇珊大叫，語氣興奮。

創思敲著鍵盤。方天默默旁觀。倒數第二道防火牆越來越薄弱。

「六十四個字母！」蘇珊掌握住了。「是完全平方！」

「完全平方？」賈霸質問。「那又怎樣？」

十秒後，創思重組了螢幕上看似隨機的字母。如今排成八行八列。賈霸研究著字母，絕望地舉起雙手。新的排列組合方式並不比原先字串透露更多訊息。

P	F	E	E	S	E	S	N
R	E	T	M	P	F	H	A
I	R	W	E	O	O	I	G
M	E	E	N	N	R	M	A
E	N	E	T	S	H	A	S
D	C	N	S	I	I	A	A
I	E	E	R	B	R	N	K
F	B	L	E	L	O	D	I

「平方個屁。」賈霸悶哼。

「弗萊徹小姐，」方天要求，「解釋來聽聽。」眾人眼光轉向蘇珊。

蘇珊抬頭盯著正方形的字母集。緩緩地，她開始點頭，然後綻放出滿臉微笑。「大衛，太厲害了！」

平台上的人交換疑惑的臉色。

大衛對著小螢幕上的蘇珊眨眼。「六十四個字母。凱撒重現江湖。」

蜜姬糊塗了。「你們在講什麼？」

「凱撒宮格。」蘇珊微笑說。「從上往下看。丹角留給我們一封信。」

122

「六分鐘！」技術人員呼喊。

蘇珊高聲下令。「重新輸入，從上往下！往下拼音，不要橫向拼音！」

創思快速地從上往下看，重新鍵入文字。

「凱撒大帝從前以這種方式傳密碼！」蘇珊脫口而出。「他的信件，字母總數一定是完全平方！」

「好了！」創思大喊。

人人抬頭看著剛重組過的字串，從左到右，單一呈現在大螢幕上。

「還是垃圾一堆。」賈霸語帶不屑地罵道。「看看嘛，完全是隨機出現的——」接下來的字卡在他喉嚨裡。他的眼睛張大如圓盤。「噢……噢……我的……」

方天也看出來了。他拱起眉毛，顯然感到佩服。

蜜姬與賓克霍夫也同聲讚嘆。「眞不是蓋的。」

六十四個字母這時排成：

PRIMEDIFFERENCEBETWEENELEMENTSRESPONSIBLE
FORHIROSHIMAANDNAGASAKI

「加進空格，」蘇珊命令。「我們有個謎題待解。」

123

一名面色鐵青的技術人員跑上平台。「隧道墩快垮了！」

賈霸轉向視覺簡報螢幕。駭客往前衝，距離第五道也是最後一道牆只有毫厘之差。資料庫垮臺的關頭快到了。

蘇珊無視周遭的混亂。她反覆閱讀著丹角奇特的訊息。

PRIME DIFFERENCE BETWEEN ELEMENTS
RESPONSIBLE FOR HIROSHIMA AND NAGASAKI

（廣島與長崎事件的導因之主要差異）

「連問題都稱不上！」賓克霍夫哎叫。「怎麼想得出謎底？」

「我們需要的是數字，」賈霸提醒。「終止碼是數字。」

「安靜。」方天口氣平穩。他轉身對蘇珊說，「弗萊徹小姐，妳既然將我們帶到了這裡，我需要妳提出最佳的假設。」

蘇珊深吸一口氣。「終止碼輸入區只接受數字。我猜正確數字的線索就在這句話裡。文字提到廣島和長崎——兩個城市都被原子彈炸過。也許終止碼和死傷人數有關，和估計損失金額有關……」她停頓一下，重新閱讀線索。「『差異』這個詞，好像很重要。長崎和廣島之間的主要差異。顯然丹角覺得這兩件事某個地方有所差異。」

方天的表情沒有改變。儘管如此，希望的氛圍消散得很快。看來，史上兩樁最慘重的轟炸案，其政治背景必須拿來分析、比對，然後轉譯成某種神奇數字……而且限時五分鐘。

124

「最後一道防火牆遭受攻擊！」

在視覺簡報上，PEM授權程式如今遭包圍，向內鑽動的黑線刺進最後防護罩，開始逼近核心。伺機進攻的駭客如今從世界各地現形，數目幾乎每隔一分鐘加倍。不消多久，任何電腦使用者，無論是外國間諜、激進分子、恐怖分子，皆有辦法獲取美國政府所有機密資訊。

技術人員致力切斷電源卻苦無結果，平台上聚集的人群仍研究著這句話。就連大衛與兩名國安局幹員，也遠在西班牙的廂型車上破解密碼。

PRIME DIFFERENCE BETWEEN ELEMENTS
RESPONSIBLE FOR HIROSHIMA AND NAGASAKI

創思自言自語著，「廣島與長崎事件的導因之主要差異……珍珠港？裕仁天皇拒絕……」

「我們要的是數字，」賈霸重申，「不是政治理論。我們談的是數學——不是歷史！」

創思噤聲不語。

「承載量呢？」賓克霍夫主動說。「死傷人數呢？損失金額呢？」

「我們找的是確切數字，」蘇珊提醒。「傷亡統計各家不同。」她抬頭盯著那句話，「導因……」

三千哩之外，大衛・貝克猛然睜大眼睛。「因素！」他高聲說。「我們談的是數學，不是歷史！」

所有人頭轉向衛星轉播的螢幕。

「丹角玩的是文字遊戲！」貝克滔滔說出。『因素』（element）這個字有多重意義！」

「有話直說，貝克先生。」方天動怒。

「他說的是化學元素——跟社會政治學無關！」

貝克這番話換來眾人茫然的表情。

「元素！」他提示。「週期表！化學元素！你們難道沒看過電影《直接武力》（*Fat Man and Little Boy*）？敘述曼哈頓計畫的那部？那兩顆原子彈不一樣。使用的燃料不同——差異在於元素！」

創思擊掌叫好。「對！他說的對！我也讀過！那兩顆原子彈用的燃料不一樣！一個用的是鈾，另一個用的是鈽！兩種相異的元素！」

主控中心裡的人紛紛閉口。

「鈾和鈽！」賈霸驚呼，忽然燃起希望。「線索要我們找出兩種元素之間的差異！」他轉向手下大軍。「鈾和鈽有什麼差別？有誰知道？」

盡是無解的眼神。

「快呀！」賈霸說，「大學白上了是不是？有沒有人知道！快一點！我要的是鈾和鈽之間的差異！」

沒人回應。

蘇珊轉向創思。「我要上網。這裡有沒有瀏覽器？」

創思點頭。「Netscape最讚了。」

蘇珊拉起她的手。「快，我們去飆網路。」

125

「多少時間？」賈霸從平台上問。

後面的技術人員沒有回答。大家杵在原地，抬頭盯著視覺簡報。最後一道防火牆變得岌岌可危。

蘇珊與創思在附近翻找著網路搜尋結果。「法外之民實驗室？」蘇珊問，「是什麼人啊？」

創思聳聳肩。「要查這個站嗎？」

「當然，」她說。「提到鈾、鈽、原子彈六百四十七次，看來這一站準沒錯。」

創思按下網站。出現一則排除事責聲明。

本檔案包含之資訊嚴格限於學術用途。非專業人士若冒險建造本站描述之任何裝置，將冒輻射中毒與／或自我引爆之危險。

「自我引爆？」創思說。「天哪。」

「找下去，」方天轉頭說，「看看裡面有什麼。」

創思開始查看文字內容。她看到一份製造尿素硝酸鹽的配方，是比火藥威力強十倍的炸藥，寫得宛如是烘焙奶油糖漿鬆糕的食譜。

「鈾和鈽。」賈霸重申。「專心。」

「轉回去。」蘇珊命令。「這個文件太大。找目錄。」

創思往回捲，最後發現以下目錄。

一、原子彈之機制

A 測高儀

B 氣壓傳爆器

C 傳爆頭

D 火藥量

E 中子導流板

F 鈾與鈽

G 鉛屏蔽

H 導火線

二、核分裂／核融合

A 分裂（原子彈）與融合（氫彈）

B U-235、U-238、與鈽

三原子武器之歷史

A 發展（曼哈頓計畫）

B 引爆

1 廣島

2 長崎

3 原爆之副作用

4 原爆區域

「第二部分！」蘇珊大喊。「鈾和鈽！查下去！」

眾人等著創思找出正確段落。「找到了！」她說。「等一下。」她快速瀏覽資料。「裡面寫了很多東西。一整個圖表。我們怎麼知道要找的差異是什麼？一個天然，另一個是人造。最早發現鈽的人是——」

「數字，」賈霸提醒。「我們要的是數字。」

蘇珊再讀丹角的留言。導因之主要差異……差異……我們要的是數字……「等一下！」她說。「『差異』這個詞有多重意義。我們需要的是數字——所以說，我們談的是數學。這又是丹角在玩遊戲——『差異』（difference）指的是相差。」

「對！」貝克從頭上的螢幕附和。「也許這兩種元素的質子或什麼東西有差別？如果兩個相減的話——」

「有道理！」賈霸邊說邊轉向創思。「那個表上有沒有任何數字？質子數啦，半衰期啦，任何可以相減的數字？」

「三分鐘！」技術人員大喊。

「超臨界質怎麼樣？」創思大膽提出。「上面說鈽的超臨界質是三十五點二磅。」

「沒錯！」賈霸說。「查看看鈾！鈾的超臨界質是多少？」

創思搜尋著。「嗯……一百一十磅。」

「一百一？」賈霸忽然露出滿懷希望的神情。「一百一減掉三十五點二，等於多少？」

「七十四點八，」蘇珊快嘴說。「可是我不認爲——」

「讓開，」賈霸命令，湊近鍵盤。「這一定是終止碼！兩個元素的臨界質差！七十四點八！」

「等一下，」蘇珊從創思背後看著說。「還有其他東西。原子重量。中子數。萃取方式。」她略讀著圖表。「鈾可分裂成鋇和氪；鈽另有其他作用。鈾有九十二個質子，一百四十六個中子，不過——」

「我們要的是最明顯的差異，」蜜姬插嘴。「線索說的是，『元素間最主要（primary）的差異。』」

「天啊！」賈霸咒罵著。「丹角自認主要（primary）的差異，我們怎麼知道是什麼？」

大衛插話進來。「其實啊，線索用的形容詞是prime，不是primary。」

這個單字讓蘇珊恍然大悟。「prime!」她驚呼。「prime！（譯註：prime可做「主要的」與「質數」兩種解釋）」。她轉向賈霸，「終止碼是一個質數！想想看！完全合理！」

賈霸立刻知道蘇珊說得沒錯。丹角苑正的職場生涯建築在質數上。質數是所有加密演算法的基石。質數是獨特的數字，因子只有一與本身。撰寫密碼時常用質數，因為電腦不可能使用典型的因數分解法來猜測。

創思插話進來。「對呀！完全合理！質數在日本文化不可或缺！俳句用到質數。行數三，音節分別是五、七、五。全是質數。而且啊，京都的寺廟全都——」

「夠了！」賈霸說。「就算終止碼是質數，那又怎樣！質數多到數不完啊！」

蘇珊知道賈霸說的對。由於數字無止境延伸，放遠一點看，一定能找到更大的質數。在零與一百萬之間，質數就超過七萬個，單靠丹角如何選擇。數字越大，就越難猜中。

「一定很大。」賈霸悶哼。「不管丹角用的是什麼質數，肯定大到嚇人。」

中心後方有人呼喊。「兩分鐘預警！」

賈霸向上望著視覺簡報，如吃了敗仗。最後防火牆開始崩潰。技術人員四處奔走。

冥冥之中，蘇珊知道答案就在眼前。「我們辦得到！」她高聲說著，掌握全局。「鈾和鈽之間這麼多差異，我打賭只有一個可以用質數來表示！這是我們最後一條線索。我們要找的數字是質數！」

賈霸盯著螢幕上的鈾／鈽表，舉起雙手。「這裡少說也有一百個項目！不可能全拿來相減，到處找質數。」

「很多項目跟數字無關，」蘇珊鼓勵著。「不用管那些東西。鈾是天然元素，鈽是人造元素。鈾使用的引爆法是雷管，鈽使用的是內爆法。這個項目不是數字，所以無關！」

「那就找吧。」方天命令。在視覺簡報上，最後一道牆薄如蛋殼。

賈霸擦拭額頭。「好吧，死馬當活馬醫了。開始相減。我來負責最上面四分之一。蘇珊，妳負責中間。其他人平分剩下的部分。我們要找的是，相減後等於質數的東西。」

只過幾秒，狀況明朗化：他們絕無可能成功。這些數字奇大無比，很多時候連單位也不相符。

「該死，根本是拿蘋果跟柳橙比較嘛，」賈霸說。「拿伽瑪射線跟電磁波相比。可分裂跟不可分裂。有些含量純粹。有些是百分比。亂七八糟嘛！」

「一定在這裡。」蘇珊語氣堅定。「不動動腦筋不行。鈾和鈽之間的差異，我們一定漏掉了一項！很簡單的一項！」

「呃……各位？」創思說。她替另一份文件開了視窗，正在閱讀法外之民實驗室其餘的文件。

「什麼事？」方天質問。「找到東西了嗎？」

「嗯，可以這麼說。」她的口氣不安。「我不是說，長崎的原子彈是鈽彈嗎？」

「是啊！」大家齊聲回答。

「這個嘛……」創思深吸一口氣。「看來我搞錯了。」

「什麼！」賈霸噎住了。「我們找錯地方了？」

創思指向電腦螢幕。大家聚集過來，看著內文。

……一般人誤認為長崎的原子彈是鈽彈。事實上，該原子彈使用的是鈾，與廣島的原子彈相同。

「可是——」蘇珊瞠目結舌。「如果兩顆使用的元素都是鈾，怎麼找到差異點？」

「可能是丹角弄錯了，」方天大膽假設。「可能他不知道兩個原子彈其實相同。」

「不對。」蘇珊嘆氣說。「他天生殘障，就是受到原子彈的毒害。原子彈的事實，他比誰都清楚。」

126

「一分鐘！」

賈霸盯著視覺簡報。「PEM授權快掛了。是最後一線防衛。門外擠了一大群駭客。」

「專心！」方天命令。

創思坐在瀏覽器前，朗讀出內容。

……長崎原子彈使用的並非鈽，而是人工製造、中子飽和的鈾238同位素。

「該死！」賓克霍夫咒罵。「兩個原子彈都用鈾。導致廣島和長崎事件的元素都是鈾，哪來的差異！」

「我們死定了，」蜜姬悶哼。

「等一下。」蘇珊說。「最後那部分，再唸一遍！」

創思覆誦最後一段。「……人工製造、中子飽和的鈾238同位素。」

「238？」蘇珊驚聲說。「剛才不是看到，廣島的原子彈用的是另一種鈾的同位素嗎？」

大家面面相覷。創思慌忙回捲，找到剛才的地方。「有了！上面說，廣島的原子彈使用不同的鈾同位素！」

蜜姬訝然張口。「兩個都是鈾——只不過種類相異！」

「都是鈾？」賈霸推擠進來，盯著終端機。「蘋果比蘋果！美妙！」

「這兩種同位素有何差別？」方天質問。「一定是很基本的東西。」

創思向下捲動文件。「等一等……找呀找……有了……」

「四十五秒！」有人呼喊著。

蘇珊抬頭看。最後一道防火牆近乎無形。

「找到了！」創思驚呼。

「唸出來！」賈霸正在流汗。「差異在哪裡？這兩種東西，一定有差異！」

「有了！」創思指著電腦螢幕。「看！」

大家閱讀著內文：

……兩枚原子彈使用不同燃料……化學屬性完全雷同。以尋常的化學萃取法，絕無法分開兩種同位素。兩者除在重量上有些微差別之外，其實完全雷同。

「原子重量！」賈霸興奮地說。「就是這個了！唯一的差異就在重量！答案就是這個！報出重量來！然後相減！」

「等一下，」創思說著繼續往下捲。「快到了！有了！」人人快速閱讀著內容。

……重量差異微乎其微……

……以氣體漫射分離……

……一為10,033498X10^134，另一為19,39484X10^23。**

「就是這個！」賈霸大叫。「就是這個了！重量就在這裡！」

「三十秒！」

「動手，」方天低聲說。「拿來相減。快一點。」

賈霸拿著計算機，開始輸入數字。

「星號是什麼意思？」蘇珊問。「數字後面附上星號！」

賈霸不理會她。他已經開始狂按計算機。

「小心喲！」創思敦促。「我們要找的是確切的數字。」

「那個星號，」蘇珊又說，「代表註解。」

創思按向段落最後。

蘇珊閱讀星號的註腳。她臉色發白。「噢……我的天哪。」

賈霸抬頭看。「什麼？」

大家靠過來，齊聲發出認輸的嘆息。小小的註解寫著：

＊＊誤差值百分之十二。各實驗室公佈之數據不一。

127

平臺上倏然興起一陣安靜、恭敬的氣氛，彷彿眾人正欣賞日蝕或火山爆發，目睹不可思議的連串事件，束手無策。時間似乎變慢，緩如蝸步。

「防火牆快倒了！」技術人員高喊。「連結！全部連結成線！」

在大螢幕的最左邊，大衛與幹員史密斯和寇連德茫然對著鏡頭。在視覺簡報上，最後一道防火牆薄如細絲。黑鴉鴉線條大舉壓境，數百條等著連結。右邊是丹角。他生前最後一刻，以不自然的轉速在螢幕上反覆播放。神情絕望——手指向外伸展，戒指在陽光下閃耀。

蘇珊看著影片的鏡頭失焦再聚焦。她盯著丹角的眼睛——似乎充滿了遺憾。他絕不希望情況惡化至此，她告訴自己，他想救我們。然而，一次又一次地，丹角向外伸展出手指，強迫大家看他的戒指。他想講話卻無能爲力。只是不斷向前伸出手指。

在塞維亞，貝克的大腦仍反覆運轉。他喃喃自語，「那兩種同位素，是什麼來著？鈾238和鈾……？」他重重嘆息——無濟於事了。他是教外語的老師，不是物理學家。

「內向線準備驗證！」

「天啊！」賈霸氣得吼叫。「同位素的差異在哪裡嘛！沒人知道哪裡不同嗎？」無人回答。滿是技術人員的主控中心裡，大家無助地站著看視覺簡報。賈霸轉回電腦螢幕，高舉雙手。「要找核子物理專家時，他們都死到哪裡去了！」

蘇珊抬頭盯著牆上的大螢幕，看著QuickTime影片，心知一切結束了。她以慢動作看著丹角一次又一次死去。他想說話，言語卻哽在喉嚨裡，畸形的手向上伸出……想溝通某件事。他是想解救資料庫，蘇珊告訴自己。可惜我們永遠不會知道怎麼救。

「駭客來到門口了！」

賈霸盯著大螢幕。「來了！」汗水直流下他的臉。

中央螢幕上，最後一縷防火牆近乎消失。聚集在核心外的黑線大軍晦暗，隱隱脈動著。蜜姬偏頭而去。方天僵直站著，雙眼向前。賓克霍夫看似即將嘔吐。

「十秒！」

蘇珊的視線片刻不離丹角的影像。絕望。遺憾。一手伸出，一次又一次，戒指閃耀，畸形的手指彎曲拱起，在陌生人的面前。他是想告訴他們什麼。到底是什麼？

上面的大螢幕上，大衛陷入沉思。「差異，」他不斷喃喃自語。「鈾238和鈾235的差異。一定是很簡單的東西。」

技術人員開始倒數。「五！四！三！」

不到十分之一秒，聲音傳到西班牙。三……三。

大衛．貝克彷彿再次遭電擊槍攻擊，周遭動作轉緩，最後靜止。三……三……三。238減掉235！差數是三！慢動作中，他伸手拿麥克風……

就在這一刻，蘇珊盯著丹角向外伸出的手。忽然間，她看到戒指以外的東西……看破了刻字金戒指，看到戒指以下的肌膚……看到他的手指。三根手指。根本與戒指無關。是血肉。丹角不是想告訴他們什麼，而是比畫給他們看。他訴說著祕密，比出終止碼——乞求旁人了解……祈禱著自己的祕密能設法即時傳回國安局。

「三。」蘇珊低語，表情呆滯。

「三！」貝克從西班牙大喊。

然而現場混亂，似乎沒人聽見。

「垮下來了！」技術人員大喊。

視覺簡報開始狂閃，核心則遭駭客的大浪淹沒。頭上的警報聲大作。

「資料外流！」

「各區出現寬頻連結！」

蘇珊宛如置身夢境，動了起來，轉向賈霸的鍵盤。她轉身之際，眼神固定在未婚夫大衛・貝克上。他的聲音再度從上方爆發。

「三！235和238相差三！」

主控中心的所有人抬頭。

「三！」在警報聲與技術人員嚷叫聲交雜中，蘇珊吼叫。她指向螢幕，眾人的視線移過去，看到丹角的手，向外伸展，三根指頭在塞維亞的艷陽下絕望地揮動。

賈霸僵住了。「噢我的天啊！」他忽然了解到，殘障奇才其實從一開始就給了答案。

「三是質數！」創思脫口而出。「三是一個質數！」

方天神情茫然。「有這麼簡單嗎？」

「資料外流中！」技術人員高喊。「流速很快！」

平台上每個人同時朝終端機衝去——一大群向外伸展的手。然而在混亂中，蘇珊有如游擊手接住平飛球，率先摸抵鍵盤。她鍵入3。大家轉向牆上的大螢幕。在混亂中，螢幕只顯示：

「對！」方天命令。「快輸入！」

蘇珊屏息，將手指降落在輸入鍵。電腦嗶了一聲。

沒人敢動。

難熬的三秒鐘過了，仍無動靜。

警報聲繼續大作。五秒。六秒。

「資料外流中！」

「沒有變化！」

忽然間，蜜姬開始狂指著上方的螢幕。「看！」

上面出現了一道訊息。

終止碼證實。

「載入防火牆！」賈霸命令。

但創思已早他一步。她已經下了指令。

「外流資料中斷！」技術人員大喊。

「連結截斷！」

視覺簡報中，原本五層的防火牆恢復了第一層。攻擊核心的黑線立刻被斬斷。

「恢復防火牆！」賈霸高呼。「防火牆恢復了！」

此時出現片刻的疑慮，彷彿頃刻間一切又將崩垮。然而，隨後第二道防火牆開始復原……然後出現第三道。數秒鐘後，過濾器全數恢復原狀。資料庫獲得保障。

主控中心歡聲雷動，一片混亂。技術人員互擁，將電腦列印資料拋向空中，以示慶祝。警報聲漸消。賓克霍夫摟住蜜姬不放。創思的淚水嘩嘩落下。

「賈霸，」方天問，「駭客偷了多少？」

「少之又少。」賈霸說，研究著螢幕。「少之又少。而且沒有一項完整。」

方天緩緩點頭，嘴角形成歪斜的微笑。他東看西看，想找蘇珊・弗萊徹，但蘇珊已開始走向主控中心前面。在她眼前的牆上，大衛・貝克的臉佔滿全螢幕。

「大衛？」

「嘿，美女。」他微笑。

「回國，」她說，「馬上回國。」

「在石東莊園會合？」他問。

她點頭，淚水湧上眼眶。「就這麼說定。」

「史密斯幹員？」方天呼叫。

史密斯出現螢幕上，在貝克旁邊。「長官？」

「看樣子，貝克先生要趕一場約會。麻煩你立刻送他回國，好嗎？」

史密斯點頭。「我們的飛機在馬拉加。」他拍拍貝克的背部。「教授，給你賺到了。有沒有坐過里爾噴射60？」

貝克咯咯笑。「昨天到現在，沒有。」

128

蘇珊醒過來時，太陽已升起，窗簾篩過柔柔的光線，濾入鵝毛床上。她伸手摸向大衛。我是在作夢嗎？她的身體維持不動，筋疲力竭，仍因前一晚的事件感到昏沉沉。

「大衛？」她低吟著。

沒人回應。她睜開雙眼，皮膚仍微感刺麻。彈簧床另一邊冰冷。大衛不見了。

我在作夢，蘇珊心想。她坐起身來。房間以維多利亞時代風格裝潢，全是蕾絲與古董，是石東莊園的頂級套房。她的過夜旅行袋放在硬木地板中央……性感睡衣攏在床邊的安妮女王椅上。

大衛眞的來過嗎？她仍有回憶——他的身體貼上來，以溫柔的吻喚醒她。難道全是夢境？她轉向床邊小桌，上面有瓶空香檳，兩只酒杯……還有一張紙條。

蘇珊揉揉睡眼，拉上棉被蓋住赤裸的胴體，看著紙條。

最親愛的蘇珊，

我愛妳。

無蠟，

大衛。

她綻放笑顏，將紙條緊貼胸口。是大衛沒錯。無蠟……就剩這一個密碼無法破解。

角落出現了動靜，蘇珊抬頭看。在毛茸茸的長沙發上，沐浴在晨光裡，裹著厚厚的浴袍，是大衛・貝克，默默地凝望著她。她伸出手，示意他過來。

「無蠟？」她撒嬌地說，雙手摟住他。

「無蠟。」他微笑。

她獻上深深一吻。「什麼意思，告訴我嘛。」

「門都沒有。」他大笑。「情侶需要祕密——才能維持新鮮感。」

蘇珊嬌羞地微笑。「再比昨晚更新鮮，我恐怕連走路都成問題了。」

大衛將她摟過來。他感覺進入無重狀態。他昨天差點送命，如今卻來到這裡，一生中從未感到如此生龍活虎。

蘇珊的頭靠在他胸膛，傾聽他心跳的聲音。她無法相信昨天竟認爲再也見不到大衛了。

「大衛。」她嘆氣，盯著床邊的紙條。「無蠟是什麼意思，告訴我嘛。你知道，我最討厭破解不了的密碼。」

大衛不做聲。

「告訴人家嘛。」蘇珊噘嘴。「不然休想再佔有我。」

「騙子。」

蘇珊拿枕頭打他。「告訴我啦！快嘛！」

但大衛知道自已會守口如瓶。「無蠟」背後的祕密太美妙了。「無蠟」一詞的起源古老。文藝復興期間，西班牙雕刻家以昂貴的大理石創作，若不慎鑿錯，通常以cera（蠟）填補。雕像若毫無瑕疵，不需要填補，會受大家稱讚爲「sculpture〔sin cera〕」，亦即「無蠟雕像」。後人將sin cera引申爲誠實或真切。英文的「sincere」就是從西班牙文的sin cera（無蠟）演變而來。大衛的密碼稱不上大祕密——簽名時只不過隨俗寫上「sincerely」（譯註：敬上）。他隱然認爲，告訴蘇珊可能會自討沒趣。

「說件可以討妳歡心的事。」大衛說，企圖改變話題，「飛回美國的途中，我打了電話給校長。」

蘇珊仰頭看，充滿希望。「告訴我你辭掉了系主任的工作。」

大衛點點頭。「下學期，重回課堂教書。」

她鬆了一口氣。「你本來就比較適合教書。」

大衛溫柔微笑著。「是啊，大概是西班牙提醒了我，人生中比較重要的東西是什麼。」

「回去傷女生的心嗎？」蘇珊親親他的臉頰。「這樣也好，至少你有時間幫我編輯手稿。」

「手稿？」

「對呀。我決定出書。」

「出書？」大衛露出懷疑的神色。「出什麼書？」

「我對變數過濾協定和二次剩餘的見解。」

他嘟噥一聲。「好像會大賣。」

她笑了起來。「到時可別嚇一跳。」

大衛摸索著浴袍口袋，掏出一件小物品。「閉上眼睛。我有東西送妳。」

蘇珊合上雙眼。「我來猜猜看——一個很聳的金戒指，刻滿了拉丁文？」

「不對。」大衛咯咯笑。「我請方天把戒指歸還給丹角的遺族。」他握起蘇珊的手，將物品輕輕套上手指。

「騙人。」蘇珊笑了起來，睜開眼睛。「我就知道——」

然而蘇珊陡然住口。這戒指與丹角的截然不同。是一枚白金戒指，鑲嵌著亮晶晶的單顆鑽石。

蘇珊倒抽一口氣。

大衛凝視她的眼睛。「嫁給我，好嗎？」

蘇珊一口氣哽在喉嚨。她看著他，然後再看著戒指，眼眶忽然湧出淚水。「噢，大衛……我不知道該怎麼說。」

「說願意。」

蘇珊偏開頭，不發一語。

大衛等著。「蘇珊・弗萊徹，我愛妳。嫁給我。」

蘇珊抬起頭。兩眼淚水盈眶。「對不起，大衛，」她低聲說，「我……我不能。」

大衛震驚地盯著她，搜尋著她的眼神，希望找出預期中的一絲調皮意味，卻遍尋不著。「蘇—蘇珊，」他結巴地說。「我—我糊塗了。」

「我不能，」她又說。「我不能嫁給你。」她掉頭，肩膀開始抖動。她雙手遮臉。

大衛迷惘起來。「可是，蘇珊……我還以爲……」他摟著她顫抖的肩膀，將她轉過來。這時他才恍然大悟。蘇珊・弗萊徹才不是在哭泣；她笑到不行了。

「休想要我嫁給你！」她大笑，再度拿枕頭攻擊。「除非你解釋無蠟！你害我想破頭了！」

終曲

據說人命將盡，萬象澄明。沼高德源如今才知道此話不假。他來到大阪海關，站在骨灰盒前，腦海感覺到一陣前所未有的帶著淒苦的澄明。他的宗教講求因果循環、人生緣分血脈相連，但沼高從無空閒實踐信仰。

海關人員剛才交給他一只信封，裡面是領養證明書與出生紀錄。「你是這男孩的唯一在世親屬，」海關人員說。「找你找得好辛苦。」

沼高的思緒回溯三十二年前大雨滂沱的那晚，回到醫院病房，回到他拋下畸形的幼子、拋下垂死髮妻的地方。他那麼做，爲的是榮譽與面子，而面子如今已成幻影。

信封裡也附上一枚金戒指。上面雕刻了沼高看不懂的文字。看不懂也無所謂；對沼高來說，文字已無意義。他遺棄了親生兒子。而現在，最殘酷的因緣際會已使父子團圓。

128-10-93-85-10-128-98-112-6-6-25-126-39-1-68-78

藍小說89

數位密碼

作者—丹．布朗
譯者—宋瑛堂
主編—葉美瑤
編輯—黃嬿羽
企畫—陳靜宜
校對—余淑宜、葉芸、黃嬿羽
發行人—趙政岷
出版者—時報文化出版企業股份有限公司
10803台北市和平西路三段二四○號三樓
發行專線—（○二）二三○六～六八四二
讀者服務專線—○八○○—二三一—七○五．（○二）二三○四—七一○三
讀者服務傳真—（○二）二三○四—六八五八
郵撥—一九三四四七二四時報文化出版公司
信箱—台北郵政七九～九九信箱
時報悅讀網—http://www.readingtimes.com.tw
電子郵件信箱—liter@readingtimes.com.tw
法律顧問—理律法律事務所　陳長文律師、李念祖律師
印刷—盈昌印刷有限公司
二版一刷—二○○五年七月二十五日
二版三十一刷—二○一八年四月十六日
定價—新台幣三五○元
（缺頁或破損的書，請寄回更換）

時報文化出版公司成立於一九七五年，
並於一九九九年股票上櫃公開發行，於二○○八年脫離中時集團非屬旺中，
以「尊重智慧與創意的文化事業」爲信念。

ISBN 957-13-4317-X
Printed in Taiwan
作者照片攝影—Philip Scalia

數位密碼／丹・布朗著；宋瑛堂譯. 一初版
.一臺北市：時報文化，2005〔民94〕
面；　公分. 一（藍小說；89）
譯自：Digital Fortress

ISBN 957-13-4317-X（平裝）

874.57　　　　　　　　　94010135